개선문 1

Arc de Triomphe

ARC DE TRIOMPHE
by Erich Maria Remarque

세계문학전집 331

개선문 1

Arc de Triomphe

에리히 마리아 레마르크

장희창 옮김

민음사

차례

개선문 1 7

2권 차례

개선문 2 7

작품 해설 383
작가 연보 392

1

그 여자는 비스듬히 라비크 쪽으로 다가왔다. 빠른 걸음이었지만 이상하게도 휘청거렸다. 라비크는 여자가 바로 곁에 와서야 알아차렸다. 창백한 얼굴에 광대뼈가 높이 솟았고 양 미간이 넓었다. 얼굴은 굳어 있었고 가면이라도 쓴 듯 움푹 꺼져 보였다. 가로등 불빛 아래 유리처럼 공허한 표정을 띤 여자의 두 눈은 저절로 그의 주목을 끌었다.

여자는 스칠 듯이 바싹 그의 곁을 지나갔다. 그는 손을 뻗어 여자의 팔을 잡았고, 그 순간 여자는 비틀거렸다. 그가 붙잡지 않았더라면 여자는 쓰러지고 말았을 것이다.

그는 여자의 팔을 꽉 붙들었다. "어디로 가는 거죠?" 그가 잠시 뜸을 들였다가 물었다.

여자가 그를 물끄러미 바라보았다. "내버려 둬요." 여자가 속삭이듯 말했다.

라비크는 대답하지 않고, 여자의 팔을 그대로 붙잡고 있었다. "내버려 둬요! 무슨 상관이에요?" 여자는 입술을 거의 움직이지 않은 채로 말했다.

라비크는 여자가 자기를 전혀 보지 않는다는 느낌이 들었다. 여자는 그를 꿰뚫고 공허한 밤 저 어딘가를 쳐다보고 있었다. 여자는 자기를 붙들어 세운 그 무엇을 향해 말하고 있을 뿐이었다. "내버려 둬요!"

그는 여자가 창녀가 아니라는 것을 곧장 알아차렸다. 술에 취한 것도 아니었다. 그는 여자의 팔을 더 이상 꽉 붙들지 않았다. 여자는 원하기만 했다면 그의 손을 쉽사리 뿌리칠 수도 있었을 것이다. 그러나 여자는 그것을 알아차리지 못했다. 라비크는 잠시 기다렸다. "어디로 가려는 거죠, 이 밤중에, 혼자서 이 시간에, 파리의 거리를?" 그는 다시 한 번 조용히 묻고는 여자의 팔을 놓아주었다.

여자는 아무 말도 하지 않았다. 하지만 가려고도 하지 않았다. 한번 붙들리자 더 이상 발을 내디딜 수 없게 되기라도 한 것처럼.

라비크는 다리 난간에 몸을 기댔다. 손바닥 아래로 축축하고 우둘투둘한 돌의 감촉이 느껴졌다. "아마도 저기로?" 그는 머리를 뒤로 젖히며 아래쪽을 가리켰다. 그곳에서는 센 강이 잿빛으로 빛나며 쉼 없이 퐁드랄마 다리의 그늘 쪽으로 밀려가고 있었다.

여자는 대답하지 않았다. "너무 일러요." 라비크가 말했다. "너무 일러요. 11월의 물속은 정말 차갑지요."

그는 담뱃갑을 꺼냈고, 성냥을 찾으려고 호주머니를 뒤졌다. 얇은 담뱃갑 속에는 두 개비만 대기하고 있었다. 그는 조심스럽게 몸을 구부려, 강 쪽에서 불어오는 가벼운 바람에 불이 꺼지지 않도록 두 손으로 가렸다.

"제게도 하나 주시겠어요?" 여인이 억양 없는 목소리로 말했다.

라비크는 몸을 일으키며 그녀에게 담뱃갑을 보여 주었다. "알제리 산이오. 외인부대가 피우는 흑담배라, 당신한텐 아마 독할 거요. 나른 긴 없어요."

여자는 머리를 가로저으며 담배 하나를 뽑았다. 라비크는 타오르는 성냥불을 내밀었다. 여자는 서둘러서 담배를 죽 빨았다. 라비크는 성냥개비를 난간 너머로 던졌다. 성냥불은 작은 별똥처럼 어둠 속을 뚫고 날아가 수면에 닿으면서 꺼졌다.

택시 한 대가 다리 위로 천천히 굴러왔다. 운전사가 차를 세웠다. 이쪽을 바라보았다. 잠시 기다렸다. 그러고는 다시 속력을 내어, 축축하고 검게 빛나는 조르주5세 거리를 거슬러 올라갔다.

라비크는 갑자기 피로를 느꼈다. 온종일 심하게 일을 했고, 잠을 잘 수 없었다. 그래서 술이라도 마시려고 다시 한 번 나온 참이었다. 그런데 이제 늦은 밤, 습기 찬 냉기를 쐬자, 머리 위에 자루라도 얹어 놓은 듯 갑자기 피로가 몰려왔다.

그는 여자를 쳐다보았다. 도대체 왜 이 여자를 붙들었던가? 무슨 사연이 있는 여자임은 분명했다. 하지만 그게 그와 무슨 상관이란 말인가? 지금까지 사연이 있는 여자들은 많이 보아

왔지 않은가. 특히 밤중에, 파리의 거리에서 말이다. 그런 건 이제 아무렇지도 않았다. 다만 몇 시간 정도 잠을 자고 싶을 뿐이었다.

"집으로 가시지요." 하고 그가 말했다. "이런 시각에 거리에서 무슨 볼 일이 있겠어요? 잘해야 성가신 일만 생길 텐데."

그는 외투 깃을 세우며 발길을 돌렸다. 여자는 그의 말이 이해되지 않는다는 듯 라비크를 쳐다보았다. 그러고는 "집으로요?" 하고 물었다.

라비크는 어깨를 으쓱했다. "당신 집이든, 호텔이든 마음대로 가세요. 어디로든. 이대로 경찰한테 붙들리고 싶은 건 아닐 테죠?"

"호텔로요? 어머나!" 여자가 말했다.

라비크는 멈추어 섰다. 이 여자도 어디로 갈지 모르는 사람들 중 하나구나 하고 그는 생각했다. 그런 사실쯤은 벌써 알았어야 했다. 언제나 같은 꼴이 아니던가. 이 여자들은 밤이 되면 어디로 가야 할지 모른다. 하지만 다음 날 아침이면 다른 사람들이 깨어나기도 전에 사라져 버린다. 아침이 오면 갈 곳을 알게 되는 것이다. 밤과 더불어 왔다가 밤과 더불어 사라져 버리는, 흔하고 값싼 어둠의 절망인 것이다. 그는 담배를 내던졌다. 그런 수법쯤이야 그도 질리도록 잘 알고 있지 않은가!

"갑시다. 어디 가서 화주나 한잔합시다." 그가 말했다.

그게 제일 쉬웠다. 그러고 나서 돈을 치르고 떠나면 그만이다. 어떻게 해야 할지는 여자 자신이 잘 안다.

여자는 비틀거리며 가다가 넘어졌다. 라비크가 그녀의 팔을 붙잡았다. "피곤해요?" 그가 물었다.

"모르겠어요. 그런 것 같기도 하지만."

"너무 피곤해서 잠을 잘 수 없는 거지요?"

여자는 고개를 끄덕였다.

"그럴 수도 있는 거죠. 어쨌든 갑시다. 부축해 드리지요."

두 사람은 마르소 거리를 거슬러 올라갔다. 라비크는 여자가 그에게 기대려 한다는 것을 느꼈다. 여자는 쓰러질 듯하다가도 몸을 추스르며 그에게 기대었다.

그들은 피에르프리시엔드세르비에 거리를 따라갔다. 세에요 네거리 뒤쪽으로 길이 연결되었고, 저 멀리 비를 머금은 하늘을 배경으로 거대한 개선문이 공중에 뜬 시커먼 모습으로 나타났다.

라비크는 지하실로 통하는, 불을 환하게 밝힌 비좁은 입구를 가리켰다. "여기는…… 아직 열려 있을 거요."

운전사들이 드나드는 선술집이었다. 안에는 택시 운전사 두어 명과 창녀 두어 명이 앉아 있었다. 운전사들은 카드놀이를 하고 있었고, 창녀들은 압생트를 마시고 있었다. 그들은 재빠른 눈길로 여자를 훑어보았다. 그러고는 관심 없다는 듯 고개를 돌렸다. 나이 많은 창녀가 요란한 소리로 하품을 했다. 또 다른 창녀는 느릿느릿 얼굴 화장을 시작했다. 홀 안쪽에서는 못마땅한 듯 쥐새끼 같은 얼굴의 웨이터가 타일 바닥에 톱밥을 뿌리고는 청소를 하기 시작했다. 라비크는 여자와 함께 출입구 가까운 탁자에 앉았다. 그곳이 편할 듯했다. 재빨리 나갈 수 있는 위치니까. 그는 외투도 벗지 않았다.

"뭘 드시겠어요?" 그가 물었다.

"모르겠어요, 뭐든 좋아요."

"칼바도스 두 잔." 라비크는 조끼를 걸치고 소매를 걷어붙인 웨이터에게 말했다. "그리고 체스터필드도 한 갑 주시오."

"그건 없어요." 웨이터가 말했다. "프랑스 담배뿐인데요."

"그래요. 그럼 녹색 로랑이나 한 갑."

"녹색도 없어요. 청색밖에는."

라비크는 웨이터의 팔뚝을 쳐다보았다. 구름 위를 걷고 있는 벌거벗은 여자의 문신이었다. 웨이터는 그의 눈길을 알아차리고는 주먹을 힘껏 쥐어 알통이 불룩 솟아나게 했다. 그러자 여자는 음란하게 배를 꿈틀거렸다.

"그럼, 청색이라도 주게." 라비크가 말했다.

웨이터가 싱긋 웃었다. "아마 초록이 한 갑쯤 남아 있을 거예요." 녀석은 발을 질질 끌며 물러났다.

라비크는 그의 뒷모습을 바라보았다. "붉은 슬리퍼에다가." 그가 말했다. "배꼽춤을 추는 여자라! 녀석은 터키 해군에 근무했던 거야."

여자는 두 손을 탁자 위에 올려다 놓았다. 다시는 두 손을 들어 올리고 싶지 않은 듯했다. 두 손은 깔끔하기는 했으나 무덤덤한 편이었다. 공을 들여 손질한 표시가 나지 않았다. 라비크는 그녀의 오른손 가운뎃손가락 손톱이 부러져 있는 것을 보았다. 손톱이 부러졌는데도 줄질을 하지 않은 모양이었다. 매니큐어도 여기저기 벗어져 있었다. 웨이터가 잔과 담배 한 갑을 가지고 왔다.

"녹색 로랑입니다. 아직 한 갑 있던데요."

"그럴 거라 생각했지. 해군에 있었오?"

"아닙니다. 서커스단에."

"그게 낫지." 라비크는 여자에게 잔을 건넸다. "자, 이걸 마셔요. 이런 시간엔 이게 최고지. 아님 커피를 마시겠어요?"

"아뇨."

"단숨에 마셔요."

여자는 고개를 끄덕이고는 잔을 끝까지 비웠다. 라비크는 여자를 유심히 쳐다보았다. 여자의 얼굴은 윤기 없이 창백했고, 거의 아무런 표정이 없었다. 입술은 두툼했지만 창백했고, 윤곽이 희미하게 흐려져 있었다. 다만 머리카락만은 매우 아름다웠다. 반짝반짝 빛나는 타고난 금발이었다. 베레모를 썼고, 레인코트 아래에 청색 옷을 입고 있었다. 옷은 일류 재단사의 솜씨였고, 손에 낀 초록색 보석 반지는 너무 커서 아무래도 모조품으로 보였다.

"한 잔 더 들겠어요?" 라비크가 물었다.

여자가 고개를 끄덕였다.

그가 웨이터에게 눈짓을 했다. "칼바도스 두 잔 더. 큰 잔으로."

"더 큰 잔으로요? 가득 따를까요?"

"그래."

"그럼 칼바도스 더블 두 잔으로."

"그렇지."

라비크는 잔을 벌컥 비우고 나가려고 마음먹었다. 지루했고 또 무척 피곤했다. 보통 때라면 이런 우발적인 일들을 잘 참았다. 지금까지 사십 년 동안 파란만장한 생애를 보내지 않았던가. 오늘 이런 일쯤은 비일비재했다. 파리에서 지낸 지도 여러 해가 지났고, 밤에는 거의 잠을 잘 수 없었으니 저절로 많은 일을 겪게 마련이었다.

웨이터가 잔을 가져왔다. 라비크는 코를 찌르는 듯 향기로운 사과주를 받아들고는 여자 앞에 조심스럽게 놓았다. "한 잔 더 하시죠. 별 도움은 안 되겠지만 몸은 따뜻해질 거요. 그리고 무슨 사연인진 모르겠지만…… 너무 심각하게 생각하지는 마세요. 오래도록 남아 괴롭히는 일이란 별로 없는 법이니까."

여자가 그를 유심히 쳐다보았다. 술은 마시지 않았다.

"그런 거지요." 라비크가 말했다. "특히 밤에는. 밤이란 모든 걸 과장하는 법이지요."

여자가 계속해서 그를 쳐다보았다. "저를 달래 주실 필요는 없어요." 이윽고 그녀가 말을 했다.

"그럼 더 잘됐군요."

라비크는 웨이터 쪽을 쳐다보았다. 지긋지긋했다. 이런 유형의 여자를 잘 알고 있었다. 아마도 러시아 여자일 거야 하고 생각했다. 러시아 여자들은 어디서든 앉자마자, 옷도 채 마르기 전에 벌써 잘난 척하는 법이다.

"러시아 인인가요?" 그가 물었다.

"아뇨."

라비크는 돈을 치렀고, 일어나서 헤어지려 했다. 그 순간 여자도 벌떡 일어섰다. 아무 말도 않은 채 당연하다는 태도였다.

라비크는 어쩔 줄을 몰라 여자를 쳐다보았다. 어쨌든 좋아 하고 그는 생각했다. 밖에서도 헤어질 수 있으니까.

비가 내리고 있었다. 라비크는 문 앞에서 멈추어 섰다.

"어느 쪽으로 가실 거죠?" 그녀와 반대 방향으로 갈 작정이었다.

"모르겠어요. 아무 쪽으로나."

"도대체 댁이 어딘가요?"

그녀가 별안간 몸서리를 치며 말했다. "그리로는 갈 수 없어요! 못 가요. 갈 수 없어요! 그리른 안 돼요!"

순식간에 그녀의 두 눈에 무시무시한 공포가 서렸다. 한바탕 싸운 거로군 하고 라비크는 생각했다. 난리를 치고는 집 밖으로 달려 나온 거지. 내일 점심때쯤이면 이리저리 생각을 정리하고 돌아가게 될 거야.

"찾아갈 만한 사람은 없나요? 아는 사람은? 이 술집에서 전화하면 될 텐데요."

"아뇨, 아무도 없어요."

"하지만 어디든 가야지요. 방 값이 없나요?"

"아뇨, 있어요."

"그러면 호텔로 가세요. 여기 뒷골목에는 얼마든지 있으니까." 여자는 대답하지 않았다.

"어디로든 가셔야지요." 라비크가 초조하게 말했다. "비도 오는데 길거리에 무작정 서 있을 순 없지 않소."

여자가 레인코트를 여몄다. "맞아요." 여자는 마침내 결심을 한 듯 말했다. "정말 옳은 말씀예요. 고마워요. 이제 제 걱정은 말아요. 어디로든 갈 테니까요. 고마워요." 그녀는 한손으로 코트 깃을 여몄다. "여러 가지로 고마웠어요." 그녀는 비참하기 그지없는 눈길로 라비크를 아래에서 위로 올려다보았다. 웬만하면 미소를 지어 보려 했으나 잘 되지 않았다. 그러고는 망설이지 않고 안개 자욱한 비 오는 거리를 발소리도 없이 걸어갔다.

라비크는 잠시 멈추어 섰다. 그러고는 갑작스럽게 무언가 당했다는 듯 주춤거리면서 투덜거렸다. "젠장!" 어쩌다 이렇게 되었는지, 그리고 도대체 무슨 영문인지 알 수 없었다. 그녀의 쓸쓸한 미소 또는 그녀의 눈길, 그것도 아니라면 텅 빈 거리 때문이었던가, 혹은 밤이라서 그랬던 것일까. 그는 다만 저기 안개 속에서 갑자기 길 잃은 아이 같아 보이는 저 여자를 혼자 내버려 두어서는 안 되겠다고 생각했다.

그는 여자의 뒤를 따라갔다. "같이 갑시다." 그는 무뚝뚝하게 말했다. "어쨌든 방법이 있겠지요."

그들은 에투알 광장까지 걸어갔다. 광장은 보슬비 내리는 잿빛 어둠 속에서 거대하고 무한한 모습으로 그들 앞에 누워 있었다. 안개가 짙게 깔려, 광장을 중심으로 갈라져 나간 길들은 더 이상 분간할 수 없었다. 다만 드넓은 광장엔 여기저기 흩어져 희끄무레하게 빛나는 가로등 불빛들, 그리고 개선문의 석조 아치만 눈에 띄었다. 거인처럼 치솟은 개선문은 안개 속으로 자취를 감추며, 위로는 우울증에 빠진 하늘을 떠받들고, 밑으로는 무명용사의 묘지에서 고독하고 창백하게 타오르는 불길을 지켜 주는 듯했다. 무명용사의 묘지는 밤의 황량

함 속에서 인류 최후의 묘지처럼 보였다.

그들은 광장을 비스듬히 가로질러 갔다. 라비크의 걸음은 빨랐다. 너무 지쳐서 아무 생각도 들지 않았다. 자기 곁에서 말없이 따라오고 있는 여자의 또박또박 걸어가는 발소리만 아득하게 들려왔다. 머리를 푹 숙이고 두 손을 코트 주머니에 찔러 넣은 이 여자는 낯설고 보잘것없는 한 가닥 생명의 불꽃이었다. 그런데 갑자기, 밤 깊은 광장의 고독 때문에, 바로 그 때문에 생면부지인 이 여자가 한순간 기이하게도 자신의 여자인 것처럼 느껴졌다. 그는 어디에 있어도 모든 게 낯설었고, 이 여자도 그 점에서는 마찬가지였다. 그런데 이상하게도 바로 그 점이 그녀에게서 친숙함을 느끼게 했던 것이다. 말을 많이 한다거나 시간이 지나면서 저절로 가까워지는 그런 경우보다 더 친숙한 느낌이었다.

라비크는 테른 광장 뒤편, 와그람 거리 골목에 있는 작은 호텔에 살고 있었다. 아주 낡은 곳으로 새로운 것이라곤 출입구 위에 '호텔 앙테르나쇼날'이라고 쓰인 간판뿐이었다.

그는 초인종을 눌렀다. "빈방 있나?" 문을 열어 준 급사에게 그가 물었다.

소년은 잠에 취한 눈으로 빤하게 쳐다보다가 더듬거리며 말했다. "접수하는 아저씨가 없는뎁쇼."

"그건 알아. 빈방이 있느냐고 물은 거야."

급사는 어쩔 줄 몰라 하며 어깨를 으쓱했다. 여자를 데리고 온 건 알겠는데, 방이 왜 또 필요한지는 이해할 수 없었다. 그의 경험에 따르자면 방을 또 하나 빌리기 위해 여자를 데리고 오는 경우는 없었다. "마님은 자고 있는뎁쇼. 함부로 깨웠다 간 쫓겨나요." 녀석은 그렇게 말하고는 한쪽 발로 다른 발을 긁적거렸다.

"좋아. 그럼 우리가 찾아볼게."

라비크는 소년에게 팁을 주고, 자기 방 열쇠를 받아 들곤 여 자보다 앞장서서 계단을 올라갔다. 그는 자기 방 문을 열기 전 에 옆방 문을 살펴보았다. 문 앞엔 구두가 놓여 있지 않았다. 두 번 노크를 했다. 아무 반응도 없었다. 그는 조심스럽게 손 잡이를 돌려 보았다. 문은 잠겨 있었다. "어젠 이 방이 비어 있 었는데." 그는 중얼거렸다. "다른 쪽으로 가서 시험해 봅시다. 주인 여자가 문을 잠가 둔 모양이네. 빈대라도 도망칠까 봐 걱 정이 되어 말이지."

그는 자기 방 문을 열었다. "잠시 앉아 있어요." 하며 그는 말 털을 넣은 붉은 색 소파를 가리켰다. "금방 돌아올게요."

그는 창문을 열고 좁다란 강철 발코니로 나갔고, 옆방 발코 니와 연결된 격자 철책을 넘어가서 문을 열려 했다. 그 문 역 시 잠겨 있었다. 그는 포기하고 돌아왔다. "아무래도 안 되겠 소. 여기선 방을 잡을 수 없어요."

여자는 소파 한 모퉁이에 앉았다. "여기 잠시 앉아도 될까 요?"

라비크는 여자를 유심히 쳐다보았다. 여자의 얼굴은 피곤 에 찌들어 움푹 패어 있었다. 일어설 수조차 없을 것 같았다.

"여기 있어도 괜찮아요." 그가 말했다.

"잠시만요……."

"아니, 여기서 자도 돼요. 그게 제일 간단하겠네요."

여자는 그의 말을 듣는 것 같지 않았다. 그녀는 천천히, 거의 자동으로 머리를 흔들었다. "저를 거리에 내버려 두셔야 했어요. 이젠 …… 정말이지 꼼짝도 못 하겠어요."

"나도 그렇게 생각해요. 여기서 그냥 주무시죠. 그렇게 하는 게 제일 나을 것 같네요. 그리고 내일 다시 보기로 합시다."

여자가 그를 바라보았다. "방해가 되고 싶진 않았는데……."

"천만에요." 라비크가 말했다. "방해될 건 조금도 없어요. 살 데가 없어 여기에 묵는 사람이, 당신이 처음은 아니니까요. 여긴 피난민들이 사는 호텔이지요. 이런 일은 거의 날마다 있어요. 당신이 침대에서 자도록 하세요. 난 소파에서 잘 테니. 습관이 돼서 괜찮아요."

"아녜요, 아녜요, 전 여기 앉아 있을래요. 여기 앉아 있기만 해도 충분해요."

"그럼, 편할 대로 해요."

라비크는 외투를 벗어 걸었다. 침대에서 담요 한 장과 쿠션을 꺼냈다. 의자 하나를 소파 옆으로 밀어 놓았다. 그러고는 욕실에서 가운 하나를 가져와 의자에 걸쳐 놓았다. "이걸 드리지요." 하고 그가 말했다. "원한다면 잠옷도 있어요. 저기 서랍 속에 몇 벌 있지요. 나머지는 당신이 알아서 하세요. 욕실도 지금 쓰도록 하고. 난 할 일이 좀 있어서." 여자가 머리를 가로저었다.

라비크는 여자 앞으로 가서 섰다. "그래도 외투는 벗어야지요." 그가 말했다. "완전히 젖었어요. 그리고 모자도 이리로 주세요."

여자는 외투와 모자를 그에게 넘겨주었다. 그는 쿠션을 소파 한구석에 놓았다. "이걸 베개로 써요. 그리고 자는 동안 떨어지지 않으려면 의자를 이곳에 두어야 해요." 그는 의자를 소파 쪽으로 밀었다. "구두도 벗어요. 흠뻑 젖어 감기 들게 생겼어요." 그는 구두를 벗겨 주었고 서랍에서 목 짧은 털양말 한 짝을 꺼내와 신겨 주었다. "자, 이제 어느 정도 됐네요. 힘들고 괴로울 땐 안락하게 지낼 방법을 생각한다. 이건 옛날부터 내려오는 군인들의 수칙이지요."

"고마워요." 여자가 말했다. "정말 고마워요."

라비크는 욕실로 들어가 수도꼭지를 틀었다. 물이 세면기 속으로 쏟아졌다. 넥타이를 풀고 멍하게 거울을 보았다. 움푹한 동굴의 그늘 속 깊은 곳에서 무언가를 살피는 듯한 두 눈, 눈이 없었더라면 죽도록 지쳐 보였을 좁다란 얼굴, 코에서 입으로 내리 파인 고랑에 비해 너무나 부드러운 입술…… 그리고 오른쪽 눈 위에는 기다란 톱니 모양 흉터가 머리카락 속으로 그 꼬리를 감추고 있다.

요란한 전화벨 소리가 그의 생각 속으로 파고들었다. "젠장!" 그는 잠시 동안 모든 걸 망각하고 있었다. 이처럼 깊은 침잠의 순간은 가끔 있는 일이었다. 그렇다, 여자는 아직 방에 있을 테지.

"곧 가요." 하고 그가 소리쳤다.

"놀랐어요?"라고 말하며 그는 수화기를 들었다. "뭐라고? 그래. 좋아……. 그래……. 물론, 그럼……. 그럴 테지……. 그렇지. 어디라고? 좋아, 곧 갈게. 뜨거운 커피, 진한 커피를 말이야……. 그래…….”

그는 아주 조심스럽게 수화기를 내려놓고는, 소파 팔걸이에 앉은 채 잠시 생각에 잠겼다. 그러고는 말했다. “잠시 나가야 해요. 급한 일이 있어서.”

여자가 즉시 일어섰다. 그러고는 조금 비틀거리다가 의자에 몸을 기댔다.

“안 돼요, 안 돼…….” 그 순간 라비크는 두 말 않고 따라나서려는 여자의 태도에 감동했다. “당신은 여기 있어요. 자도록 해요. 난 한두 시간 나갔다 와야 해요. 얼마나 걸릴지는 잘 모르지만. 하지만 당신은 여기 있도록 해요.” 그는 외투를 입었다. 일순간 그 어떤 생각이 머리를 스쳤다. 그러나 곧 생각을 떨쳐 버렸다. 이 여자는 훔쳐 가지 않을 것이다. 그런 타입이 아니었다. 그런 타입의 여자는 그가 잘 안다. 게다가 이 방에는 훔쳐 갈 것도 별로 없다.

문 앞까지 갔을 때, 여자가 물었다. “같이 가도 될까요?”

“아니요, 안 돼요. 여기 있어요. 필요한 게 있으면 쓰세요. 원한다면 침대도. 코냑은 저기 있어요. 푹 자도록 하세요.”

그는 돌아서서 나가려 했다. “불은 그대로 두세요.” 여자가 갑작스럽고 다급하게 말했다. 라비크는 잡았던 손잡이를 놓았다.

“겁이 나요?” 하고 그가 물었다.

여자가 고개를 끄덕였다.

그는 열쇠를 가리켰다. “내가 나간 뒤 문을 잠그세요. 열쇠는 빼 두고. 아래층에 열쇠가 또 하나 있으니까 난 그걸로 들어올 수 있어요."

여자가 머리를 가로저었다. "그 말이 아니고요. 제발, 불은 끄지 말아요."

"아, 그렇군요!" 라비크는 그녀를 조심스럽게 살폈다. "안 그래도 불을 끌 생각은 없었어요. 불은 그대로 두세요. 어떤 기분인지 알겠어요. 나도 종종 그럴 때가 있었으니까."

아카시아 거리 모퉁이에서 택시가 다가왔다.

"로리스통 거리 14번지로 갑시다. 빨리!"

운전사는 차를 돌려 카르노 거리로 접어들었다. 차가 그랑 다르메 거리를 가로지르려고 할 때, 오른편에서 2인승 소형차가 질주해 왔다. 길이 젖어 미끄럽지 않았더라면 두 자동차는 충돌하고 말았을 것이다. 2인승 차가 브레이크를 밟았고, 아슬아슬하게 택시 라디에이터에 곧장 부딪힐 뻔하다가 길 한가운데로 미끄러져 나갔다. 그 소형차는 회전목마처럼 제자리에서 빙글빙글 돌았다. 소형 르노였고, 안경을 걸치고 검은 실크해트를 쓴 사내가 운전하고 있었다. 한 바퀴 돌 때마다 사내의 하얗게 질린 성난 얼굴이 순간적으로 보이곤 했다. 이윽고 그 차는 거리 저쪽에 거대한 지옥 문처럼 솟아 있는 개선문을 앞에 두고 멈추어 섰다. 자그마한 녹색 벌레처럼. 그리고 그 안에서 희끄무레한 주먹 하나가 밤하늘을 향해 위협했다.

택시 운전사는 뒤를 돌아보았다. "저런 놈 보신 적 있으십니까?"

"물론이죠." 라비크가 대꾸했다.

"저런 모자를 쓴 녀석 말이오. 저런 모자를 쓴 놈이 뭐 때문에 이 밤중에 그렇게 빨리 달린답니까?"

"그 사람이 정당했어요. 그 사람이 큰길에서 달리고 있지 않았나요. 그런데 뭐 때문에 욕하는 거요?"

"물론 그자가 정당했지요. 바로 그 때문에 욕하는 겁니다."

"그럼 그 사람이 잘못했더라면, 어쩔 셈이었소?"

"그래도 욕을 하겠지요."

"당신은 세상일을 편할 대로 생각하는 것 같군요."

"너무 심했나 봐요." 운전사는 변명을 하고는 포슈 거리로 꺾었다. "그렇게 놀랄 일은 아닙니다, 안 그래요?"

"아니지요. 하지만 네거리에서는 좀 더 천천히 달리세요."

"저도 그럴 생각이었죠. 하지만 길이 기름에 번지르르하더군요. 그런데 손님은 묻기만 하시고 들을 생각은 하지 않으시나요?"

"지쳐서 그렇소." 라비크는 초조하게 대꾸했다. "밤이라 그렇기도 하고. 또 우리라는 존재는 알 길 없는 바람에 나부끼는 불꽃 같은 것이기 때문이라고 해도 좋지. 어쨌든 빨리 갑시다."

"그렇다면 좀 다른 이야기군요." 운전사는 모자에 손을 갖다 대며 약간의 경의를 표했다. "저도 이해가 좀 갑니다."

"그런데 말이오." 하고 의구심이 든 라비크가 물었다. "당신은 러시아 사람인가요?"

"아닙니다. 하지만 손님을 기다리는 동안 이것저것 읽는 버릇은 있어요."

오늘은 러시아 사람과는 인연이 없군 하고 라비크는 생각했다. 그는 머리를 뒤쪽으로 기댔다. 커피를 마셔야지 하고 그는 생각했다. 아주 뜨겁고 진한 걸로. 충분히 있으면 좋으련만. 제발 손이 떨리지는 않아야 할 텐데. 안 된다면 베버 녀석한테 주사 한 대 놓아 달라고 해야겠어. 하지만 괜찮을 거야. 그는 창문을 아래쪽으로 내리고는 축축한 공기를 가슴속 깊이 천천히 들이마셨다.

2

좁은 수술실은 대낮같이 환하게 밝혀 있었다. 깔끔하게 소
독한 도축장과도 같았다. 피 묻은 솜을 담은 양동이들이 여기
저기 놓여 있었고, 붕대와 거즈가 어지럽게 널려 있었다. 피의
붉은빛이, 주변을 에워싼 흰빛을 향해 나를 주목하라며 소리
를 지르는 듯했다. 베버는 옆방에서 래커 칠을 한 강철 테이블
에 앉아 뭔가를 적고 있었다. 간호사는 수술 기구를 끓이고 있
었다. 물은 펄펄 끓었고, 전등은 직직거리는 소리를 내고 있는
듯했다. 오로지 수술대 위 몸뚱이만이 완전히 홀로 누워 있었
다. 그 모든 것이 그와는 아무 상관도 없었다.

라비크는 액체 비누를 손에 부어 씻기 시작했다. 껍질이라
도 벗길 태세로 성나고 무뚝뚝한 동작이었다. "젠장!" 그는 혼
자서 중얼거렸다. "빌어먹을, 젠장!"

간호사는 별꼴이라는 듯이 그를 쳐다보았다. 베버가 흘낏

쳐다보고는 "가만히 있어, 외제니! 외과 의사들은 욕을 입에 달고 살아. 특히 일이 잘못되었을 땐 말이야. 익숙해져야 해."

간호사는 한 줌 가득 수술 기구를 끓는 물에 집어 던졌다. "페리에 교수님은 절대로 욕하지 않으셨어요." 그녀는 모욕이라도 당한 듯 말했다. "그래도 많은 사람들을 잘도 살려 내시던데요."

"페리에 교수님은 뇌 수술 전문가야. 극히 섬세한 정밀기계 공학가시지, 외제니. 우리는 배를 이리저리 갈라야 하거든. 아주 딴판인 일이야." 베버는 찰싹 소리를 내며 장부를 덮고는 일어섰다. "자넨 최선을 다했어, 라비크. 하지만 돌팔이 의사가 망쳐 놓은 걸 되돌릴 수는 없는 법이야."

"천만에. 늘 그런 건 아냐." 라비크는 손을 문질러 말리고는 담배에 불을 붙였다. 간호사는 못마땅한 듯 잠자코 창문을 열었다. "브라보, 외제니." 라비크가 그녀를 치켜세웠다. "언제나 규칙대로군."

"제겐 삶의 기준이 되는 의무들이 있어요. 바람에 이리저리 흩날리고 싶진 않아요."

"좋아, 외제니. 안심이 돼."

"어떤 사람들은 의무감이라곤 없고, 그런 걸 가지고 싶어 하지도 않아요."

"바로 자네를 두고 하는 말이네, 라비크." 베버는 큰소리로 웃었다. "우린 자리를 뜨는 게 좋겠어. 외제니는 아침이면 아주 공격적이 되거든. 어쨌든 여기선 더 할 일도 없어."

라비크는 주위를 둘러보았다. 그리고 의무감에 넘치는 간호사를 쳐다보았다. 간호사는 두려움 없이 그 눈길을 받아넘겼다. 니켈 테 안경이 그녀의 앙상한 얼굴에 그 어떤 범접할 수 없는 느낌을 더해 주었다. 그녀도 그와 같은 인간이었다. 하지만 그에겐 그녀가 한 그루 나무보다 더 낯설었다. "실례했어요." 하고 그가 말했다. "당신 말이 옳아."

흰 수술대 위에는 두서너 시간 전만 해도 희망하고 숨 쉬고, 고통 받고 경련하던 몸뚱이가 누워 있었다. 하지만 이젠 아무 감각도 없는 시체에 불과했다. 그리고 지금까지 단 한 번의 실수도 없었음을 자랑하는 외제니라고 불리는 간호사, 자동인형이 그것에 천을 덮어씌우곤 수레에 싣고 가 버렸다. '이런 자들은 영원히 살아남는 인간들이야.' 하고 라비크는 생각했다. 빛은 이런 자들을, 이런 나무토막 같은 인간들을 사랑하지 않아. 그래서 빛은 이런 자들을 깜박 잊어버리고, 오래 살도록 내버려 두는 거야.

"그럼, 또 봐, 외제니." 하고 베버가 말했다. "오늘은 푹 자도록 해요."

"안녕히 가세요. 베버 박사님. 고마워요, 박사님."

"잘 있어요." 라비크가 말했다. "내가 욕한 걸 용서해요."

"안녕히 가세요." 외제니는 냉랭하게 대꾸했다.

베버는 싱긋 웃었다. "판에 박힌 성격이야."

밖은 잿빛 아침이었다. 쓰레기차가 덜커덩거리며 지나갔다. 베버는 외투 깃을 치켜세웠다. "빌어먹을 날씨야! 차 태워 줄까, 라비크?"

"아니야. 그냥 걸어가겠네."

"이런 날씨에? 데려다줄게. 많이 돌아서 가는 것도 아니야."

라비크는 머리를 가로저었다. "고맙네, 베버."

베버는 그를 유심히 바라보았다. "놀라워. 수술한다고 그렇게 흥분하다니. 자네는 벌써 십오 년이나 의사 가운을 입지 않았나. 그런 것쯤 예사 아닌가."

"그럼, 그렇고 말고. 흥분하고 있는 것도 아닐세."

베버는 라비크 앞에 떡 벌어진 어깨와 살찐 모습으로 서 있었다. 그의 큼직하고 둥그런 얼굴은 노르망디 산 사과처럼 빛을 발했다. 짧게 깎은 검은 콧수염은 비에 젖어 반짝거렸다. 길 가장자리에 세워 놓은 비크 차도 마찬가지로 반짝거렸다. 그 차를 타고 베버는 안락하게 집으로 돌아갈 것이다. 교외에 있는 장밋빛 인형의 집으로. 말쑥하고 윤기 흐르는 아내, 말쑥하고 윤기 흐르는 두 아이, 말끔하고 윤기 흐르는 삶이 있는 곳으로. 절개를 위해 메스를 갖다 대고 부드럽게 누르자마자 가늘고 붉은 핏자국이 생겨날 때의 숨 막히는 긴장감을 어찌 그에게 설명할 수 있으랴. 클럽과 집게 밑에서 몸뚱이가 여러 겹의 커튼처럼 열리면서 지금까지 한 번도 빛을 보지 못했던 기관들이 드러나고, 정글 속 사냥꾼처럼 자취를 더듬어 가다가 파괴된 조직, 종기나 종양, 또는 벌어진 틈 속에서 별안간 거대한 맹수인 죽음과 맞닥뜨리게 되는 순간의 긴장감을, 그리고 가느다란 메스와 바늘 한 개, 확신에 찬 손놀림 외에는 아무것도 필요로 하지 않는 그 전투를 어떻게 설명한단 말인가. 고도의 집중이라는 그러한 눈부신 백색의 순간을 뚫고 갑자기 어두운 그림자가 핏속에 어리게 되는 것은 무슨 의미이던가. 메스의 칼날을 무디게 하고, 바늘을 비틀거리게 하고, 손을 둔탁하게 만드는 당당한 조롱은 무엇이란 말인가. 그 순간 눈에 보이지 않는 것, 수수께끼 같은 것, 맥박 치는 것으로서의 생명은 인간의 무기력한 손길 아래에서 갑작스럽게 물러나고 부서지고, 우리가 도달할 수도 막아 낼 수도 없는 무시무시한 암흑의 소용돌이 속으로 빨려 들어가지 않는가. 조금 전까지만 해도 숨을 쉬었고 자기라는 존재였고, 하나의 이름을 가지고 있었던 얼굴이 이름 없는 경직된 마스크로 변하는 것이다. 의미도 없고, 거역할 수도 없는 그러한 무력함, 그것이 무엇인지 어찌 설명할 수 있단 말인가. 도대체 설명할 그 무엇이라도 있단 말인가?

라비크는 다시 새 담배에 불을 붙였다. "스물한 살이랬지." 하고 그가 말했다.

베버는 손수건을 꺼내 반짝이는 물방울을 콧수염에서 닦아 냈다. "자넨 아주 잘 해냈어. 나로선 어림도 없는 일이야. 돌팔이가 망쳐 놓은 환자를 살려 낼 수 없었다고 해서 자네 책임은 아니야. 그렇게 생각하지 않는다고 해서 우리에게 무슨 도리가 있겠나?"

"그래." 하고 라비크가 말했다. "우리에게 무슨 도리가 있겠나?"

베버는 손수건을 도로 집어넣었다. "지금까지 별의별 일을 겪었던 만큼 자네 신경도 무뎌졌을 텐데."

라비크는 빈정거리는 눈길로 그를 쳐다보았다.

"무뎌지는 법은 없어. 다만 이런저런 일에 익숙해질 뿐이지."

"내 말이 그 말이야."

"그래? 하지만 어떤 일에는 결코 익숙해질 수가 없어. 그게 무언지 꼭 집어 말하기는 어렵지만. 사실 내가 이 정도나마 정신이 말짱한 건 아마도 커피 덕분일 거야. 그런 말짱한 상태를 흥분 상태와 혼동하기도 하지만 말이야."

"커피 맛은 좋았지. 어때?"

"아주 좋았어."

"내가 커피는 제법 끓이지. 자네가 커피를 찾을 것 같아서 내가 끓여 놓았던 거야. 외제니가 늘 끓여 내는 시커먼 국물과는 다르지, 안 그래?"

"비교도 안 되지. 커피 끓이는 데는 자네가 대가야."

베버는 차에 올랐다. 시동을 걸면서 창밖으로 고개를 내밀었다. "내가 잠시 데려다주면 안 될까? 엄청 피곤할 텐데."

꼭 물개 같아라고 라비크는 멍한 채로 생각했다. 그는 건강한 물개 같았다. 하지만 그게 어쨌단 말인가? 어째서 이런 생각이 갑자기 떠오르는 걸까? 어쩌자고 늘 이렇게 두 가지 생각이 동시에 드는 걸까? "난 피곤하지 않아." 하고 그가 말했다. "커피 덕분에 정신이 말짱해. 잠이나 푹 자게, 베버."

베버는 웃었다. 검은 콧수염 아래에서 그의 이들이 번쩍거렸다.

"이제 잘 수는 없을 거야. 정원 일이나 하겠어. 튤립과 수선화를 심을 거야."

튤립과 수선화라 하고 라비크는 생각했다. 깨끗한 자갈길이 뚫린 반듯한 화단. 튤립과 수선화, 그 꽃들은 분홍색과 황금색으로 일렁이는 봄의 폭풍이 아니던가. "그럼, 다시 보세, 베버." 하고 그는 말했다. "다른 뒷일은 자네에게 부탁하겠네."

"물론이지. 저녁에 전화 걸겠네. 하지만 사례금이 너무 적어 미안하네. 사례금이라고 하기에도 민망하지만. 그 여자앤 가난하고 친척도 없다고 하더군. 앞으로 보면 알겠지만."

라비크는 거절의 몸짓을 해 보였다.

"그 앤 위게니에게 100프랑을 내놓았어. 헌 계산이었던 모양이야. 자네 몫은 25프랑이야."

"됐어, 됐어." 라비크는 조바심을 내며 말했다. "그럼, 잘 가게, 베버."

"다시 보세. 내일 아침 8시에."

라비크는 로리스통 거리를 천천히 걸어갔다. 여름이라면 숲 속 벤치에 앉아 아침 햇볕을 쬐며 아무 생각 없이 물속을 들여다보거나, 푸른 숲을 바라보노라면 긴장이 풀렸을 것이다. 그러고는 호텔로 차를 타고 가 잠이나 푹 자면 되었을 것이다.

그는 부아세르 거리 모퉁이에 있는 선술집으로 들어섰다. 서너 명의 노동자와 트럭 운전사가 바에 기대서 있었다. 그들은 뜨거운 블랙커피에다 브리오슈[1]를 적셔 먹고 있었다. 라비

---

1) 버터와 달걀로 만든 빵의 일종.

크는 잠시 그들을 바라보았다. 저것이야말로 확실하고 단순한 삶이다. 두 손으로 꼭 붙들어 챙길 수 있는 삶이다. 저녁이 되면 지친 채로 먹고, 여자와 더불어 꿈도 없는 깊은 잠에 드는 삶인 것이다.

"키르쉬[2] 한 잔." 하고 그가 주문을 했다.

죽어 가던 그 애는 오른쪽 발목에 가느다란 싸구려 금 발찌를 차고 있었어. 젊고 감상적이며 취미라고는 모르는 나이의 애들이 하는 풋풋한 짓이 아니던가. 사슬에 붙어 있는 조그만 꼬리표엔 '영원한 샤를'이라고 새겨져 있었고, 고리가 벗겨지지 않도록 아예 양끝을 녹여 고정해 버렸다. 그 고리엔 이런 사연이 깃들어 있지 않았던가. 센 강가 숲 속 일요일, 철모르는 청춘의 사랑의 불장난, 누이이 근처 작은 보석상, 다락방에서의 9월 밤들. 그러다 갑자기 시작되는 남자의 외박, 기다림과 근심걱정의 시간들. 다시는 소식을 들을 수 없는 영원한 샤를. 그리하여 친구가 알려 준 주소대로 산파를 찾아갔던 것이다. 방수포를 씌운 탁자, 찢기는 듯한 고통과 피, 피, 늙은 여자의 당황스러운 얼굴, 곤경에서 벗어나려고 누군가를 황급하게 택시 속으로 밀어 넣는 사람의 팔, 풀이 죽어 지내는 고통의 나날, 그러다가 결국 병원으로 운반된다. 뜨거운, 땀에 젖어 축축한 손아귀로 움켜쥔, 마지막 남은 꾸깃꾸깃한 100프랑 지폐. 하지만 이미 늦었다.

라디오가 지지직거리기 시작했다. 콧소리로 멍청한 가사를

---

2) 버찌 브랜디.

흥얼거리는 탱고 곡이 흘러나왔다. 라비크는 조금 전에 했던 수술을 머릿속으로 다시 한 번 더듬었다. 손놀림 하나하나를 반추했다. 몇 시간만 더 일찍 손을 썼더라면 살릴 수도 있었을 것이다. 베버한테서 전화가 왔는데, 내가 호텔에 없었다. 내가 알마 다리 근처에서 서성거리고 있었기 때문에 여자애가 죽을 수밖에 없었던 것이다. 베버는 그런 수술을 혼자서 해내지 못한다. 우연이 만들어 낸 빙청한 짓이나. 황금 발씨를 두른 발이 맥이 빠져 안쪽으로 비틀어져 있었지. "내 보트를 타세요. 휘영청 달이 밝아요." 하고 기이 들이기는 듯한 기성의 노랫소리가 들려왔다.

라비크는 계산을 하고 나왔다. 밖에서 택시를 잡았다. "오시리스로 갑시다."

오시리스는 엄청나게 큰 이집트 스타일 바가 있는 대규모 홍등가였다.

"문을 닫으려는 참인데요." 문지기가 말했다. "아무도 없어요."

"하나도 없나?"

"롤랑드 마담만 있는데요."

"알았네."

문지기는 못마땅한 듯이 덧신 신은 발로 탁탁 소리 내어 포도(鋪道)를 굴렀다. "택시를 기다리게 하시죠? 나중에 잡으려면 어려울 텐데요. 우린 문을 닫아요."

"몇 번씩이나 말하나. 택시는 또 잡을 수 있을 거야."

라비크는 담배 한 갑을 문지기의 가슴 호주머니에 찔러 주고는 작은 문 안으로 들어갔다. 옷 보관소 앞을 지나 넓은 홀로 들어갔다. 홀 안은 비어 있었다. 소시민적 향연이 흔히 남겨 놓는 판에 박힌 풍경이었다. 바닥에 엎질러진 술, 쓰러진 의자 몇 개, 바닥에 내동댕이쳐진 담배꽁초들, 담배와 달콤한 향수 그리고 살 냄새.

"롤랑드." 하고 라비크가 불렀다.

그녀는 핑크색 비단 속옷이 한 무더기 쌓인 테이블 앞에 서 있었다.

"라비크." 그녀는 놀라는 기색도 없이 대꾸했다. "늦었네요. 원하는 게 뭐죠? 여자? 마실 것? 둘 다?"

"보드카를 주게, 폴란드 걸로."

롤랑드는 병과 잔을 가져왔다. "혼자 따라 드세요. 난 속옷들을 정리해 적어 놓아야 해요. 세탁소 차가 곧 오거든요. 일일이 적어 두지 않으면 놈들이 까치 떼처럼 다 훔쳐 가요. 운전사들 말예요. 아시겠어요? 계집애들한테 선물로 주려고."

라비크는 고개를 끄덕였다. "음악 좀 틀어 주지, 롤랑드. 소리를 크게."

"알았어요."

롤랑드는 스위치를 켰다. 심벌즈와 타악기 소리가 높고 텅 빈 홀에서 천둥처럼 울렸다. "너무 시끄러운가요, 라비크?"

"아니."

시끄럽다고? 뭐가 너무 시끄럽단 말인가? 조용하기만 하군. 공기 없는 방 안에서 몸뚱이가 터져 버릴 것 같은 그런 정적일 뿐인데.

"이제 끝났어요." 롤랑드가 라비크의 테이블로 다가왔다. 몸매는 단단하고, 얼굴은 맑고, 검은 눈동자는 차분했다. 그녀가 걸친 청교도적인 검은 옷은, 그녀가 얼굴마담이라는 걸 말해 주었고, 거의 벌거벗은 창녀들과 그녀를 구분해 주었다.

"같이 마실까, 롤랑드."

"좋아요."

라비크가 바에서 잔을 하나 들고 와 술을 따라 주었다. 잔이 반쯤 찼을 때 롤랑드가 병을 밀었다. "됐어요! 더 이상은 못 마셔요."

"반만 찬 술잔은 보기 흉해. 못 마시거든 남겨."

"왜요? 낭비잖아요."

라비크는 힐끗 쳐다보고는, 그 믿음직하고 단정한 얼굴을 향해 미소 지었다. "낭비라고! 낡아 빠진 프랑스식 걱정이야. 뭐 때문에 아끼겠다는 거야? 자기 자신은 아끼지도 않으면서."

"그건 장사 때문에 그런 거고. 이것하곤 달라요."

라비크는 큰소리로 웃었다. "그럼 그런 의미에서 건배! 장사꾼 윤리가 없으면 세상이 어떻게 되겠어! 범죄자와 이상주의자와 게으름뱅이 들이 들끓을 거야."

"여자애가 필요하군요." 하고 롤랑드가 말했다. "전화를 걸어 키키를 불러 드릴게요. 아주 착한 애예요. 스물한 살이고."

"그래. 또 스물하나라고. 오늘은 안 돼." 라비크는 다시 잔을 가득 채웠다. "롤랑드, 당신은 잠들기 전에 보통 무슨 생각을 하지?"

"대개는 아무 생각도 하지 않아요. 녹초가 돼 버리니까."

"그럼, 그렇게 지치지 않았을 땐."

"툴루즈를 생각해요."

"왜?"

"그곳에 우리 숙모 한 분이 가게 딸린 집에 살고 있거든요. 저는 그 집에 이중으로 담보를 잡아 놓았어요. 숙모가 돌아가시면 — 올해 일흔여섯이에요. — 그 집은 제 소유가 돼요. 그렇게 되면 그 가게를 카페로 만들려고요. 밝은 꽃무늬 벽지를 바르고, 피아노와 바이올린, 첼로로 이루어진 3인조 악사를 고용할 거예요. 그리고 그 안엔 바를 만들겠어요. 자그마하고 오붓하게. 그 집은 위치가 좋거든요. 커튼과 램프까지 포함해서 9500프랑 정도면 될 것 같아요. 그리고 처음 몇 달을 위해 5000프랑 정도는 예비로 넣어 두려고 해요. 물론 2층과 3층에선 집세가 들어와요. 제가 생각하는 건 이런 거예요."

"툴루즈가 고향인가?"

"그래요. 하지만 태어난 후 제가 어디 있었는지는 아무도 몰라요. 그리고 장사가 잘되면 누구도 그런 일에 신경을 쓰지 않을 거예요. 돈이 모든 걸 덮어 버리니까요."

"모든 건 아니지만 많은 걸 감추어 주지."

라비크는 눈꺼풀이 무거워지는 것을 느꼈고, 그 때문에 말이 점점 느려졌다.

"이 정도면 충분히 마신 것 같군." 하고 그는 주머니에서 지폐 몇 장을 꺼냈다. "롤랑드, 툴루즈에 가면 결혼할 건가?"

"금방은 아녜요. 이삼 년 정도 지나서요. 그곳에 남자 친구가 있거든요."

"그 사람한테 종종 가나?"

"가끔요. 그 사람이 이따금씩 편지를 해요. 물론 다른 주소로요. 그 사람은 결혼했지만, 부인이 병원에 있어요. 폐병인데, 의사들 말이 기껏해야 한두 해 산대요. 그다음엔 그 사람은 자유로워지는 거죠."

라비크는 일어섰다. "롤랑드, 행운을 빌어. 당신은 상식이 있는 사람이야."

그녀는 별다른 의구심도 없이 미소를 지었다. 그의 말은 너무도 당연했다. 그녀의 밝은 얼굴엔 피로의 흔적조차 없었고, 방금 깨어난 것처럼 싱싱했다. 그녀는 자신이 원하는 것을 알고 있었다. 인생은 그녀에게 아무런 비밀도 만들지 않았던 것이다.

밖은 이미 환했고, 비도 멎어 있었다. 공중 화장실들이 거리 모퉁이마다 포탑처럼 서 있었다. 문지기는 모습을 감추었고, 밤은 물러갔으며, 하루가 시작되었다. 바삐 서두르는 사람들 무리가 지하철 입구마다 북적거렸다. 대지에 뚫린 구멍들 같았고, 사람들은 암흑의 신에게 제물로 바쳐지기 위해 그곳으로 뛰어드는 것처럼 보였다.

여자는 소파에서 후다닥 일어났다. 고함을 치지는 않았고, 기어 들어가는 목소리를 간신히 내며 벌떡 일어섰다. 팔꿈치로 지탱을 했으나 몸은 굳어 버렸다.

"가만, 가만." 하고 라비크가 말했다. "나요. 몇 시간 전에 당신을 여기로 데려왔던 사람."

여인은 다시 숨을 쉬었다. 라비크의 눈에 여자가 흐릿하게 보였다. 전구 불빛들은 창으로 밀려드는 아침 햇살과 뒤섞여 노르스름하고 병적인 색을 띠고 있었다. "이젠 불을 꺼도 될 거요." 하고 그는 스위치를 비틀었다.

취기 탓에 관자놀이 부근에서 부드러운 망치질이 다시 느껴졌다. "아침 식사할래요?" 하고 그는 물었다. 그동안 여자의 존재를 감쪽같이 잊고 있었고, 열쇠를 손에 들었을 때만 해도 여자가 없을 거라 생각했다. 여자가 없었으면 하는 생각도 들었다. 술도 충분히 마셨고, 의식의 무대도 뒤바뀌었으며, 짤랑거리는 시간의 사슬도 산산이 부서졌다. 두려움 없이 강력하게 그를 에워싸고 있는 것은 기억과 꿈이었다. 그는 무엇보다도 혼자 있고 싶었다.

"커피 드실래요?" 하고 그가 물었다. "여기서 대접할 건 커피뿐인데."

여자는 고개를 가로저었다. 그는 여자를 좀 더 유심히 쳐다보았다. "왜 그래요? 여기 누가 왔었나요?"

"아뇨."

"하지만 무슨 일이 있는 게 분명해요. 유령이라도 대하듯 나를 뚫어지게 쳐다보고 있어요."

여자는 입술을 움직거리다가 말했다. "냄새."

"냄새라고?" 라비크는 이해가 안 된다는 듯이 다시 물었다. "보드카는 냄새가 안 나고, 버찌 술도 브랜디도 냄새가 안 날 텐데. 담배는 당신도 피우고. 무엇이 그렇게 무섭다는 거죠?"

"그 말이 아니라……."

"그럼, 뭐란 말이죠?"

"똑같은, 똑같은 냄새……."

"맙소사, 에테르인지도 모르겠군." 라비크는 갑자기 생각이 나서 말했다. "에테르 냄새를 말하는 거요?"

여자는 고개를 끄덕였다.

"이전에 수술한 적 있나요?"

"아녜요……. 저는……."

라비크는 더 이상 듣지 않았다. 창문을 열었다. "곧 없어질 거요. 그동안 담배나 피워요."

그는 욕실로 들어가 수도꼭지를 틀었다. 거울에 비친 자기 얼굴을 보았다. 두어 시간 전에도 그는 지금처럼 그렇게 서 있었다. 그동안 한 인간이 죽은 것이다. 그러나 그건 아무것도 아니었다. 순간순간 몇천 명씩 죽어 나가지 않는가. 거기에 대한 통계도 있다. 그런 건 문제도 아니었다. 그러나 죽은 그 인간에게는 그 순간이 전부이며, 계속해서 돌아가고 있는 온 세상보다 더 중요한 것이다.

그는 욕조 가장자리에 걸터앉아 구두를 벗었다. 모든 것은 언제나 동일했다. 일상적인 일들과 그것들의 말없는 강요. 모든 것이 허깨비처럼 미끄러져 가는 가운데서 벌어지는 시시한 일들, 보잘것없는 습관. 사랑의 물결이 일렁일 때 꽃피어나는 심정의 기슭, 하지만 시인이건 반신(半神)이건 백치건, 그가 누구든 두어 시간마다 천국에서 불려 내려와 오줌을 눠야 한다. 누구라도 여기서 벗어날 순 없지 않은가! 자연의 아이러니. 분비선(腺)의 반사작용과 소화작용 위에 펼쳐진 낭만적인 무지개. 쾌락 기관이 동시에 배설기관이 되도록 악마적으로 그렇게 만들어진 것이다. 라비크는 구두를 벗어 구석으로 던졌다. 옷을 벗어야 한다는 지긋지긋한 습관! 이것으로부터도 벗어날 수 없다. 혼자 사는 사람만 알 수 있는 일. 저주받은 순종이자 체념. 거기서 빠져나오려고 종종 옷을 입은 채 자기도 했다. 하지만 그건 유예에 불과할 뿐. 그런 습관에서 빠져나올 순 없는 것이다.

그는 샤워기를 틀었다. 차가운 물이 맨살 위로 쏟아져 내렸다. 심호흡을 하며 몸을 닦았다. 작은 일들이 주는 위안. 물, 호흡, 밤비. 혼자 있는 자만이 이 모든 것을 아는 법이다. 시원하다고 말하는 피부. 어두운 혈관 속을 가볍게 흘러내리는 피. 풀밭에 눕는다. 자작나무. 여름철 흰 구름. 청춘의 하늘. 마음의 모험들은 어디로 가 버렸는가? 생존을 위한 음울한 모험 속에서 망가지고 만 것이다.

그는 방으로 돌아왔다. 여자는 소파 한구석에 쪼그리고 앉아 담요로 몸을 폭 싸고 있었다.

"추워요?" 하고 그가 물었다.

그녀는 고개를 가로저었다.

"겁이 나요?"

그녀는 고개를 끄덕였다.

"내가요?"

"아뇨."

"밖이?"

"네."

라비크는 창문을 닫았다. "고마워요." 하고 그녀가 말했다.

그는 눈앞에 있는 여자의 목덜미를 보았다. 양쪽 어깨. 숨 쉬고 있는 그 무엇. 낯선 생명체 한 조각…… 하지만 생명임에는 분명하다. 따뜻한 느낌. 굳어 버린 물체가 아니다. 우리는 따뜻한 그 무엇 외에 무엇을 줄 수 있단 말인가? 더 이상 무엇이 있단 말인가?

여자는 몸을 움직였다. 떨고 있었다. 여자는 라비크를 쳐다보았다. 그는 피도가 밀려 나가는 것을 느꼈다. 무게도 없는 짙은 냉기가 찾아왔다. 긴장은 끝이 났다. 드넓은 공간이 그의 앞에 펼쳐졌다. 마치 다른 행성에서 하룻밤을 지내고 방금 돌아온 듯한 느낌이었다. 모든 것이 갑자기 단순해졌다. 아침이다. 여자가 있다. 더 이상 생각할 것은 없었다.

"이리 와요." 그가 말했다.

여자는 그를 뚫어지게 쳐다보았다.

"오라니까요." 그가 재촉하며 말했다.

3

그는 잠에서 깨어났다. 누군가가 그를 지켜보는 듯한 느낌
이었다. 여자는 옷을 입고 소파에 앉아 있었다. 그러나 그를
쳐다보는 것이 아니라, 창밖을 내다보고 있었다. 그는 여자가
벌써 가 버렸을 거라고 생각했었다. 하지만 여자가 아직도 거
기에 있는 것을 보니 언짢았다. 그는 아침에 다른 사람이 옆에
있는 것을 견딜 수 없었다.

계속 잘까 하는 생각이 들었다. 그러나 여자가 자기를 지켜
보고 있다고 생각하니 방해가 되었다. 그는 여자를 빨리 떨쳐
버리기로 작정했다. 여자가 돈을 기다리고 있다면 문제는 아
주 간단했다. 그보다 더 간단한 일은 없을 것이다. 그는 몸을
일으켰다.

"일어난 지 오래됐어요?"

여자는 깜짝 놀라 뒤로 돌아다보았다. "더 잘 수가 없었어

요. 저 때문에 깼다면 미안해요."

"당신 때문에 깬 건 아니오."

여자가 일어섰다. "가려고 했었어요. 제가 무엇 때문에 계속 앉아 있는지 저도 모르겠어요."

"기다려요. 금방 준비할게요. 아침을 들고 가요. 이 호텔 커피는 유명해요. 그 정도 시간 여유는 있는 것 같은데."

그는 일어나서 벨을 울렸다. 그러고는 욕실로 들어갔다. 여자가 욕실을 사용했다는 것을 알 수 있었다. 그러나 사용한 수건들까지 포함해 모든 게 말끔하게 정돈되어 있었다. 이를 닦고 있자니 여자 종업원이 아침을 가지고 오는 소리가 들렸다.

그는 서둘렀다.

"불편하지 않았어요?" 그가 욕실에서 나오며 물었다.

"왜요?"

"여자애가 당신을 봐서 말이오. 미처 그 생각을 못 했어요."

"아뇨. 그 애도 놀라는 것 같지 않았어요." 여자는 접시를 쳐다보았다. 라비크가 아무런 말도 하지 않았는데 식사는 2인분이었다.

"물론 그랬을 거요. 우린 지금 파리에 있으니까. 자, 커피를 드세요. 머리가 아픈가요?"

"아뇨."

"다행이네. 난 머리가 좀 아파요. 하지만 한 시간 정도 지나면 괜찮아질 거요. 자, 브리오슈를 하나 먹어요."

"전 아무것도 못 먹겠어요."

"아니요, 먹을 수 있어요. 먹을 수 없다고 생각하고 있을 뿐이죠. 한번 먹도록 해 봐요."

여자가 브리오슈 하나를 집었다. 그러고는 다시 내려놓았다. "정말 못 먹겠어요."

"그럼 커피나 마시고 담배나 피우도록 해요. 병사들의 아침 식사니까."

"네."

라비크는 먹기 시작했다. "아직도 배가 안 고파요?" 라비크가 잠시 후에 물었다.

"네."

여자는 담배를 비벼 껐다. "저는……." 하고 말하다가 여자는 입을 다물었다.

"무슨 말인데요?" 라비크는 무심하게 물었다.

"이제 가야겠어요."

"길은 알아요? 여긴 와그람 거리 근천데."

"몰라요."

"어디서 묵고 있지요?"

"베르당 호텔요."

"여기서 몇 분 안 걸려요. 밖에서 가르쳐 드릴게요. 어차피 문지기를 통과하려면 내가 데리고 나가야 하니까요."

"그래요, 하지만 그게 아니고……."

여자는 다시 입을 다물었다. 돈 이야기구나 하고 라비크는 생각했다. 언제나처럼 돈이지. "곤란한 처지라면 도와주는 건 쉬운 일이오." 그는 주머니에서 지갑을 꺼냈다.

"그만둬요! 무슨 의미죠?" 여자가 쌀쌀맞게 말했다. "아무엇도 아니오." 라비크는 지갑을 다시 집어넣었다. "실례했어요……." 여자가 일어섰다. "선생님은…… 너무 감사해요……. 선생님이 없었으면…… 어젯밤엔…… 혼자서 어쩔 줄 몰랐을 거예요……."

라비크는 어제 일을 떠올렸다. 여자가 자기에게 어떤 요구라도 했다면, 그는 가소롭게 생각했을 것이다. 하지만 고맙다고 할 줄은 미처 몰랐다. 그리고 그게 훨씬 어색했다.

"전 어떻게 해야 할지 정말 몰랐어요." 하고 여자가 말했다. 그리고는 여전히 망설이면서 그의 앞에 서 있었다. 이 여자는 왜 안 나가는 거지? 하고 그는 생각했다.

"이젠 알겠지요……." 하고 그는 나오는 대로 말했다.

"모르겠어요." 하고 여자는 그를 똑바로 쳐다보았다. "전 여전히 모르겠어요. 무언가 해야 된다는 걸 알아요. 하지만 제가 도망갈 수 없다는 것도 알아요."

"그만하면 됐어요." 라비크는 외투를 꺼내 들었다. "내가 아래까지 바래다줄게요."

"그러실 필요 없어요. 가르쳐 주시기만 하면……." 여자는 망설이면서 무언가 할 말을 찾았다. "당신이라면 아실 거예요……. 어떻게 했어야 할지……. 만일……."

"만일?" 하고 라비크는 잠시 사이를 두고 말했다.

"만일 사람이 죽었으면……." 하고 여자는 느닷없이 내뱉으며 주저앉았다. 여자는 울었다. 흐느끼지 않고 울었다. 거의 아무런 소리도 내지 않은 채.

라비크는 여자가 진정하기를 기다렸다. "누가 죽었어요?"

여자가 고개를 끄덕였다.

"어젯밤에?"

여자는 다시 고개를 끄덕였다.

"당신이 죽였나요?

여자가 그를 뚫어지게 쳐다보았다. "뭐라고요? 뭐라고 하셨지요?"

"당신이 사람을 죽였느냐고? 어떻게 해야 좋을지 묻는 마당에 내게 자세하게 이야기해 줘야 할 게 아니오."

"그 사람이 죽었어요!" 하고 여자가 소리를 질렀다. "갑작스럽게……."

여자는 두 손으로 얼굴을 감쌌다.

"그 사람 환자였소?"

"네."

"의사한텐 보였던 거요?"

"네……. 하지만 그 사람은 병원엔 가려고 하지 않았어요……."

"어제 의사가 왔었군요?"

"아니요. 사흘 전에요. 그 사람은……. 의사한테 욕을 퍼붓고는 다시는 보려고 하지 않았어요."

"그럼 그 후에 다른 의사한텐 보이지 않았나요?"

"아는 사람이 없었어요. 우리가 여기 온 지 석 주밖에 안 되었거든요. 그 의사는 웨이터가 주선해 주었어요……. 그런데 그 사람은 의사가 필요 없다는 거예요……. 그 사람 말은……. 혼자서도 나을 수 있다는 거예요."

"어디가 아팠던가요?"

"몰라요. 의사는 폐렴이라고 그랬는데……. 하지만 그 사람은 의사가 하는 말을 믿지 않았어요……. 의사는 전부 사기꾼이라면서요……. 어제는 차도가 좀 있었어요. 그러다가 갑자기……."

"왜 병원으로 안 데리고 갔나요?"

"그 사람이 원하지 않았어요. 그 사람은…… 그 사람이 말하기를…… 자기가 없는 사이에 내가 자기를 버릴 거라는 거예요……. 그 사람은　　선생님은 그 사람을 잘 몰라요……. 그러니 아무것도 할 수 없었어요."

"그 사람 아직도 호텔에 있단 말이오?"

"네."

"호텔 주인한텐 사실을 말했나요?"

"아뇨. 그 사람은 갑자기 조용해졌어요……. 모든 게 아주 조용해져 버렸어요. 그리고 그 사람 눈이……. 저는 더 이상 견딜 수 없어 뛰쳐나왔던 거예요."

라비크는 어젯밤 일을 돌이켜 보았다. 순간 낭패감이 들었다. 하지만 일은 벌어지고 말지 않았는가. 이젠 아무래도 좋았다. 그에게도, 그 여자에게도, 특히 여자에겐 더욱더 그랬다. 어젯밤 일은 그 여자에겐 아무래도 좋았다. 단 하나 중요한 것은 여자가 그 일을 극복하는 것이다. 인생이란 감정적인 그 무엇 이상의 것이었다. 라비크는 자기 아내가 죽었다는 소식을 들었던 날 밤, 창녀촌에서 지냈던 것이다. 창녀들이 그를 구원해 주었다. 목사들과 함께 있었더라면 살아남지 못했을 것이다. 알 수 있는 사람만 아는 이야기다. 어떤 설명도 할 수 없다. 하지만 책임 같은 건 없을 수 없다.

그는 자기 외투를 집어 들었다. "갑시다! 내가 함께 갈게요. 그 사람 당신 남편이오?"

"아뇨." 하고 여자가 대답했다.

베르당 호텔의 주인은 뚱보였다. 머리엔 머리카락 한 올 없었지만 콧수염은 검게 물들였고, 눈썹은 시커멓고 촘촘했다. 그는 로비에 서 있었고, 그 뒤론 보이와 하녀 그리고 가슴이 납작한 회계원이 있었다. 그가 모든 걸 알고 있다는 것은 의심할 여지가 없었다. 여자가 들어서는 것을 보곤 발을 마구 구르며 덤벼들 기세였다. 얼굴은 하얗게 질렸고, 살찌고 자그마한 손을 휘둘렀으며, 분노를 못 이겨 욕설을 퍼부었다. 라비크가 보기엔 그런대로 안심이 될 정도의 분노였다. 그가 경찰이니 외국인이니 혐의니 감옥이니 하고 떠들어 대자 라비크가 그의 말을 가로막았다.

"당신 프로방스 태생이오?" 하고 라비크가 차분하게 물었다.

주인은 주춤했다. "아니요. 하지만 그게 무슨 상관이오?" 하고 그는 당황하여 물었다.

"아무것도 아니오." 하고 라비크는 대꾸했다. "그저 당신 말을 중단하려고 그랬소. 그럴 땐 생뚱맞은 질문이 최고지요. 그렇게 하지 않았으면 당신은 한 시간도 더 떠들었을 테니."

"이봐요! 당신 대체 누구요? 무슨 일로 온 거요?"

"이제야 말 같은 말을 하시네."

주인은 정신을 가다듬었다. "선생은 누구신가요?" 그는 한결 차분한 목소리로 물었다. 유력한 사람에겐 어떤 경우에도 실례하지 않으려는 조심스러운 태도였다.

"의사요."

주인으로선 이제 거리낄 게 없었다. "의사는 더 이상 필요 없소." 그는 다시 악을 쓰기 시작했다. "필요한 건 경찰이란 말이야."

그는 라비크와 여사를 노려보았다. 그들이 두려워하든가 항의하든가 간청할 거라고 기대했던 것이다.

"좋은 생각이오. 하지만 왜 아직 오지 않았을까요? 당신은 그 사람이 죽었다는 걸 벌써 몇 시간 전부터 알고 있지 않았나요?"

주인은 아무 대꾸도 하지 않았다. 점점 더 화가 치밀어 라비크를 노려보기만 했다.

"내가 까닭을 말씀드리리다." 라비크는 한 걸음 더 가까이 다가갔다. "당신은 손님들을 생각해서 소동을 일으키고 싶지 않았던 거요. 그런 이야기를 들으면 많은 손님들이 떠나 버릴 테니. 하지만 경찰은 와야 해요. 그게 법이니까. 이 문제를 눈에 띄지 않게 처리하는 건 물론 당신한테 달렸소. 그건 당신의 걱정거리도 아니지요. 당신이 진짜로 겁을 먹은 건, 모든 걸 당신한테 떠맡기고 도망친 게 아닌가 하는 거였소. 하지만 그럴 필요는 없었소. 방 값 때문에도 걱정했겠지만, 계산은 할 겁니다. 우선 죽은 사람이나 봅시다. 그러고 나서 다른 건 내가 다 알아서 처리하겠소."

라비크는 주인 곁을 지나갔다. "몇 호실이지요?" 하고 그는 여자에게 물었다.

"14호."

"같이 갈 필요는 없어요. 내가 혼자서 할 수 있으니까."

"아녜요. 여기 있고 싶지 않아요."

"아무것도 안 보는 게 나을 텐데."

"아녜요. 여기 있기 싫어요."

"좋아요. 편하실 대로."

천장이 낮은, 거리 쪽 방이었다. 문 앞엔 하녀와 보이들 몇몇이 서 있었다. 라비크는 그들 사이를 비집고 들어갔다. 방엔 침대 두 개가 있었고, 벽 쪽 침대에 사내의 시체가 누워 있었다. 붉은색 비단 파자마를 입은 검은 곱슬머리 사내는 밀랍 인형처럼 누렇게 굳은 채 누워 있었다. 두 손은 한데 모으고 있었다. 사내 곁 자그마한 탁자에는 얼굴에 립스틱을 바른, 자그마하고 값싼 목제 성모상이 놓여 있었다. 라비크가 집어 올려서 보니, 성모상 등에 '메이드 인 독일'이 새겨져 있었다. 라비크는 죽은 사내의 얼굴을 유심히 바라보았다.

그의 입술에 루즈의 흔적은 없었다. 그런 남자로 보이지도 않았다. 눈은 반쯤 뜨고 있었다. 한쪽 눈보다 다른 쪽 눈이 조금 더 열려 있었다. 그것이 영원한 권태 속에서 굳어 버린 듯, 무관심하기 그지없는 표정을 시체에 부여하고 있었다.

라비크는 시체 위로 몸을 숙였다. 침대 곁 탁자에 놓인 병들을 조사해 보았고, 시체도 살펴보았다. 폭력의 흔적은 없었다. 그는 몸을 일으켰다. "여기 왔던 의사 이름이 뭐였죠?" 그가 여자에게 물었다. "이름을 모르나요?"

"몰라요."

그는 여자를 쳐다보았다. 여자의 얼굴은 새하얗게 질려 있었다. "저기 앉아 있으세요. 저기 구석에 있는 의자에 앉아 있어요. 의사를 데려온 보이는 여기 있나요?"

그는 문간에서 들여다보고 있는 얼굴들을 쳐다보았다. 모두의 얼굴에 공포와 호기심이 서려 있었다.

"이 층은 프랑수아가 맡고 있는데요." 빗자루를 창처럼 손에 쥔 청소부 여자가 말했다.

"프랑수아는 어디 있죠?"

보이 하나가 사람들을 비집고 앞으로 들어왔다. "여기 왔던 의사 이름이 뭐지?"

"보네. 샤를 보네입니다."

"그 사람 전화번호를 아나?"

보이는 전화번호를 뒤적여 찾았다. "파시 27 43번입니다."

"됐어." 라비크는 사람들 사이에서 호텔 주인이 불쑥 얼굴을 내미는 것을 보았다. "이제 문을 닫는 게 어때요. 길 가는 사람까지 모두 끌어들일 작정이오?"

"천만에! 모두들 나가! 모두 나가란 말이야! 자네들 뭣 때문에 여기서 서성거리고 있나? 내가 주는 월급을 거저먹을 셈인가?"

주인은 종업원들을 몰아내고 문을 닫았다. 라비크는 전화기를 집어 들었다. 그리고 베버에게 전화를 걸어 잠시 말을 주고받았다. 그러고 나서 파시의 전화번호로 전화를 걸었다. 보네는 자기 진찰실에 있었다. 의사는 여자가 했던 말을 다시 했다. "그 남자가 죽었어요." 하고 라비크가 말했다. "잠깐 오셔서 사망진단서를 써 주시죠?"

"그 사람은 나를 내쫓았어요. 아주 모욕적으로 말이오."

"그 친구는 이제 선생을 모욕할 처지도 못 됩니다."

"그 사람은 진료비도 아직 내지 않았습니다. 게다가 나를 욕심 많은 돌팔이라고 불렀단 말이오."

"계산을 해 드린다면 오시겠습니까?"

"다른 사람을 대신 보내겠어요."

"선생께서 직접 오시는 편이 나아요. 그렇지 않으면 돈을 받기는 글렀어요."

"좋아요." 하고 보네는 잠시 망설이다 대답했다. "하지만 돈을 받기 전엔 사인을 하지 않겠어요. 300프랑이오."

"좋습니다. 300프랑을 드리지요."

라비크는 수화기를 놓았다. "이런 소리를 듣게 해서 미안해요." 그가 여자에게 말했다. "달리 다른 방법이 없어요. 우린 그 사람이 꼭 필요해요."

여자는 어느새 지폐를 몇 장 꺼내들었다. "괜찮아요." 하고 그녀가 대꾸했다. "이런 일이 처음은 아니니까요. 여기 돈이 있어요."

"좀 기다립시다. 그 사람이 곧 올 거요. 그 사람한테 주면 돼요."

"선생님이 사망진단서를 쓰면 안 되나요?" 하고 여자가 물었다.

"안 돼요." 하고 라비크가 말했다. "이 일은 프랑스 의사가 아니면 안 돼요. 치료해 준 담당의사가 하는 게 제일 간단하죠."

보네가 문을 닫고 나가자 방 안은 갑자기 조용해졌다. 다만 한 사람이 방을 나간 거라고는 믿기지 않을 만큼 조용했다. 거리를 달리는 자동차들의 소음도, 육중한 공기의 벽에 부딪쳐 튕겨 나가기라도 한 듯 아주 가늘게 들려왔다. 흰 동인 여기저기로 떠돌다가, 이제 비로소 죽은 자는 자신의 존재를 드러내기 시작했다. 죽은 자의 막강한 침묵이 싸구려 공간을 가득 채웠다. 번쩍이는 붉은 파자마를 입고 있어도 아무런 문제가 되지 않았다. 죽은 어릿광대가 주위를 지배하듯 그자는 주위를 압도했다. 이젠 움직이지 않기 때문이었다. 살아 있는 것은 움직이는 법이고, 움직이는 것은 힘과 우아함과 우스꽝스러움을 동시에 가진다. 하지만 이제 다시 움직일 수 없고 썩어 가기만 할 뿐인 존재의 저 낯선 위엄은 가질 수 없는 것이다. 그것은 오직 완성된 자만이 가질 수 있으며, 그것도 아주 짧은 시간 동안일 뿐이다. 인간은 죽어야만 비로소 완성되는 것이다.

"이 사람과 결혼한 사이는 아니지요?" 라비크가 물었다.

"아뇨. 그런데 왜요?"

"법 때문이오. 유산 문제 말이죠. 경찰이 당신 것과 저 사람 것을 구별해 서류를 작성할 거요. 당신 건 잘 챙기도록 하세요. 저 친구 건 경찰이 가져갈 테니. 저 사람 친척이 나타나면 주려고 말이죠. 저 사람한테 친척은 있나요?"

"프랑스엔 없어요."

"당신은 저 사람하고 살았지요?"

여자는 대답하지 않았다.

"오래됐나요?"

"이 년 동안요."

라비크는 주위를 둘러보았다. "가방은 없어요?"

"있어요……. 여기 놓아두었는데……. 저기 벽 쪽에요. 어제저녁까지."

"알겠소. 주인 짓이오." 라비크는 문을 열었다. 그러자 빗자루를 든 청소부 할머니가 후다닥 뒤로 물러섰다. "할머니." 하고 라비크가 말했다. "나이 치고는 호기심이 너무 많군요. 주인을 불러 주시오."

청소부는 무언가 항의하려 했다.

"잘못했어요." 하고 라비크는 말을 가로막았다. "할머니 나이쯤 되면 호기심밖에 없는 건 당연한데. 어쨌든 주인을 불러 주세요."

노파는 무언가 중얼거렸고, 빗자루를 앞으로 내밀고는 가 버렸다.

"안됐지만." 하고 라비크가 말했다. "할 수 없소. 좀 야박하게 보일 테지만, 지금 당장 해결하는 게 나아요. 당신이 지금 이해를 못 하더라도 그 편이 더 수월해요."

"이해할 수 있어요." 하고 여자가 말했다.

라비크는 여자를 유심히 쳐다보았다.

"이해한다고요?"

"네."

호텔 주인이 계산서를 들고 들어왔다. 노크도 하지 않았다.

"가방은 어쨌소?" 하고 라비크가 물었다.

"계산부터 해 주시오. 여기. 우선 계산을 하시오."

"가방부터 내놓으시오. 계산하지 않겠다고 한 적 없소. 방은 아직도 빌리고 있는 거니, 다음번에는 들어올 땐 노크를 하란 말입니다. 계산서를 이리 주고, 가방을 가져오시오."

수인은 성난 얼굴로 노려보았다. "돈은 지른딘 밀입니다." 라비크는 다시 한 번 말했다.

주인은 물러났다. 나가면서 문을 쾅 닫았다.

"가방 속에 돈이 있었나요?" 라비크가 여자에게 물었다.

"제 생각엔……. 아닐 거예요."

"어디 있는지 몰라요? 양복에? 아니면 돈이 없나?"

"돈은 지갑에 넣고 다녔어요."

"지갑은 어디 있지요?"

"밑에……." 하고 여자는 망설이며 말했다. "베개 밑에 넣어 두곤 했어요."

라비크는 몸을 일으켰다. 그리고 죽은 자의 머리가 얹힌 베개를 조심스럽게 들어올려 그 아래에서 검은색 가죽 지갑을 꺼냈고, 그것을 여자에게 주었다. "돈과 당신에게 중요한 것을 모두 꺼내요. 감상에 젖을 여유가 없어요. 당신은 살아야 해요. 그밖에 어디에 소용이 있겠소? 경찰서에서 곰팡이가 슬게 내버려 둘 작정이오?"

그는 잠시 창밖을 내다보았다. 화물차 운전사가 거리에서 말 두 필이 끄는 채소 마차의 마부에게 욕설을 퍼붓고 있었다. 운전사는 강력한 모터의 위세를 등에 업은 채 마부에게 욕을 해 댔다. 라비크가 돌아다보았다. "끝났어요?"

"네."

"지갑을 도로 주시오."

그는 지갑을 베개 밑에 밀어 넣었다. 지갑은 이전보다 얇게 느껴졌다. "꺼낸 것들을 당신 핸드백에 넣어요."

여자는 시키는 대로 따랐다. 라비크는 계산서를 집어 들고는 세밀하게 훑어보았다.

"여기서 한 번이라도 계산한 적이 있어요?"

"잘 모르겠어요. 그런 적이 있는 것 같긴 한데."

"이건 두 주 치 계산섭니다. 계산은……." 라비크는 잠시 망설였다. 죽은 사내를 라진스키 씨라고 부르려니 기분이 이상했다. "계산은 언제나 정확하게 치렀나요?"

"네, 항상 그랬어요. 그 사람은 말하곤 했어요. 자기 같은 형편이면 기왕 지불할 거 날짜에 맞추어 지불하는 게 중요하다고 말예요."

"주인이 나쁜 놈이군! 마지막으로 치른 계산서가 어디에 있는지 짐작 안 가요?"

똑똑 노크 소리가 들렸다. 라비크는 미소를 억누를 수 없었다. 사환이 가방을 들고 들어왔고, 그 뒤로 주인이 따라 들어왔다. "이게 전부요?" 라비크가 여자에게 물었다.

"네."

"물론 이게 전부요." 주인이 투덜거렸다. "도대체 무슨 생각을 하는 거죠?"

라비크는 작은 가방을 집어 들었다. "이 가방 열쇠를 가지고 있나요? 없어요? 그럼 열쇠를 어디다 두었을까?"

"옷장에. 양복 호주머니에요."

라비크는 옷장을 열었다. 옷장은 텅 비어 있었다. "어떻게 된 거요?" 그가 주인에게 물었다.

주인은 사환 쪽을 돌아보며 버럭 소리를 질렀다. "어떻게 된 기야?"

"양복은 밖에 있어요." 사환이 더듬거리며 말했다.

"뭐 때문에?"

"솔질도 하고 깨끗이 하려고요."

"이젠 그럴 필요가 없을 텐데." 라비크가 말했다.

"얼른 가져와, 이 도둑놈의 새끼!" 주인이 소리를 질렀다.

사환은 이상하다는 듯이 눈을 껌벅이더니 나가서는 곧 양복을 가지고 돌아왔다. 라비크는 상의를 털고 나서 바지도 털었다. 바지에서 달그락거리는 소리가 났다. 라비크는 잠시 망설였다. 죽은 사내의 바지를 뒤지자니 기분이 묘했다. 양복도 주인과 함께 죽어 버린 것 같았고, 그런 생각이 드는 것이 이상하기도 했다. 양복은 양복일 뿐인데.

그는 열쇠를 끄집어내어 가방을 열었다. 위쪽에 천막포로 덮개를 만든 서류철이 있었다. "이거 맞아요?" 그가 여자에게 물었다. 여자는 고개를 끄덕였다.

라비크는 계산서를 금방 찾아냈다. 방 값은 이미 치러져 있었다. 그는 영수증을 주인에게 내밀며 말했다. "한 주 치를 더 계산하셨군그래."

"그래서?" 하고 주인이 오히려 펄쩍 뛰며 말했다. "그럼 이 짜증나는 일은 어쩌란 말인가? 이 야비한 일은? 이 야단법석은? 이게 아무것도 아니라고? 내 속이 뒤집힌단 말이다. 이것도 계산에 넣어야지, 안 그래? 손님들이 나가 버릴지도 몰라, 당신 말대로! 손해가 그것뿐인가! 이 침대는 어쩌라고? 이 방도 황으로 소독해야지? 더러워진 시트는?"

"시트는 이미 계산에 들어 있군. 25프랑짜리 저녁 식사도 어제저녁 죽은 사람이 먹은 걸로 되어 있고. 당신 어제저녁 여기서 식사를 했어요?" 그가 여자에게 물었다.

"아뇨. 하지만 그냥 지불하면 안 될까요? 저는…… 전 빨리 끝내고 싶어요."

빨리 끝내고 싶다 하고 라비크는 생각했다. 그게 무슨 기분인지 이해가 간다. 그러고 난 후 정적과 죽은 인간. 침묵이라는 결정타. 역겹긴 하지만 그러는 편이 나을 것 같다. 그는 탁자에서 연필을 집어 들고 계산을 했다. 그리고 계산 결과를 주인에게 돌려주었다. "됐소?"

주인은 마지막 숫자를 슬쩍 살피고는 말했다. "나를 정신 나간 놈으로 보시오?"

"됐냐고요?" 하고 라비크는 다시 물었다.

"도대체 당신은 누구요? 왜 이 일에 끼어드는 거지?"

"우린 형제지간이오." 라비크가 말했다. "이제 알아들었소?"

"서비스 요금과 세금으로 10퍼센트 가산입니다. 안 그러면 못 받소."

"좋소." 라비크는 가산을 했다. "그럼 292프랑을 지불하세요." 하고 그가 여자에게 말했다.

여자는 핸드백에서 지폐 300프랑을 끄집어내어 주인에게 줬고, 주인은 그것을 받아 들고 돌아 나가려 했다. "6시까지 방을 비워 주시오. 그 시각이 지나면 하루치로 계산하겠소."

"거스름돈 8프랑은 돌려주셔야지." 하고 라비크가 말했다.

"그럼 사환한테는?"

"그건 우리가 직접 주지. 팁도 물론."

주인은 마뜩찮은 태도로 8프랑을 책상 위에 놓았다. 그리고 "외국 놈들, 정말 치사하군." 하고 중얼거리며 방에서 나갔다.

"프랑스 호텔업자들 중에는, 외국인 덕에 먹고 살면서도 외국인을 미워하는 걸 자랑으로 아는 놈들이 많지." 라비크는 사환이 팁을 바라는 얼굴로 문간에 서 있는 것을 알아차렸다. "자, 여기……."

사환은 먼저 지폐를 쳐다보았다. 그러고는 "고맙습니다, 손님." 하고 말하며 나가 버렸다.

"이제 문제는 경찰이오. 그 문제를 해결해야 이 사람을 데리고 나갈 수 있어요." 라비크는 그렇게 말하며 여자를 쳐다보았다. 여자는 나직하게 다가오는 저녁놀을 맞으며 구석의 가방들 사이에 가만히 앉아 있었다. "사람은 죽으면 대접을 잘 받지요……. 살아 있을 땐 아무도 걱정해 주지 않지만."

그는 다시 여자를 쳐다보았다. "밑으로 내려가지 않을래요? 아래층에는 사무실 같은 거라도 있을 텐데." 여자는 머리를 가로저었다.

"나도 같이 가겠소. 내 친구 하나가 와서 경찰 일은 처리해 줄 거요. 베버 박사라고. 아래층으로 내려가서 기다립시다."

"싫어요. 전 여기 있고 싶어요."

"할 일도 없는데, 왜 여기 있으려는 거죠?"

"잘 모르겠어요. 저 사람은 ……. 이제 여기 오래 있지 못하잖아요. 저는 자주…… 저 사람은 저랑 같이 있을 때 행복하지 못했어요. 전 자주 집을 비웠거든요. 그래서 지금만이라도 여기 있고 싶어요."

여자는 아무런 감정의 변화도 없이 조용히 말했다.

"그런다고 해서 죽은 사람이 알아 줄 리는 없어요." 라비크가 말했다.

"그런 뜻이 아니라……."

"좋아요. 그럼, 여기서 뭘 마시기나 합시다. 당신한텐 그게 필요해요." 라비크는 대답도 기다리지 않고 벨을 눌렀다. 웨이터가 의외로 빨리 나타났다. "큰 잔으로 코냑 두 잔 갖다주게."

"여기로요?"

"그래, 여기 아니면 어디겠나?"

"알겠습니다, 손님."

웨이터는 잔 두 개와 쿠르부아제 한 병을 가져왔다. 그리고 어둑어둑한 가운데 침대가 하얗게 보이는 구석을 힐끔 쳐다보았다. "불을 켤까요?" 하고 그가 물었다.

"됐네. 병은 여기 놓아두게." 웨이터는 쟁반을 탁자 위에 놓고 침대 쪽을 다시 한 번 쳐다보고는 얼른 방을 빠져나갔다.

라비크는 병을 들어 잔 두 개에 가득 부었다. "이걸 마셔요. 기분이 한결 좋아질 겁니다."

그는 여자가 싫다고 하면 강요해서라도 마시게 할 작정이었다. 그러나 여자는 조금도 망설이지 않고 잔을 죽 비웠다.

"당신 거 말고 다른 가방엔 중요한 게 없나요?"

"없어요."

"갖고 싶은 게 있을 수도 있는데. 당신에게 필요한 거 말이오……. 한번 뒤져 보지 않겠소?"

"아뇨. 안엔 아무것도 없어요. 제가 알아요."

"저 작은 가방 안에도?"

"그럴 거예요. 거기에 뭐가 있는지 저는 몰라요."

라비크는 가방을 집어 창가 탁자 위에 올려놓고는 열어 보았다. 병 몇 개, 속옷 몇 벌, 노트 몇 권, 수채화 박스 하나, 화필 몇 개, 책 한 권. 그리고 천막포로 덮개를 만든 서류철 옆주머니엔 지폐 두 장이 얇은 비단 종이로 감싸여 있었다. 그는 그것을 전등에 비춰 보았다. "100달러군." 하고 그가 말했다. "넣어 두시오. 이걸로 한동안 살 수 있을 거요. 이 가방을 당신 가방과 같이 놓아둡시다. 이젠 당신 거나 마찬가지니까."

"고마워요." 하고 여자가 말했다.

"당신은 이런 짓거리들이 역겹겠지만, 이렇게 해야 해요. 당신에겐 중요한 일이오. 이렇게 해야만 한동안 여유가 생길 테니 말이오."

"역겹다고는 생각하지 않아요. 다만 저 혼자였다면 할 수 없었을 거예요."

라비크는 다시 잔들을 가득 채웠다. "한 잔 더 하시오."

여자는 잔을 천천히 비웠다. "기분이 좀 나아요?" 하고 그가 물었다.

여자는 그를 유심히 쳐다보았다. "좋지도 나쁘지도 않아요. 아무 느낌도 없어요." 여자는 어둑어둑한 황혼 속에 앉아 있었다. 가끔씩 네온사인의 붉은빛이 그녀의 얼굴과 손을 스쳐 지나갔다.

"아무 생각도 할 수 없어요." 하고 여자가 말했다. "저 사람이 여기 있는 동안에는요."

구급차 인부 둘이 담요를 뒤로 젖히고 들것을 침대 옆으로 밀어 넣었다. 그러고 나서 시체를 옮겨 실었다. 그들은 신속하고 사무적으로 일을 처리했다. 라비크는 여자가 혹시 기절할까 봐 그녀 바로 곁에 서 있었다. 인부들이 시체를 덮기 전에, 그는 허리를 굽혀 침대 옆 탁자에 있는 자그마한 목제 성모상을 집어 들며 말했다. "이건 당신 것 같은데 가질래요?"

"필요 없어요."

그는 여자에게 성모상을 주었고, 여자는 받지 않았다. 그는 작은 가방을 열고 성모상을 거기에 넣었다.

구급차 인부들이 천으로 시체를 덮었다. 그러고는 시체를 들어 올렸다. 문은 비좁았고, 밖의 복도도 넓지 않았다. 그들은 지나가려고 애를 썼으나 불가능했다. 들것이 벽에 부딪쳤다.

"시체를 내려서 들어야겠는데요." 나이가 더 많은 인부가 말했다. "이대로는 모퉁이를 돌 수가 없어요."

그는 라비크를 쳐다보았다. 라비크는 여자에게 말했다. "우리는 아래층에서 기다립시다."

여자가 머리를 가로저었다.

"좋아요." 하고 그가 인부들에게 말했다. "편한 대로 하시오."

두 사람은 시체의 발과 어깨 부분을 맞잡고 들어 올려 마룻바닥에 놓았다. 라비크는 무언가를 말하려고 했다. 그는 여자를 쳐다보았다. 여자는 꼼짝도 하지 않았다. 그는 입을 다물었다. 인부들은 들것을 밖으로 들고 나갔다. 그러고 나서 어둑어둑한 가운데 다시 돌아와, 흐릿하게 불을 밝힌 복도로 시체를 들고 날랐다. 라비크는 그들 뒤를 따라갔다. 인부들은 시체를 높다랗게 쳐들고 층계를 내려가야 했다. 시체 무게 때문에 인부들의 얼굴은 팽팽하게 부풀어 올랐고, 붉어졌으며 땀에 젖어 축축해졌다. 죽은 자는 인부들의 머리 위에서 흔들거렸다. 라비크는 그들이 아래층으로 내려갈 때까지 지켜보았다. 그러고 나서 되돌아왔다.

여자는 창가에서 밖을 내다보고 있었다. 길에는 구급차가 서 있었다. 인부들은 빵 굽는 사람이 오븐에 빵 반죽을 넣듯이 들것을 밀어 넣었다. 그러고는 자기들 자리로 올라갔다. 엔진은 땅 밑에서 누군가가 울부짖듯 소리를 질렀고, 구급차는 휙 커브를 돌며 모퉁이로 사라졌다.

여자가 몸을 돌렸다. "아까 갔더라면 좋았을 걸 그랬소." 라비크가 말했다. "뭐 때문에 끝까지 봐야 하는 거죠?"

"그럴 수 없었어요. 제가 그 사람을 먼저 떠날 수는 없었어요. 이해하지 못하시겠어요?"

"알 것 같네요. 자, 이리 와요. 한잔 더 합시다."

"괜찮아요."

경찰과 구급차가 왔을 때 베버가 전등을 켜 놓았었다. 시체가 나가 버리자 공간은 더 넓어진 것 같았다. 더 커지고 이상할 정도로 죽어 있었다. 시체만 사라지고 죽음은 그대로 남아 있는 듯했다.

"이 호텔에 그대로 묵을래요? 그러고 싶진 않겠지만?"

"싫어요."

"파리에 아는 사람은 없는 거요?"

"없어요. 한 사람도."

"가고 싶은 호텔이 있어요?"

"아뇨."

"근처에 이곳과 비슷한 작은 호텔이 하나 있어요. 깨끗하고 단정한 곳이오. 거기 가면 당신 방 하나쯤은 구할 수 있을 건데. 미랑 호텔이라고."

"그 호텔로 가면 안 될까요, 저기…… 선생님이 계시는 호텔에요?"

"앙테르나쇼날 말이오?"

"네. 저는…… 거기라면…… 이젠 선생님 속마음도 알게 되었으니. 아주 낯선 곳보다는 나을 테죠."

"앙테르나쇼날은 여자들한텐 좋은 곳이 아니오." 라비크가 말했다. 그건 안 돼 하고 라비크는 생각했다. 같은 호텔에 있겠다니. 난 환자의 보호자가 아니잖아. 그런데 이 여자는 벌써 내게 무슨 책임이라도 있다고 생각할지 모르겠군. 그런 여자도 있긴 있었지. "그곳을 권할 순 없소." 하고 그는 의도했던 것보다 더 쌀쌀맞게 말했다. "사람들이 늘 북적여요. 피난민들 말이오. 미랑 호텔이 나아요. 그곳이 마음에 안 들면 언제든지 바꿀 수도 있고."

여자가 그를 물끄러미 쳐다보았다. 자기 생각을 여자가 뻔히 들여다보는 것 같아 그는 부끄러웠다. 하지만 잠시 부끄럽더라도 나중에 마음 편한 게 나았나.

"맞아요." 하고 여자가 말했다. "선생님 말씀이 옳아요."

라비크는 가방을 아래층으로 택시까지 운반하도록 일렀다. 미랑 호텔은 이삼 분 거리에 있었다. 그는 방 하나를 빌려 여자와 같이 올라갔다. 방은 3층으로, 장미꽃 무늬 벽지로 장식되어 있었고, 침대와 옷장 그리고 의자 두 개가 딸린 탁자가 있었다.

"마음에 들어요?" 하고 그가 물었다.

"네, 아주 좋은데요."

라비크는 두리번거리며 벽지를 살폈다. 의외로 괜찮았다. "어쨌건 밝기는 하군." 하고 그가 말했다. "밝고 깨끗해."

"맞아요."

가방이 운반되어 왔다. "자, 이제 됐네요."

"그래요. 고마워요, 너무 고마워요."

여자는 침대에 걸터앉았다. 얼굴은 무척 창백하고 푸석푸석했다. "잠을 좀 자도록 하세요. 그럴 수 있겠어요?"

"자도록 해 볼게요."

그는 주머니에서 원통형 알루미늄 케이스를 끄집어내 알약 몇 알을 흔들어 꺼냈다.

"이걸 먹으면 잘 수 있을 거요. 물 한 잔 하고. 지금 먹을래요?"

"아뇨, 나중에."

"좋아요. 난 이제 갑니다. 이삼 일 후 다시 오겠소. 될 수 있는 대로 빨리 자도록 해요. 여기 장의사 주소를 두고 가요. 혹시 무슨 일이 있을지도 모르니. 하지만 그곳엔 안 가는 게 좋을 거요. 우선 자신을 먼저 챙겨요. 다시 올게요." 그러고 나서 라비크는 잠시 망설이다 물었다. "당신 이름은?"

"마두. 조앙 마두예요."

"조앙 마두. 좋아요. 기억할게요." 그는 이름을 기억하지 않을 것이며, 다시 찾아오지도 않으리라는 걸 알고 있었다. 그래서 더욱 허세를 부렸다. "적어 두는 게 좋겠군." 하고 그는 주머니에서 처방철(綴)을 끄집어냈다. "여기에다 직접 써 주지 않겠어요? 그 편이 더 간단하니까."

그녀는 처방철을 받아 자기 이름을 썼다. 그는 그것을 들여다보고는 뜯어내어 외투 옆주머니에 집어넣었다. "빨리 자도록 해요." 하고 그는 말했다. "내일이면 모든 게 달라져 보일 거요. 멍청하고 낡아 빠진 말처럼 들리겠지만 사실이오. 지금 당신한테 가장 필요한 건 잠과 얼마간의 시간이오. 얼마 지나지 않아 이겨 낼 수 있을 거요. 알겠어요?"

"네, 알겠어요."

"알약을 먹고 자도록 하시오."

"네. 고마워요. 여러 가지로 감사해요. 선생님이 없었더라면 혼자서 어떻게 해야 할지 몰랐을 거예요. 정말."

여자가 손을 내밀었다. 손은 차가웠지만, 힘이 들어 있었다. 좋아 하고 그는 생각했다. 그 손은 이미 그 어떤 결심 같은 것을 말하고 있었다.

라비크는 거리로 나섰다. 축축하고 무드러운 바람을 늘이 마셨다. 자동차들, 인간들, 벌써부터 모퉁이에 서서 영업을 시작한 외국인 창녀 두서넛, 비어홀, 싼술집, 담배와 식욕 촉신제와 휘발유 냄새…… 흔들거리며 신속하게 지나가는 생활. 그는 호텔 정면을 쳐다보았다. 몇몇 창에만 불이 켜져 있었다. 그중 한 방에서 여자는 앉은 채로 멍하니 허공을 바라보고 있을 것이다. 그는 주머니에서 여자 이름을 적은 쪽지를 꺼내 찢어 버렸다. 망각. 그 얼마나 멋진 말인가. 공포와 위안과 망령으로 가득 찬 말! 망각 없이 어찌 살아갈 수 있단 말인가? 하지만 어느 누가 충분히 망각할 수 있을 것인가? 사람 마음을 찢어 놓은 기억의 찌꺼기들. 살아가야 할 구실이 더 이상 없어졌을 때, 인간은 비로소 자유로워지는 것이다.

그는 에투알 광장 쪽으로 걸어갔다. 수많은 사람들이 광장을 메우고 있었다. 개선문 뒤에는 서치라이트들이 있었다. 그것들은 무명용사들의 묘지를 비추었다. 묘지 위로 거대한 청, 백, 홍 깃발 하나가 바람에 나부꼈다. 1918년 휴전 20주년 기념일이었다.

하늘에는 구름이 드리워 있었다. 서치라이트 광선들은 갈

기갈기 찢기고 흐릿하고 맥 빠진 깃발의 그림자를 흘러가는 구름 위로 던졌다. 넝마가 된 깃발 하나가 서서히 어두워져 가는 하늘 속으로 가라앉는 것처럼 보였다. 어디선지 군악대 연주 소리가 들려왔다. 가냘프고 허전하게. 가수는 한 사람도 없었다. 군중은 말없이 서 있었다. "휴전이라고요." 하고 라비크 곁에서 어떤 부인이 말했다. "제 남편은 지난번 전쟁에서 전사했어요. 이번엔 아들 차례지요. 휴전이라고요. 무슨 일이 닥칠지 누가 알겠어요……."

4

침대 위 체온 기록표는 새것이라 비어 있었다. 이름만 적혀 있었다. 뤼시엔 마르티네. 뷔트 쇼몽, 크라벨 가.

여자애는 잿빛 얼굴로 쿠션에 파묻혀 있었다. 어제저녁 수술을 받았던 것이다. 라비크는 심장의 고동을 조심스럽게 점검했다. 그러고는 머리를 들며 말했다. "나아졌어. 수혈이 약간의 기적을 일으켰군. 내일까지만 견디면 살 수도 있을 거야."

"좋았어." 하고 베버가 대꾸했다. "축하해. 가능성이 없어 보였는데. 맥박이 140이고 혈압은 80이었지! 카페인에다 코라민[3]이니⋯⋯. 정말 아슬아슬했어."

라비크는 어깨를 으쓱했다. "축하할 것도 없어. 지난번 여

---

3) 스위스 제약회사에서 판매하는 혈압 상승제. 부작용으로 경련 및 호흡곤란을 일으킨다.

자애보다 일찍 왔던 것뿐이야. 발목에 황금 고리를 차고 있던 여자애 말이야. 그게 다야."

그는 여자애에게 담요를 덮어 주었다. "이번 주에만 벌써 두 번째야. 이런 식이라면, 뷔트 쇼몽의 낙태 실패 환자를 위해 병원이라도 세워야겠군. 저번 애도 그곳에서 오지 않았나?"

베버는 고개를 끄덕였다. "맞아, 역시 크라벨 가에서 왔지. 둘은 서로 아는 사이일지도 몰라. 같은 산파한테 갔던 거고. 이 여자애도 저번 여자애처럼 저녁에 왔으니까. 자네를 호텔에서 붙들 수 있었던 게 다행이야. 그곳에 없을 거라고 생각했지."

라비크는 그를 물끄러미 쳐다보았다. "호텔에 살면 저녁엔 보통 집에 없는 법이야, 베버……. 11월의 호텔 방은 그렇게 푸근한 데가 못 돼."

"나도 잘 알아. 하지만 어쩌자고 호텔에서만 죽치고 있는 건가?"

"편하기도 하고 눈에도 잘 안 띄어. 혼자 살지만 혼자가 아닐 수도 있고."

"그런 생활을 원하는 거야?"

"그래."

"그런 건 다른 식으로도 해결할 수 있어. 작은 아파트를 빌린다든가 하면 마찬가지로 그렇게 살 수 있잖아."

"그럴 수도 있겠지." 이렇게 대꾸하고 라비크는 다시 여자애에게 몸을 구부렸다.

"외제니도 그렇게 생각하지, 안 그래?" 베버가 물었다.

간호사는 눈을 들어 쳐다보았다. "라비크 씨는 결코 그렇게 안 하실걸요." 하고 그녀는 쌀쌀맞게 말했다.

"닥터 라비크라고 불러, 외제니." 하고 베버는 고쳐서 말했다. "이분은 독일에서 커다란 병원 외과부장이셨던 말이야. 나보다 훨씬 훌륭한 분이야."

"여기서는……." 하고 간호사는 말을 꺼내며 안경을 고쳐 썼다.

베버는 그 말을 얼른 가로막았다. "좋아! 그만둬! 우리 모두가 아는 일이야. 이 나라에선 외국 학위를 인정하지 않아. 멍청한 짓이지! 그런데 이분이 아파드 값은 꼭 빌리지 않을 기리는 걸 어떻게 그렇게 잘 알아?"

"라비크 씨는 패배한 사람이에요. 가정 같은 건 결코 꾸미지 않으실 거예요."

"뭐라고?" 베버는 당황해서 물었다. "도대체 무슨 말을 하는 거야?"

"라비크 씨가 신성하다고 여기는 건 없어요. 그게 이유예요."

"브라보……." 라비크는 여자애 침대 머리맡에서 말했다.

"그걸 말이라고 하는 거야?" 하고 베버는 외제니를 쏘아보았다.

"저분에게 직접 물어보세요, 베버 박사님."

라비크는 몸을 일으켰다. "핵심을 찔렀어요, 외제니. 하지만 신성한 것이 깡그리 없어지고 나면, 모든 게 더 인간적인 방식으로 다시 신성해져요. 지렁이 속에서도 맥박 치며, 이따금 지렁이를 빛의 세상으로 나오게 하는 한 점 생명의 불꽃을 존경하게 되는 거지요. 결코 비유가 아니오."

"모욕은 그만두시지요. 선생님에겐 신앙이 없어요." 외제 니는 하얀 가운의 가슴 부분을 홱 쓸어내리며 말했다. "하지 만 다행스럽게도 제겐 신앙이 있어요!"

라비크는 외투를 집어 들었다. "신앙은 곧잘 광신이 되지 요. 그래서 모든 종교가 그처럼 많은 피를 흘리게 했던 거요." 그는 씩 웃었다. "관용은 회의(懷疑)의 딸이지요. 외제니. 당신 은 그런 신앙심이 있으면서도 나에 대해, 패배한 무신론자인 내가 당신을 대하는 것보다 훨씬 더 공격적이지 않소?"

베버는 큰소리로 웃었다. "한 방 먹었군, 외제니. 대꾸 말아. 더 당할 테니."

"여자로서의 명예를……."

"좋아." 하고 베버는 그녀의 말을 막았다. "그걸 소중히 간 직해. 언제나 그게 최고야. 난 이젠 나가야겠어. 사무실에 할 일이 아직 있어. 가세, 라비크. 그럼 또 봐, 외제니."

"안녕히 가세요, 베버 박사님."

"또 봐요, 외제니 간호사님." 하고 라비크가 말했다.

"안녕히 가세요." 외제니는 마지못해, 그것도 베버가 그녀 를 돌아다보자 비로소 대답했다.

베버의 사무실엔 제정시대 가구들이 잔뜩 들어차 있었다. 부서지기 쉬운 흰색과 황금색 가구들이었다. 책상 뒤 벽엔 자 기 집과 정원을 찍은 사진들이 걸려 있었다. 그리고 긴 벽을 따라 폭 넓은 현대식 안락의자가 놓여 있었다. 베버는 병원에서 자야 할 때는 거기서 잤다. 병원은 베버의 소유였다.

"뭘 좀 마시겠나, 라비크? 코냑 아니면 뒤보네?"

"아직 남아 있다면 커피를 마시겠어."

"있고말고." 베버는 커피포트를 책상 위에 놓고 플러그를 꽂았다. 그러고는 라비크 쪽으로 몸을 돌려 말했다. "오늘 오후 나 대신 오시리스로 가 주겠어?"

"물론이지."

"힘들지 않겠어?"

"절대로 아니야. 할 일도 별로 없어."

"잘됐네. 그럼 내가 일부러 거기까지 갈 필요는 없겠군. 정원 일을 할 수 있게 되었어. 포숀한테 부탁하려 했는데, 휴가 중이란 말이야."

"말도 안 돼." 하고 라비크가 말했다. "지금까지도 내가 여러 번 하지 않았나."

"그래. 하지만 그래도……."

"그래도란 말은 더 이상 없어. 내게는 말이야."

"그래, 기가 막힌 일이지. 자네 같은 능력으로 여기서 정식으로 일하지 못하고, 유령 의사로 숨어 있어야만 하니."

"그만두게, 베버! 케케묵은 이야기 아닌가. 독일에서 도망쳐 나온 의사는 다 그렇지 않은가."

"그래도 그렇지! 가소로운 일이야! 자네가 뒤랑의 가장 힘든 수술을 해 주고, 그 작자가 대신 이름을 날리다니."

"그 작자가 직접 하는 것보다야 낫지."

베버는 웃었다.

"나도 그런 소리 할 자격은 없지. 자넨 내 일도 해 주고 있으니까. 하지만 난 어쨌거나 산부인과 의사지 외과의사는 아니잖아."

커피포트가 끓는 소리를 내기 시작했다. 베버는 스위치를 끄고 선반에서 잔들을 가져와 커피를 따랐다. "한 가지 이해가 안 돼." 하고 그가 말했다. "뭐 때문에 그 초라한 앵테르나쇼날 호텔에 죽치고 있는 거야? 보아 근처에 새 아파트 같은 걸 왜 안 빌리는 거지? 가구 몇 개쯤 싸게 사들이기만 하면 되는데. 그렇게 되면 자네도 자기 거라는 게 뭔지 실감할 거야."

"그럴 테지." 하고 라비크가 대꾸했다. "그렇게 되면 자기 거라는 게 뭔지 실감할 거야."

"그럼, 그렇고말고. 그런데 왜 안 해?"

라비크는 커피를 한 모금 삼켰다. 쓰면서도 아주 진했다. "베버." 하고 그가 말했다. "자넨 무사안일이라는 사고방식, 우리 시대의 질병에 대한 표본 그 자체야. 자넨 내가 여기서 불법으로 일해야 한다고 동정하면서도 같은 입으로 내가 왜 아파트를 얻지 않느냐고 묻고 있어."

"그 둘이 무슨 관계가 있다는 건가?"

라비크는 그것도 모르냐는 투로 웃음을 터뜨렸다. "내가 아파트를 얻으면, 경찰에 신고해야 해. 그러자면 여권과 비자가 필요하지."

"맞아. 그 점은 미처 생각 못 했네. 그런데 호텔에서는?"

"거기서도 필요하지. 하지만 다행히도 파리에는 숙박계를 쓰라며 귀찮게 굴지는 않는 호텔이 몇 군데 있거든." 라비크는 자기 커피에 코냑을 한 모금 정도 따랐다. "그중 하나가 앙테르나쇼날이야. 그래서 거기 사는 거야. 여주인이 어떤 식으로 둘러대는지 나는 몰라. 아마도 연줄이 괜찮은 모양이야. 경찰이 정말로 모르거나 아니면 뇌물을 먹이고 있는 거겠지. 어쨌거나 난 아무 방해도 안 받고 거기서 꽤나 오래 살고 있는 거네."

베버는 뒤로 몸을 기댔다. "라비크." 하고 그가 말했다. "사정을 잘 몰랐어. 난 자네가 여기서 일을 할 수 없는 처지라고 난 생각했었네. 알고 보니 정말 피로운 입장이군."

"그래도 여긴 천국이야. 독일의 강제 수용소와 비교하면 말이네."

"그럼 경찰은? 그들이 오면 어떻게 되는 건가?"

"우리가 체포되면 한 몇 주 감옥살이 후에 국외 추방이지. 대개는 스위스로 가게 돼. 그리고 다시 체포되는 경우엔 육 개월 징역이지."

"뭐라고?"

"육 개월이란 말이야." 라비크가 말했다.

베버는 놀란 눈으로 그를 쳐다보았다. "그럴 순 없어. 몰인정해."

"나도 직접 당할 때까지는 그렇게 생각했지."

"직접 경험했다고? 자네도 그런 일을 한 번 당했다는 건가?"

"한 번이 아닐세. 세 번이야. 그런 꼴을 당한 사람이 나 말고도 백여 명은 더 되네. 처음엔 아무것도 모르고 소위 인도주의란 걸 믿었지……. 여권이 필요 없었던 스페인으로 들어가기 전까지는 말이야. 내게 인도주의의 실제 내막을 다시 가르쳐 주었던 건 독일과 이탈리아 비행기들이었네. 나중에 프랑스로 되돌아왔을 때 물론 내막을 훤히 알게 되었던 거지."

베버는 벌떡 일어섰다. "맙소사, 그런 일이……." 그는 날짜를 어림짐작해 보았다.

"그럼 자네는 아무 죄도 없이 일 년 이상 감옥살이를 했군."

"그렇게 길지는 않았어. 단 두 달이야."

"어째서? 재범의 경우에는 육 개월이라면서?"

라비크는 미소를 지었다. "직접 경험하고 나면 재범이란 있을 수 없어. 한 이름으로 추방되었다가 다른 이름으로 돌아올 뿐이야. 될 수 있는 한 국경의 다른 지점으로 말이야. 우린 그렇게 피신하고 있는 거지. 우리에게 증명서라곤 없으니까, 누군가가 우리를 개인적으로 알아보아야만 정체가 드러나는 걸세. 하지만 그런 일은 아주 드물지. 라비크는 벌써 나의 세 번째 이름이네. 이 이름을 달고 다닌 지도 이 년이 되었어. 그동안엔 아무 일도 없었고. 이 이름이 내게 행운을 가져다주는 모양이야. 날이 갈수록 더 마음에 들거든. 내 원래 이름은 이제 거의 잊고 말았어."

베버는 고개를 가로저었다. "그래, 그 모든 게 자네가 나치가 아니란 것 때문이란 말인가?"

"물론. 나치에겐 일등급 신분증들이 있지. 온갖 비자도 마음대로 받을 수 있고."

"참, 멋진 세상에 살고 있군! 그런데도 정부는 수수방관이고!

"몇백 만이 실직 상태니까, 정부는 그 일을 우선 걱정해야해. 게다가 어디 프랑스만 그런가. 어디서나 다 마찬가지야." 라비크는 일어섰다. "그럼, 나중에 보세, 베버. 두 시간 후에다시 그 여자애를 보러 오겠네. 그리고 밤에 다시 한 번."

베버는 문 앞까지 따라왔다. "그런데 라비크." 하고 그가 말했다. "언제든 저녁때 우리 집에 한번 와 주게. 저녁이나 같이하자고."

"그리겠네." 라비크는 자기가 가지 않으리라는 걸 알고 있었다. "가까운 시일 내에. 그럼 나중에, 베버."

"잘 가게, 라비크. 정말 와야 하네."

라비크는 가까운 곳의 술집으로 바로 들어갔다. 그리고 거리를 내다볼 수 있는 창가에 앉았다. 그는 아무 생각도 없이앉아서 지나가는 사람들을 바라보는 게 좋았다. 파리는 아무일도 하지 않으면서 시간을 잘 보낼 수 있는 그런 도시였다.

웨이터가 탁자를 닦아 내고 주문을 기다렸다. "페르노 한잔." 하고 라비크가 말했다.

"물을 가져올까요?"

"아냐. 잠깐!" 라비크는 곰곰이 생각했다. "페르노는 놔두게."

무언가 씻어 내고 싶었다. 입맛이 썼다. 그렇게 하자면 달콤한 아니스주(酒)로는 약했다.

"칼바도스로 주게." 하고 그는 웨이터에게 말했다. "칼바도스 더블."

"알겠습니다, 손님."

씻어 내고 싶은 것은 베버의 초대였다. 거기에 동정의 흔적
이 들어 있었던 것이다. 누군가를 하루 저녁 가족들이 있는 집
으로 초대한다는 것. 프랑스 사람들이 그런 식으로 친구를 초
대하는 경우는 극히 드물다. 그런 초대라면 대개는 레스토랑
에서 해치우고 만다. 그는 베버의 집을 방문한 적이 한 번도
없었다. 호의라는 걸 알았으나 참기 어려웠다. 모욕에 대해서
는 저항할 수 있지만 연민에 대해서는 어찌할 수 없는 법이다.

그는 사과주를 한 모금 마셨다. 무슨 이유로 자기가 앙테르
나쇼날에 살고 있는가를 베버한테 미주알고주알 설명했던가?
필요 없는 짓이었다. 베버는 알 만큼 알고 있었다. 그는 라비
크가 수술을 하면 안 된다는 걸 안다. 그것이면 충분했다. 그
럼에도 그가 라비크와 함께 일한다는 것은 그의 문제일 뿐이
다. 그는 그렇게 해서 돈을 벌고, 자기 혼자서는 해내지 못하
는 수술 환자를 받아들이는 것이다. 아무도 그 사실을 모르고,
그와 간호사만 알 뿐이다. 그리고 그 간호사는 입을 봉하고
있는 것이다. 뒤랑의 경우도 마찬가지였다. 다만 좀 더 격식
을 차릴 뿐이다. 그자는 수술을 할 때면 마취가 될 때까지 환
자 곁에 달라붙어 있는다. 그런 다음 라비크가 나타나서, 뒤랑
이 늙고 능력이 없어 못 하는 수술을 맡아서 한다. 그러고 나
서 환자가 깨어날 때면 뒤랑은 수술자로서 자랑스럽게 침대
옆에 서 있는 것이다. 라비크는 담요를 덮어씌운 환자를 볼 뿐
이었다. 그가 환자에 대해 아는 것은 수술을 하기 위해 좁다랗

게 드러낸, 요오드를 칠해 갈색이 된 피부일 뿐이다. 그는 종종 누구를 수술하고 있는지조차 모른다. 뒤랑은 진단 결과를 그에게 일러주고, 그러면 그는 절개를 시작한다. 뒤랑은 자기가 받는 수술비의 10분의 1도 채 안 되는 돈을 라비크에게 지불한다. 라비크는 아무런 불만도 없다. 수술을 하지 않는 것보다는 훨씬 낫기 때문이다. 베버와는 좀 더 우정 어린 조건으로 일을 한다. 베버는 그에게 수술비의 4분의 1을 준다. 한마디로 공정한 조건이었다.

라비크는 창문 밖을 내다보았다. 그밖에 할 일이 뭐가 있던가? 남아 있는 것도 별로 많지 않다. 살아 있다는 것, 그것으로 충분했다. 모든 게 뒤흔들리고 있는 시대에, 곧 붕괴되고 말 것을 새삼스럽게 일으키고 싶은 생각은 추호도 없었다. 에너지를 낭비하느니 물결에 몸을 맡겨 떠내려가는 편이 나았다. 에너지는 무엇과도 바꿀 수 없는 유일한 것이 아니었던가. 견뎌 내는 게 전부였다. 어디서든 다시 하나의 목표가 분명히 드러날 때까지 말이다. 에너지를 적게 소비하면 할수록 더욱 좋다. 그렇게 해야 나중에 필요할 때 쓸 수 있을 테니까. 모든 것이 무너지는 세기에 개미처럼 쉬지 않고 부르주아의 생활을 건설하려 했던 많은 사람들이 끝내 실패하고 마는 것을 수없이 보지 않았던가. 눈물겹기도 비장하기도 가소롭기도 하지만, 소용없는 일이다. 결국은 사람을 흐물흐물하게 만들어 버린다. 일단 일어난 눈사태는 걷잡을 수 없다. 그런 시도를 하다간 그 아래 휩쓸리기 마련이다. 차라리 때를 기다렸다 파묻힌 사람들을 파내 주는 편이 나을 것이다. 장거리 행군을 하려면 짐이 가벼워야 한다. 도망쳐 다닐 때도 마찬가지다…….

라비크는 시계를 보았다. 뤼시엔 마르티네를 보러 갈 시간이다. 그러고 나서 오시리스로 가야 한다.

오시리스의 매춘부들은 이미 기다리고 있었다. 공의(公醫)가 정기적으로 진찰을 했지만, 주인 마담은 그것으로 성에 차지 않았다. 마담은 자기 영업장에서 누군가가 병에 걸리는 것을 참을 수 없었다. 그래서 베버와 계약을 맺고, 매주 목요일마다 사적으로 다시 검사를 받도록 했다. 그리고 라비크는 이따금씩 그를 대신해 검진을 했던 것이다.

마담은 2층에 있는 방 하나를 검진실로 만들고 설비를 갖추었다. 벌써 일 년 이상이나 그녀의 유곽에서 병에 걸린 손님이 하나도 없었다는 걸 커다란 자랑으로 여겼다. 그렇게 여자들은 조심하고 또 조심했지만, 고객 열일곱 명이 성병을 옮겨 놓고 갔던 것이다.

감독을 맡은 롤랑드는 브랜디 한 병과 글라스를 라비크에게 가지고 왔다. "마르트가 걸린 것 같아요." 하고 그녀가 말했다.

"알았어. 자세히 검사해 볼게."

"이미 어제부터 일을 시키지 않아요. 그 애는 아니라고 펄쩍 뛰지만요. 하지만 그 애 세탁물에서……."

"알겠어, 롤랑드."

여자애들은 속옷만 걸친 채 차례대로 들어왔다. 거의 모두 라비크가 아는 여자들이었고, 둘만 새로 온 아이들이었다.

"저는 보실 필요 없어요, 선생님." 가스코뉴 출신인 붉은 머리의 레오니가 말했다.

"왜?"

"손님을 받지 않았어요, 일주일 내내."

"마담이 아무 말도 안 해?"

"아무 말도요. 샴페인을 무더기로 팔아 주었으니까요. 매일 저녁 일곱 병씩 말예요. 툴루즈에서 온 장사꾼 세 사람이었어요. 결혼한 사람들이었는데, 모두 다 나를 가지려 했지만 서로 눈치를 봤어요. 자하고 깊이 자면 집에 들아기 다른 두 사람이 떠들어 댈까 봐 겁이 났던 거예요. 그래서 곤드레만드레 술만 마시지 않겠어요. 다른 친구들이 쓰러지고 나서 혼자 남겠다는 심보였죠." 레오니는 큰소리로 웃었고, 여유를 부리며 몸을 긁적거렸다. "결국엔 마지막까지 남았던 작자도 몸을 가누지 못했죠."

"그랬구나. 하지만 검사는 하도록 하지."

"좋을 대로 하세요. 담배 하나 주실래요, 선생님?"

"응, 여기."

라비크는 분비물을 채취하여 착색했다. 그런 다음 유리판을 현미경 밑에 밀어 넣었다.

"도무지 이해 안 되는 게 있는데, 아세요, 선생님?" 레오니는 라비크의 안색을 살피며 말했다.

"뭔데?"

"선생님은 이런 일을 하시면서도 여자하고 자고 싶은지 궁금해요."

"나도 몰라. 넌 됐어. 다음은 누구 차례지?"

"마르트예요."

마르트는 낯빛이 창백하고 홀쭉한 금발 소녀였다. 보티첼리의 그림에 나오는 천사들 같은 얼굴이었지만, 브론델 거리의 사투리를 썼다.

"전 이상 없어요, 선생님."

"좋아. 어디 볼까."

"정말 아무 데도 안 아프다니까요."

"그럼 잘된 거고."

롤랑드가 갑자기 방 안으로 들어왔다. 그녀는 마르트를 쏘아보았다. 여자애는 더 이상 아무 말도 하지 않았고, 불안한 눈길로 라비크를 쳐다보았다. 그는 여자애를 자세히 검진했다.

"아무 일도 없어요, 선생님. 제가 얼마나 조심하는지 선생님도 아시잖아요."

라비크는 대꾸하지 않았다. 여자애는 계속 말을 늘어놓다가 말문이 막혔고, 그러다가 다시 말을 꺼내곤 했다. 라비크는 분비물을 채취하여 검사를 했다.

"넌 병에 걸렸어, 마르트." 하고 그가 말했다.

"뭐라고요?" 여자애는 펄쩍 뛰었다. "그럴 리 없어요."

"정말이야."

여자애는 그를 뚫어지게 쳐다보았다. 그러고는 돌연 분노를 터뜨렸다. 저주와 욕설의 홍수를 퍼부었다. "돼지새끼, 빌어먹을 돼지새끼! 처음부터 믿지 않았어요. 뻔뻔한 상놈의 새끼! 대학생이라 그런 건 잘 안다고 했어요. 게다가 의과 대학

82

생이라고. 염병할 놈!"

"왜 조심하지 않았어?"

"조심이야 했지요. 하지만 순식간이었어요. 게다가 그놈은 학생이라고……." 라비크는 고개를 끄덕였다. 흔한 수작이었다. 임질에 걸렸다가 스스로 치료를 한 의과대 학생이란 말이지. 두 주 후엔 나았다고 생각했던 거지. 검사도 안 해 보고.

"얼마나 걸릴까요, 선생님?"

"육 주." 라비크는 더 오래갈 수도 있다는 걸 알고 있었다.

"유 주요?" 번이도 못 하고 육 주간. 입원도 해야 된단 말인가? "병원에 가야 하나요?"

"두고 봐야지. 나중엔 집에서 치료할 수도 있을 거야. 네가 약속만 해 준다면……."

"뭐든 약속할게요! 병원에만은 넣지 말아 주세요!"

"일단은 입원해야 해. 다른 방법이 없어."

여자애는 굳은 눈길로 라비크를 쳐다보았다. 매춘부라면 누구나 병원을 무서워한다. 그곳은 감독이 엄하기 때문이다. 그러나 달리 어쩔 수가 없다. 집에 내버려두면 철석같은 약속에도 불구하고 며칠 후면 돈을 벌기 위해 몰래 거리로 나가 남자를 물색하고, 병을 옮기고 마는 것이다.

"비용은 마담이 지불할 거야." 하고 라비크가 위로했다.

"하지만 저는 어떡하죠! 저는! 육 주간이나 돈도 못 벌고. 얼마 전에 할부로 은여우 목도리를 샀거든요! 할부금을 제때 못 내면, 모든 게 끝장예요."

여자애는 울음을 터뜨렸다. "이리 와, 마르트." 하고 롤랑드가 말했다.

"언니는 절 다시는 안 받아 주실 거죠. 전 알아요." 마르트는 점점 더 큰소리로 훌쩍거렸다. "나중에 다시는 안 받아 줄 거죠! 절대로 그렇게 안 하실 거예요! 그러면 전 거리로 나가야 해요. 이게 모두! 그 뻔뻔한 개새끼 때문이야……."

"다시 받아 줄게! 넌 일을 잘했어. 손님들이 너를 좋아하잖아."

"정말요?" 마르트는 얼굴을 들어 쳐다보았다.

"그럼. 자, 이리로 와."

마르트는 롤랑드와 함께 나갔다. 라비크는 여자애의 뒷모습을 바라보았다. 다시는 돌아오지 못할 것이다. 마담은 지나치게 조심스러운 사람이니까. 여자애의 다음 무대는 아마도 브론델 거리의 싸구려 유곽일 것이다. 그다음엔 길거리. 다음은 코카인, 병원, 꽃 장사 혹은 담배팔이. 어쩌다 운수가 좋으면 기둥서방을 만나게 될 것이고, 놈은 여자애를 두들겨 패고 실컷 이용한 후 내쫓고 말 것이다.

호텔 앙테르나쇼날의 식당은 지하에 있었다. 투숙객들은 그곳을 '지하묘지'라고 불렀다. 낮 동안에는 안뜰로 난 두꺼운 우윳빛 창문 몇 개로부터 흐릿하게 햇살이 비쳐 들어왔지만, 겨울 동안에는 하루 종일 전등을 밝혀야 했다. 그 공간은 흡연실이었고, 사무실이었으며, 홀이기도 했고, 회의실로도 쓰였으며, 증명서 없는 피난민들의 은신처이기도 했다. 경찰의 불시검문이라도 있을 때면, 그곳을 나가서 안뜰 차고로 들어가 건너편 거리로 빠져나갈 수 있었다.

라비크는 여주인이 종려나무 방이라고 부르는 지하묘지 한쪽 구석에, 셰에라자드 나이트클럽 문지기인 보리스 모로소프와 함께 앉아 있었다. 보기에도 애처로운 한 그루 종려나무가 가냘픈 다리의 작은 탁자 위에서 마졸리카 산 화분에 담긴 채 간신히 생명을 지탱하고 있었다. 모로소프는 십오 년째 파리에 살고 있었고, 1차 대전 당시의 러시아 피난민이었다. 자기가 황제근위대에서 근무했다거나 귀족 집안이었다는 것을 말하지 않는 소수의 러시아 사람들 중 한 사람이었다.

둘은 체스를 두었다. 지하묘지는 텅 비어 있었다. 다만 한 테이블에서는 몇 사람이 둘러앉아 큰소리로 떠들며 몇 분마다 건배를 했다.

모로소프는 화가 나서 사방을 둘러보았다. "라비크, 저놈들 오늘 저녁엔 왜 저리 야단법석인가? 저 피난민들은 어째 잠도 안 자는 거야?"

라비크가 웃었다. "저 피난민들은 나와 아무 상관도 없네. 이 호텔 파시스트 패거리들이야."

"스페인 사람들인가? 자네도 거기에 있지 않았나?"

"그래. 하지만 난 반대편이었지. 더구나 의사 신분으로 말이야. 저자들은 파시스트 장식을 붙인 스페인 왕당파들이야. 그 패거리 잔당들이지. 다른 놈들은 벌써 돌아갔어. 저 작자들은 아직도 망설이나 봐. 저놈들에겐 프랑코로도 아직 성에 차지 않는 모양이지. 무어인들이 스페인사람들을 학살했을 때도 저놈들은 눈 하나 깜짝하지 않았으니까."

모로소프는 체스의 말들을 세웠다. "그럼 저놈들은 게르니카 학살이라도 축하하고 있는 모양일세. 그렇지 않으면 이탈리아와 독일 기관총이 광부와 농부 들에 거둔 승리를 축하하는 건지도 모르고. 난 저 작자들을 본 적이 한 번도 없는데."

"저놈들은 몇 해 전부터 여기 살았어. 자넨 여기서 식사를 하지 않으니까 못 본 거지."

"자네는 여기서 식사를 하나?"

"아니."

모로소프는 씩 웃었다. "좋아." 하고 그가 말했다. "내가 묻지도 자네가 대답하지도 않는 편이 낫겠어. 보나마나 기분 나쁜 말이 나올 테니까. 나야 저놈들이 이곳에서 태어났다고 하더라도 상관없어. 좀 조용하게 있기나 했으면 좋겠네. 자, 기분 좋게 졸을 하나 먼저 내줄 테니 받아 보게."

라비크는 그것과 맞서고 있던 졸을 뒤로 물렸다. 그들은 초반전을 빠르게 진행했다. 그러고 나서 모로소프는 골똘히 생각하기 시작했다. "자, 알레힌 변칙수가 보이는군……."

스페인 사람들 중 하나가 이쪽으로 다가왔다. 양미간이 바싹 붙은 사내였다. 그는 탁자 곁에서 걸음을 멈췄다. 모로소프는 못마땅한 듯 그를 쳐다보았다. 스페인 친구는 꼿꼿한 자세가 아니었다. "신사 분들." 하고 그는 공손하게 말했다. "고메스 대령님께서, 두 분께 술을 한잔 대접하겠다고 청하십니다."

"하지만 선생." 하고 모로소프도 공손하게 대꾸했다. "지금 우리는 파리 17구 체스 선수권 대회를 열고 있는 중이오. 대령님의 초대에 정중한 감사의 마음을 드립니다만, 갈 수는 없어요.”

스페인 친구는 얼굴 하나 찡그리지 않았다. 마치 필립 2세의 궁정에 있기라도 하듯, 예의범절을 다하여 라비크에게로 몸을 돌렸다. “선생께서는 얼마 전에 고메스 대령님께 우정을 베푸셨지요. 그래서 대령님께서는 출발에 앞서 선생께 술을 한잔 대접하고 싶어 하십니다. ”

“저의 파트너가.” 하고 라비크 역시 공손하게 대답했다. “말씀드린 대로 우리는 오늘 시합을 마쳐야 합니다. 고메스 대령님께 깊은 감사 말씀을 전해 주십시오. 유감천만입니다마는.”

스페인 친구는 머리를 한 번 숙이고는 돌아갔다. 모로소프는 빙그레 웃었다. “처음 몇 해 동안 러시아 놈들이 그랬던 것하고 똑같아. 마치 구명대에 매달리기라도 하듯 자기들의 직함과 예법에 매달린단 말이야. 자네는 저 호텐토트[4]한테 무슨 놈의 우정을 베푸셨나?”

“설사제를 처방해 준 적이 있지. 라틴 족속은 소화를 잘 시키는 걸 아주 높이 치거든.”

“그런 일이 있었군.” 하고 모로소프는 눈을 껌벅였다. “민주주의의 낡아 빠진 약점이야. 파시스트 의사였다면 그런 상황에서 민주주의자에게 비소(砒素)를 처먹였을걸.”

스페인 친구가 다시 왔다. “저는 나바로 중위입니다.” 하고 그는 잔뜩 취했으면서도 그 사실을 모르는 사람처럼 아주 정중하게 말했다. “저는 고메스 대령님의 부관입니다. 대령님은

---

4) 남아프리카의 혼혈 종족. 여기서는 미개인을 가리킨다.

오늘 밤 파리를 떠나십니다. 프랑코 총통의 영광스러운 군대에 합류하기 위해 스페인으로 가시는 겁니다. 그래서 대령님은 스페인의 자유와 스페인의 군대를 위해 선생께 한잔 권하시는 겁니다."

"나바로 중위님." 하고 라비크가 무뚝뚝하게 말했다. "나는 스페인 사람이 아닙니다."

"우리도 압니다. 선생께선 독일 분이시지요." 나바로는 음흉한 미소를 슬쩍 지었다. "고메스 대령님이 청하시는 것도 바로 그 때문입니다. 독일과 스페인은 우방이니까요."

라비크는 모로소프를 쳐다보았다. 꽤나 난처한 상황이었다. 모로소프의 입언저리가 부르르 떨렸다. "나바로 중위." 하고 그가 말했다. "미안하지만 난 라비크 박사와 이 한 판을 끝내야 하오. 결과를 오늘밤 뉴욕과 콜카타에 전보로 알려야 하기 때문이오."

"선생." 하고 나바로는 쌀쌀맞게 대꾸했다. "우리는 선생이 거절하실 거라 생각했어요. 러시아는 스페인의 적국이니까요. 원래는 라비크 박사 한 분만 초대하려 했지만 선생이 같이 계시기 때문에, 함께 초대할 수밖에 없었던 겁니다."

모로소프는 자기가 딴 장기 말(馬)을 그의 넓적하고 커다란 손바닥에 올려놓고는 라비크를 쳐다보았다. "어째, 이런 원숭이 놀음이 지긋지긋하지 않나?"

"그래." 하고 라비크는 돌아다보았다. "이봐요, 젊은 친구, 당신이 그냥 돌아가는 게 제일 나을 것 같소. 당신은 소비에트의 적인 모로소프 대령을 모독하고 있어요. 아무 이유도 없이 말이오."

그는 대답도 기다리지 않고 장기판 위로 몸을 숙였다. 나바로는 어쩔 줄 몰라 잠시 머뭇거리다 가 버렸다.

"저놈은 취한 데다가 농담도 몰라. 라틴 족속이 대개 그렇지." 하고 라비크는 말했다. "그렇다고 해서 우리가 농담하지 말란 법은 없지 않은가. 내가 방금 자네를 대령으로 승진시켜 주었네. 자네는 내가 알기로 가여운 중령이야. 하지만 자네가 저 고메스 대령과 같은 계급이 아닌 걸 난 참을 수가 없단 말이지."

"수다 그만 떨게, 이 친구야. 저 작자 때문에 알레힌 변칙수가 엉망이 되어 버렸어. 이 비숍은 죽은 것 같군." 모로소프는 얼굴을 들었다. "저런, 또 다른 녀석이 오는데. 다른 부관이야. 질긴 놈들이네."

"고메스 대령이 몸소 오시는군그래." 라비크는 느긋하게 허리를 뒤로 죽 폈다. "자, 이제부터는 대령과 대령의 대결이군."

"단판에 끝낼 거야, 이 친구야."

대령은 나바로보다 더욱 공손했다. 그는 우선 모로소프에게 부관의 잘못을 사과했다. 모로소프는 사과를 받아들였다. 고메스는 모든 어려움이 극복되었으니, 화해의 뜻으로 프랑코를 위해 건배하자고 아주 극진하게 초대를 했다. 하지만 이번에는 라비크가 거절했다.

"어떻게 동맹국인 독일인으로서……." 대령은 어리둥절해했다.

"고메스 대령." 점점 더 신경질이 나기 시작한 라비크가 말했다. "그냥 좀 내버려 두세요. 당신 마음에 드는 사람하고나 건배하세요. 나는 장기나 두겠습니다."

대령은 뭔가를 생각하는 듯했다. "그럼, 당신이라도……."

"이쯤에서 그만둡시다." 하고 모로소프가 말문을 막았다. "괜히 다투기만 할 테니."

고메스는 점점 더 당황했다.

"하지만 백(白)러시아 출신이고, 차르의 장교인 당신이, 반대편에서……."

"우린 무지렁이요. 고루한 촌놈이란 말이오. 생각이 다르다고 남의 대가리를 공격하진 않아요."

고메스는 그제야 사태를 알아차린 것 같았다. 몸이 굳었다. "알겠소." 하고 그는 단정적으로 말했다. "유약한 자들, 민주주의적인……."

"이봐!" 모로소프는 험악하게 내뱉었다. "꺼지라고! 너희들 같은 작자는 벌써 없어져야 했어! 스페인으로. 가서 전쟁이나 하라고. 거기서 독일과 이탈리아가 너희들 대신에 전쟁하고 있잖은가. 썩 꺼져!"

그는 벌떡 일어섰다. 고메스는 한 걸음 뒤로 물러서며 모로소프를 노려보았다. 그러고는 홱 돌아서서 자기들 탁자로 되돌아갔다. 모로소프는 다시 자리에 앉았다. 크게 숨을 내쉬고는 벨을 눌러 웨이트리스를 불렀다. "칼바도스 더블로 두 잔, 클라리스."

클라리스는 고개를 끄덕이고 갔다. "브라보, 군인 정신." 하고 라비크는 큰소리로 웃었다. "골통은 단순하고, 이런저런 이름만 밝히는 녀석들이 술만 들어가면 일을 어렵게 만든다니까.”

“맞아. 저기 벌써 다른 놈이 또 오는군. 줄지어 오시네. 이번엔 어떤 놈일까? 프랑코가 직접 오시나?”

나바로였다. 그는 탁자 앞 두 걸음 떨어진 곳에 멈추어 서서 모로소프에게 말을 걸었다. “고메스 대령님은 유감스럽게도 당신에게 노선할 수가 없습니다. 오늘밤 파리를 떠나시기 때문입니다. 더군다나 대령님의 임무는 막중해서 경찰과 얽힐 이유가 없습니다.” 그리고는 리비그 쪽으로 몸을 돌렸다. “고메스 대령님은 당신에게 진찰료를 아직 지불하지 못했답니다.” 하고 그는 꼬깃꼬깃 접은 5프랑 지폐를 탁자 위로 내던지고 돌아서려 했다.

“잠깐.” 하고 모로소프가 말했다. 마침 클라리스가 쟁반을 들고 와 곁에 서 있었다. 모로소프는 칼바도스 잔을 집어 들고 잠시 들여다보다 고개를 가로젓고는 잔을 도로 내려놓았다. 그러고는 쟁반에 놓인 물잔들 중 하나를 집어 들어 나바로의 얼굴에 물을 좍 끼얹었다. “정신 번쩍 들게 해 주는 거야.” 그는 침착하게 말했다. “돈은 그렇게 내던지는 게 아니란 걸 앞으론 명심하라고. 그럼, 꺼져. 나잇살이나 처먹은 멍청이.”

나바로는 깜짝 놀라 그 자리에 선 채로 얼굴을 닦았다. 다른 스페인 사람들이 다가왔다. 네 명이었다. 모로소프는 천천히 몸을 일으켰다. 스페인 사람들보다 머리 하나 더 컸다. 라비크는 앉은 채로 고메스를 쳐다보았다. “가소로운 짓은 그만들 두시지.” 하고 그가 말했다. “네놈들은 모두 취했어. 어림도 없어. 단 몇 분이면 네놈들은 뼈가 부러져 나동그라질걸. 네놈들이 안 취했더라도 어림없어." 그는 일어서더니 나바로의 양쪽 팔꿈치를 날쌔게 잡아 번쩍 쳐들었고, 한 바퀴 빙 돌린 후 고메스 바로 곁에다 내려놓았다. 고메스는 옆으로 물러나야 했다. "우리를 가만히 내버려 두란 말이야. 언제 신경 써 달라고 그랬나." 그는 탁자에서 5프랑 지폐를 집어 쟁반 위에 놓았다. "가져, 클라리스. 이분들이 네게 주시는 거다."

"이분들한테 받는 건 처음인데요." 하고 클라리스가 말했다. "고맙습니다."

고메스가 스페인 말로 무언가를 지껄였다. 그러자 다섯 사람은 홱 돌아서서 자기들 탁자로 돌아갔다. "젠장." 하고 모로소프가 말했다. "놈들을 마구 두들겨 주고 싶었는데. 자네 때문에 그럴 수 없었어. 자넨 불법 체류자잖아. 자넨 그렇게 못해 분통 터진 적이 없나?"

"저놈들은 아니야. 박살내고 싶은 놈들은 따로 있어."

구석의 탁자로부터 한두 마디 스페인 말이 들려왔다. 다섯 사내는 자리에서 일어섰다. 만세를 세 번 외쳤다. 잔들을 요란하게 내려놓고는 행진하듯 걸어 나갔다.

"하마터면 이 좋은 칼바도스를 놈의 얼굴에 끼얹을 뻔했어." 모로소프는 잔을 들더니 단숨에 들이켰다. "저런 놈들이 지금 유럽에서 설치고 있는 거야! 우리도 옛날엔 저렇게 멍청했을까?"

"그랬겠지." 하고 라비크가 말했다.

그들은 한 시간쯤 체스를 두었다. 모로소프가 얼굴을 들었다. "샤를이 오는군." 하고 그가 말했다. "자네한테 볼 일이 있는 모양이야."

라비크는 얼굴을 들었다. 수위실 사환이 다가왔다. 손에 작은 꾸러미 하나를 들고 있었다. "이걸 선생님께 드리라고 하던데요." 하고 그가 라비크에게 말했다.

"니힌테?"

라비크는 꾸러미를 살펴보았다. 자그마한 꾸러미는 흰색 비단 종이로 싸서 노끈으로 묶은 것이었다. 주소는 적혀 있지 않았다. "이런 소포를 받을 데가 없어. 잘못 배달된 걸 거야. 누가 가져왔던가?"

"여자 한 분이……. 숙녀분요." 사환은 더듬거렸다.

"여자라고, 숙녀라고?" 하고 모로소프가 물었다.

"그러니까…… 말씀드리기 어중간한데요."

모로소프는 씽긋 웃었다. "제법 똑똑한데."

"이름이 안 적혔어. 나한테 주라고 그러던가?"

"꼭 그렇지는 않아요. 선생님 이름은 말하지 않았어요. 하지만 여기 계신 의사 선생님께 드리라고 했어요. 그런데……. 선생님은 그분을 아시잖아요."

"그분이 그렇게 말했나?"

"아뇨." 하고 사환이 불쑥 말했다. "하지만 요전 날 밤에 그분은 선생님하고 함께 왔었어요."

"때론 숙녀들과 올 수도 있는 거야, 샤를." 하고 라비크는 말했다. "넌 호텔 직원의 제일가는 덕목이 비밀 엄수라는 걸 알아야 해. 입을 촐랑대는 건 상류사회 건달들이나 할 짓이야."

"꾸러미를 풀어 보게, 라비크." 하고 모로소프는 재촉했다.
"자네가 받을 게 아니라도 말이야. 가엾은 인생살이, 우린 그
보다 더 나쁜 짓도 얼마든지 해 오지 않았나."

라비크는 웃으며 꾸러미를 풀었다. 둘둘 만 종이를 벗기니
자그마한 물건이 나왔다. 그 여자의 방에서 보았던 목제 성모
상이었다. 그는 곰곰이 생각했다. 여자 이름이 뭐였더라? 마
들렌, 마드, 생각이 나지 않았다. 그와 비슷한 이름이었다. 그
는 비단 종이를 들여다보았다. 종이쪽지도 들어 있지 않았다.
"됐어." 하고 그는 사환에게 말했다. "됐어. 내게 온 거야."

그는 성모상을 탁자 위에 놓았다. 체스의 말들 사이에 있으
니 유달리 낯설어 보였다. "러시아 여잔가?" 하고 모로소프가
물었다.

"아냐. 나도 처음엔 그렇게 생각했지."

라비크는 성모상에 묻어 있던 붉은 립스틱이 지워진 것을
알아차렸다. "이걸 어떡하지?"

"아무 데나 놓아두게. 많은 것들은 제자리가 있는 법이야.
세상은 모든 것들을 위해 자리를 충분히 마련해 두었네. 사람
을 위한 자리만 없을 뿐이지."

"그 남자는 벌써 묻혔을 테지."

"그 여자의 남자 말인가?"

"그럴 테지."

"그 후 여자를 다시 들여다봤었나?"

"아니."

"이상하군." 하고 모로소프가 말했다. "우리는 사람을 도와 주었다고 늘 그렇게 생각해 놓고는, 그 사람이 막상 아주 어려운 처지에 놓이면 쳐다보지도 않으니 말이야."

"난 자선 사업가가 아니야, 보리스. 나는 그보다 더 지독한 것을 보아 오면서도 아무것도 하지 않았어. 어째서 지금이 그 여자에게 더 힘든 때라고 생각하나?"

"지금 그 여잔 정말로 혼자니까. 지금까지는 그 사내가 같이 있었네. 죽었을 때도 말이야. 그는 이 땅 위에 있었지. 그런데 지금은 땅 아래에 있지 않은가. 가 버렸어. 이게 더 이상 여기 없는 거야. 여기 이것은." 하고 모로소프는 성모상을 가리켰다. "고마움의 표시가 아니라 구원의 호소일세."

"나는 그 여자와 잤어." 하고 라비크는 말했다. "무슨 일이 있었는지도 모른 채로 말이야. 잊어버리고 싶어."

"말도 안 돼! 애정 없는 관계라면, 그런 건 정말 아무것도 아니네. 내가 알던 어떤 여자는, 남자하고 자는 게 남자의 이름을 부르는 것보다 쉽다고 말하더군." 모로소프는 머리를 수그렸다. 그의 넓적한 대머리가 빛을 반사했다. "한마디 할까, 라비크. 할 수 있다면, 그리고 할 수 있는 한, 우린 남에게 친절해야 하네. 우리는 살아가면서 앞으로도 여러 차례 범죄라는 걸 저지르게 마련이니까 말이야. 적어도 나는 그럴 것 같아. 자네도 역시 마찬가지일걸."

"그래."

모로소프는 종려나무가 비실비실 자라 있는 화분 테두리에 손을 얹었다. 종려나무는 가볍게 흔들렸다. "산다는 건 다른 사람을 잡아먹는 걸세. 우리 모두는 서로를 잡아먹고 있는 거지. 이따금씩 번쩍이는 선의의 불꽃, 이걸 내다 버려선 안 돼. 삶이 곤경에 처했을 때 그게 우리에게 힘을 주는 거야."

"그렇군. 내일 그 여자를 보러가겠네."

"좋아." 하고 모로소프가 말했다. "내 말이 그 말이었어. 이제 그만 지껄이지. 자, 이젠 누가 백(白)을 가질 차롄가?"

5

호텔 주인은 라비크를 금방 알아보았다. "부인께서는 방에 계십니다." 하고 그는 말했다.

"내가 여기 왔다는 걸 전화로 알려 주겠어요?"

"그 방엔 전화가 없어요. 쉽게 올라갈 수 있습니다."

"몇 호실이죠?"

"27호실입니다."

"이름이 기억나지 않는데, 뭐였죠?"

주인은 놀라지도 않았다. "마두, 조앙 마두입니다." 하고 말하고는 덧붙였다. "원래 이름은 아닐 겁니다. 아마도 예명이겠지요."

"어째서 예명이라는 거요?"

"숙박부에 배우라고 적었으니까요. 배우 이름같이 들리지 않아요?"

"글쎄올시다. 내가 구스타프 슈미트라는 배우를 아는데, 실명은 참보나의 알렉산더 마리 백작이지요. 그러니까 구스타프 슈미트가 그 사람의 예명이었단 말이오. 하지만 배우 이름 같이 들리지는 않지요, 안 그래요?"

주인은 그래도 승복하지 않았다. "요즘엔 별일이 다 있으니까요." 하고 변명을 했다.

"뭐, 유달리 많은 일이 벌어진 것도 아니죠. 역사를 살펴보면 우리는 비교적 평온한 시대에 사는 셈이오."

"말씀은 고맙지만, 나는 지긋지긋하오."

"나도 마찬가지요. 하지만 나름대로 위안을 찾아야겠지요. 27호실이라고 했나요?"

"네, 그렇습니다."

라비크는 문을 두드렸다. 아무 대답이 없었다. 다시 문을 두드리자, 희미한 목소리 같은 것이 들렸다. 문을 열자 여자가 눈에 들어왔다. 칸막이벽에 붙여 놓은 침대 위에 앉아 있던 여자는 천천히 눈을 들었다. 옷을 차려 입고 있었는데, 라비크가 그녀를 처음 만나던 날 입고 있던 푸른색의 맞춤복이었다. 여자가 잠옷 따위를 입고 뒹굴고 있었더라면 그렇게까지 외로워 보이지는 않았을 것이다. 그 누구를 위해서, 그 무엇을 위해서가 아니라, 이제 아무 의미도 없게 되어 버린 단순한 습관으로 이렇게 옷을 차려 입은 걸 보니, 라비크의 가슴이 쿵하고 내려앉았다. 낯익은 모습이었다. 그는 몇백 명의 인간들이 이렇게 앉아 있는 것을 보아 왔다. 낯설고 낯선 고장으로 쫓겨난 피난민들이었다. 내일을 기약할 수 없는 생존의 섬, 그들은 어디로 가야 할지 몰라 그렇게 앉아 있었다. 다만 습관에 따라 그들은 생을 지탱하고 있었다.

그는 들어서면서 문을 닫았다. "방해가 안 되었으면 합니다만." 하고 말했지만, 곧 그 말이 무의미하다는 것을 느꼈다. 이제 이 여자를 방해할 그 무엇이 남았단 말인가? 그럴 수 있는 것은 아무것도 없었다.

그는 모자를 의자 위에 놓았다. "일은 다 처리했어요?" 하고 그가 물었다.

"네. 별로 할 일도 없었어요."

"어려운 일은 없었던 거요?"

"아무것도."

라비크는 그 방에 하나밖에 없는 안락의자에 가서 앉았다. 스프링이 삐거덕거렸다. 스프링 하나가 망가졌다는 걸 알 수 있었다.

"나가려고 했소?" 하고 그가 물었다.

"네. 하지만 언제 나가도 좋아요. 나중에. 갈 데도 없어요. 그냥 나가는 거죠. 달리 할 일이 뭐가 있겠어요?"

"아무것도 없어요. 옳은 말이오. 며칠 내로는 그럴 거요. 파리엔 아는 사람이 하나도 없는 거요?"

"없어요."

"아무도?"

여자는 맥없이 머리를 끄덕였다. "아무도 없어요. 선생님과 호텔 주인과 보이, 그리고 하녀 아이를 빼고는요." 여자는 힘없이 미소를 지었다. "많은 편은 아니죠, 안 그래요?"

"많지 않군. 그런데 그 사람……." 라비크는 죽은 남자의 이름을 생각해 내려고 했다. 그러나 생각나지 않았다.

"마찬가지예요." 하고 여자가 말했다. "라진스키도 여기에 아는 사람이라곤 없어요. 혹시 있을지도 모르지만 저는 한 번도 보지 못했어요. 여기에 도착하자마자 병이 든걸요."

라비크는 오래 앉아 있을 생각은 아니었다. 하지만 여자가 그렇게 앉아 있는 것을 보자 생각이 달라졌다. "저녁 식사는 했소?"

"아뇨. 배도 안 고파요."

"오늘은 뭘 좀 먹었소?"

"네. 오늘 낮에 조금. 낮 동안에는 그래도 나아요. 저녁이 되면……."

라비크는 주위를 둘러보았다. 자그마하고 밋밋한 방은 절망과 11월의 냄새를 풍기고 있었다. "이제 여기를 나갈 시간이오." 하고 그가 말했다. "갑시다. 저녁 식사나 같이 합시다."

그는 여자가 거절하리라 예상했다. 너무도 무심한 표정이라 어떤 일에도 기운을 낼 것 같지 않았다. 하지만 여자는 곧장 일어나 레인코트를 집어 들었다.

"그걸로는 안 돼요." 하고 그가 말했다. "너무 얇아요. 좀 더 따뜻한 옷은 없어요? 밖은 추운데."

"조금 전까지 비가 내렸는데……."

"비는 지금도 내려요. 하지만 추워요. 다른 외투나 스웨터 같은 거 없어요?"

"스웨터가 하나 있어요."

여자는 커다란 가방 쪽으로 걸어갔다. 라비크는 여자가 짐을 거의 풀지 않았다는 것을 비로소 알았다. 여자는 가방에서 검은 스웨터를 끄집어내어 재킷을 벗고는 입었다. 여자의 어깨는 미끈하고 아름다웠다. 이어서 여자는 베레모를 쓰고 재킷과 외투를 입었다. "이러면 좀 나을까요?"

"훨씬 좋은데요."

그들은 계단을 내려갔다. 호텔 주인은 자리에 없었다. 대신에 수위가 열쇠궤이 핀 옆에 앉아 있었다. 그자는 편지를 간추리고 있었고, 마늘 냄새를 풍겼다. 그 곁에서 얼룩 반점 고양이 한 마리가 꼼짝 않고 앉아서 그의 행동을 지켜보았다.

"지금도 아무것도 안 먹고 싶은 거요?" 하고 라비크가 밖에서 물었다.

"모르겠어요, 많이는 못 먹을 것 같아요."

라비크는 팔을 들어 택시를 잡았다. "좋아요. 벨 오로르로 갑시다. 거기서는 정식을 먹지 않아도 되니까요."

벨 오로르는 한산했다. 저녁을 먹기엔 너무 늦은 시각이었다. 그들은 천장이 낮은, 2층 작은 방의 탁자에 앉았다. 그들 외에 남녀 한 쌍이 창가에 앉아 치즈를 먹고 있었고, 또 다른 탁자에는 비썩 마른 남자가 혼자 앉아 굴을 산처럼 쌓아 놓고 있었다. 웨이터가 와서는 바둑판무늬 식탁보를 못마땅한 듯 들여다보더니, 그것을 교체하기로 결정했다.

"보드카 두 잔." 하고 라비크가 주문했다. "찬 걸로."

"뭘 좀 마시고 나서 전채(前菜) 요리를 먹읍시다." 하고 그가 여자에게 말했다. "당신한텐 그게 좋을 거요. 이 식당은 오르되브르로 유명하니까. 다른 요리는 거의 없어요. 어쨌거나 그걸 먹고 나면 다른 음식은 거의 먹을 수도 없어요. 10여 종이 넘어요. 더운 것, 차가운 것, 그리고 전부 다 맛이 있어요. 한번 시식해 보도록 합시다."

웨이터가 보드카를 가져왔고, 메모판을 꺼내 들었다. "뱅 로제 한 병." 하고 라비크가 주문을 했다. "앙주[5]는 있어요?"

"앙주, 마개를 따서요, 그리고 로제…… 알겠습니다."

"좋아요. 큰 병을 얼음에 가득 채워 주시오. 그리고 오르되브르를 부탁하오."

웨이터가 물러갔다. 문간에서 그는 계단을 급히 뛰어 올라온 붉은 깃털 모자를 쓴 여자와 부딪칠 뻔했다. 그 여자는 웨이터를 밀어제치고 굴을 먹고 있는 비썩 마른 사내에게로 다가갔다. "알베르." 하고 여자가 말했다. "이런 꿀돼지……."

"쯧쯧." 하고 혀를 차며 알베르는 사방을 둘러보았다.

"쯧쯧, 하지 마!" 여자는 젖은 우산을 탁자 위에 비스듬히 놓고는 작심한 듯 자리에 앉았다. 알베르는 아무렇지도 않은 듯했다. 그는 "이봐." 하고 말하고는 나직이 속삭이기 시작했다.

라비크는 미소를 지으며 잔을 들었다. "자, 단숨에 마십시다. 건배."

"건배." 조앙 마두는 맞장구를 치며 술을 마셨다.

웨이터가 오르되브르를 조그마한 손수레에 실은 채 밀고

---

5) 양질의 포도주가 나는 프랑스 마을의 옛 지명. 그리고 그 포도주.

왔다.

"어느 걸 들겠어요?" 라비크는 여자를 바라보았다. "아니, 내가 선택해 주는 게 더 간단하겠군."

그는 접시를 가득 채워 그녀에게 건네주었다. "입맛에 안 맞아도 괜찮아요. 다른 손수레들이 또 올 테니까. 이건 시작에 불과해요."

그는 자기 접시에도 가득 담더니, 어찌된 나 더 정신성 쓰지 않고 먹기 시작했다. 어느 순간 그는 여자도 먹고 있다는 것을 알았다. 그는 새우 한 마리를 껍질을 벗겨 여자에게 내밀었다. "먹어 봐요. 왕새우보다는 맛있을 거요. 파테 메종은 흰 빵 껍질하고 같이 먹으면 아주 좋아요. 그러고 나서 포도주도 좀 마셔요. 약하지만 시큼하고 시원해요."

"절 챙겨 주시느라 고생이 많으시네요." 하고 여자가 말했다.

"그래요. 수석 웨이터라도 되는 모양이지." 하고 라비크는 큰소리로 웃었다.

"아녜요. 하지만 저 때문에 고생이 많으세요."

"나는 혼자 먹는 걸 좋아하지 않아요. 이유는 그것뿐이오. 당신도 나와 마찬가지겠지만."

"저는 좋은 파트너가 못 되요."

"천만에요." 하고 라비크가 대꾸했다. "식사하기엔 적당해요. 아니, 당신은 식사 파트너로는 최상급이오. 수다쟁이는 질색이지요. 큰소리로 떠드는 사람도 마찬가지고."

그는 알베르 쪽을 쳐다보았다. 붉은 깃털 모자는 그가 돼지 새끼임이 분명하다는 것을 큰소리로 늘어놓고 있었다. 그러면서 우산으로 리드미컬하게 탁자를 두드려 댔다. 알베르는 참을성 있게 귀를 기울였지만, 별로 감명을 받는 것 같지는 않았다.

조앙 마두는 살짝 미소를 지었다. "저는 저렇게 못 해요."

"저기 다음번 음식 수레가 오는군요. 바로 시작할까요? 아니면 우선 담배를 한 대 피울까요?"

"먼저 담배를 피우기로 해요."

"그럽시다. 오늘은 흑담배가 아닌 다른 담배를 가지고 있어요."

그는 여자에게 불을 붙여 주었다. 여자는 몸을 뒤로 기대고 연기를 깊이 빨아들였다. 그러고 나서 여자는 라비크를 유심히 쳐다보았다. "이렇게 앉아 있으니 좋아요." 하고 여자는 말했다. 그 순간 라비크는 여자가 눈물을 쏟을 것 같다는 느낌이 들었다.

그들은 콜리제에서 커피를 마셨다. 샹젤리제 쪽을 향한 커다란 홀에는 손님이 북적거렸기 때문에, 그들은 아래층으로 바로 내려가 탁자 하나를 찾아냈다. 아래층 벽 윗부분은 유리창을 둘러 끼웠는데, 그 안에는 앵무새와 잉꼬가 웅크리고 있었고, 갖가지 열대의 새들이 이리저리 날고 있었다.

"앞으로 무얼 할지 생각해 보았어요?" 라비크가 물었다.

"아뇨, 아직."

"이곳으로 왔을 때 무슨 할 일이라도 있었던 거요?"

여자는 망설였다. "아뇨. 별로 할 일이 없었어요."

"그저 호기심에서 묻는 건 아닙니다."

"저도 알아요. 제가 무슨 일이든 해야 한다고 생각하시는 거죠. 저도 그렇게 생각해요. 저 자신에게도 매일 그렇게 말하고 있어요. 하지만……."

"호텔 주인은 당신이 여배우라더군요. 그걸 물어본 건 아닌데, 당신 이름을 물어보니까 그렇게 말하더군요."

"제 이름을 몰랐군요?"

라비크는 고개를 들며 여자를 쳐다보았다. 여자도 물끄러미 그를 쳐다보았다. "그랬소." 하고 그가 말했다. "쪽지를 호텔에 두고 와서 기억이 나지 않았소."

"지금은 아세요?"

"알지요. 조앙 마두."

"전 유능한 배우가 아녜요." 하고 여자가 말했다. "시시한 역할밖에 못 했어요. 그나마 최근에는 아무런 역도 맡지 못했어요. 프랑스 말도 잘하지 못하는걸요."

"그럼, 어느 나라 말을?"

"이탈리아 말요. 거기서 자랐으니까요. 그리고 영어하고 루마니아어는 조금씩 해요. 아버지가 루마니아 사람이었어요. 지금은 돌아가셨지만. 어머니는 영국 사람이에요. 지금도 이탈리아에 살지만, 주소는 몰라요."

라비크는 건성으로 듣고 있었다. 지겨웠고, 더 이상 무슨 말을 해야 할지 몰랐다. "다른 일은 안 해 봤소?" 그저 말을 하기 위해 그렇게 물었다. "당신이 맡았다는 시시한 배역 말고 다른 일은?"

"연관된 일은 조금 해 봤어요. 노래하고 춤추는 일요."

라비크는 갸우뚱하며 여자를 쳐다보았다. 그렇게 보이지 않았던 것이다. 어딘지 모르게 맥이 빠지고 흐리멍덩해서 매력적이지 않았다. 여배우처럼 보이는 구석이 조금도 없었다. 당치도 않은 말로 보였다.

"그렇다면 이곳에서 일자리를 구하기가 오히려 쉬울 거요." 하고 그가 말했다. "그런 일이라면 말이 완벽하지 않아도 되니까요."

"글쎄요. 하지만 무슨 일이든 찾아야겠어요. 아는 사람이 없어서 어렵긴 하지만."

모로소프라면 하고 별안간 라비크는 그를 떠올렸다. 셰에라자드. 그렇지. 그런 일이라면 모로소프가 잘 알 거다. 그런 생각이 들자 생기가 돌았다. 모로소프 때문에 이런 따분한 저녁을 보내고 있지 않은가. 그러니 이젠 이 여자를 모로소프에게 떠맡기자. 보리스 녀석, 어디 잘하는지 한번 보자고. "혹시 러시아 말은 할 줄 알아요?" 하고 그가 물었다.

"조금요. 집시 노래 몇 곡. 루마니아 노래랑 아주 비슷해요. 그런데 왜요?"

"그런 일에 능통한 사람을 알아요. 당신을 도와줄 수도 있을 거요. 그 친구 주소를 가르쳐 줄게요."

"별로 소용없을 거예요. 어디나 중개인들은 똑같아요. 소개 정도로는 별로 도움이 안 돼요."

이 사람은 무던한 방식으로 나를 떼어 버리려 하는구나 하고 여자가 생각한다는 것을 그는 알아차렸다. 그렇다면 그냥 넘어갈 수 없었다. "내가 말한 그 친구는 중개인이 아니라, 셰에라자드의 도어맨이요. 몽마르트르에 있는 러시아식 나이트클럽이지요."

"도어맨이라고요?" 조앙 마두는 고개를 들었다. "그렇다면 좀 달라요. 도어맨은 중개인보다는 잘 알아요. 어떻게 할 수 있을 거예요. 잘 아시는 분이에요?"

라비크는 깜짝 놀랐다. 여자가 갑작스럽게 업무상의 말투를 썼기 때문이었다. 급하긴 급한 모양이군 하고 그는 생각했다. "가까운 친구지요, 보리스 모로소프라고," 하고 그가 말했다. "십 년째 셰에라자드에서 일하고 있지요. 그곳에선 늘 꽤나 큰 쇼를 해요. 프로그램도 자주 바뀌고. 모로소프는 그곳 지배인하고 친해요. 혹 셰에라자드에 자리가 없더라도, 그 친구라면 틀림없이 알아봐 줄 거요, 다른 곳에서라도. 한번 가보겠소?"

"좋아요. 언제쯤 가면 될까요?"

"저녁 9시쯤이 제일 나을 거요. 그때쯤이면 할 일이 없어 당신하고 이야기를 나눌 시간이 있을 거요. 내가 그 친구한테 말해 놓겠어요." 라비크는 모로소프의 얼굴을 떠올리자 벌써 즐거워졌고, 갑자기 기분이 좋아졌다. 지금까지 마음을 누르고 있던 약간의 책임감도 사라졌다. 그가 할 수 있는 만큼은 다 했고, 이제 여자를 지켜보기만 하면 되는 것이다. "피곤해요?" 하고 그가 물었다.

조앙 마두는 그의 눈을 똑바로 쳐다보았다. "피곤하지는 않아요." 하고 여자가 말했다. "하지만 저하고 같이 있는 걸 부담스러워하신다는 건 알아요. 선생님은 저를 동정하고 있어요. 고마워요. 저를 방에서 데리고 나와 이야기를 같이 나누는 것만 해도 과분해요. 며칠째 누구하고도 말을 해 본 적이 없었으니까요. 이제 갈게요. 저한테 충분히 해 주셨어요. 처음부터 내내 그랬어요. 안 그랬더라면 제가 어떻게 되었을지도 몰라요!"

맙소사 하고 라비크는 생각했다. 또 시작이군! 그는 답답해하며 앞에 있는 유리를 끼운 벽을 쳐다보았다. 비둘기 한 마리가 잉꼬를 덮치려 했다. 잉꼬는 그동안 지쳐 버렸는지, 비둘기를 떨쳐 버리려고도 하지 않았다. 계속해서 모이만 쪼며 비둘기를 무시했다.

"동정이 아니오." 하고 라비크가 말했다.

"그럼 뭐죠?"

비둘기는 단념했다. 잉꼬의 넓은 등허리에서 풀쩍 뛰어내려 깃을 닦기 시작했다. 잉꼬는 아무렇지도 않은 듯 꽁지를 치켜들고 똥을 눴다.

"이번엔 오래 묵은 고급 아르마냑[6]를 마십시다." 하고 라비크는 말했다. "고작 이게 내가 할 수 있는 답변이오. 하지만 내 말을 믿어 주시오. 난 그렇게 유별난 인도주의자가 아니란 말이오. 밤이면 아무 데나 가서 혼자 앉아 있는 경우가 많아요. 당신은 그런 걸 뭐 재미있다고 여기나요?"

"그렇지 않아요. 하지만 전 좋은 파트너가 아녜요. 안된 일이지만."

---

6) 아르마냑 산(産) 포도 브랜디.

"파트너를 찾으러 이리저리 헤매는 짓은 이제 하지 않소. 자, 여기 아르마냐크가 왔으니, 건배!"

"건배!"

라비크는 잔을 내려놓았다. "그럼, 이제 이 동물원을 떠나기로 합시다. 당신은 아직 호텔로 돌아가고 싶지 않은 거요?"

조앙 마두는 고개를 가로저었다.

"좋아요. 그럼 다른 곳으로 가 봅시다. 아니, 셰에라자드로 갑시다. 거기서 한잔하지요. 우리 둘 다 그럴 필요가 있을 것 같네요. 그러면 그곳 사정을 당신도 알 수 있을 테고."

새벽 3시경이었다. 그들은 호텔 미랑 앞에 서 있었다. "이제 마실 만큼 마셨소?" 하고 라비크가 물었다.

조앙 마두는 망설였다. "셰에라자드에 있을 땐 실컷 마셨다고 생각했어요. 그런데 여기 와서 이 문을 보니 그렇지 않았던 것 같네요."

"그 정도야 해결할 수 있지. 여기 호텔에 뭐가 있을 거요. 아니면 술집에라도 가서 한 병 삽시다. 자, 들어가요."

여자는 그를 쳐다보았다. 그러고는 문을 보았다. "좋아요." 하고 여자는 작심한 듯 말했다. 그러나 선 채로 가만히 있었다. "썰렁한 방으로요……."

"내가 데려다줄게요. 한 병 가지고 올라갑시다."

문지기가 잠을 깼다. "마실 거 좀 없나?" 하고 라비크가 물었다.

"샴페인 칵테일 드릴까요?" 하고 문지기는 하품을 계속 하면서도 곧장 되물었다.

"고맙지만 좀 더 센 걸로. 코냑으로 한 병."

"쿠르부아제, 마르텔, 헤네시, 비스키 뒤브쉐?"

"쿠르부아제로."

"좋습니다. 코르크 마개를 빼서 가지고 올라가겠습니다."

그들은 계단을 올라갔다. "열쇠 가지고 있어요?" 하고 라비크가 여자에게 물었다.

"방을 잠그지 않았어요."

"방을 안 잠그면 돈이나 서류를 훔쳐 갈 텐데."

"문을 잠가도 마찬가지일 거예요."

"그렇군. 자물쇠들이 형편없으니. 그래도 잠그면 그리 간단하게 훔칠 수는 없지."

"그럴 테죠. 하지만 나 혼자 밖에서 돌아와 열쇠를 쥐고 문을 열고, 텅 빈 방으로 들어가고 싶진 않아요. 묘지라도 여는 것 같아요. 이 방에 들어오는 것만으로도 지긋지긋해요. 가방 두어 개만 날 기다리는 곳으로 말예요."

"우리를 기다려 주는 건 그 어디에도 없소." 하고 라비크는 말했다. "우리는 모든 걸 직접 들고 다녀야 하오."

"그럴지도 모르죠. 하지만 자비로운 망상도 있는 법이에요. 그런데 여긴 아무것도……."

조앙 마두는 코트와 베레모를 침대 위로 내던지고 라비크를 쳐다보았다. 창백한 얼굴에 박힌 두 눈은 밝고 컸으며, 분노에 찬 절망으로 굳어 버린 듯했다. 여자는 잠시 그대로 서 있었다. 그러고는 재킷 주머니에 두 손을 찌른 채 좁은 방 안을 성큼성큼 거닐기 시작했고, 구석에서 돌아설 때마다 몸을 유연하게 틀었다. 라비크는 여자를 유심히 쳐다보았다. 여자는 갑자기 힘이 솟았고, 엄청난 매력을 풍겼으며, 그 방은 여자에게 너무도 비좁은 느낌이었다.

문 두드리는 소리가 났다. 문지기가 코냑을 들고 들어왔다. "식사를 좀 하시겠습니까? 치킨 스낵이랑 샌드위치 같은 것도 있습니다만……."

"시간낭비야. 이 사람아." 라비크는 돈을 치르고 그를 방에서 내쫓았다. 그러고는 잔 두 개에다 술을 따랐다. "지, 어기. 간편하고 미개해 보이긴 하지만…… 힘겨울 땐 원시적인 것이 최선의 방식이기도 하지요. 세련된 방식은 평화로울 때나 하는 짓이지. 자, 마십시다."

"그러고 나서는요?"

"다음 잔을 또 마시는 거죠."

"저도 그렇게 해 봤어요. 소용없는 짓이에요. 혼자 있으면서 취한다는 건 좋지 않아요."

"우선 잔뜩 취해야 해요. 그럼 다 잘될 거요."

라비크는 침대 맞은편 벽에 기대 놓은, 폭이 좁은 흔들의자에 가서 앉았다. 전에는 보지 못했던 의자였다. "이건 당신이 여기 올 때부터 있었던 거요?"

여자는 고개를 가로저었다. "제가 들여다 놓게 했어요. 침대에서 자고 싶지는 않았어요. 무의미하다는 생각이 들어서요. 침대라든가 옷을 벗는다든가, 그런 모든 게 무슨 의미가 있겠어요? 아침이나 낮 동안이라면 몰라도. 하지만 밤엔……."

"할 일이 좀 있어야겠네요." 하고 라비크는 담배에 불을 붙였다. "모로소프를 만나지 못해 유감인데. 오늘 그 친구가 비번이라는 걸 몰랐소. 내일 저녁 다시 가 보시오. 9시쯤. 틀림없이 무언가 일자리를 마련해 줄 거요. 안 되면 주방 일이라도. 그렇게 되면 밤에는 일을 할 수 있는 거고. 당신이 원하는 바 아니오?"

"그럼요." 하고 조앙 마두는 왔다 갔다 하던 걸음을 멈추었다. 그러고는 코냑을 들이켜고 침대로 가서 앉았다. "전 매일 밤 바깥을 돌아다녔어요. 걷는 동안엔 마음이 편해요. 하지만 들어와서 앉기만 하면 천장이 머리 위로 떨어지려……."

"그렇게 돌아다니는 동안 아무 일도 없었소? 소매치기나 맞지는 않은 거요?"

"아뇨. 뭔가를 훔칠 만한 것도 없는 여자로 보이는가 봐요." 여자는 빈 잔을 라비크 쪽으로 밀었다. "한 잔 더 주실래요? 누군가가 저한테 말이라도 걸어 주기를 기다리곤 했어요! 아무 느낌도 없이, 그냥 걷기만 하기는 싫었어요! 어떤 사람의 눈이든 나를 보아 주었으면 했어요. 돌이 아닌 사람의 눈 말이에요! 추방된 사람처럼 그렇게 돌아다니고 싶진 않았어요! 낯선 혹성에 온 사람처럼 말예요!" 여자는 머리카락을 뒤로 젖혀 올리고 라비크가 내미는 잔을 받았다. "제가 왜 이런 말을 하고 있는지 모르겠어요. 그럴 생각이 전혀 없는데. 며칠 동안 입을 닫고 살아서 그런가 봐요. 오늘 저녁에 처음으로……." 여자는 말을 중단했다.

"제 말에 신경 쓰지 마세요……."

"나는 그냥 마실 테니." 하고 라비크는 말했다. "당신은 하고 싶은 말을 해요. 밤이라 아무도 듣지 않아요. 나도 나한테만 귀를 기울이고 있을 뿐이니까. 내일이면 모든 게 잊힐 테고."

그는 몸을 뒤로 기댔다. 집 안 어디선가 물 쏟아지는 소리가 들렸다. 라디에이터가 달가닥거렸고, 비는 부드러운 손길로 창문을 두드리고 있었다.

"돌아와서 불을 끄고 있으면, 어둠이 마치 클로로포름을 적신 솜뭉치처럼 내려앉는 거예요. 그러면 다시 불을 켜고 멍하니 앞을 비라보고 또 비라보는 기예요."

내가 벌써 취했군 하고 라비크는 생각했다. 오늘은 다른 때보다 빨리 취하네. 불빛이 침침해서 그런 걸까? 아니면 두 가지 다 때문일까? 이 여자는 이미 그 보잘것없는 퇴색된 여자가 아니다. 무언가 달라졌다. 갑자기 두 눈이 생겼다. 얼굴이 있다. 무언가가 나를 본다. 아마도 그림자들일 테지. 내 머릿속의 부드러운 불길이 이 여자를 비추고 있다. 취했을 때 비로소 나타나는 눈부신 빛이다.

그는 조앙 마두의 말에 귀를 기울이고 있지 않았다. 그런 것은 이미 알고 있는 일이고, 새삼 듣고 싶지도 않았다. 고독하다는 것, 그것은 인생의 영원한 후렴이 아니던가. 다른 많은 것들보다 더 좋을 것도 더 나쁠 것도 없다. 사람들은 거기에 대해서 지나치게 많은 말을 한다. 사람들은 언제나 고독하면서 또 결코 그렇지 않다. 갑자기 바이올린 켜는 소리가 들린다. 어디선지 어스름 속에서. 부다페스트 근방의 언덕에 자리잡은 어떤 정원. 심하게 풍기는 밤나무 냄새. 바람. 어린 부엉이들처럼 어깨 위로 날아가 쪼그리고 앉는 꿈들. 어스름 속에서 두 눈은 점점 더 환해진다. 결코 밤이 되지 않았던 밤. 모든 여자들이 아름다워졌던 시간. 저녁이라는 커다란 갈색 나비의 날개.

그는 눈을 들었다. "고마워요." 하고 조앙 마두가 말했다.

"왜요?"

"듣지도 않으시면서, 제가 지껄이게 내버려두셨잖아요. 좋았어요. 그게 필요했거든요."

라비크는 고개를 끄덕였다. 여자의 잔이 다시 비어 있는 것을 보았다. "좋아요." 하고 그가 말했다. "술병은 그대로 놔두고 가겠소."

그는 일어섰다. 방. 여자. 그밖에 아무것도 없다. 이젠 빛나지 않는 창백한 얼굴. "가시게요?" 하고 조앙 마두가 물었다. 그러고는 누군가가 방에 숨어 있기라도 한 듯 사방을 둘러보았다.

"이건 모로소프의 주소요. 잊지 않게 그의 이름을 적어 놓을게요. 내일 저녁 9시요." 하고 라비크는 처방철에 적고는 종이를 찢어 가방 위에 놓았다.

조앙 마두는 일어섰다. 외투와 모자를 집어 들었다. 라비크는 여자를 쳐다보며 말했다. "내려올 필요 없소."

"저도 그럴 생각은 없어요. 하지만 혼자 이곳에 남고 싶지는 않아요. 지금은 싫어요. 어딘가로 좀 돌아다니고 싶어요."

"어차피 이리로 돌아올 거잖아요. 같은 일을 반복하다니. 왜 여기 있으려고 하지 않는 거요? 이젠 겁날 거도 없는데."

"곧 아침이에요. 제가 돌아오면 아침이 될 거예요. 그러면 견디기 더 쉬워요."

라비크는 창가로 갔다. 비는 계속 내렸다. 가로등의 노란 불빛 아래, 축축한 잿빛 머리카락 같은 빗발이 바람에 나부꼈다. "자, 이리 와요." 하고 그가 말했다. "한잔 더 합시다. 그리고 당신은 자는 거요. 산보하기 좋은 날씨가 아니니까."

그는 병을 집었다. 조앙 마두는 갑자기 바짝 다가섰다. "절 여기 내버려 두지 말아요." 하고 여자는 다급하고 절실하게 말했다. 여자의 입김이 느껴졌다. "절 여기 내버려 두지 말아요. 오늘만요. 왠지 몰라도 오늘만은 가지 마세요! 내일이면 기운이 날 거예요. 하지만 오늘은 그럴 수 없어요. 흐물흐물 지쳐 쓰러질 것 같아요. 힘이 없어요. 저를 데리고 나가시지 않았더라면 좋았을 걸 그랬나 봐요…… 지금은 혼자 있기 어려워요."

라비크는 병을 조심스럽게 내려놓고, 자기 팔에서 여자의 손을 떼어 냈다. "어린애 같군요." 하고 그가 말했다. "우리 모두는 그런 일에 익숙해져야 해요." 그러고 나서 그는 흔들의 자를 눈여겨보았다. "나는 여기서 잘게요. 지금 나가 봤자 별 수도 없고. 몇 시간 자 둬야 하오. 아침 9시에 수술을 해야 하니까. 여기서도 내 집처럼 잘 잘 수 있어요. 밤을 새우는 게 처음도 아니고. 그럼 됐소?"

여자는 고개를 끄덕였다.

여자는 그의 곁에 바짝 붙은 채 서 있었다.

"난 7시 반에 나가야 해요. 꼭두새벽에 당신을 깨우게 될지도 모르오."

"괜찮아요. 제가 일어나 아침 식사를 준비할게요. 뭐든……."

"그럴 필요 조금도 없소." 하고 라비크는 말했다. "아침은 가까운 카페에서 버젓한 노동자처럼 해결할 거요. 럼주를 곁들인 커피와 크루아상으로 말이오. 그리고 병원에 가면 마음껏 보충할 수 있어요. 외제니한테 목욕 준비를 해 달라고 부탁할 수도 있고. 좋아요, 여기서 자도록 합시다. 추운 11월에 갈 곳 없는 두 인간이 말이오. 당신은 침대에서 자요. 원한다면 당신이 옷을 갈아입을 때까지 난 늙은 문지기한테 내려가 있겠소."

"그러지 말아요." 하고 조앙 마두가 말했다.

"도망가지 않을 거요. 안 그래도 몇 가지가 필요해서 그러는 거요. 베개와 이불 같은 것 말이오."

"벨을 누를게요."

"그건 나도 할 수 있소." 라비크는 벨을 찾아서 눌렀다. "이런 일은 남자가 하는 편이 나아요."

문지기는 금방 왔다. 손에 코냑을 또 한 병 들고 있었다. "우리를 과대평가하시는군." 하고 라비크가 말했다. "고맙소. 우린 전후 세대지요. 이불과 베개, 그리고 시트가 필요하지요. 난 이곳에서 잘 거요. 밖은 너무 춥고 비마저 쏟아지고 있으니까. 폐렴을 심하게 앓다 일어난 지 이틀밖에 안 됐기도 하고. 그렇게 준비해 주시겠어요?"

"물론입니다. 이미 그러실 거라고 생각했어요."

"좋아요." 라비크는 담배에 불을 붙였다. "난 복도로 나가 문 앞에 놓인 신발들이나 구경하겠소. 오랜 취미거든요. 도망가지는 않을게요." 하고 그는 조앙 마두의 눈길을 살폈다. "난 애굽의 요셉도 아니니, 내 외투를 남겨 두고 가지는 않을 거요."

문지기가 물건을 들고 왔다. 라비크가 복도에 있는 것을 보고는 걸음을 멈췄다. 그리고 환한 얼굴로 말했다. "이런 일은 드물지요."

"나도 이런 경우는 드물어요. 생일이나 성탄절에나 있는 일이지. 그것들을 이리 주시오. 내가 가지고 들어갈 테니. 그건 또 뭐죠?"

"온수 주머니요. 폐렴이라고 하시기에."

"멋지군! 하지만 나는 코냑으로 내 폐를 덥히겠소." 라비크는 주머니에서 지폐 몇 장을 끄집어냈다.

"손님께선 잠옷이 없으실 텐데, 제가 한 벌 드릴까요?"

"고마워요. 영감." 하고 라비크는 노인을 바라보았다. "보나마나 나한텐 너무 작을 거요."

"아닙니다. 꼭 맞을 겁니다. 아주 새 건데요. 비밀입니다만, 어떤 미국 사람이 저한테 준 겁니다. 어떤 부인이 그분한테 선물로 줬다는군요. 저는 그런 걸 입지 않아요. 잠옷 대신 속옷을 입고 자니까요. 아주 신품입니다, 손님."

"알았어요. 가져와 보시오. 한번 보기나 하게."

라비크는 복도에서 기다렸다. 방문들 앞에는 구두 세 켤레가 놓여 있었다. 한 켤레는 창이 닳아빠진 자그마한 고무장화였다. 그 방에선 드르렁 코 고는 소리가 복도까지 들려왔다.

다른 두 켤레는 갈색의 남성용 단화와, 단추 달린 에나멜 가죽 하이힐이었다. 신발 두 켤레는 같은 방문 앞에 나란히 놓여 있긴 했지만, 이상하게도 고독해 보였다.

문지기가 잠옷을 가지고 왔다. 호사스러운 것이었다. 푸른 인조견에다 황금색 별들을 수놓은 것이었다. 라비크는 한동안 멍하니 바라보았다. 그 미국인의 심정이 이해가 갔다. "멋지지요, 안 그래요?" 하고 문지기는 자랑스럽게 물었다.

잠옷은 신품이었다. 심지어 루브르 백화점 상자에 포장된 그대로였다. "유감이네요." 하고 라비크가 말했다. "이것을 고른 여자를 볼 수 없으니."

"오늘 밤에 입으시지요. 사시지 않아도 됩니다, 손님."

"빌리는 값은 얼마지?"

"좋을 대로 하십시오."

"당신은 프랑스 사람이오?"

"그렇습니다. 생나제르 출신입니다."

"미국인들하고 사귀다가 사람 버렸군. 하지만 이런 잠옷 값으로는 많은 게 아니지."

"마음에 드신다니 기쁩니다. 안녕히 주무십시오, 손님. 내일 부인한테서 찾아가겠습니다."

"내일 아침 내가 직접 돌려주겠소. 7시 반에 날 깨워 주세요. 다만 문을 살짝 두드려요. 그래도 알아들을 테니까. 그럼, 잘 주무시오."

"이걸 한번 보시오." 하고 라비크는 조앙 마두에게 잠옷을 보였다. "산타클로스 옷이오. 문지기 영감은 아무래도 마술사요. 나한테 이런 물건을 입히다니. 우스꽝스러운 짓을 하려면 용기도 있어야 하고, 또 순진한 구석도 있어야 하는 거지."

그는 흔들의자에다 담요를 폈다. 호텔에서 자든 여기서 자든 아무 상관도 없었다. 그는 복도에서 쓸 만한 욕실을 알아 놓았고, 문지기로부터 새 칫솔도 받아 놓은 터였다. 다른 것은 아무래도 좋았다. 여자란 그에게 환자와 같았기 때문이다.

그는 물잔에다 코냑을 채웠고, 문지기가 가져온 작은 잔들 중 하나를 집어 침대 옆에다 놓았다. "이걸로 충분할 거요." 하고 그가 말했다. "이렇게 하는 편이 훨씬 간편해요. 내가 일어나서 일일이 따라 주지 않아도 되니까. 그리고 병하고 다른 잔 하나는 내 옆에다 둘게요."

"작은 잔은 필요 없어요. 물잔으로 그대로 마실래요."

"그럼 더 잘됐고." 라비크는 흔들의자 위에서 담요로 몸을 감쌌다. 잠자리가 편한가 아닌가 물어보며 여자가 귀찮게 굴지 않는 게 좋았다. 여자는 원하는 것을 얻었던 것이다. 그리고 다행스럽게도 주부다운 친절을 애써 베풀지도 않았다.

그는 잔을 가득 채우고는 병을 바닥에 내려놓았다.

"건배!"

"건배! 고마워요."

"잘됐어. 안 그래도 빗속을 걸을 생각은 별로 없었으니까."

"아직도 와요?"

"그래요."

밖으로부터 고요함을 뚫고 나직이 창문을 두드리는 소리가 들려왔다. 잿빛인, 쓸쓸하고 형태도 없는 그 무엇, 슬픔보다 더 슬픈 그 무엇이 방 안으로 들어오고 싶어 하는 것 같았다. 아득한 시절의 헤아릴 길 없는 추억, 그 옛날에 밀려왔다 어느 섬에서 그대로 잊히고 말았던 것, 사람의 흔적, 약간의 빛과 생각을 되찾아 다시 묻어 버리려고 끊임없이 밀려오는 파도.

"술 마시기 좋은 밤이네요."

"네, 그리고 혼자 있기 힘든 밤이에요."

라비크는 잠시 말문을 닫았다. "우리는 그런 것에 익숙해져야 해요." 이윽고 그가 말했다. "이전에 우리를 붙들어 매고 있던 것이 지금은 파괴되고 말았소. 우리는 이제 줄 끊어진 유리알처럼 산산이 흩어져 있어요. 단단하게 고정된 것이라곤 아무것도 없어요." 그는 다시 잔을 가득 채웠다. "어렸을 때 나는 풀밭에서 밤을 지낸 일이 있었죠. 여름이었고, 하늘은 아주 맑았어요. 잠들기 전에 보니 오리온자리가 지평선 숲 위에 걸려 있었지요. 그러다가 한밤중에 깨어 보니 오리온자리가 갑자기 바로 내 머리 위에 와 있었어요. 그때 일을 잊어버릴 수가 없어요. 지구는 별이고, 자전한다는 것을 배워서 알고 있긴 했지만, 그저 책에 있는 것을 배울 때처럼 배웠을 뿐이고, 거기에 대해 한 번도 진지하게 생각해 본 적은 없었던 거지요. 나는 그때서야 비로소 정말 그렇구나 하고 느꼈던 겁니다. 지구가 소리도 없이 무한한 공간을 날고 있다는 것을 느꼈던 거지요. 느낌이 너무 강렬해 내동댕이쳐지지 않으려면 무엇이든 붙잡아야 한다고 생각했어요. 깊은 잠에서 깨어나 잠시 기억과 습관에서 벗어나, 엄청나게 이동해 버린 하늘을 바라보게 된 때문이었겠지요. 지구는 갑자기 더 이상 고정된 곳이 아니었어요. 이후로 지구는 내게 다시는 완전한 것이 아니었지요."

그는 잔을 비웠다. "이런 생각은 어떤 일을 더욱 어렵게 만들고, 또 어떤 일은 더 쉽게 만들지." 그는 조앙 마두를 쳐다보았다. "당신이 얼마나 취했는지, 난 모르겠어. 피곤하다면 대꾸를 안 해도 좋아요."

"아직은 아니지만 곧 취할 거예요. 한 군데는 아직 깨어 있어요. 차갑게 깨어 있어요."

라비크는 술병을 자기 곁 바닥에 내려놓았다. 방 안 훈기 때문에 차츰차츰 갈색 피로감이 그의 몸속으로 스며들어 왔다. 그림자들이 다가왔다. 날개를 푸드득거린다. 낯선 방. 그리고 밤. 멀리서 들려오는 북소리같이 단조롭게 창을 두드리는 비소리, 혼돈의 변두리에서 어렴풋하게 불을 밝힌 오두막, 막막한 황야에서 비치는 작은 불빛, 말을 걸어오는 낯선 얼굴.

"당신도 그런 걸 느낀 적이 있어요?" 하고 그가 물었다.

여자는 한동안 가만히 있었다. "그래요. 하지만 같지는 않고, 조금 달라요. 며칠 동안 아무 하고도 이야기하지 않고, 밤거리를 돌아다니다 보면, 사람들은 어디든 속해 있었고, 어디로든 가고 있었고, 어디에든 집이 있었어요. 나 혼자만 빼고. 그러면 모든 것이 점점 비현실적이 되었어요. 마치 내가 물속에 빠져 물속 낯선 거리를 걷는 듯한 기분이 되는 거예요……."

누군가가 계단을 올라왔다. 열쇠 소리가 나고 문이 덜커덕 잠겼다. 곧 이어서 수돗물 쏟아지는 소리가 났다. "아는 사람도 없는데 왜 파리에 남아 있는 거요?" 하고 라비크가 물었다.

그는 졸음이 오는 것을 느꼈다.

"모르겠어요. 이곳 말고 갈 데가 있을까요?"

"돌아갈 곳이 없는 거요?"

"없어요. 사람들이란 원래 돌아갈 곳이 없는 법이에요."

바람이 불어 창문에 빗줄기가 휘몰아쳤다. "왜 파리로 왔소?" 하고 라비크가 물었다.

조앙 마두는 대꾸하지 않았다. 이젠 잠들었구나 하고 그는 생각했다. "라친스키와 저는 헤어지기 위해 파리로 왔어요." 한참 있다가 여자의 대답이 들려왔다.

라비크는 그런 소리를 들어도 놀랍지 않았다. 그 무엇에도 놀라지 않는 그런 시간들이 있는 법이다. 건넛방에서는 조금 전에 들어온 사내가 구토를 시작했다. 꺽꺽거리는 소리가 문틈으로 희미하게 새어 들어왔다.

"그렇다면 왜 그렇게 심하게 절망하는 거지요?"

"그 사람이 죽어 버렸으니까요! 죽었어요! 갑자기 없어져 버렸어요! 다시는 데려올 수 없다니요! 이젠 어떻게도 할 수 없어요! 모르시겠어요?" 조앙 마두는 침대에서 몸을 반쯤 일으키고 라비크를 뚫어지게 쳐다보았다. 그렇지 않아. 네가 남자를 버리기 전에, 남자가 너를 먼저 떠나 버렸기 때문이지. 마음의 준비를 하기도 전에, 널 혼자 두고 갔기 때문이야.

"저는…… 저는 그 사람한테 좀 더 잘해 줘야 했어요……. 저는…….."

"잊어요. 후회란 세상에서 가장 쓸모없는 짓이에요. 아무것도 되돌릴 수 없고, 아무것도 만회할 수 없어요. 그렇게 할 수 있다면, 우리 모두는 성인(聖人)일 거예요. 삶은 우리를 완벽한 존재로 만들겠다는 의도를 가지고 있지 않소. 완전한 인간이 있다면 그런 건 박물관에나 맞을 거요."

조앙 마두는 대꾸하지 않았다. 라비크는 여자가 코냑을 마시고 다시 베개 위로 눕는 것을 보았다. 아직도 무언가가 남아 있었다. 그러나 너무 피곤해서 거기에 대해 생각할 수 없었다. 아무래도 좋았다. 그는 잠들고 싶었다. 내일은 수술을 해야 한다. 이 모든 것이 그와는 아무 상관도 없었다. 그는 빈 잔을 바닥의 병 옆에 내려놓았다. 인간들이 때때로 이런 식으로 내려앉는 건 이상한 일이야 하고 그는 생각했다.

6

라비크가 들어섰을 때, 뤼시엔 마르티네는 창가에 앉아 있
었다. 그가 물었다. "침대에서 내려온 기분이 어때?"

여자애는 그를 힐끔 쳐다보고 나서 창밖의 잿빛 오후로 눈
길을 돌리더니 다시 라비크 쪽을 쳐다보았다. "오늘은 날씨가
별로야." 하고 그가 말했다.

"왜요?" 하고 여자애가 물었다. "저는 좋은데요."

"왜?"

"밖으로 안 나가도 되니까요."

여자애는 값싼 면직 기모노를 어깨에 걸친 채 의자에 쪼그
리고 앉아 있었다. 이가 흉하고, 몸이 마른 데다 외모도 보잘
것없는 아이였다. 하지만 이 순간 라비크에게는 트로이의 헬
레나보다 더 아름다워 보였다. 그 애는 그가 자기 손으로 구해
낸 하나의 생명이었다. 물론 특별나게 자랑할 만한 것도 아니

다. 불과 얼마 전에는 한 생명을 잃지 않았던가. 다음에 또 다른 생명을 잃을지도 모른다. 결국 우리는 모든 생명을 잃을 것이고 또한 자기 자신도 잃어버릴 것이다. 하지만 어쨌거나 이 여자애는 순간이나마 구원을 받은 것이다.

"이런 날씨엔 모자를 가지고 다녀 봤자 재미도 없을걸요." 하고 뤼시엔이 말했다.

"아가씬 모자 배달을 했었나?"

"네. 마담 랑베르의 가게에서요. 마티뇽 거리에 있는 가게에서 5시까지 일해야 했어요. 그러고 나서는 교개든한테 모자 상자를 배달했고요. 지금 5시 반이지요. 지금쯤이면 저는 배달하고 있어야 해요." 여자애는 창밖을 내다보았다. "비가 더 오지 않아 유감이에요. 어제는 좋았어요. 억수로 퍼부었거든요. 지금은 다른 애가 다니고 있을 거예요."

라비크는 창가 의자로 가서 그 애 맞은편에 앉았다. 이상한 일이야 하고 그는 생각했다. 죽음을 떨치고 나오면, 인간들은 한도 없이 행복해질 거라고 생각한다. 그런데 거의 그렇지가 못하다. 이 아이만 해도 그렇다. 작은 기적이 일어났는데도, 이 애의 관심은 그저 빗속을 걸어가지 않아도 된다는 정도일 뿐이다. "어떻게 이 병원으로 곧장 오게 된 거니, 뤼시엔?" 하고 그가 물었다.

여자애는 조심스럽게 그를 쳐다보았다. "어떤 사람이 말해 줬어요."

"누구?"

"아는 사람이에요."

"어떻게 아는 사람인데?"

여자애는 망설였다. "여기 왔던 사람이에요. 그 사람을 여기 문 앞까지 데려다준 적이 있었어요. 그래서 잘 알고 있었어요."

"언제쯤?"

"제가 오기 일주일 전이에요."

"수술 도중에 죽은 사람 말인가?"

"네."

"그런데도 아가씬 여길 왔단 말이야?"

"네." 하고 뤼시엔은 아무렇지도 않은 듯 말했다. "왜 못 와요?"

라비크는 말하려던 걸 참았다. 라비크는 작고 차가운 얼굴, 한때는 부드러웠겠지만, 삶이 그토록 빨리 딱딱하게 만들어버린 얼굴을 쳐다보았다. "그럼 아가씨도 그 산파한테 먼저 갔었나?"

뤼시엔은 대답하지 않았다. "아니면 똑같은 의사한테 갔었나? 마음 놓고 말해도 돼. 나는 그 사람이 누군지 모르니까."

"마리가 처음 거기로 갔어요. 일주일 전에요. 아니, 열흘 전이네요."

"그런데 아가씨는 마리에게 벌어진 일을 알면서도 거길 찾아갔단 말이지?"

뤼시엔은 어깨를 으쓱했다. "제가 어떻게 하겠어요? 모험할 수밖에요. 달리 아는 사람도 없는데. 아기는……. 제가 아기를 어떻게 감당하겠어요?" 여자애는 창밖을 내다보았다. 건너편 발코니에 멜빵을 한 남자가 우산을 받쳐 들고 서 있었다. "여기 얼마나 있어야 하죠, 선생님?"

"두 주 정도는 있어야지."

"두 주씩이나요?"

"길지도 않은데. 왜 그래?"

"돈이 들어서요, 돈이……."

"며칠 정도 빨리 나가게 될지도 모르지."

"나누어서 내면 안 될까요? 돈이 넉넉하지 않아요. 비싸요.
하루에 30프랑이라던데."

"누가 그렇게 말하던가?"

"간호사가요."

"어떤 간호사? ……외제니겠지, 물론……."

"네. 그 간호사가 말하기를 수술비와 붕대는 별도 계산이래
요. 그게 그렇게 비싼가요?"

"수술비는 벌써 냈잖아."

"간호사가 그 돈으론 어림도 없대요."

"그 간호사는 그런 건 자세히 몰라, 뤼시엔. 나중에 베버 선
생님께 물어보는 게 좋아."

"빨리 알고 싶어요."

"왜?"

"그래야 미리 계획을 세울 수 있으니까요. 얼마나 오래 일
해야 갚을 수 있을지."

뤼시엔은 자기 손을 들여다보았다. 손가락들은 마르고 거
칠었다. "방세도 한 달치를 더 내야 하거든요." 하고 여자애가
말했다. "여기 온 게 13일이고, 15일에 퇴원해야 하니까. 이제

한 달치를 물어야죠. 그냥요."

"도와줄 사람은 아무도 없니?"

뤼시엔은 고개를 들었다. 얼굴이 갑자기 십 년은 더 늙어 보였다. "아시잖아요, 선생님! 그 사람은 화만 냈어요. 제가 그렇게 멍청한 여자일 줄은 몰랐대요. 그런 줄 알았더라면, 제게 손도 대지 않았을 거래요."

라비크는 고개를 끄덕였다. 그런 이야기는 비일비재했다. "뤼시엔." 하고 그가 말했다. "낙태를 시킨 그 산파한테서 좀 받아 낼 수 있을지도 몰라. 그 여자 잘못이었으니까. 그 여자 이름을 대 주기만 하면 돼."

여자애는 재빨리 몸을 일으켰다. 그러고는 갑자기 방어적인 태도를 보였다. "경찰에요? 안 돼요. 그러면 저도 잡혀가요."

"경찰엔 안 알려. 위협만 하는 거지."

여자애는 씁쓰레하게 웃었다. "그래 봤자 그 사람한테선 한 푼도 못 받아요. 강철 같은 여자예요. 300프랑이나 내야 했어요. 그런데 그 결과는……" 여자애는 기모노의 주름을 폈다. "운이 나쁜 사람도 많은걸요." 별다른 체념의 기색도 없이 여자애는 말했다. 마치 자기가 아닌 남의 일인 것처럼.

"그렇지 않아." 하고 라비크가 대꾸했다. "아가씨는 운이 좋았어."

수술실로 가니 외제니가 있었다. 니켈 용기들을 윤이 나도록 닦고 있었다. 그녀가 좋아하는 일 중 하나였다. 너무 몰두하고 있어서, 그가 들어오는 소리도 듣지 못했다.

"외제니."

그녀는 깜짝 놀라 돌아보았다. "어머, 당신이었군요. 사람을 계속 놀라게 하고 싶으세요?"

"내가 그렇게 유별난 사람이라곤 생각하지 않아. 당신이야말로 치료비니 수술비니 떠들어 대며 환자를 놀라게 해선 안 되지요."

외제니는 행주를 손에 든 채 몸을 일으켰다. "물론 그 창녀가 떠들어 댔겠죠."

"외제니, 진짜 매춘부란 남자와 자는 대가로 하루하루를 힘들게 연명하는 여자들보다는, 남자의 지 본 적도 없는 여자들 중에 더 많은 법이오. 결혼한 여자는 물론 말할 필요도 없지만. 게다가 그 여자애는 떠들어 대지도 않았소. 어쨌거나 당신은 그 애의 하루를 망쳐 버렸단 말이오. 그게 전부요."

"그래요, 그게 대수예요! 인생살이 험한데 그렇게 마음 약해서야!"

걸어 다니는 도덕 교과서 같은 년 하고 라비크는 생각했다. 구역질 나는 열녀 타령. 모자 가게에서 일하는 이 어린애의 외로운 마음을 너 같은 게 알 리가 있나. 친구를 망쳐 버린 그 산파한테로, 친구를 죽게 한 그 병원으로 용감무쌍하게 다시 찾아왔단 말이다. 그런데도 전 어떻게 하면 좋아요? 어떻게 돈을 내면 좋아요? 할 뿐이란 말이다.

"당신은 얼른 결혼하는 게 좋겠소, 외제니." 하고 그가 말했다. "애들이 딸린 홀아비나 장의사 주인과 말이오."

"라비크 씨." 하고 간호사는 짐짓 위엄을 갖추어 말했다. "저의 프라이버시는 안중에도 없다는 거예요? 그렇다면 이 문제를 베버 선생님께 말씀드려야겠어요."

"안 그래도 당신은 온종일 그렇게 하고 있잖소." 라비크는 간호사의 양쪽 광대뼈가 홍조를 띠는 것을 보고 통쾌한 기분이 들었다. "경건한 체하는 인간들 중에 성실한 사람이 드문 것은 무슨 이유일까요, 외제니? 잘 비꼬는 사람의 성격이 가장 좋은 법이고, 이상주의자란 작자들은 정말이지 참아 내기 어렵단 말이죠. 이런 걸 보면 무슨 생각이 들지 않소?"

"말도 안 돼요."

"그럴 테지. 난 이제 죄받은 어린양들한테로 가겠소. 오시리스로. 나한테 볼일이 있으면 그리로 연락하라고 베버 선생에게 전해 주시오."

"베버 선생님이 당신에게 볼일은 없을 거예요."

"숫처녀라고 해서 천리안이 되는 건 아니지. 일이 생길 수도 있어요. 5시쯤까지 거기 있을 거요. 그 후엔 내 호텔에 있을 거고."

"아, 그 멋진 호텔, 유대인 소굴 말이지요."

라비크는 몸을 돌리고 말했다. "외제니, 피난민이라고 다 유대인인 건 아니오. 유대인이라고 전부 유대인인 것도 아니고. 그럴 리 없다고 믿었던 사람들 중에 유대인이 많기도 하고. 난 이전에 유대계 흑인도 알고 있었소. 그자는 정말이지 외로운 인간이었어. 그가 유일하게 좋아하지 않았던 것은 중국 요리였소. 세상은 그런 거지."

간호사는 대꾸하지 않았다. 번쩍거리는 니켈 접시를 닦을 뿐이었다.

라비크는 부아세르 거리의 술집에 앉아 비에 흠뻑 젖은 창 너머를 내다보고 있었다. 그때 그 사내가 지나갔다. 꽝 하고 가슴을 주먹으로 얻어맞는 기분이었다. 처음엔 실감이 나지 않았고, 그저 충격뿐이었다. 그러나 다음 순간 그는 탁자를 옆으로 밀어제치고 의자에서 튕기듯이 일어나 사람들로 가득 찬 홀을 마구 헤치며 문 쪽으로 뛰어나갔다.

누군가가 그의 팔을 붙들었다. 그는 홱 돌아섰다. "왜 그러나?" 이유를 알 수 없어 다시 물었다. "왜 그러나?"

웨이터였다. "계산 안 하셨는데요, 손님."

"뭐라고? 아, 그래…… 금방 돌아올 거야." 그는 팔을 뿌리쳤다.

웨이터는 얼굴이 붉어졌다. "여기서는 안 되는데요! 손님은……."

"자, 여기……."

라비크는 주머니에서 지폐 한 장을 끄집어내 웨이터에게 던지고는 문을 거세게 밀어젖혔다. 그러고는 한 무리 인파 사이를 헤쳐 나갔고, 오른쪽으로 길모퉁이를 돌아 부아세르 거리를 달려갔다.

누군가가 뒤에서 욕을 퍼부었다. 그는 정신을 가다듬고 달음박질을 멈추었다. 사람들의 눈에 띄지 않게 될 수 있는 대로 빨리 걸었다. 그럴 리 없어. 그는 생각했다. 절대로 그럴 리 없어, 내가 미쳤군, 그럴 리 없어! 얼굴, 바로 그 얼굴, 닮은 얼굴이었음이 분명해. 젠장, 어떤 자의 얼굴이 그놈과 닮았던 거야, 신경이 예민해 허깨비를 본 거야. 그 얼굴이 파리에 있을 수는 없어. 독일에 있어야만 해, 베를린에. 창이 비에 젖어 흐려진 탓이야. 창 너머를 분명하게 볼 수 없었어. 잘못 본 거야, 틀림없이…….

그는 빠른 걸음으로 계속 걸어갔다. 영화관에서 쏟아져 나오는 인파를 헤치고 나가면서, 지나가는 행인들의 얼굴을 하나하나 살폈다. 모자 밑으로 들여다보았고, 성난 눈길과 놀란 눈길과 마주치며 걸음을 재촉했다. 또 다른 얼굴들, 또 다른 모자들, 회색, 검정, 청색 모자들을 지나갔고, 몸을 돌려 재차 확인했다…….

그는 클레베 거리 교차로에서 멈추어 섰다. 한 여자, 푸들을 데리고 가던 여자가 갑자기 떠올랐다. 그자는 바로 그 뒤를 따라가고 있었던 것이다.

푸들과 함께 있던 여자라면 벌써 앞질러 왔다. 그는 곧장 되돌아섰다. 개를 데리고 있는 여자가 멀리서 보이자, 그는 보도 가장자리에서 멈추어 섰다. 주머니 속에서 주먹을 불끈 쥐었고, 지나가는 모든 사람을 일일이 훑어보았다. 그 푸들은 가로등 기둥 옆에서 멈추어 섰고, 킁킁대며 냄새를 맡더니 아주 아주 천천히 뒷발 하나를 들어 올렸다. 그러고는 보란 듯이 보도를 긁어 대고는 쪼르르 달려가 버렸다. 라비크는 목덜미가 땀에 젖어 축축해진 것을 갑자기 느꼈다. 몇 분을 기다렸으나 그 얼굴은 보이지 않았다. 멈추어 서 있는 자동차들도 들여다보았다. 안에는 아무도 없었다. 그는 다시 발길을 돌려 클레베 거리의 지하철까지 거슬러 올라갔다. 출입구를 뛰어 내려가 표를 사고 플랫폼을 따라 걸어가 보았다. 꽤 많은 승객들이 있었다. 끝까지 살펴보기도 전에 열차가 들어와서 멈추어 섰고, 이내 터널 속으로 사라졌다. 플랫폼은 텅 비어 버렸다.

그는 천천히 술집으로 돌아왔다. 아까 앉았던 탁자로 가서 앉았다. 칼바도스가 반쯤 남은 잔이 그대로 있었다. 잔이 그곳에 있는 것이 이상했다……

웨이터는 발을 질질 끌며 다가왔다. "죄송합니다, 손님. 제가 잘 몰라서, 그만……"

"좋아!" 하고 라비크가 말했다. "칼바도스를 한 잔 더 주게."

"새 잔으로요?" 웨이터는 탁자 위 반쯤 차 있는 잔을 쳐다보았다. "이걸 먼저 드시지요?"

"아니, 다른 잔으로 가져와."

웨이터는 잔을 집어 들고 냄새를 맡았다. "이건 마음에 안 드세요?"

"아니, 하지만 다른 걸로 마시겠어."

"알겠습니다, 손님."

내가 잘못 본 거야 하고 라비크는 생각했다. 비에 젖어 흐릿해진 창을 통해 어떻게 확실하게 볼 수 있었겠는가? 그는 유리창을 뚫어져라 쳐다보았다. 매복처의 사냥꾼처럼 집중하며 밖을 쏘아보았다. 지나가는 행인들을 일일이 관찰했다. 그러다 보니 그림자와도 같이, 선명한 잿빛 필름이 창을 스쳐 지나갔다. 한 조각 기억이……

베를린. 1933년 어느 여름밤. 게슈타포의 건물. 피. 창문도 없는 썰렁한 방. 벌거숭이 전구들의 눈부신 광선. 쇠사 달린 혁대가 있는 붉게 얼룩진 테이블. 양동이 물에 반쯤 질식되었다가 열 번이나 스무 번이나 실신 상태에서 소스라치게 놀라며 깨어나 밤새도록 잠들지 못했던 정신. 죽도록 두들겨 맞아 더 이상 고통을 느끼지도 못했던 나의 콩팥. 일그러지고 정신이 나간 시빌의 얼굴. 제복 입은 형리 몇 놈이 나의 여자를 붙들고 있었지. 자백하지 않으면 여자에게 어떤 일이 일어날지를 친절하게 설명하며 미소 짓던 얼굴과 목소리. 시빌은 그러고 나서 사흘 후 목매어 자살한 채로 발견되었다고 했었지.

웨이터가 나타나 잔을 탁자 위에 놓았다. "이건 다른 종류입니다, 손님. 캉[7]의 디디에죠. 오래 묵은 겁니다."

"좋아, 좋아, 고맙네."

라비크는 잔을 비웠다. 그러고는 주머니에서 담뱃갑을 꺼냈고, 한 개비를 뽑아 불을 붙였다. 두 손은 여전히 떨렸다. 성냥을 바닥에 내던지고, 다시 칼바도스를 한 잔 주문했다.

그 얼굴, 방금 다시 보았다고 믿었던, 그 미소 짓던 얼굴, 내가 잘못 보았음에 틀림없어! 하케가 파리에 있을 리는 없어. 불가능해! 그는 기억을 떨쳐 버렸다. 아무 대책도 없는데 그런 일로 전전긍긍한다는 것은 웃기는 짓이다. 독일이 망해 다시 그곳으로 돌아갈 수 있게 된다면, 그때 어떻게든 해 보아야 할 것이다. 그때까지는…….

그는 웨이터를 불러 계산했다. 하지만 길에서 부딪치는 얼굴을 하나하나 살펴보지 않을 수는 없었다.

---

7) 프랑스 북부 노르망디 지역에 있는 도시.

그는 '지하묘지'에서 모로소프를 만났다.

"그놈이었다고 믿지 않는 거야?" 하고 모로소프가 물었다.

"안 믿어. 하지만 그놈처럼 보였어. 제기랄, 그렇게 닮을 수가 있다니. 아니면 내 기억을 이젠 믿을 수 없는 거지."

"술집에 있었던 게 잘못이야."

"그래."

모로소프는 잠시 침묵했다. "엄청 흥분했겠군, 안 그래?" 이윽고 그가 말했다.

"그렇지도 않아, 왜?"

"잘 알 수가 없으니 말이야."

"난 알아."

모로소프는 대답하지 않았다.

"환각이었어." 하고 라비크가 말했다. "독일에서의 일은 이제 잊었다고 생각했는데······."

"절대로 그렇게 되지 않아. 나도 자네와 같은 경험을 했지. 처음 여기에 왔을 때 말이야. 오 년이고 육 년이고 기다렸지. 나는 아직도 러시아에 있는 세 놈을 기다리고 있네. 놈들은 일곱이었어. 네 놈은 죽었고. 그중 두 놈은 놈들의 당이 총살했네. 벌써 이십 년 이상이나 기다리고 있어. 1917년부터니까. 아직 살아 있는 세 놈 중 하나는 족히 일흔은 됐을 거야. 나머지 둘은 마흔이나 쉰쯤 됐을 거고. 나는 아직도 그 두 놈을 잡을 생각이야. 아버지의 원수 놈들."

라비크는 보리스를 쳐다보았다. 그는 거인이었으나, 예순을 넘기고 있었다. "자네는 놈들을 잡을 거야." 하고 그가 말했다.

"그렇고말고." 하고 모로소프는 커다란 두 손을 폈다 쥐었다 했다. "그때를 기다리고 있네. 그래서 더 조심스럽게 사는 거야. 더 이상 자주 마시지도 않아. 더 오랜 시간이 걸릴지도 모르니까. 그때까지 힘이 있어야 해. 총을 쏘거나 칼로 찌르고 싶지는 않아."

"나도 그렇게 하지 않을 거야."

그들은 잠시 앉아 있었다. "체스나 한판 둘까?" 하고 모로소프가 물었다.

"그래. 그런데 판이 빈 게 없네."

"저기 교수가 끝났네. 레이비하고 뒀어. 늘 그렇지만 교수가 이겼지."

라비크는 체스 판과 체스 말을 가지러 갔다. "오래 두셨네요, 교수님, 오후 내내."

노인은 머리를 끄덕였다. "심심풀이 땅콩이지. 체스는 카드 놀이보다 완벽해. 카드놀이는 운에 많이 좌우되는데, 그게 별로야. 하지만 체스는 그 자체로 하나의 세계를 이루거든. 두고 있는 동안 바깥 다른 세상은 전부 잊어버려." 노인은 이글거리는 두 눈을 들어 쳐다봤다. "바깥세상은 그렇게 완벽할 수 없는 법이지."

교수의 파트너였던 레이비가 느닷없이 염소 소리를 내며 웃었다. 그러고는 말문을 닫았고, 놀란 눈으로 주위를 둘러보더니 교수 뒤를 따라 나갔다.

두 판을 두고 나서 모로소프가 자리에서 일어났다. "이제

가야 해. 인간 꽃들을 위해 문을 열어 줘야지. 그런데 요즘엔 왜 셰에라자드에 안 오나?"

"나도 모르겠어. 어쩌다 그렇게 됐어."

"내일 저녁은 어때?"

"내일은 안 돼. 막심에서 저녁 먹기로 했어."

모로소프는 씩 웃었다. "불법 도망자 신세면서 배짱도 좋아. 파리에서 제일 우아한 데로만 골라 다니니 말이야."

"그런 곳이 오히려 아주 안전한 법이야, 보리스. 피난민처럼 굴다간 금방 잡히고 말지. 자네 같은 난센 여권[8] 소유자도 그쯤은 알고 있어야 할걸."

"알았어. 그런데 누구하고 가는 거야? 호위병으로 독일공사라도 데리고 가는 건가?"

"케이트 헤그슈트렘하고 가네."

모로소프는 휘파람을 불었다. "케이트 헤그슈트렘이 돌아온단 말인가?"

"내일 아침에 돌아오네. 빈에서."

"그렇군. 그럼 나중에 셰에라자드에서 자네를 보겠군."

"아닐지도 몰라."

모로소프는 손을 내저었다. "그럴 순 없지! 그녀가 파리에 있는 동안은, 셰에라자드가 단골 아닌가."

"이번엔 사정이 달라. 입원하러 오는 거니까. 며칠 내로 수

---

8) 난센 여권(Nansen Passport). 국제연맹이 국적 없는 난민들을 위해 발행했던 최초의 국제 신분증. 난센 여권 사업을 진행한 공로로 난센 국제 난민 사무소는 1938년 노벨 평화상을 수상했다.

술을 받을 거야."

"어쨌든 오고 말 거야. 자네는 여자를 너무 몰라." 모로소프
는 눈을 찡긋했다. "혹시 케이트가 우리한테 오는 걸 자네가
꺼리는 건 아닌가?"

"내가 왜?"

"자네가 그 여자를 보낸 후부터 우리한테 오지 않았다는 게
막 생각났거든. 조앙 마두 말이야. 단순한 우연은 아닌 것 같
아."

"실없는 소리. 난 그 여자가 자네 가게에 아직 있는 줄도 몰
랐어. 괜찮던가?"

"그래. 처음엔 코러스에 들어가 있었지. 지금은 소소한 독
창 파트를 맡고 있어. 한두 곡 정도 부르지."

"그동안 좀 익숙해졌나?"

"물론. 왜 아니겠어?"

"엄청나게 절망하고 있었어. 불쌍한 여자야."

"뭐라고?" 모로소프가 되물었다.

"불쌍한 여자라고 했네."

모로소프는 미소를 지었다. "라비크." 하고 그는 아버지 같
은 어투로 대답했다. 그 얼굴엔 갑자기 스텝과 광야와 초원과
세상의 온갖 경험들이 떠올랐다. "멍청한 소린 그만두게. 그
여자는 닳고 닳은 여자야."

"뭐라고?" 라비크가 물었다.

"걸레야. 매춘부는 아니지만. 자네가 러시아 사람이라면 금
방 알 텐데."

라비크는 큰소리로 웃었다. "그럼 그 여잔 아주 달라진 거로군. 실례하네, 보리스! 자네의 감식안에 축복이 있기를!"

7

"병원엔 언제 가나요, 라비크?" 하고 케이트 헤그슈트렘이 물었다.

"언제든 좋을 때. 내일도 좋고 모레도 좋고, 언제든지. 하루쯤은 문제가 아니니까."

여자는 라비크 앞에 마주 서 있었다. 호리호리하고, 소년 같고, 자신만만하고 귀여웠으나 더 이상 젊지는 않았다.

라비크는 이 년 전에 그녀의 맹장을 잘라 주었다. 파리에서 그가 한 최초의 수술이었다. 그리고 그 여자가 행운을 가져다 주었던 것이다. 그 후 그는 일을 계속하게 되었고 경찰과도 아무런 문제가 없었다. 여자는 그에게 일종의 부적이었다.

"이번에는 걱정이 좀 돼요." 하고 여자가 말했다. "이유는 잘 모르겠지만 왠지 불안해요."

"걱정할 필요 없어요. 내가 늘 하는 일이니까."

여자는 창가로 가 밖을 내다보았다. 호텔 랑카스테르의 뜰이 보였다. 거대한 밤나무 고목이 축축한 하늘을 향해 늙은 팔들을 뻗고 있었다. "이번 비는." 하고 여자가 말했다. "빈을 떠날 때도 내렸어요. 취리히에서 잠을 깼을 때도 오고 있었고요. 그리고 여기 왔는데도 계속 내리네요……." 여자는 커튼을 젖혔다. "저한테 무슨 일이 일어났는지 저는 모르겠어요. 늙어 기는구나 하는 생각만 들어요."

"사람들은 사실이 그렇지 않을 때도 그런 생각을 하는 법이오."

"난 이제 달라질 거예요. 두 주 전에 이혼했어요. 즐거워야 마땅하죠. 하지만 피곤해요. 모든 게 반복이에요, 라비크. 왜 그럴까요?"

"아무것도 반복되지 않아요. 우리 자신이 반복할 뿐이지. 그게 전부야."

여자는 미소를 짓고는 모조 난로 곁 소파에 가서 앉았다. "돌아오기를 잘했어요." 하고 여자가 말했다. "빈은 병영이 됐어요. 절망이에요. 독일인들이 마구 짓밟아 버렸어요. 오스트리아 사람들도 거들었고요. 오스트리아 사람들까지 그렇게 됐다니까요, 라비크. 자연을 거스르는 일이에요. 오스트리아 나치스라니요. 하지만 제 눈으로 똑똑히 본걸요."

"놀랄 일도 아니지. 권력이란 전염력이 가장 강한 병이니까."

"맞아요, 그리고 사람을 가장 추하게 만드는 병이에요. 그래서 나는 이혼했어요. 내가 이 년 전에 결혼했던, 그 매력 덩어리 건달이 갑자기 호통을 쳐 대는 돌격대장이 되었거든요.

늙은 베른슈타인 교수에게 물로 길을 닦게 하고, 자기는 옆에 서서 웃고 있지 않겠어요. 일 년 전에 자신의 신장염을 낫게 해 준 그 교수를 말예요. 치료비를 너무 비싸게 받았다는 거지요." 케이트 헤그슈트렘은 입술을 비죽거렸다. "그 치료비도 실은 내가 냈어요, 자기가 낸 게 아니고."

"그런 자한테서 벗어났으니, 기뻐해야지."

"그런데 그 사람이 위자료로 25만 실링을 요구하는 거예요."

"싼 편이군." 하고 라비크가 말했다. "돈으로 해결할 수 있는 거라면 뭐든 싼 거지."

"하지만 그자는 한 푼도 못 받았어요." 케이트 헤그슈트렘은 보석처럼 흠집 없이 새겨진 갸름한 얼굴을 들며 말했다. "나는 그 사람한테 내 생각을 전부 다 말했어요. 그 사람과 그 사람의 당과 총통에 대해서요. 그리고 이제부터는 그것을 공개적으로 말하겠다고 했어요. 그자는 게슈타포니 강제수용소니 하며 나를 위협하더군요. 하지만 난 그를 비웃어 주었어요. 나는 미국인이라 대사관의 보호를 받고, 내겐 아무 일도 없겠지만, 그 사람은 나와 결혼했으니 문제가 될 거라고 말예요."

여자는 큰소리로 웃었다. "그 사람은 그런 걸 미처 생각하지 못했던 거예요. 그다음부터는 귀찮게 굴지도 않고요."

대사관, 보호, 비호 하고 라비크는 생각했다. 다른 혹성의 일처럼 생각되었다. "그런데 베른슈타인은 의사 일을 계속할 수 있을까?" 하고 그가 물었다.

"더 이상 아녜요. 내가 처음 출혈했을 때, 그분이 비밀리에 진찰해 주었어요. 다행스럽게도 난 애를 가질 수 없었어요. 나치스의 자식이라니……."

여자는 몸서리를 쳤다.

라비크는 일어섰다. "이제 가 봐야겠어요. 베버가 오후에 다시 진찰할 거요. 형식에 불과하지만."

"알아요. 하지만 그래도 겁이 나요."

"뭘 그래요, 케이트. 처음도 아닌데. 이 년 전에 했던 맹장 수술보다 더 간단한 건데." 라비크는 부드럽게 여자의 어깨를 감싸 주었다. "당신은 내가 파리로 온 후 처음 수술한 사람이야. 첫사랑 같은 거지. 앞으로도 내가 돌봐줄게요. 당신은 내 마스코트야. 내게 행운을 가져다주었으니까. 당신은 앞으로도 그 역할에 충실해야 해요."

"좋아요." 하고 여자는 그를 쳐다보았다.

"잘 있어, 케이트. 저녁 8시에 데리러 올게."

"잘 가요, 라비크. 난 이제 메인보쉐로 야회복을 사러 갈 거예요. 이런 노곤한 기분에서 얼른 벗어나고 싶어요. 거미줄에 걸려 있는 느낌이에요. 그 빈은." 하고 여자는 쓰디쓴 미소를 지었다. "정말이지 꿈의 도시예요……."

라비크는 엘리베이터를 타고 내려왔고, 홀을 가로질러 바를 지나갔다. 미국인 두어 명이 앉아 있었다. 홀 중앙의 탁자에는 커다란 붉은 글라디올러스 다발이 자리 잡고 있었다. 흐릿한 잿빛 조명 아래 응고된 피 색깔처럼 보였다. 다가가서 보니 꽃들이 싱싱하다는 걸 알 수 있었다. 그렇게 보였던 것은 밖으로부터 들어온 광선 때문이었다.

앙테르나쇼날 3층은 손님들로 북적거렸다. 여러 방들이 열려 있었고, 여자애들과 웨이터들이 이리저리 뛰어다녔다. 여주인은 복도에서 그들을 지휘했다. 계단을 올라온 라비크가 물었다. "무슨 일이죠?"

여주인은 억센 여자로 가슴이 풍만했고, 머리는 작았으며 곱슬머리는 짧고 검었다. "스페인 손님들이 가 버렸어요." 하고 여주인이 말했다.

"그건 나도 알아요. 그런데 왜 이렇게 늦은 밤에 방을 치우는 거죠?"

"내일 아침에 필요해서요."

"독일에서 피난민이라도 새로 오는 거요?"

"아뇨, 스페인 손님들입니다."

"스페인 손님?" 라비크는 순간 여주인의 말을 알아듣지 못하고 되물었다. "뭐라고요, 그들은 떠나지 않았나요?"

여주인은 검고 빛나는 눈으로 그를 쳐다보고는 미소를 지었다. 이런 것도 모르나요 하는 빈정거림이 섞인 미소였다. "다른 사람들이 돌아오는 거지요." 하고 여주인이 말했다.

"다른 사람들이라니요?"

"떠난 사람들의 반대파지요. 언제나 그런 식이에요." 여주인은 청소하고 있는 여자애에게 몇 마디 소리를 질렀다. 그러고는 은근히 자랑하는 투로 말했다. "이곳은 오래된 호텔이거든요. 손님들은 기꺼이 돌아오고 싶어 해요. 이전에 묵었던 방이 비기를 벌써부터 기다리는 거죠."

"벌써부터 기다린다고요?" 라비크는 이상해서 되물었다.

"누가 벌써부터 기다린단 말이오?"

"반대파 사람들요. 손님들 대부분은 전에 여기 묵었던 적이 있거든요. 몇 사람은 물론 그동안 살해당하기도 했지만요. 하지만 다른 손님들은 비아리츠나 생장드류에서 방이 빌 때까지 기다리고 있었어요."

"그렇다면 그들이 이전에도 여기에 묵었단 말인가요?"

"원 참, 라비크 씨!" 하고 여주인은 라비크가 말을 금방 알아듣지 못하는 것을 보고 놀랐다. "프리모 데 리베라가 스페인 독재자였던 때지요. 그때 그분들은 도망을 나와 여기서 지내야 했어요. 그리고 스페인이 공화국으로 바뀌자 그분들은 돌아갔고, 왕당파와 파시스트 들이 이곳으로 왔지요. 이번에는 그 사람들이 돌아갔으니까 공화주의자들이 다시 오는 거예요. 말하자면 살아남은 분들이지요."

"그렇군. 그 생각을 미처 못했어."

여주인은 방들 중 하나를 들여다보았다. 이전의 국왕이었던 알폰스의 천연색 초상화가 침대 위에 걸려 있었다. "저걸떼, 잔." 하고 여주인이 소리쳤다.

여자애는 그 초상화를 들고 왔다.

"여기. 여기 내려놓아." 여주인은 초상화를 오른쪽 벽에다 세워 놓고 걸어 나갔다. 다음 방에는 프랑코 장군의 초상화가 걸려 있었다. "저것도 다른 것과 함께 갖다 놓아라."

"그 스페인 친구들은 왜 그림을 안 가져갔을까요?" 하고 라비크가 물었다.

"망명객들이 돌아가면서 그림을 들고 가는 경우는 드물어요." 하고 여주인은 설명했다. "그럼이야 외국 땅에 있을 때나 위안이 되는 거죠. 고국으로 돌아가면 그런 건 필요하지 않아요. 액자를 끌고 여행하기도 불편하고, 유리도 깨지기 쉬우니까요. 그래서 그림은 거의 언제나 호텔에 두고 간답니다."

여주인은 뚱뚱한 장군의 서로 다른 초상화 두 개, 알폰스의 초상화 하나, 그리고 케이포 데 랄노의 작은 초상화 하나를 더 끄집어내어 복도의 다른 액자들과 한군데에 늘어놓았다. "성자들의 그림은 그대로 둬." 빛깔이 현란한 성모 초상화를 본 여주인은 그렇게 결단을 내렸다. "성자들은 중립이시니까."

"늘 그런 건 아니지요." 하고 라비크가 말했다.

"어려운 시절이 닥쳐야 신을 찾는 법이에요. 저는 무신론자들이 여기서 기도하는 장면을 보아 왔어요." 여주인은 활기찬 동작으로 왼쪽 가슴 부분을 매만졌다. "물이 목까지 차올랐을 땐 선생께서도 기도를 드렸겠죠?"

"물론이죠. 하지만 난 무신론자는 아닙니다. 쉽사리 믿지 않을 뿐이지만."

웨이터가 계단을 올라왔다.

그림들을 잔뜩 끌며 복도를 걸어왔다.

"장식을 바꾸시게요?" 하고 라비크가 물었다.

"그럼요. 호텔 영업은 이런저런 신경을 써야 해요. 그래야만 좋은 평판을 얻을 수 있으니까요. 특히나 우리 집 손님들은 이런 일에 아주 예민하답니다. 자기들의 불구대천 원수가 현란한, 때로는 금칠한 액자에 끼워져 거만하게 내려다보는 방이라면 누가 좋아하겠어요. 제 말이 맞죠?"

"100퍼센트 맞는 말씀."

여주인은 웨이터를 돌아다보았다. "그 그림들은 여기에 놓아라, 아돌프. 아니, 빛을 받아 잘 보이게 벽 쪽으로 나란히 놓아라."

웨이터는 투덜거렸고, 그림들을 걸려고 허리를 구부렸다.

"이번에는 어떤 그림이죠?" 라비크는 흥미를 보이며 물었다. "사슴과 풍경, 그리고 베수비오 화산 같은 겁니까?"

"그림이 모자라면 그런 거라도 걸어야죠. 안 그러면 예전 그림들부터 걸어야죠."

"예전 그림들이라니요?"

"이전에 걸었던 것들요. 그 사람들이 권력을 잡았을 때 여기 놓고 갔던 것들 말이에요. 여기 이것들."

여주인은 복도의 왼쪽 벽을 가리켰다. 웨이터는 그동안 방에서 가져온 그림들 맞은편에 새로운 그림들을 일렬로 세워 놓았었다. 마르크스 초상화가 두 개, 레닌 것이 세 개, 그중 하나는 반쯤 종이를 덧대어 풀로 붙여 놓은 것이었다. 그리고 트로츠키 것이 하나, 더 작은 액자에 든, 네그린과 스페인 다른 공화파 지도자들을 그린 무채색 판화들이 몇 개 있었다. 모두가 수수했다. 그것들과 마주 보고 오른쪽에 진열되어 있는 알폰소, 프리모, 프랑코의 초상화들처럼 훈장이나 문장(紋章)을 달고서 번쩍거리는 색으로 칠한 것들은 하나도 없었다. 대립적인 두 세계관이 불빛 희미한 복도에서 침묵하며 서로를 노려보는 형국이었다. 그리고 그 사이에 재치와 경험과 그 민족 특유의 풍자적 지혜를 가진 프랑스인 여주인이 서 있었다.

"그 사람들이 떠났을 때 제가 보관해 두었어요. 요즘에는 정권이 오래가지 않아요. 제 말이 옳다는 것을 아시겠지요. 그리고 이번엔 이 물건들이 도움이 되는 거고요. 호텔 영업을 하려면 폭넓은 안목이 필요해요."

여주인은 그림이 걸릴 장소를 지시했다. 트로츠키 그림은 돌려보냈다. 라비크는 반쯤 풀로 덧대 붙인 레닌의 판화를 살펴보았다. 레닌의 목 높이 근처 종이를 좀 긁어서 떼어 보니, 풀로 칠한 그 종이 밑에서 트로츠키의 또 다른 목이 나타나 레닌을 향해 미소 지었다. 아마도 어느 스탈린주의자가 풀로 붙여 버린 듯했다. "이것 봐요." 하고 라비크가 말했다. "여기 또하나의 트로츠키가 숨어 있어요. 우정과 형제애로 맺어졌던 그 옛날 좋았던 시절의 그림이란 말이죠."

여주인이 그 그림을 집어 들었다. "이건 내버려야겠어. 아무짝에도 쓸모없어요. 반쪽이 또 다른 반쪽을 언제까지나 욕하고 있으니 말예요." 여주인은 그것을 웨이터에게 넘겨주었다. "액자는 떼어내 보관해라, 아돌프. 고급 참나무니까."

"나머지 것들은 어떻게 할 거요?" 하고 라비크가 물었다. "알폰소와 프랑코의 초상화는요?"

"지하실로 가야죠. 언제 또 필요하게 될지 아무도 모르니까요."

"당신 집 지하실은 대단한 곳이오. 현대판 영묘(靈廟)라고 할까. 다른 그림들도 거기 있나요?"

"예, 물론이에요. 러시아 초상화들이 있어요. 임시방편으로 두꺼운 종이 액자에 끼워 놓은 레닌의 소박한 초상화 몇 개,

그리고 마지막 차르의 초상화들이에요. 이곳에서 죽은 러시아 사람들이 가지고 있던 거지요. 육중한 금 테두리 액자에 끼운 멋진 원본도 하나 있는데, 자살한 사람이 소장하고 있던 거고요. 그리고 이탈리아인들을 그린 것들도 있어요. 가리발디의 초상화 두 개, 왕 초상화 세 개. 그리고 무솔리니가 아직 사회주의자로 취리히에 머물렀던 시절 신문에서 오려 낸, 좀 훼손된 초상화도 있고요. 흔한 게 아니긴 하지만, 걸어 놓고 싶어 하는 사람은 별로 없어요."

"독일 것도 있니요?"

"마르크스의 초상화가 몇 개 있는데, 제일 흔한 것들이지요. 그리고 라살레 것이 하나, 베벨 것이 하나, 그리고 에베르트, 샤이데만, 노스케, 그리고 다른 사람들이 함께 찍은 사진이 한 장 있는데, 노스케의 얼굴은 잉크로 지워져 있어요. 손님들 말로, 노스케는 나치스가 되었다고 하네요."

"그래요. 그건 사회주의자 무솔리니의 초상화와 함께 걸면 될 거요. 그들과는 반대파인 독일인들 그림은 한 장도 없소?"

"물론 있어요! 힌덴부르크가 하나, 빌헬름 황제가 하나, 비스마르크가 하나, 그리고." 여주인은 미소를 지으며 말했다. "레인코트를 입은 히틀러의 초상화도 하나 있어요. 그런대로 완비한 셈이지요."

"뭐라고요?" 하고 라비크가 물었다. "히틀러라니? 어디서 구한 거요?"

"어떤 동성애자한테서요. 그 사람은 1934년 룀과 다른 사람들이 살해당했을 때 도망쳤어요. 공포에 질려 기도만 했대요. 나중에 어떤 아르헨티나 부자가 데리고 갔고요. 이름이 푸치였어요. 그럼 보실래요? 지하실에 있는데."

"지금은 됐어요. 지하실까지 내려가고 싶지는 않아요. 나중에 호텔 모든 방이 그런 그림들로 가득 장식되었을 때 구경하겠소."

여주인은 잠시 그를 쏘아보았다.

"아, 그러세요." 하고 여주인이 말했다. "그 사람들이 망명객이 되어 온 다음에 말이지요?"

보리스는 황금빛 수를 놓은 제복을 입은 채 셰에라자드 출입구에 서 있다가 택시 문을 열었다. 라비크가 차에서 내렸다. 모로소프는 씽긋 웃었다. "안 오는가 보다 생각했네."

"실은 오고 싶지 않았어."

"가자고 졸랐어요, 보리스." 케이트 헤그슈트렘은 모로소프를 포옹했다. "세상에나, 다시 당신 집에 오다니!"

"당신에겐 러시아 사람의 혼이 있어요, 카챠. 그런데 어쩌다 보스턴 같은 데서 태어나야만 했을까. 자, 라비크 어서 들어오게." 모로소프는 출입문을 활짝 열었다. "인간들이란 뜻은 크지만 실천은 미약한 법이야. 거기에 우리 불행도 있고, 우리 매력도 있는 거지."

셰에라자드는 캅카스의 천막처럼 장식되어 있었다. 종업원들은 러시아인들로 붉은 색 체르케스[9] 제복을 입고 있었다.

---

9) 캅카스 지방에 사는 한 종족.

오케스트라는 러시아와 루마니아 집시들로 이루어져 있었다. 손님들은 벽을 따라 놓인 발판 앞 작은 탁자들에 앉아 있었다. 실내는 어두웠지만, 붐비는 편이었다.

"뭘 마시겠소, 케이트?" 하고 라비크가 물었다.

"보드카요. 그리고 집시들의 연주를 듣고 싶어요. 행진곡인 「빈의 숲」은 이제 질렸고요." 그녀는 구두를 벗고는 두 발을 발판 위에 올렸다. "이젠 그렇게 안 피곤해요, 라비크." 하고 그녀가 말했다. "파리에 온 지 두서너 시간밖에 안 됐는데 벌써 기분이 달라요. 강제수용소에서 도망쳐 온 것 같은 느낌은 아직 남아 있지만. 이런 기분 아시겠어요?"

라비크는 그녀를 쳐다보며 말했다. "대충."

체르케스 족 차림의 웨이터가 보드카 작은 병과 잔을 가지고 왔다. 라비크는 잔에다 술을 따랐고, 잔 하나를 케이트 헤그슈트렘에게 내밀었다. 그녀는 목이 타는 듯 급하게 들이마시고 잔을 내려놓았다. 그리고 주위를 둘러보았다. "허름한 노점이네요." 그녀는 미소 지으며 말했다. "하지만 밤이면 도피와 꿈의 동굴이 되는군요."

그녀는 몸을 뒤로 쭉 뻗었다. 탁자 유리 밑에서 비치는 부드러운 빛이 여자의 얼굴을 환하게 비추었다. "왜 그럴까요, 라비크? 밤이면 모든 게 알록달록해져요. 아무것도 어렵게 보이지 않고, 무엇이든 할 수 있다는 기분이 들어요. 그리고 이룰 수 없는 건 꿈이 채워 주고. 도대체 왜 이런 거죠?"

그는 미소를 지었다. "우리가 꿈을 꾸는 건, 꿈 없이는 진실을 견딜 수 없기 때문이지."

오케스트라가 악기를 조율하기 시작했다. 바이올린의 제5현(弦) 소리와 급한 연속음이 떨리기 시작했다. "당신은 꿈을 꾸면서 자신을 기만하는 것처럼 보이지는 않아요." 하고 케이트가 말했다.

"사람들은 진실을 가지고 자신을 속일 수도 있어요. 그편이 더 위험한 꿈일지도 모르지."

오케스트라가 연주를 시작했다. 처음엔 심벌즈 소리뿐이었다. 천으로 감싼, 부드러운 해머가 어스름 속에서 나직하고 거의 들리지 않는 선율을 끌어내었고, 갑자기 부드러운 글리산도로 치솟게 했으며, 잠시 머뭇거리다 그것을 바이올린에게 넘겨주었다.

집시가 댄스홀을 천천히 가로질러 탁자 쪽으로 다가왔다. 그러고는 바이올린을 어깨에 올린 채 미소를 지으며 서 있었다. 넉살 좋은 눈빛, 탐욕스러우면서도 멍한 표정이었다. 바이올린이 없었더라면 가축 상인처럼 보였을 것이다. 그런데 바이올린을 들고 있으니 드넓은 초원, 광대한 저녁, 지평선, 그리고 결코 현실이 아니었던 모든 것을 불러오는 전령이 되어 버린 것이다.

케이트 헤그슈트렘은 그 선율을 마치 4월의 샘물인양 피부로 느꼈다. 그녀의 몸은 갑자기 메아리로 가득 찼다. 그러나 그녀를 향해 소리치는 사람은 아무도 없었다. 멈칫거리며 속삭이는 음성들, 하늘거리는 아련한 추억, 이따금 금실처럼 번쩍이며 소용돌이치는 것들. 하지만 거기엔 아무도 없었다. 아무도 그녀를 향해 소리치지 않았다.

집시는 허리를 굽혔다. 라비크는 탁자 밑으로 그의 손에 지폐 한 장을 쥐어 주었다. 케이트 헤그슈트렘이 그녀의 구석 자리에서 몸을 움직거렸다. "한 번이라도 행복한 적이 있었어요, 라비크?"

"가끔."

"그 말이 아녜요. 정말 행복했던 적이 있었나요. 숨이 막히고 정신을 잃을 정도로. 자기가 가진 모든 것을 걸고서."

라비크는 자기 앞의, 감동에 찬 갸름한 얼굴을 바라보았다. 그것은 행복에 대한 단 하나의 의미 밖에 모르는 얼굴이었다. 모든 행복 중에서 가장 변덕스러운 남녀 간의 사랑밖에 모르는, 그 밖의 것은 아무것도 모르는 그런 얼굴이었다. "자주 있었어, 케이트." 하고 그는 말했다. 그러나 그는 전혀 다른 것을 생각했고, 그것 또한 행복이 아니라는 것도 알고 있었다.

"당신은 내 말을 이해하려 하지 않는군요. 아니면 그런 이야기를 안 하고 싶은 거죠. 그런데 지금 오케스트라에 맞춰 노래하는 여자는 누구예요?"

"모르겠어. 나도 여기 온 지 오래됐으니까."

"여기서는 그 여자가 안 보이네요. 집시들과 함께 있는 건 아닌데요. 어느 탁자에 앉아 있는 것 같은데."

"손님이겠지. 여기선 종종 있는 일이니까."

"참 이상한 목소리네요." 하고 케이트 헤그슈트렘이 말했다. "슬프면서도 반항적이에요."

"노래가 원래 그럴 테지."

"아니면 제가 그런 기분이라서 그럴지도. 무슨 노랜지 알겠어요?"

"야아 바스 루우빌, 나는 너를 사랑했다. 푸시킨의 노래지."

"러시아 말 할 줄 아세요?"

"모로소프가 가르쳐 준 정도만. 대개는 욕설이오. 러시아 말은 욕하기엔 정말 적당하거든."

"당신은 자신에 대해선 말하기 싫어하나 봐요. 그렇죠?"

"나에 대해선 생각하기도 싫소."

그녀는 잠시 말문을 닫았다가 말했다. "가끔 이런 생각이 들어요. 이전 생활은 이제 다 지나갔다. 아무 걱정도 없이 기대하는 마음으로 지냈던 것은 이제 옛 이야기다."

라비크는 미소를 지었다. "지나가 버리는 건 아무것도 없어요, 케이트. 인생이란 우리가 숨 쉬기를 그치기 전에 그냥 끝내 버리기엔 너무도 위대하니까."

그녀는 그의 말에 귀를 기울이지 않았다. "가끔 불안해요." 하고 그녀가 말했다. "갑자기 설명할 수도 없이 불안해져요. 여기서 나가면 바깥세상이 갑자기 무너져 버릴 것 같은 불안. 당신도 그런 걸 느낀 적 있나요?"

"그래요, 케이트. 누구나 그럴 거야. 유럽의 병이지. 이십 년 전부터 생긴."

그녀는 입을 다물었다. "이젠 러시아 노래가 아니네요." 하고 그녀는 음악에 귀를 기울였다.

"그렇군. 이탈리아 노래네.「산타 루치아 룬타나」야."

조명이 바이올린 주자에게서 오케스트라 옆 테이블로 옮겨 갔다. 라비크의 눈에 노래를 부르는 여자가 보였다. 조앙 마두였다. 한 팔을 괴고 생각에 잠겨 주위에 아무도 없는 듯, 앞을 바라보며 혼자 앉아 있었다. 얼굴은 흰 불빛을 받아 몹시 창백했다. 그가 알고 있는 평범하고 무덤덤한 표정은 어디에도 없었다. 갑작스럽게 사람의 가슴을 일렁이게 하는 절망적인 아름다움이었다. 그는 언젠가 그런 모습을 순간적으로 보았던 기억이 났다. 그 여자 방에서 자던 날 밤이었다. 하지만 그때는 처음에 보이는 부드러운 힌싱이피고 믿었고, 그깃슨 곧 흐려지며 사라졌던 것이다. 하지만 이제 완벽하게 되살아나 거기 있었다. 더욱 뚜렷하게.

"무슨 일이에요, 라비크?" 케이트 헤그슈트렘이 물었다.

그는 고개를 돌렸다. "아무것도 아냐. 아는 노래라서 그래. 나폴리의 노래야. 애수에 넘치는."

"추억이라도 있어요?"

"아니. 내게 추억이라곤 없어."

생각지도 않은 거친 말투였다. 케이트 헤그슈트렘은 그를 유심히 쳐다보았다. "가끔씩 나는 당신이 어떤 사람인지 알고 싶을 때가 있어요."

그는 그만두라는 몸짓을 했다. "다른 인간들하고 똑같은 인간이야. 요즘 세상은 본의 아닌 모험가들로 가득해. 어떤 피난민 호텔을 가 봐도 그런 친구들이 앉아 있어. 누구나 자기 이야기를 하면서 말이지. 알렉상드르 뒤마나 빅토르 위고라면 센세이션을 느낄 이야기들이지. 하지만 우리는 그런 이야기가 나오기도 전에 벌써 하품이 나오거든. 자, 보드카나 한 잔 더 해요, 케이트. 요즘 시절에 커다란 모험은, 간단하고 조용한 생활이야."

오케스트라는 블루스를 연주하기 시작했다. 신통찮은 연주였다. 몇몇 손님들이 춤을 추기 시작했다. 조앙 마두는 일어나 출입구 쪽으로 갔다. 텅 빈 홀을 혼자 걷듯이 걸어갔다. 라비크는 갑자기 모로소프가 그녀에 대해 했던 말을 떠올렸다. 조앙 마두는 라비크의 탁자 가까이로 지나갔다. 여자가 자기를 본 것 같았다. 하지만 여자의 눈길은 곧장 그를 넘어 무심히 다른 곳으로 미끄러져 갔다. 여자는 홀을 나가 버렸다.

"아는 여자예요?" 그를 쳐다보던 케이트 헤그슈트렘이 물었다.

"아니."

8

"보이나, 베버?" 라비크가 물었다. "여기, 여기, 그리고 여기도……."

베버는 클립으로 집어 놓은 상처 부위 위로 몸을 굽혔다. "그래……."

"여기 작은 혹들을 보게. 그리고 여기도. 종양도, 유착도 아니야……."

"그래, 아니군……."

라비크는 몸을 일으켰다. "암이네." 하고 그가 말했다. "틀림없이 의심할 여지도 없이 암이야. 이건 내가 오랫동안 해 온 것들 중에서 가장 저주받은 수술이야. 검경(檢鏡)으로 봐도 아무것도 안 보이고, 골반 검사에서도 한쪽이 조금 무르고 조금 부었을 뿐이었어. 낭종이나 근종일지도 모르지만, 심각한 건 아니겠지 했어. 밑으로부터는 손을 댈 수 없어 절개했는데, 갑자기 암을 발견한 거네."

베버는 그를 멍하니 쳐다보았다. "이젠 어떻게 하지?"

"냉동 절개를 해야 해. 현미경 검사 결과를 확인해 보고. 부아송은 아직 실험실에 있나?"

"물론."

베버는 간호사에게 연구실로 전화하라고 일렀다. 간호사는 소리 나지 않는 고무장화를 신은 채 급히 나갔다.

"좀 더 잘라 봐야겠어. 자궁을 들어내야겠어." 하고 라비크가 말했다. "다른 짓은 해 봤자 소용없어. 제기랄, 환자는 아무것도 몰라. 맥박은 어떤가?" 하고 그는 마취 담당 간호사에게 물었다.

"정상입니다. 90."

"혈압은?"

"120인데요."

"좋아." 라비크는 트렌델렌부르크[10] 자세로 머리를 낮춘 채 수술대 위에 누워 있는 케이트 헤그슈트렘의 몸뚱이를 바라보았다. "미리 알리고 승낙을 받아야 했어. 여기저기 함부로 절개할 수는 없잖아. 아니면 그렇게 해도 괜찮을까?"

"법대로 하자면 안 돼. 하지만…… 이미 시작해 버린 걸 어쩌나."

"어쩔 수 없었어. 소파수술을 밑에서부터 할 수는 없었으니까. 이건 다른 수술이야. 자궁을 들어내는 건 긁어내는 것과는

---

10) 독일의 외과(外科)학자(1844~1924).

좀 달라."

"이 여자는 자네를 믿는 것 같은데, 라비크."

"모르겠어. 아마도. 하지만 승낙했을지는 알 수 없는 게 아닌가……?" 그는 흰 가운 위에 걸친 고무 치마를 팔꿈치로 바로 고쳤다. "어쨌든…… 더 계속할지 조사해야겠어. 그런 후 자궁절제술을 할지 말지 정하기로 하지. 외제니, 메스."

그는 배꼽까지 절개를 하고, 작은 혈관들은 클립으로 죄어 놓았다. 그리고 더 굵은 혈관들은 이중으로 매듭지어 묶었다. 그러고는 다른 메스로 노란 근막을 절단했다. 그 아래에 붙은 근육은 메스 등을 사용해 분리해 놓았고, 복막을 끄집어 올려 젖힌 다음 클립을 물려 놓았다. "버팀대!"

간호사는 그것을 이미 들고 있었다. 그녀는 추가 달린 묵직한 사슬을 케이트 헤그슈트렘의 양쪽 다리 사이에다 던져 넣고는 복강의 가장자리를 후크로 고정했다.

"가제!"

그는 축축하고 따듯한 가제를 밀어 넣었고, 복강을 헤치고서 조심스럽게 집게를 갖다 댔다. 그러고는 위를 쳐다보았다. "여기 좀 보게, 베버……. 여기도…… 넓게 굳어 있어. 두껍고 단단한 덩어리야. 큰 집게로도 집을 수가 없어. 너무 넓어."

베버는 라비크가 가리키는 곳을 쳐다보았다. "여기도 좀 보게." 하고 라비크는 계속해서 말했다. "이렇게 되면 동맥을 클립으로 죄어 놓을 수도 없어. 터지고 말 거야. 여기도 번졌군. 희망이 없어……."

그는 조심스럽게 한 조각을 좁다랗게 도려냈다. "부아송은 실험실에 있나?"

"네." 하고 간호사가 대답했다. "기다리고 계세요."

"좋아. 이걸 넘겨주게. 검사 결과를 기다리기로 하지. 십 분 이상은 안 걸릴 거야."

"전화하라고 해." 베버가 말했다. "즉시. 수술을 중단하고 기다리고 있을 테니."

라비크는 몸을 일으켰다.

"맥박은 어때?"

"95."

"혈압은?"

"115!"

"좋아, 베버. 승낙 없이 수술할지 말지는 생각할 필요도 없을 것 같네. 더 이상 어떻게 할 도리가 없어."

베버는 고개를 끄덕였다.

"봉합." 하고 라비크가 말했다. "태아를 꺼내기만 하면 그만이네. 봉합해 버리고 입을 다물기로 하지."

그는 잠시 선 채 하얀 시트 밑으로 열린 육체를 바라보았다. 눈부신 불빛에 더욱 하얘진 시트는 금방 내린 눈처럼 보였다. 그리고 그 밑엔 상처가 붉은 분화구처럼 입을 벌리고 있었다. 34세에 변덕스럽고 날렵한, 피부가 갈색이고 잘 단련된, 생의 의지로 가득한 케이트 헤그슈트렘이 그녀의 세포들을 파괴한, 안개처럼 눈에 보이지 않는 것에 사로잡혀 죽음의 선고를 받은 것이다.

그는 다시 그녀의 육체 위로 허리를 굽혔다. "해야 할 일이 더 있어······."

어린애. 이 망가진 육체 속에서 한 생명이 암중모색하며 아직도 맹목적으로 성장하고 있었다. 그런데 이제 모체와 더불어 죽음의 선고를 받았다. 여전히 게걸스럽게 먹고, 빨고, 욕심껏 성장하려는 것밖에 모르지만, 언젠가는 정원에서 뛰어놀려 하고, 무엇인가가 되고자 했다. 엔지니어, 목사, 군인, 살인자, 그리고 인간이 되고 싶어 했다. 살아 있으면서 고통 받고, 행복해지고, 스스로를 파괴하고 싶어 하는 그 무엇이 되고자 했다. 수술 기구는 조심조심 눈에 보이지 않는 벽을 따라가다가 그 어떤 저항에 부딪치자, 침착하게 그것을 파괴하고 밖으로 끄집어낸다. 모든 게 끝이다. 그 모든 무의식의 영역은 사라졌다. 살아나지 못한 호흡, 환희와 비탄, 생장과 생성은 끝났다. 죽어 버린 그 어떤 것, 창백한 살덩이 조금, 그리고 흐르는 피 조금만 남았다.

"부아송한테선 아무 연락도 없나?"

"아직요. 곧 올 겁니다."

"아직 몇 분은 여유 있어."

라비크는 뒤로 물러나며 말했다. "맥박은?"

그는 수술 메스 너머로 케이트 헤그슈트렘의 눈을 보았다. 그녀는 그를 응시하고 있었다. 멍한 게 아니라, 모든 걸 보고 있고 모든 걸 안다는 눈길이었다. 순간 그는 그녀가 깨어났다는 느낌이 들었다. 그래서 한 발 앞으로 다가갔다가 제자리에 섰다. 그럴 리 없어! 우연이야. 불빛 때문에 그럴 테지. "맥박은 어때?"

"100이요. 혈압은 112로 떨어졌어요."

"시간이 다 됐어." 하고 라비크가 말했다. "부아송은 끝냈을 텐데."

아래층에서 전화 소리가 나직하게 들렸다. 베버는 문 쪽을 쳐다보았다. 라비크는 고개를 들지 않고 그냥 기다렸다. 문 열리는 소리가 들렸고, 간호사가 들어왔다. "역시 그렇군." 하고 베버가 말했다.

"암이네."

라비크는 고개를 끄덕이고는 일을 계속했다. 집게와 클립을 치웠다. 견인기를 풀고 가제를 치웠다. 그의 옆에서 외제니가 기구들의 숫자를 세었다.

그는 꿰매기 시작했다. 섬세하게, 순서대로, 정확하게, 온 정신을 집중했다. 아무 생각도 하지 않고. 무덤은 닫혔다. 피부는 맨 위 마지막 표피까지 꿰매졌다. 그는 클립을 풀고 몸을 일으켰다. "다 됐어."

외제니는 발로 크랭크를 돌려 수술대를 다시 수평으로 해놓았고, 케이트 헤그슈트렘에게 모포를 씌웠다. 그저께 셰에라자드에 갔었지 하고 라비크는 생각했다. 당신은 메인보쉐 야회복을 입고 행복해했어. 나는 이따금 불안해했고. 흔한 수술이었지만. 집시들은 음악을 연주하고 있었지. 그는 문 위에 걸린 시계를 보았다. 12시 정오. 밖에서는 사무실과 공장 문이 열렸고, 건강한 사람들이 쏟아져 나왔다. 두 간호사는 수평으로 된 수레를 수술실에서 밀고 나갔다. 라비크는 고무장갑을 벗었고, 세면실로 가서 손을 씻기 시작했다.

"자네 담배가……." 하고 옆의 다른 세면대에서 씻고 있던 베버가 말했다. "입술을 태우겠어."

"응. 고마워. 그런데 누가 말을 하지, 베버?"

"자네가." 하고 베버는 거리낌 없이 말했다.

"왜 절개수술을 할 수밖에 없었는지 말해 줘야 해. 밑에서부터 할 걸로 알고 있었을 테니. 하지만 사실대로 말해서는 안 되겠지."

"좋은 생각이 떠오를 거야." 하고 베버는 밝게 말했다.

"그럴끼?"

"물론. 오늘 저녁까지는 아직 시간이 있어."

"그러면 자네가 말하는 게 어때?"

"내 말은 안 믿을걸. 자네가 수술한 걸 알고 있으니, 자네한테 듣고 싶어 할 거야. 내가 말해 봤자 의심만 살 거고."

"알았어."

"아주 짧은 시간에 왜 그렇게 나빠졌는지 모르겠어."

"그럴 수도 있겠지. 뭐라고 말해야 할지 모르겠어."

"좋은 생각이 떠오를 거야, 라비크. 낭종이라든가 근종이라고 둘러대는 거지."

"그래." 하고 라비크는 받았다. "낭종이나 근종이라고 말한단 말이지."

밤에 그는 다시 한 번 병원에 갔다. 케이트 헤그슈트렘은 자고 있었다. 그녀는 저녁때 깨어났다 토를 했고, 한 시간쯤 불안하게 누워 있다 다시 잠들었다고 했다.

"뭘 물어보던가?"

"아뇨." 하고 볼이 발그스름한 간호사가 말했다. "완전히 깬 상태가 아니라 아무것도 안 물었어요."

"내일 아침까진 계속 잘 거야. 만일 깨어나서 묻거든, 모든 게 잘됐고, 더 자야 한다고 말해요. 필요하면 약이라도 주고. 불안해하거든 베버 선생이나 나한테 전화해요. 내가 있는 곳은 호텔에 일러둘 테니."

그는 다시 한 번 도망치는 인간처럼 거리로 나섰다. 자신을 믿는 얼굴을 향해 거짓말을 해야 하기까지는 아직도 몇 시간이 남아 있다. 밤이 갑자기 온화해지고 빛나는 듯했다. 삶의 잿빛 고름이 비둘기처럼 날아 올라갈 두어 시간의 선물로 다시 덮인 것이다. 하지만 그 시간들도 거짓 아닌가. 선물로 주어진 것은 아무것도 없다. 잠시 미루어졌을 뿐이다. 도대체 그렇지 않은 것이 어디 있겠는가? 모든 것은 오로지 유예, 자비로운 유예 아닌가? 멀리서부터 가차 없이 다가오는 검은 문을 감추는 알록달록한 깃발 아닌가?

그는 어떤 술집으로 들어가 창가 대리석 탁자에 앉았다. 실내는 담배 연기로 자욱했고, 소음으로 가득했다. 웨이터가 왔다.

"뒤본네와 콜로니알 담배 한 갑."

그는 담뱃갑을 열고 검정 담배 한 개비에 불을 붙였다. 옆자리에서 프랑스 사람 몇 명이 부패한 정부와 뮌헨협정에 대해 토론하고 있었다. 라비크는 그 이야기를 건성으로 들었다. 온 세상이 둔감하게도 새로운 전쟁 속으로 뛰어들고 있다는 것을 모두들 알았다. 하지만 아무 대책도 없었다. 유예, 또 다시 일 년의 유예. 사람들이 정신을 바짝 차려 시도하는 것은 그 정도였다. 여기서도 또다시 미루기만 하는 것이다. 여전히.

그는 뒤봉네 잔을 비웠다. 달착지근한 아페리티프의 어렴풋한 향내가 입속에 퍼졌다. 김빠지고 역겨운 맛이었다. 어쩌자고 이런 걸 주문했던가? 그는 웨이터에게 손짓했다. "고급으로 한 잔 주게."

그는 유리창 밖을 내다보며 사념을 털어 버렸다. 아무것도 할 수 없다고 해서 미쳐 버려서는 안 된다. 그는 이런 교훈을 배웠던 때를 돌이켜보았다. 삶에서 얻은 커다란 교훈들 중 하나였다.

1916년 8월, 이프르 근처에서였다. 그의 중대는 하루 앞질러 전선에서 돌아왔다. 전선으로 보내진 후 처음으로 주어진 평화로운 시간이었다. 아무 일도 일어나지 않았다. 그들은 따스한 8월 햇살 아래, 조그마한 모닥불 주위로 여기저기 누워, 밭에서 주워 온 감자를 구웠다. 하지만 일 분 후, 그 현장에는 아무것도 남지 않았다. 갑자기 포격이 시작되었고, 포탄 하나가 모닥불 한가운데로 떨어졌던 것이다. 정신을 차리고 보니, 자신은 긁힌 곳 하나 없이 멀쩡했지만 전우 중 둘이 죽어 있었다. 그리고 조금 떨어진 곳에 오랜 친구인 파울 메스만이, 걸음마를 시작할 때부터 알았고, 함께 놀았으며, 같이 학교에 다녔던 단짝이 쓰러져 있었다. 위장과 배가 찢어지고, 창자를 드러낸 채……

그들은 그를 천막포로 만든 들것에 태워, 가장 가까운 길로,

평평한 언덕인 보리밭을 가로질러 올라가 야전병원으로 운반했다. 네 사람이 각각 모서리를 들고 갔다. 그는 갈색 천막포 들것에 누워 있었다. 두 손은 하얗고 기름기 도는 피투성이 창자를 누르고 있었고, 입은 벌어져 있었으며, 눈은 멍하게 뜨고 있었다.

그는 두 시간 후 죽었다. 두 시간 중 한 시간 내내 그는 비명을 질렀다.

라비크는 바라크로 다시 돌아왔을 때의 모습이 떠올랐다. 그는 맥이 풀리고 정신이 나간 채 바라크 안에 앉아 있었다. 그런 것을 본 것은 처음이었다. 그때 분대장인 카친스키가 왔다. 그의 원래 직업은 구두직공이었다. "같이 가자." 하고 카친스키가 말했다. "오늘은 바이에른 매점에 맥주와 화주(火酒)가 있어. 소시지도." 라비크는 그를 멍한 표정으로 쳐다보았다. 그런 무신경이 이해되지 않았다. 카친스키는 잠시 그를 노려보더니 이렇게 말했다. "같이 가자. 두들겨 패서라도 데려갈 거다. 오늘 너는 마음껏 처먹고 퍼마시고 씹하러 가는 거다." 그는 대꾸하지 않았다. 카친스키는 그의 옆에 앉았다. "어떤 기분인지 알아. 날 어떻게 생각하는지도. 난 이곳이 이년째지만, 넌 겨우 이 주째야! 잘 들어! 우리가 메스만을 위해 무얼 할 수 있겠어? 아무것도. 혹시 그놈을 살릴 수 있는 기회가 있었다 치더라도, 우리가 목숨 걸고 도울 수 있었다고 생각하는 거야?" 그는 얼굴을 들고 카친스키를 쳐다보았다. 그래, 알아. 카친스키라면 그렇게 했을 거다.

"끝이야. 그놈은 죽었어. 우린 아무것도 할 수 없어. 하지만 우린 이틀 후면 여기를 떠나 전선으로 가야 해. 이번에 가는 곳은 그렇게 평화로운 곳이 아니야. 지금 여기 쪼그리고 앉아 메스만 생각만 하고 있으면, 너는 골병만 들어. 신경이 망가져 불안에 시달릴 거야. 그 상태로 전선에 나가 포격을 받으면, 빨리 움직이지도 못해. 반 초쯤 느리게 움직이는 거지. 그럼 메스만을 운반했듯이, 우린 너의 시체를 날라야겠지. 그게 누구한테 도움이 된단 말이야? 메스만을 위해서라고? 천만에! 그럼 다른 놈을 위해서라고? 아니, 너만 쓰러지고 말아. 그게 전부야 이제 알겠어?" "안겠어. 하지만 난 할 수 없어." "입 닥쳐. 넌 할 수 있어! 다른 놈들도 다 했잖아. 네가 처음 당하는 건 아니라고."

그날 밤 후부터 사정은 나아졌다. 그와 함께 나가서 최초의 교훈을 배웠다. 가능할 때는 도와주어라. 그럴 땐 무엇이든 해라. 하지만 더 이상 도리가 없게 되면, 잊어버려라! 그리고 돌아서라! 마음을 단단히 먹어라! 동정이란 평온한 시대에나 필요한 것이다. 목숨이 위태로울 땐 할 짓이 아니다. 죽은 자는 묻어 주고, 삶은 실컷 즐겨라! 너의 삶은 아직도 살아갈 가치가 있다. 슬퍼하는 것과 눈앞 현실은 별개다. 현실을 보고 인정했다고 해서 덜 슬퍼하는 것은 아니다. 그렇게 해야만 살아남을 수 있는 것이다.

라비크는 코냑을 들이켰다. 옆 탁자 프랑스 사람들은 여전히 정부 이야기를 하고 있다. 프랑스의 실패, 영국, 이탈리아, 체임벌린에 대해. 이런 말 저런 말이 오고간다. 유일하게 행동을 개시한 것은 상대편이다. 상대편이 더 강하지는 않았지만, 더 단호했다. 그들이 더 용감한 건 아니었지만, 이쪽이 싸우려 하지 않는다는 것을 눈치챘다. 자꾸 미루기만 해서 어쩌잔 말인가? 그동안 군비를 확충하고, 따라잡아 다시 한 번 일어서자는 것인가? 하지만 상대편이 계속 무장을 해 나가고 있는 것을 보면서도, 아무 행동도 없이 기다리고만 있지 않은가. 해마(海馬)들 이야기가 나온다. 해마 몇백 마리가 해변에서 우글거린다. 사냥꾼이 그 속으로 들어가 몽둥이로 한 마리씩 때려잡는다. 힘을 합치면 그런 사냥꾼 하나쯤 쉽게 눌러 죽일 수 있다. 하지만 그놈들은 누워 있기만 하고, 사냥꾼이 다가와 죽이는 걸 뻔히 보면서도 꼼짝도 하지 않는다. 사냥꾼은 그저 옆에 있는 해마를 죽일 뿐이다. 한 마리씩 차례대로. 유럽이 바로 해마들의 꼴 아닌가. 문명의 일몰. 지쳐 버리고 형체도 없는 신들의 황혼. 인권이라는 공허한 깃발들. 유럽 대륙의 염가 대매출. 닥쳐오는 대홍수. 최후의 가격을 둘러싼 장사치들의 흥정. 화산 위에서 여전히 펼쳐지고 있는 비탄의 춤. 민족들은 또다시 도살장으로 천천히 끌려간다. 양이 희생을 당하더라도 벼룩들은 살 수 있을 것이다. 언제나 그랬듯이.

라비크는 담배를 비벼 껐다. 주위를 살펴보았다. 이 모든 것이 도대체 어떻게 되었단 말인가? 저녁이란 앞서 오는 비둘기, 순한 잿빛 비둘기 같지 않았던가? 죽은 자는 파묻고 삶을 즐겨라. 시간은 짧다. 견디는 게 전부다. 언젠가는 다시 쓰일 때가 있을 것이다. 그때를 위해 건강을 지키고 대비해야 한다. 그는 손짓으로 웨이터를 불러 계산을 했다.

그가 들어섰을 때, 셰에라자드의 실내는 어두웠다. 집시들은 연주를 하고 있었고, 스포트라이트 불빛만, 오케스트라 바로 옆, 조앙 마두가 앉아 있는 탁자를 환하게 비추었다.

라비크는 입구에서 멈추어 섰다. 웨이터 하나가 다가와 탁자를 바로잡아 주었다. 하지만 라비크는 선 채로 조앙 마두를 쳐다보았다.

"보드카를 가져올까요?" 하고 웨이터가 물었다.

"그래. 병째로 부탁하네."

라비크는 자리에 앉았다. 보드카를 잔에 따라 얼른 들이켰다. 밖에서 생각했던 여러 생각들을 털어 버리고 싶었다. 과거라는 찌푸린 상과 죽음이라는 찌푸린 상. 포탄에 찢긴 배와 암이 좀먹은 배. 그는 이틀 전 케이트 헤그슈트렘과 함께 앉았던 탁자에 앉아 있다는 것을 알았다. 옆 탁자는 비었다. 하지만 자리를 옮기지는 않았다. 여기에 앉아 있든, 그 옆 탁자에 앉든 무슨 상관이란 말인가. 그래 봤자 케이트 헤그슈트렘에겐 아무 도움도 안 된다. 베버가 전에 뭐라고 말했더라? 수술이 절망적이라고 해서 왜 그렇게 흥분하는가? 할 수 있는 만큼 하고 집으로 가는 거다. 안 그러면 어떻게 하겠다는 건가? 그래, 어떻게 하겠다는 건가? 오케스트라 쪽에서 조앙 마두의 목소리가 들려왔다. 케이트 헤그슈트렘이 말했던 대로, 사람의 감정을 흥분시키는 목소리였다. 그는 맑은 독주가 들어 있는 병을 집어 들었다. 무력한 두 손 아래서 색채는 퇴색하고, 인생은 잿빛이 되어 버리는 그런 순간들 중 하나. 신비로운 썰물. 호흡과 호흡 사이에서의 소리 없는 멈춤. 천천히 심장을 갉아먹으며 다가오는 시간. 오케스트라 옆의 목소리는 「산타 루치아 룬타나」를 불렀다. 그 목소리는 바다 건너, 그 어떤 꽃이 피어 있는, 아무도 찾지 않는 해변에서 들려오는 듯했다.

"저 아가씨, 마음에 드십니까?"

"누구 말인가?" 라비크는 자리에서 일어섰다. 지배인이 옆에 와 멈추어 섰다. 그리고 조앙 마두를 몸짓으로 가리켰다.

"좋아. 아주 좋은데."

"센세이션이라고 할 것까진 없습니다만, 다른 프로그램들 사이에 끼워 넣어 그런대로 써먹고 있어요."

지배인은 미끄러지듯 자리를 떠났다. 그의 뾰족한 턱수염이 흰 불빛 아래 일순간 검게 보였고, 마침내 그는 어둠속으로 사라졌다.

스포트라이트의 불빛이 꺼졌다. 오케스트라는 탱고를 연주하기 시작했다. 탁자들의 표면에 다시 불이 들어왔고, 그 위로 흐릿한 얼굴들이 떠올랐다. 조앙 마두는 자리에서 일어나 탁자 사이를 걸어갔다. 남녀 여러 쌍이 무도장으로 밀려나왔기 때문에, 그녀는 몇 번씩이나 걸음을 멈추어야 했다. 라비크는 여자를 바라보았고, 여자도 그를 바라보았다. 그녀의 얼굴에 놀란 빛은 조금도 없었다. 그녀는 그가 있는 데로 곧장 걸어왔다. 그는 일어서서 탁자를 옆으로 밀었다. 웨이터가 와서 도와주려고 했다. 하지만 그는 말했다. "됐어. 나 혼자 하겠네. 잔이나 하나 더 가져다주게."

그는 탁자를 다시 제자리로 돌려놓고 웨이터가 가지고 온잔을 채웠다. "이건 보드카야. 당신이 보드카를 마시는지는 모르지만."

"마셔요. 전에도 함께 마셨잖아요. 벨오도르에서."

"맞아."

우리는 여기에 함께 온 적이 있었지 하고 라비크는 생각했다. 오래오래 전에. 아니 석 주 전에. 그때 당신은 불행과 패배 덩어리 그 자체가 되어 레인코트 속에 웅크리고 어스름 속에 앉아 있었지. 그런데 이제…… "건배." 하고 그가 말했다.

그녀의 얼굴 위로 빛이 스쳐 지나갔다. 웃지는 않았고, 다만 얼굴이 좀 밝아졌다 "그 말 참 오랜만에 들어요." 하고 그녀가 말했다. "건배."

그는 잔을 끝까지 비우고서 여자를 쳐다보았다. 높은 이마, 양미간이 넓은 두 눈, 그리고 입, 전에는 흐릿하게 아무 연관도 없이 따로따로 떨어져 보이던 이 모든 것이, 지금은 갑자기 하나의 밝고 신비 가득한 얼굴로 보였다. 환하게 드러난 신비였다. 아무것도 감추지 않으면서, 또한 아무것도 드러내지 않는다. 전에는 그것을 알아차리지 못했어 하고 그는 생각했다. 하지만 그때는 그런 게 없었을지도 모른다. 혼란과 불안으로 가득 차 있었을 때니까.

"담배 있어요?" 하고 조앙 마두가 물었다.

"알제리 담배밖에 없어요. 독한 흑담배."

라비크는 웨이터에게 손짓을 하려고 했다. "그렇게 독하진 않아요." 하고 조앙 마두는 말했다. "저에게 한번 주신 적 있어요. 퐁드랄마에서요."

"그랬구나."

사실일 수도 있고 아닐 수도 있다고 그는 생각했다. 그때 너는 힘없이 쫓기는 신세였지. 지금의 네가 아니었어. 그리고 우리들 사이엔 여러 가지 다른 일도 있었지. 그런데 그것들 전부가 갑자기 진실이 아닌 것 같다. "나는 전에도 여기 온 적이 있어." 하고 그는 말했다. "그저께."

"알아요. 저도 당신을 보았어요."

여자는 케이트 헤그슈트렘에 대해 묻지 않았다. 구석에 앉아 조용히 긴장을 풀고 담배를 피웠다. 담배를 피우는 데만 집중하는 듯했다. 그러고는 조용하게 천천히 술을 마셨다. 술을 마시는 데만 집중하는 듯했다. 이 여자는 아무리 하잘것없는 일이라도 할지라도, 거기에 완전히 집중하는 듯했다. 그때도 이 여자는 완전히 절망 상태였지 하고 라비크는 생각했다. 이제는 그런 흔적을 조금도 찾아 볼 수 없지만. 여자에게는 갑작스러운 따뜻한 온기, 명백하고도 자신만만한 여유가 있다. 지금은 그 어느 것도 이 여자의 생활을 동요시키지 않기 때문에 그런 것인지 알 수 없었다. 그는 다만 자기가 이 여자의 존재로부터 환한 빛을 받는다는 것을 느낄 뿐이었다.

보드카 병이 비었다. "같은 걸 계속 마실까요?" 하고 라비크가 물었다.

"그때 제게 마시라고 주신 건 어떤 술이었어요?"

"언제? 여기서? 그때는 이것저것 섞어 마셨는데."

"아뇨. 여기서가 아니라. 그 첫날 밤에 말예요."

라비크는 곰곰이 생각했다. "생각이 안 나. 코냑 아니었던가?"

"아녜요. 코냑처럼 보였지만, 다른 거였어요. 그 술을 구해 보려고 했지만 찾지 못했어요."

"왜? 그게 그렇게 좋았어?"

"그런 게 아녜요. 제가 지금까지 마신 것 중에 최고로 따스 했어요."

"어디서 마셨더라?"

"개선문 근저 작은 술집에서요. 몇 계단 내려간 곳이었어 요. 택시운전사와 여자 몇 명이 있었어요. 웨이터는 팔뚝에다 여자 문신을 하고 있었고."

"아, 이제 생각나. 아마 칼바도스였을 거야. 노르망디 산 사 과로 만든 화주였지. 마셔 보았던가?"

"아뇨."

라비크는 손짓을 해 웨이터를 불렀다. "칼바도스 있나?"

"없는데요. 죄송합니다만. 아무도 안 찾아서요."

"그런 걸 마시기엔 이곳이 너무 고급이라 그럴 테지. 칼바도 스였을 거야. 여기서 구할 수 없다니 실망이야. 그 술집을 다시 찾아간다면 아주 간단하겠지만. 지금은 그럴 수도 없고."

"왜 안 된다는 거죠?"

"당신은 여기에 있어야 하잖아?"

"아뇨. 전 근무 끝났어요."

"잘됐군. 그럼 가 볼까?"

"네, 그러죠."

라비크는 별로 힘들이지 않고 그 술집을 찾아냈다. 손님은 거의 없었다. 팔에 여자의 문신을 한 웨이터가 두 사람을 흘낏 쳐다보았다. 그러고는 발을 질질 끌며 카운터 뒤에서 나와 탁자를 닦았다. "나아졌군." 하고 라비크가 말했다. "그때는 이렇게 해 주지 않았는데."

"이 탁자가 아니었어요." 하고 조앙 마두가 말했다. "저기였어요."

라비크는 미소를 지었다. "미신 믿어?"

"가끔요."

웨이터가 그들 곁에 와서 섰다. "맞습니다." 하고 말하며 그는 문신이 튀어나오도록 했다. "저번에는 저쪽에 앉으셨어요."

"그런 걸 기억해요?"

"정확하게요."

"장군이 될 걸 그랬어." 하고 라비크가 말했다. "기억력이 그렇게 좋다니."

"저는 절대로 잊어버리는 일이 없습니다."

"그런데도 아직 살아 있다니 놀랍군. 그럼 자네는 우리가 그때 뭘 마셨는지도 기억하겠군?"

"칼바도스입니다." 웨이터는 망설이지 않고 대답했다.

"좋아. 그걸 다시 마시고 싶네." 라비크는 조앙 마두를 돌아보았다. "가끔씩은 문제가 얼마나 간단히 풀리는지! 똑같은 맛이 날지 시험해 보겠어."

웨이터가 잔을 들고 왔다. "더블입니다. 그때도 손님께선 칼바도스 더블을 주문하셨어요."

"점점 무시무시해지는군그래. 그때 우리가 무슨 옷을 입었는지도 기억하는가?”

“레인코트요. 부인께선 베레모를 쓰고 계셨어요.”

“자네 같은 사람이 이런 곳에 있다니 아까워. 버라이어티 극장에 어울려.”

“나갔었지요.” 하고 웨이터가 대답했다. “서커스에 말입니다. 그때 말씀드렸는데, 잊으셨나 보네요?”

“그랬었군. 미안하네.”

“이분은 뭐든 잘 잊어요.” 하고 조앙 마두가 웨이터에게 말했다, “이분은 잊어먹는 데 선수고, 당신은 잊지 않는 데 선수네요.”

라비크는 눈을 들어 여자를 쳐다보았다. 여자도 그를 쳐다보았다. 그는 미소를 지었다. “안 그럴지도 몰라.” 하고 그가 말했다. “칼바도스 맛이나 좀 볼까, 건배!”

“건배!”

웨이터는 그대로 서 있었다. “잘 잊어버린다면, 그게 나중엔 손해로 돌아옵니다, 손님.” 하고 웨이터가 말했다. 웨이터에겐 그 일에 대해 할 말이 무궁무진했다.

“옳아. 하지만 잊지 않는다면 그건 사람에게 생지옥이 되는 거지.”

“제 경우는 안 그래요. 그냥 지나갔어요. 잊지 못한다고 어째서 인생이 지옥이 되는 거죠?”

라비크는 눈을 들어 그를 쳐다보았다. “이유가 따로 있나, 이 양반아. 자네는 행복한 사람이야. 선수이기도 하지만.”

“같은 칼바도스 맞아?” 하고 그는 조앙 마두에게 물었다.

"더 좋은데요."

그는 여자를 물끄러미 쳐다보았다. 이마에 열기가 올라왔
다. 그는 여자의 말을 이해할 수 있었다. 여자의 말에 긴장이
풀렸다. 여자는 자신의 말이 어떤 효과를 가져올지 아무 걱정
도 안 하는 듯했다. 여자는 이 썰렁한 술집에 마치 혼자 앉아
있는 듯했다. 갓을 씌우지 않은 전등불은 무자비했다. 두서너
탁자 저쪽에 앉은 두 매춘부는 이 여자의 할머니인 것처럼 보
였다. 여자는 아무렇지도 않게 앉아 있었다. 나이트클럽의 어
스름 속에서 있었던 것이 여기에서도 없어지지 않고 그대로
있었다. 아무것도 묻지 않고 거기 그대로 앉아서 기다리기만
하는 대담하고 밝은 얼굴. 어떠한 표정이 바람처럼 스쳐 지나
가도 그대로 비칠 공허한 얼굴이라고 그는 생각했다. 어떤 꿈
이든 불어넣을 수 있을 것 같았다. 양탄자나 그림으로 장식해
주기를 기다리는 아름다운 빈집과도 같았다. 그 얼굴엔 모든
가능성이 들어 있었다. 궁전이 될 수도 매음굴이 될 수도 있
었다. 모든 것은 그것을 채우는 사람에 달려 있다. 이것에 비
하면 이미 잔뜩 채워져 있고, 하나의 가면을 가진 모든 것들은
얼마나 제한적으로 보이는가…….

그는 여자가 잔을 비운 것을 보았다. "멋진데!" 하고 그가
말했다. "칼바도스 더블이었어. 하나 더 하겠소?"

"네. 당신에게 시간이 있다면요."

왜 내게 시간이 없단 말인가? 하고 그는 생각했다. 하지만
지난번에 케이트 헤그슈트렘과 함께 있는 것을 여자가 보았
다는 사실이 머리에 떠올랐다. 그는 눈을 들었다.

여자는 무표정했다.

"시간은 있어." 하고 그가 말했다. "내일 9시에 수술을 해야 하지만, 그 일뿐이지."

"이렇게 밤늦게 있고도 괜찮을까요?"

"그래. 상관없어. 습관이니까. 그리고 매일 수술하는 것도 아니고."

웨이터가 잔을 채웠다. 그는 병과 함께 담배 한 갑을 가져와 탁자에 놓았다. 녹색 로랑이었다. "지난번에도 이 담배를 달라고 하셨지요?" 그가 라비크에게 의기양양하게 물었다.

"전혀 모르겠어. 자네가 나보다 더 잘 알겠지. 어쨌든 자네를 믿겠네."

"맞아요." 하고 조앙 마두가 말했다.

"녹색 로랑이었어요."

"그것 보세요! 부인께서 더 기억력이 좋으십니다, 손님."

"그건 몰라. 어쨌든 담배는 필요해."

라비크는 담뱃갑을 열어 여자에게 내밀었다. "아직 그 호텔에 살아?" 하고 그가 물었다.

"네. 좀 더 큰 방으로 옮기긴 했어요."

택시 운전사들 일행이 들어왔다. 그리고 옆 탁자에 앉아 큰 소리로 이야기를 시작했다.

"나갈까?" 라비크가 물었다. 여자는 고개를 끄덕였다.

그는 웨이터를 오라고 해서 계산을 했다. "정말 셰에라자드로 돌아가지 않아도 돼?"

"그래요."

그는 여자의 외투를 집어 들었다. 여자는 그것을 입지 않고 어깨에 걸치기만 했다. 값싼 밍크코트였는데 모조품 같았다. 하지만 이 여자가 입고 있으니 싸구려로 보이지 않았다. 자신감 없이 입어야 값싸게 보이는 거야 하고 라비크는 생각했다. 그러고 보니 아주 싸구려로 보이는 고급 검은 족제비 코트를 본 적도 있었다.

"그럼 호텔까지 바래다줄게." 문 밖으로 나가 그가 말했다. 안개비가 소리 없이 내렸다.

여자는 천천히 그에게로 몸을 돌렸다. "당신 있는 곳으로 가는 게 아녜요?"

여자의 얼굴은 그의 얼굴 바로 밑에서, 비스듬히 그를 올려다보았다. 문 앞 전등 불빛이 그 얼굴을 환히 비추었다. 자그마하고 촉촉한 진주 방울들이 여자의 머리카락에서 반짝였다.

"가야지." 하고 그가 말했다.

택시 한 대가 다가와서 멈추었다. 운전사는 잠시 기다렸다. 그러다가 쯧쯧 혀 차는 소리를 내었고, 삐걱거리며 기어를 넣고는 가 버렸다.

"제가 당신을 기다렸다는 걸 알아요?" 하고 여자가 물었다.

"아니."

여자의 두 눈이 가로등 불빛 아래서 반짝였다. 그 눈을 들여다볼 수는 있지만, 그 깊이는 알 수 없을 것 같았다.

"나는 오늘에서야 당신이란 사람을 보게 되었어." 하고 그가 말했다. "이전에 만났던 사람은 당신이 아니었어."

"아, 그래요."

"이전 일들은 다 아무것도 아니었어."

"그래요. 전 지난 일을 모두 잊어버렸어요."

그는 여자의 숨결이 부드럽게 들고나는 것을 느꼈다. 숨결은 보이지 않게 그를 향해 요동쳤다. 부드럽고 가볍고, 전적으로 신뢰하며 받아들일 준비가 된, 이 낯선 밤의 이 낯선 존재. 갑자기 피가 끓어올랐다. 다가오고 다가오는 그것은 피 이상의 것, 바로 생명이었다. 천 번이나 저주받고 또 환영받았으며, 때로는 잃어버렸다가 다시 찾기도 했던 생명, 불과 한 시간 전만 해도 과거로만 가득 차고 아무 위안도 되지 않았던 메마르고 황량한 풍경, 그것이 이제 쏟아져 내린다. 지금까지 믿지 않았던 저 불가사의한 순간에 접근하고 있다. 이제 그는 다시 최초의 인간이 되어 바닷가에 서 있다. 그 생명은 일렁거리는 물결 속에서 하얗게 빛나며 떠올랐다. 질문과 해답을 한데 안은 채, 그것은 다가오고 다가왔다. 눈에서 폭풍우가 일기 시작했다……

"저 좀 잡아 주세요." 하고 조앙이 말했다.

그는 여자의 얼굴을 내려다보며 여자를 감싸 안았다. 여자의 어깨는 항구로 들어와 닻을 내리려는 배처럼 그에게 다가왔다. "꼭 안을까?" 하고 그가 말했다.

"네."

여자의 두 손은 그의 가슴에 밀착되었다. "내가 꼭 안을게."

"네."

두 번째 택시가 끼익 소리를 내며 보도 가까이에 멈춰 섰다. 운전사는 아무렇지도 않은 듯 그들을 바라보았다. 그의 어깨 위에는 털조끼를 입은 강아지 한 마리가 올라 앉아 있었다. "탈 거예요?" 하고 그 사내는 긴 아마 색 수염 아래에서 쉰 목소리로 외쳤다.

"봐." 하고 라비크는 말했다. "저 친구는 아무것도 몰라. 우리한테서 그 어떤 게 스쳐 갔다는 걸 몰라. 우리를 보고 있지만, 우리가 변했다는 건 몰라. 세상이란 그런 식으로 미쳐 있어. 당신이 대천사나 바보로 변하든 범죄자로 변하든, 아무도 몰라. 그런데 당신 단추가 하나 떨어지면, 누구나 다 그것을 알아."

"미친 게 아녜요. 그게 좋은 점이에요. 우리를 그냥 내버려 두니까요."

라비크는 여자를 쳐다보았다. 우리라니 하고 그는 생각했다. 얼마나 놀라운 말인가! 세상에서 가장 비밀스러운 말 아닌가?

"탈 거요?" 하고 운전사는 초조하게 하지만 이전보다 더 크게, 쉰 목소리로 외치고는 담배에 불을 붙였다.

"타요." 하고 그가 말했다. "아무래도 안 탈 순 없겠어. 저 친구는 노련해."

"타지 말고, 걸어요."

"비가 내리는데."

"비가 아녜요. 안개예요. 택시는 안 탈래요. 같이 걷고 싶어요."

"좋아. 하지만 저 친구한테 가서 이쪽 사정을 좀 말해 줘야겠어."

라비크는 운전사한테로 가서 이야기를 주고받았다. 그 사내는 더할 수 없이 아름다운 미소를 지었고, 그런 순간에 프랑스인들만 할 수 있는 몸짓으로 조앙에게 인사를 보내고는 차를 몰고 가 버렸다.

"어떻게 설명했어요?" 라비크가 돌아오자 그녀가 물었다.

"돈이지. 제일 간단해. 밤일하는 친구들은 다 짓궂어. 금방 말귀를 알아듣곤. 약간의 경멸감이 섞인 호의를 보였어."

여자는 미소를 지으며 그에게 기댔다. 그는 마음속에서 무언가 따뜻하고 부드러운 것이 열려 넓게 퍼져 나간다는 느낌이 들었다. 그것은 무수한 손을 내밀어 그를 아래쪽으로 끌어내리는 것 같았다. 둘이서 나란히, 발이라는 좁다란 플랫폼 위에서 균형을 잡으며, 우스꽝스럽게 서 있다는 것이 갑자기 참을 수 없었다. 그런 것을 잊고 그대로 쓰러져 피부의 흐느낌에, 수천 년 전 그 옛날의 부름에 몸을 맡기고 싶었다. 두뇌도, 질문도, 고통도 의혹도 없었던 그 시절로 돌아가, 오로지 어두운 피의 행복에 몸을 맡기고…….

"자, 갑시다." 하고 그가 말했다.

그들은 가랑비를 맞으며, 인적 없는 잿빛 거리를 따라 걸었다. 거리 끝에 다다르자, 불쑥 그들 앞에 끝없는 광장이 다시 나타났고, 흐르는 은빛 빗속에서 개선문의 육중한 회색 자태가 흔들거리며 치솟아 올랐다.

9

라비크는 호텔로 돌아왔다. 아침에 그가 호텔을 나섰을 때도 조앙 마두는 자고 있었다. 한 시간 내로 돌아올 거라고 생각했는데, 벌써 세 시간이나 늦었다.

"안녕하십니까, 의사 선생님." 하고 3층으로 올라가는 계단에서 누군가가 그에게 말을 건넸다.

라비크는 그 사내를 쳐다보았다. 창백한 얼굴, 검고 거친 머릿결, 안경. 모르는 사람이었다.

"알바레스입니다." 하고 그 사내가 말했다. "하이메 알바레스요. 기억 안 나십니까?"

라비크는 머리를 가로저었다.

사내는 허리를 구부리고 바지 한쪽을 걷어 올렸다. 정강이부터 무릎까지 기다란 흉터가 나 있었다. "이제 생각나세요?"

"내가 그 수술을 했던가요?"

사내는 고개를 끄덕였다. "전선 후방의 부엌 탁자에서였지요. 아랑훼스 근처의 임시 야전병원에서 말이지요. 편도 밭 가운데 있던 자그마한 흰색 별장이었어요. 이제 기억나세요?"

라비크는 갑자기 짙은 편도 꽃 향기를 맡는 듯했다. 썩은 듯한 그 향기는 어두운 계단을 올라온 듯, 더 달콤하고 더 썩은 피 냄새와 뒤섞여 코를 찔렀다.

"그래요, 이제 생각나는군." 하고 그가 말했다.

부상자들은 달빛 훤한 테라스에 나란히 줄을 지어 누워 있었다. 독일과 이탈리아 비행기 몇 대가 그런 일을 저질러 놓았던 것이다. 포탄 파편에 찢긴 아이들, 여자들, 농부들. 얼굴이 날아간 아이, 가슴까지 찢어진 임신부, 떨어져 나간 손가락들을 다시 꿰맬 수 있을까 해서 다른 쪽 손으로 걱정스럽게 받쳐 들고 있던 한 늙은 노인. 그 모든 것 위로 짙은 밤의 냄새가 가득했고, 맑은 이슬이 내리고 있었다.

"다리는 제대로 나았나요?" 라비크가 물었다.

"그런대로 괜찮아요. 완전히 구부릴 수는 없지만요." 사내는 미소를 지었다. "하지만 피레네 산맥을 넘기에는 충분했어요. 곤잘레스는 죽었지만요."

라비크는 곤잘레스가 누구였는지 기억나지 않았다. 하지만 그때 자기를 도와주었던 젊은 대학생이 떠올랐다. "마놀로는 어떻게 되었지요?"

"포로가 되어 총살당했어요."

"그럼 세르나는? 그 소대장?"

"죽었어요. 마드리드 못 가서." 사내는 다시 미소를 지었다.

아무 감정도 없이 갑자기 떠오르는 경직되고 자동적인 미소였다.

"무라와 라 페나는 포로가 되었고 총살당했지요."

라비크는 무라와 라 페나가 누구인지 생각나지 않았다. 그는 육 개월 후 전선이 무너지고 야전병원이 해체되자 스페인을 떠났던 것이다.

"카르네로, 오르타, 그리고 골드슈타인은 강제수용소에 있어요." 하고 알바레스는 말했다. "프랑스의 강제수용소지요. 블라츠키도 살아 있어요. 국경을 넘어 숨었지요."

골드슈타인만은 기억이 났다. 그 당시에 너무나 많은 얼굴들을 대했기 때문에 모두 기억하기는 어려웠다. "그런데 자네는 이 호텔에 살고 있는가?" 하고 그가 물었다.

"그렇습니다. 그저께 이리로 들어왔습니다. 저쪽이에요." 사내는 3층 방들을 가리켰다. "국경 아래쪽 수용소에 오랫동안 갇혀 있다 간신히 석방되었습니다. 다행히 돈은 좀 남아 있었어요." 하고 그는 미소를 지었다. "침대도 있어요. 제대로 된 침대. 훌륭한 호텔입니다. 벽에는 우리 지도자들의 그림까지 걸려 있고요."

"그렇군." 하고 라비크는 정색을 하며 말했다. "그곳에서 온갖 일을 당한 후라 기분이 좋을 거야."

그는 알바레스에게 작별인사를 하고 자기 방으로 갔다.

방은 깨끗이 치워져 있었다. 조앙 마두는 없었다. 그는 방을 둘러보았다. 그녀는 아무것도 남겨 놓지 않았다. 그도 무언가를 기대한 것은 아니었다.

그는 벨을 눌렀다. 잠시 후 하녀가 왔다. "여자분은 가셨습니다." 묻기도 전에 하녀가 말했다.

"나도 알아. 그런데 여기 누가 있었다는 걸 어떻게 알았지?"

"선생님도, 참." 하고 하녀는 무언가를 말하려다 입을 다물었다. 심하게 모욕을 당하기라도 한 것 같은 표정이었다.

"아침 식사는 하고 갔는가?"

"아뇨. 뵙지를 못했어요. 안 그랬더라면 식사를 드렸을 텐데요. 그런 건 잘 알아서 하거든요."

라비크는 하녀를 힐끗 쳐다보았다. 마지막 말이 마음에 들지 않았다. 몇 프랑을 끄집어내 앞치마 주머니에 넣어 주었다. "좋아, 다음에도 그렇게 해. 내가 확실하게 말할 때만 아침을 가져오고, 방이 비어 있다는 걸 분명히 알기 전엔 청소하러 오지 말도록 해."

하녀는 알겠다는 듯이 미소를 지었다. "잘 알겠어요, 라비크 선생님."

그는 하녀의 뒷모습을 못마땅하게 바라보았다. 하녀가 무슨 생각을 하는지 알았다. 조앙은 유부녀이기 때문에 남의 눈에 띄지 않으려 한다고 생각할 것이다. 예전 같으면 웃어넘기고 말았을 것이다. 하지만 지금은 그런 게 마음에 들지 않았다. 왜 안 그렇겠어 하고 그는 생각했다. 그리고 어깨를 으쓱하고는 창가로 갔다. 호텔은 호텔인 거다. 뭐, 별 수 있겠나.

그는 창을 열었다. 구름 낀 대낮이 집들을 덮고 있었다. 처마 홈통에서 참새들이 지저귀고 있었다. 바로 아래층에서는 두 목소리가 다투는 소리가 들려왔다. 골드베르크 부부인 게 틀림없다. 남편은 아내보다 스무 살이나 많았고, 브레슬라우의 곡물 도매상이었다. 아내는 망명객인 비젠호프와 만나고 있었다. 여자는 아무도 모르는 줄 알지만, 모르는 것은 남편뿐이었다.

라비크는 창문을 닫았다. 그는 아침에 쓸개 수술을 했다. 뒤랑을 대신해서 이름 모르는 자의 쓸개를 수술했던 것이다. 뒤랑을 대신해 알지도 못하는 사내의 배 일부분을 절개했던 것이다. 보수는 200프랑이었다. 그러고 나서 그는 케이트 헤그슈트렘에게로 갔다. 그녀는 열이 있었다. 고열이었다. 그는 한 시간 동안 그곳에 머물렀다. 그녀는 잠을 제대로 자지 못했다. 특별한 것은 아니었으나, 그래도 열은 없는 편이 좋았다.

그는 창 너머로 멍하니 내다보았다. 일이 끝난 뒤의 유별나게 공허한 느낌. 이제 아무 의미도 없는 침대. 자칼이 영양 가죽을 물어뜯듯, 어제를 인정사정없이 찢어발기는 오늘. 어둠 속에서 마술처럼 솟았던 밤의 숲은 이제 다시 끝없이 멀어져 간다. 시간이라는 사막 위 신기루처럼……

그는 몸을 돌렸다. 탁자 위에 뤼시엔 마르티네의 주소가 적힌 쪽지가 있었다. 그녀는 얼마 전에 퇴원했는데, 그녀 때문에 그는 상당히 고생을 했던 것이다. 이틀 전 그녀에게 가 보았고, 다시 갈 필요도 없었지만, 그는 특별히 할 일도 없고 해서 가 보기로 작정했다.

그녀의 집은 클라벨 거리에 있었다. 1층은 정육점으로, 억

척스럽게 생긴 여자가 손도끼를 휘두르며 고기를 파는 곳이
었다. 그 여자는 상중이었는데, 두 주 전에 남편이 죽어서 이
제 조수 하나를 데리고 장사를 도맡아 하고 있었다. 라비크는
지나가면서 그 여자를 보았다. 누구를 만나러 나갈 모양이었
다. 기다랗고 검은 베일이 달린 모자를 쓴 채 애교를 부리며
단골여자에게 재빠른 솜씨로 돼지 다리를 베어 주었다. 베일
은 널브러긴 돼지 몸뚱 위로 허늘거렸고, 번쩍이는 손도끼는
탁 소리를 내며 고기 위로 떨어졌다.

　"한 번이면 족해요." 하고 과부는 만족한 표정으로 말하며,
돼지 다리를 저울 위로 휙 내던졌다.

　뤼시엔은 맨 위층 작은 방에 살았다. 그녀는 혼자가 아니었
다. 스물다섯쯤 된 젊은 녀석이 의자에 앉아 빈둥거리고 있었
다. 녀석은 자전거 선수용 모자를 쓰고, 직접 만 담배를 피우
고 있었다. 말을 할 때마다 담배가 윗입술에 가서 들러붙었다.
라비크가 들어왔지만 그는 앉은 채로 있었다.

　뤼시엔은 침대에 누워 있다가 당황해서 얼굴을 붉혔다. "선
생님……. 오늘 오실 줄은 몰랐어요." 그녀는 젊은이 쪽을 쳐
다보았다.

　"이 사람은……."

　"아무면 어때." 하고 젊은이는 그녀의 말을 거칠게 가로막
았다. "남의 이름을 함부로 밝힐 건 없잖아." 녀석은 몸을 뒤
로 기대었다. "그러니까 당신이 의사란 말이죠?"

　"몸은 어때, 뤼시엔?" 젊은 애는 거들떠보지도 않고 라비크
가 물었다. "누워서 푹 쉬고 있구나. 잘 생각했어."

"얘는 벌써 일어날 수 있어요." 하고 젊은 녀석이 말했다. "이젠 아픈 데도 없고. 일을 안 하면 돈만, 돈만 더 든단 말예요."

라비크는 돌아서서 그를 보며 "밖으로 나가 주시지." 하고 말했다.

"뭐라고요?"

"나가 달란 말이야. 문 밖으로. 뤼시엔을 진찰해야 하니까."

젊은 녀석은 웃음을 터뜨렸다. "그냥 하셔도 돼요. 우린 그렇게 점잖은 사람이 아니니까. 그런데 왜 진찰하는 거죠? 당신은 그저께 다녀가지 않았나요? 괜히 왕진료만 더 드는데, 안 그래요?"

"이봐." 하고 라비크가 침착하게 말했다. "보아 하니 자네가 돈을 낼 것 같지는 않군. 그리고 돈이 들고 안 들고는 다른 문제야. 자, 얼른 나가라고."

젊은 녀석은 씩 웃으며 양쪽 다리를 느긋하게 벌렸다. 녀석은 끝이 뾰족한 에나멜 구두에다 자주색 양말을 신고 있었다.

"제발, 보보." 하고 뤼시엔이 말했다. "잠깐이면 돼."

보보는 그녀를 거들떠보지도 않고 라비크를 노려보았다. "아주 잘됐어. 당신을 여기서 만났으니 말이야." 하고 녀석이 말했다. "바로 답을 들려주지. 이봐, 당신은 입원이다 수술이다 해서 우리 돈을 긁어내려 하겠지만, 어림도 없어! 우린 이 애를 병원에 넣어 달라고 한 적 없어. 수술은 더 말할 것도 없고. 그러니 돈 이야기라면 아무 소용도 없어. 손해배상금을 요구하지 않는 것만 해도 다행으로 알라고! 강제 수술이 아니고

뭐야." 녀석은 더러운 이를 씩 드러내며 말했다. "어때, 놀랐지? 이 보보는 다 알아. 날 그렇게 간단히 속일 수는 없지."

젊은 녀석은 아주 만족스러워 보였다. 멋지게 해냈다고 생각한 모양이었다. 뤼시엔은 새하얗게 질렸다. 그녀는 걱정스러운 듯 보보에게서 라비크에게로 눈을 돌렸다.

"알아먹었어?" 하고 보보는 의기양양하게 말했다.

"이 사람인가?" 하고 라비크가 뤼시엔에게 물었다. 그녀는 대답하지 않았다. "그래, 이 사람이군." 하고 그는 보보를 훑어보았다.

비썩 마른 키다리 녀석으로, 인조견 목도리를 앙상한 목에 두르고 있었고, 목젖이 오르락내리락했다. 축 늘어진 두 어깨, 너무 긴 코, 쑥 들어간 턱. 책에 나오는 변두리의 사창가 포주 그대로였다.

"그래서 어쨌단 말인가?" 보보는 대들며 지껄였다.

"나가 달라고 몇 번이나 말했잖아. 진찰을 하겠단 말이다."

"지랄 떠네!" 보보가 대꾸했다.

라비크는 천천히 그에게로 다가갔다. 이제 더 참을 수 없었다. 녀석은 벌떡 일어나 뒤로 물러섰고, 어느 틈에 1미터쯤 되는 노끈을 두 손에 쥐고 있었다. 라비크는 녀석의 의도를 알아차렸다. 라비크가 가까이 오면 옆으로 펄쩍 뛰어 재빨리 그의 뒤로 가 노끈을 목에다 걸고, 뒤에서 목을 조르려는 것이었다. 상대가 그런 걸 모르거나, 권투를 하듯 정면으로 대들면 통할 그런 수였다.

"보보." 뤼시엔이 소리를 질렀다. "보보, 그만둬!"

"이 피라미 새끼!" 하고 라비크가 소리쳤다. "그런 낡아 빠진 새끼줄로 수작을 부리다니. 뭐, 다른 건 없어?" 하고 그는 큰소리로 웃었다.

보보는 순간 당황했다. 눈에서 자신감이 없어졌다. 라비크는 눈 깜짝할 사이에 두 손으로 녀석 재킷의 어깨 부분을 잡아채고 아래로 끌어당겨, 두 팔을 들고 있을 수 없게 만들었다. "이런 수는 몰랐겠지?" 하고 그는 재빨리 문을 열고, 놀라서 방어도 못 하는 젊은 녀석을 꽤나 거칠게 떠밀어 버렸다. "이런 게 재미있다면 군인이나 돼라, 이 깡패 자식! 어른한테 함부로 덤비지 말고."

그는 안에서 문을 잠가 버렸다. "자, 뤼시엔." 하고 그가 말했다. "어디, 한번 보지."

그녀는 떨고 있었다. "진정해. 진정해. 다 지나갔어." 그는 낡은 솜이불을 걷어서 의자 위에 걸쳐 놓았다. 그러고는 초록색 담요를 걷어 올렸다. "파자마 아냐? 왜 이런 걸 입고 있지? 더 불편할 텐데. 아직 많이 움직이면 안 돼, 뤼시엔."

그녀는 잠시 가만히 있었다. 그러고는 "오늘만 입었어요." 하고 말했다.

"잠옷은 없어? 병원에서 두 벌 보내 줄 수 있는데."

"아녜요, 그런 게 아녜요. 이걸 입은 건……." 그녀는 문 쪽을 바라보며 나직이 말했다. "……저 사람이 올 걸 알아서 그랬어요. 그 사람 말이 전 이젠 아프지 않다는 거예요. 더 기다리려고 하지 않아요."

"뭐라고? 내가 미리 알았으면 좋았을걸." 하고 라비크는 성난 듯 문 쪽을 쳐다보았다. "기다리게 내버려 둬!"

뤼시엔은 빈혈증 있는 여자들이 그런 것처럼 피부가 아주 희었다. 얇은 피부 밑으로 정맥이 새파랗게 보였다. 그녀는 몸매가 예뻤다. 가늘고 날씬했지만, 그렇다고 마른 곳은 어디에도 없었다. 어째서 자연은 이런 쓸데없는 비용을 치르는가 하고 라비크는 생각했다. 뤼시엔도 그중 하나인 이런 여자들의 말로가 대개는 어떤지 알면서도, 이들을 그처럼 아름답게 만들어 놓는 건 무엇 때문인가. 고되고, 그릇되고 불건전한 생활로 그들의 아름다움은 어느 틈에 시들어 버리지 않는가.

"일주일 정도는 침대에 푹 누워 있어야 해, 뤼시엔. 일어나서 방 안을 걸어 다니는 건 괜찮아. 하지만 조심해야 돼. 물건을 들어 올려선 안 돼. 그리고 당분간은 계단을 올라 다녀도 안 돼. 돌보아 줄 사람은 있나? 그 보보 말고?"

"집주인 여자가 있어요. 하지만 벌써부터 투덜거려요."

"그리고, 아무도 없어?"

"없어요. 전에는 마리가 있었지만, 죽었잖아요."

라비크는 방을 훑어보았다. 별것 없지만 깨끗했다. 창가에는 푸크시아 꽃이 몇 송이 꽂혀 있었다. "그런데 보보는?" 하고 그가 물었다. "모든 게 다 끝났는데도 또 나타났단 말이지……."

뤼시엔은 대답하지 않았다.

"왜 내쫓지 않는 거야?"

"그렇게 나쁜 사람은 아녜요, 선생님. 좀 거칠어서 그렇지……."

라비크는 그녀를 가만히 쳐다보았다. 사랑 때문이군 하고 그는 생각했다. 여기도 역시 사랑이었어. 오래된 기적 아닌가. 그것은 현실이라는 잿빛 하늘에 꿈의 무지개를 던지기도 하고, 심지어는 거름 더미 위에도 낭만적인 빛을 쏟지 않는가. 기적이면서도 또한 광기에 찬 조롱이 아니던가. 그는 갑자기 자기 자신이 멀찌감치 거리를 두고 있는 공범자가 된 기분이 되었다. "괜찮을 거야, 뤼시엔." 하고 그가 말했다. "아무것도 걱정할 것 없어. 우선 건강해져야 해."

그녀는 마음이 놓이는 듯 고개를 끄덕였다. "그리고 돈 이야기는." 하고 그녀는 당황해하면서 성급하게 말했다. "괜히 하는 소리예요. 그저 입으로만 그렇게 말하는 거예요. 제가 모든 걸 지불할 거예요. 전부요. 월부로. 그런데 전 언제부터 다시 일할 수 있겠어요?"

"어리석은 짓만 안 한다면, 대략 두 주 정도면 되겠지. 하지만 보보하고는 아무 짓도 하면 안 돼! 절대로 안 돼, 뤼시엔! 그렇지 않으면 죽을 거야, 알아듣겠지?"

"네." 하고 그녀는 확신도 없이 대답했다.

라비크는 가냘픈 몸 위로 담요를 덮어 주었다. 얼굴을 들어 보니, 그녀는 울고 있었다. "더 빨리 나을 수는 없을까요?" 하고 그녀가 말했다. "앉아서는 일할 수 있을 것 같은데. 전 아무래도……."

"아마 그럴 수도. 두고 보자. 네가 어떻게 하느냐에 달렸어. 그리고 내게 낙태 수술을 한 그 산파 이름을 가르쳐 주어야 해, 뤼시엔."

그녀의 눈빛은 거부를 말했다. "경찰에 고발하진 않을 거야." 하고 그는 덧붙여 말했다. "절대로 안 그럴 거야. 다만 네가 산파한테 준 돈을 찾아 주고 싶어. 그러면 네 생활이 좀 더 안정될 수 있잖아. 얼마였지?"

"300프랑요. 하지만 그 여자한테서 돈은 절대로 찾지 못할 거예요."

"일단 해 보는 거지. 그 여자 이름은 뭐고 어디에 살아, 뤼시엔? 이제 네겐 그 산파가 필요 없어. 넌 이제 아이를 낳을 수 없거든. 그러니까 그 여자는 네게 이제 아무것도 할 수 없단 말이야."

여자애는 머뭇거렸다. "저기 서랍에 있어요." 이윽고 그녀가 대답했다. "오른쪽 서랍에요."

"이 쪽지 말인가?"

"네."

"좋아. 며칠 내로 가 볼게. 걱정할 건 없어." 라비크는 외투를 입었다. "왜 그래?" 하고 그가 물었다. "뭐 때문에 일어나려는 거야?"

"보보 때문에요. 선생님은 보보를 모르세요."

그는 미소를 지었다. "난 그 친구보다 더 나쁜 놈들도 알아. 그대로 누워 있어. 내가 벌써 봤잖아. 별로 걱정할 필요는 없어. 조심해, 뤼시엔. 곧 또 올게."

라비크는 자물쇠와 손잡이를 동시에 돌려 문을 홱 열어젖혔다. 복도엔 아무도 없었다. 이미 예상했던 일이다. 그는 보보 같은 타입을 잘 알았다.

아래층 정육점에는 이제 조수가 나와 있었다. 얼굴빛은 누렇고 여주인 같은 정열은 없는 사내였다. 심드렁하게 고기를 썰고 있었는데, 주인이 죽은 후 눈에 띄게 피곤해 보였다. 여주인과 결혼할 가능성도 희박했다. 건너편 술집으로 들어가니 솔 제조공이 큰소리로 그렇게 떠들어 댔고, 결혼도 하기 전에 그 여자가 전 남편과 마찬가지로 녀석을 묘지로 보내고 말거라고 호언장담했다. 조수 녀석은 벌써 심하게 수척해졌고, 대신에 과부는 엄청나게 젊어졌다는 것이다. 라비크는 카시스를 한 잔 마시고 계산했다. 보보 녀석을 여기서 마주칠지도 모른다고 생각했지만, 녀석은 없었다.

조앙 마두는 셰에라자드의 문을 나섰다. 그리고 라비크가 기다리고 있는 택시의 문을 열었다. "얼른, 여기서 도망쳐요. 당신 집으로 가요." 하고 그녀가 말했다.

"무슨 일 있었어?"

"아뇨. 아무 일도. 하지만 이제 이런 나이트클럽에 질렸어요."

"잠깐만." 하고 라비크는 출입구에 서 있는 꽃 파는 여자를 손짓으로 불렀다. "아주머니." 하고 그가 말했다. "가지고 있는 장미를 전부 주세요. 얼마죠? 너무 비싸게 부르지는 말고요."

"60프랑요. 선생님이니까요. 저한테 류머티즘 처방을 써 주신 적이 있었어요."

"그래요, 효과는 있었어요?"

"아뇨. 그럴 수 없어요. 밤비를 맞으며 젖은 채로 서 있어야 하니까요."

"아주머니는 제 환자 중 사리가 제일 밝은 분이네요. 내 생전 처음입니다."

그는 장미꽃을 받아들었다. "이 꽃은 사죄의 표시로 주는 거요. 오늘 아침 당신을 혼자 깨어나게 하고 아침도 못 먹게 했으니까." 그는 조앙 마두에게 그렇게 말하고, 꽃을 택시 바닥에나 놓았다.

"뭘 좀 마실까요?"

"이네요. 선생님 방으로 가요. 그리고 꽃은 바닥에 말고 여기 시트 위에다 놓아요."

"아니, 꽃은 바닥에 두는 게 좋아. 꽃을 사랑하는 건 좋지만, 너무 요란을 떨지는 말아야지."

그녀는 재빨리 고개를 그에게로 돌렸다. "사랑하는 것을 너무 애지중지하면 안 된다는 말인가요?"

"아니. 아름다운 것들을 연극화하면 안 된다는 거지. 지금 우리 사이엔 꽃 같은 게 없어도 좋잖아."

조앙은 잠시 의심스러운 듯 그를 쳐다보았다. 그러고 나서 그녀의 얼굴은 밝아졌다. "오늘 제가 무얼 했는지 아세요? 전 오늘 살아났어요. 다시 살아났어요. 숨을 쉬었어요. 다시 숨을 쉬었어요. 태어났어요. 다시 태어났어요. 처음으로. 두 손이 다시 살아났어요. 눈도, 입도."

운전사는 좁은 길에서 다른 차들 사이를 간신히 빠져나갔다. 그러고는 갑자기 속력을 내어 달리기 시작했다. 그 바람에 조앙이 라비크한테로 쓰러졌다. 그는 순간 그녀를 두 팔로 껴

안았다. 그녀의 육체가 느껴졌다. 따스한 바람이 스치고 지나가며, 오늘 하루의 껍질들을 녹여 버리는 것 같았다. 하지만 그의 마음은 이상할 정도로 냉정해서 거기에 빠져들지 않았다. 곁에 앉은 여자는 자신의 감정과 자신에게 도취되어 종알거리고 있었다.

"하루 종일, 사방에서 샘이 솟는 듯 콸콸 흘러내렸어요. 목덜미도 가슴도 마구 적셨어요. 저한테서 파란 싹이 돋고, 잎이 나고, 꽃이 피는 것 같았어요. 저를 꼭 붙들고, 꼭 잡고, 꼭 붙들고 놓아주지 않았어요. 그리고 지금 저는 여기 있어요. 그리고 당신도……."

라비크는 여자를 물끄러미 쳐다보았다. 그녀는 때가 낀 가죽시트에 머리를 숙인 채 앉아 있었다. 검은색 야회복 밖으로 드러난 어깨가 반짝였다. 거리낌 없이, 나오는 대로, 부끄럼도 없이 느낀 것을 말했다. 그녀에 비하면 자신은 가련하고 메마른 존재였다.

나는 오늘 수술을 했어 하고 그는 생각했다. 너를 까맣게 잊고 있었지. 그리고 뤼시엔한테 갔었어. 과거를 생각했고, 너는 생각도 나지 않았어. 그리고 저녁이 되자 따스한 그 무엇이 천천히 찾아왔어. 너와 함께한 게 아니라, 케이트 헤그슈트렘을 생각하고 있었어.

"조앙." 하고 말하고 그는 시트를 짚고 있는 여자의 두 손에 자기 두 손을 포개었다. "지금 바로 우리 집으로 갈 수는 없어. 우선 병원에 가야 하거든. 몇 분이면 될 거야."

"선생님이 수술한 여자를 보러 가야 하나요?"

"오늘 아침에 수술한 사람이 아니고 다른 사람이야. 어디 적당한 데서 나를 기다려 주겠어?"

"지금 가야 하나요?"

"그렇게 하는 게 나아. 나중에 전화가 와서 나가는 것보다는."

"당신 집에서 기다리겠어요. 당신 호텔로 잠시 들를 시간은 있으셔요?"

"있어."

"그럼 우선 그리로 가요. 당신은 나중에 와요. 기다릴게요."

"좋아." 하고 라비크는 운전사에게 중간에 들를 곳의 주소를 일러 주었다. 그러고는 뒤로 기대어 앉았다. 목에 좌석 모서리가 닿는 게 느껴졌다. 두 손은 조앙의 손에 얹은 그대로였다. 자기가 무슨 말인가 해 주기를 여자가 기다린다는 생각이 들었다. 하지는 그는 말을 할 수 없었다. 여자가 벌써 너무 많은 말을 해 버렸던 것이다. 그렇게 말을 많이 한 것도 아니지 하고 그는 생각했다.

차가 멈췄다. "그대로 가세요." 하고 조앙이 말했다. "저는 여기서 시간을 보내고 있을게요. 무섭지 않아요. 열쇠는 저한테 주시고요."

"열쇠는 호텔에 있어."

"그럼 달라고 할게요. 그런 것도 배워야죠." 그녀는 바닥에서 꽃을 집어 들었다. "제가 자고 있는 동안 가 버리고, 생각지도 않을 때 불쑥 나타나는 남자 곁에 있으려면, 여러 가지를 배워야겠네요. 바로 지금부터."

"일단 같이 올라갈게. 하여간 요란을 떠는 건 안 좋은 것 같아. 이렇게 금방 당신을 다시 혼자 두고 가다니, 젠장."

그녀는 큰소리로 웃었다. 아주 젊어 보였다. "잠시만 기다려 주시오." 하고 라비크가 운전사에게 말했다.

사내는 슬며시 한쪽 눈을 찡긋 감았다. "천천히 하세요."

"열쇠는 저한테 주세요." 하고 조앙은 계단을 올라가며 말했다.

"왜."

"이리 주세요."

그녀는 문을 열었다. 그러고는 멈추어 섰다. "아름다워요." 하고 그녀는 어두운 방 안을 향해 말했다. 창밖 구름 사이로 밋밋한 달빛이 비쳐 들어왔다.

"아름답다고? 이런 소굴 같은 데가?"

"그래요, 아름다워요! 모든 게 아름다워요."

"지금이야 그렇겠지. 아직은 어두우니까. 하지만……." 라비크는 스위치를 더듬었다.

"그냥 두세요. 제가 켤게요. 이젠 가세요. 혹시 내일 점심때나 돌아오시는 건 아니겠죠."

그녀는 어둠 속에서 문간에 서 있었다. 창으로부터 은빛 광선이 그녀 어깨와 머리 뒤를 비쳤다. 그녀의 실루엣은 어렴풋하고 자극적이고 신비스러웠다. 외투는 미끄러져 내려 그녀 발치에 검은 거품 덩어리처럼 깔려 있었다. 그녀는 문간에 기대어 서 있었고, 그녀의 한쪽 팔은 복도에서 비쳐 들어오는 한줄기 광선을 붙들고 있는 것처럼 보였다. "잘 다녀오세요." 하고 그녀는 문을 닫았다.

케이트 헤그슈트롐은 열이 내려 있었다. "잠을 깼었나?"라 비크는 졸음에 겨운 간호사에게 물었다.

"네, 11시에요. 선생님은 어디 가셨느냐고 물었어요. 선생님이 말씀하신 대로 이야기했고요."

"붕대에 대해서 뭐라고 하던가?"

"네, 하셨어요. 수술을 할 수밖에 없었다고 말씀드렸어요. 간 단한 수술이었고, 자세한 건 선생님이 내일 설명하실 거라고."

"그게 전부가?"

"네. 선생님이 좋다고 하셨으면 걱정할 거 없다고 하시데요. 오늘 저녁에 선생님이 오시면 안부도 전하고 선생님을 믿는다고 말씀드려 달라고 했어요."

"그랬구나……."

라비크는 잠시 서 있었다. 그리고 간호사의 양쪽으로 갈라 붙인 검은 머리를 내려다보았다. "몇 살이나 됐지?" 하고 그가 물었다.

간호사는 영문을 모르겠다는 듯이 고개를 들었다. "스물셋이요."

"스물셋이라. 간호사 일을 한 지는 얼마나 됐어?"

"이 년 육 개월요. 1월이면 정확하게 이 년 육 개월이 돼요."

"이런 일이 마음에 들어?"

간호사의 사과 같은 얼굴에 미소가 번졌다. "네, 좋아요." 하고, 간호사는 수다스럽게 말했다. "물론 이따금씩 힘들게 하는 환자들도 있지만, 대개는 아주 좋은 분들이에요. 부리소 부인은 어제 아주 곱고, 새거나 마찬가지인 비단옷을 선물로 주셨어요. 그리고 지난주에는 레르네 부인한테서 에나멜 구두 한 켤레를 받았어요. 그 후 집에서 돌아가신 그분 말예요." 그녀는 다시 미소를 지었다. "저는 거의 옷을 사지 않아도 돼요. 거의 언제나 선물로 받으니까요. 제가 쓸 수 없는 물건은 가게를 하는 친구에게 바꿔 달라고 해요. 그러면 크게 도움이 돼요. 헤그슈트렘 부인께서도 언제나 후하게 대해 주세요. 돈을 주시는데, 지난번에는 100프랑이었어요. 십이 일밖에 안 되었지만요. 이번엔 얼마 동안이나 계시나요, 선생님?"

"더 오래 있을 거야. 이삼 주 정도."

간호사는 행복해 보였다. 맑고 주름살 없는 이마 뒤에서, 그러면 얼마만큼의 돈이 들어오게 될까 계산하고 있었다. 라비크는 다시 한 번 케이트 헤그슈트렘한테로 몸을 수그렸다. 그녀는 평온하게 숨을 쉬었다. 상처에서 나는 희미한 냄새가 그녀 머리의 짙은 향수 냄새와 뒤섞였다. 그는 갑자기 견딜 수가 없었다. 그녀는 자기를 신뢰한다. 신뢰. 그런데 절개한 좁다란 복부, 그 속에서 벌레가 파먹고 있다. 어쩔 도리가 없어 그대로 꿰매어 버렸다. 신뢰라고.

"그럼, 잘 있어요, 간호사 아가씨."

"안녕히 가세요, 선생님."

포동포동한 간호사는 구석 의자에 앉았다. 그러고는 침대 등을 가렸고, 발을 담요로 둘둘 만 후 잡지를 집어 들었다. 탐정 이야기나 영화 그림들이 실린 싸구려 책이었다. 그녀는 자세를 편안하게 하고는 잡지를 읽기 시작했다. 곁에 놓인 자그마한 탁자 위에는 초콜릿 쿠키 봉지가 열린 채로 놓여 있었다. 라비크가 얼핏 보니 그녀는 고개조차 들지 않고 초콜릿 쿠키 한 개를 꺼냈다. 인간이란 아주 간단한 일조차 모를 때가 있구나 하고 그는 생각했다. 같은 방 안에서 한 사람은 생사를 오락가락하는데, 다른 한 사람은 그런 것에 아랑곳없다. 그는 문을 닫았다. 나 역시 마찬가지 아닌가? 나도 이 방을 나와 다른 방으로 가지 않는가, 그 방에서는…….

　방은 어두웠다. 욕실 문은 조금 열려 있었고, 그 안에는 불이 켜져 있었다. 라비크는 망설였다. 조앙이 아직도 욕실에 있는지 알 수 없었다. 그때 그녀의 숨소리가 들려왔다. 그는 방을 가로질러 욕실로 갔다. 아무 말도 하지 않았다. 그는 여자가 방에 있고, 자지 않는다는 것을 알았다. 여자도 아무 말 하지 않았다. 방은 갑자기 침묵과 기대와 긴장으로 가득했다. 소리도 없이 외치는 소용돌이 같았다. 생각 저 너머에 있는, 붉은 마취와 현기증이 뭉게구름처럼 피어오르는 미지의 심연이었다.

　그는 욕실 문을 닫았다. 백열전등의 밝은 빛 아래서 보니 모든 것은 다시 잘 알고 있는 친숙한 것들이었다. 샤워기를 틀었다. 이 호텔에선 유일한 것이었다. 라비크가 직접 돈을 지불하고 설치하도록 했던 것이다. 라비크는 그가 없는 동안이면 호텔 여주인이 프랑스 친척이나 친구 들에게 그것을 구경거리로 보여 주곤 한다는 것을 알고 있었다.

뜨거운 물이 살갗 위로 흘러내렸다. 옆방에서는 조앙 마두가 누워서 자기를 기다리고 있었다. 그녀의 살결은 매끄러웠고, 머리카락은 거친 파도와도 같이 베개 위에서 넘실거렸다. 두 눈은 방의 어둠 속에서도 반짝거렸다. 창 너머로 흘러 들어오는 어렴풋한 겨울 별빛을 받아 되비추는 듯했다. 여자는 거기에 누워 있었다. 나긋나긋하고, 자극적이고, 달라진 자태. 한 시간 전의 모습은 찾아볼 수도 없다. 그녀는 사랑 없이도 매혹과 유혹을 발산할 수 있는 존재, 바로 그런 존재였다. 하지만 갑작스럽게 그녀에 대한 혐오감이 일었다. 강렬하고 갑작스러운 애착과 뒤섞인 이상한 반발심이었다. 그는 무심결에 주위를 둘러보았다. 욕실에 또 다른 문이 있었더라면, 옷을 주워 입고 술을 마시기 위해 그곳을 나가 버렸을지도 몰랐다.

그는 물기를 닦고는 잠시 망설였다. 이상한 일이야. 어째서 이런 생각이 든 걸까. 한낱 그림자, 한낱 무(無)가 아닌가. 케이트 헤그슈트렘한테 갔다 왔기 때문일지도 모른다. 아니면 조앙이 택시에서 했던 말 때문일 수도 있다. 너무도 순식간이고, 너무도 어처구니없다. 아니며 내가 기다리는 게 아니라, 누군가가 기다리고 있기 때문일지도 모르겠다. 그는 입을 비죽거리며 문을 열었다.

"라비크." 하고 조앙이 어둠 속에서 말했다. "창가 탁자에 칼바도스가 있어요."

그는 제자리에 멈추어 섰다. 자신이 긴장하고 있다는 것을 알아차렸다. 여자가 다른 말을 했더라면 참을 수 없었을 것이다. 그러나 조앙의 말은 괜찮았다. 긴장이 풀렸고, 침착해졌다. "술병을 어떻게 찾았어?" 하고 그가 물었다.

"쉽게 찾았어요, 바로 보이던데요. 마개는 미리 따 놓았어요. 당신 물건 속에 코르크 따개가 있었어요. 한 잔 더 주실래요?"

그는 두 잔을 부어 하나를 그녀에게 갖다주었다. "여기 있어……." 맑은 사과주는 느낌이 좋았다. 조앙이 분위기에 맞는 말을 한 것도 좋았다. 그녀는 고개를 뒤로 한껏 젖히고 마셨다. 머리카락이 양어깨 위로 쏟아졌고, 그 순간 여자는 '마심' 그 자체인 것 같았다. 라비크는 전에도 그녀의 이런 모습을 본 적이 있었다. 그녀는 무슨 일이든 지금 하는 일에 송두리째 전념했다. 그것이 그녀의 매력이지만, 또한 위험이라는 생각이 그의 머리를 스쳐 지나갔다. 그녀는 술을 마실 때면 술이 전부, 사랑할 때면 사랑이 전부, 절망할 때는 절망이 전부, 그리고 잊을 때면 모든 걸 잊는 그런 여자였다.

조앙은 술잔을 내려놓고 갑자기 웃어 댔다. "라비크." 하고 그녀가 불렀다. "알겠어요. 당신이 지금 무슨 생각을 하는지."

"정말?"

"그럼요. 당신은 좀 전에 반쯤 결혼한 기분이었을 테죠. 저도 그랬어요. 문 앞에 내버려두고 가 버리는 건 특별대우가 아녜요. 장미꽃까지 팔에 안겨 놓고 말이에요. 칼바도스가 있어서 그나마 다행이었지만. 그렇게 병만 들고 있을 거예요?"

라비크는 그녀의 잔에 술을 따랐다. "당신은 굉장해." 하고 그가 말했다. "실은 욕실에서는 당신을 참을 수가 없었어. 그런데 이제는 멋지게 보여. 건배!"

"건배!"

그는 칼바도스를 단숨에 들이켰다. "오늘은 두 번째 밤이야. 위험한 밤이지. 미지에 대한 매력은 사라졌는데, 신뢰의 매력은 아직 없으니 말이야. 오늘밤을 잘 넘겨야 해."

조앙은 잔을 내려놓았다. "당신은 그런 일에 훤하군요."

"아무것도 몰라. 그저 입으로만 그러는 거지. 사람들은 무언가를 절대로 알 수 없어. 모든 것은 언제나 달라지기 마련이야. 지금도 그래. 두 번째 밤이란 없어. 언제나 첫날밤이지. 두 번째 밤이란 마지막 밤일 거야."

"다행이에요! 안 그러면 어떻게 하겠어요. 모든 게 산수(算數)처럼 되어 버릴 텐데. 자, 어서요. 아직 자고 싶진 않아요. 당신과 더 마시고 싶어요. 별들이 저 추운 하늘에서 벌거벗고 있어요. 혼자 있으면 너무 쉽게 얼어 버려요! 더울 때도 춥기는 마찬가지예요. 하지만 둘이 있으면 절대로 안 추워요."

"둘이 함께 있어도 얼어 죽을 수 있지."

"우린 아녜요."

"물론 아니야." 하고 라비크는 말했다. 그녀는 어둠 속에서 라비크의 얼굴을 스쳐 간 표정을 알아차리지 못했다. "우린 아니지."

10

"어떻게 된 거예요, 라비크?" 하고 케이트 헤그슈트렘이 물었다.

그녀는 베개 두 개를 포개서 베고, 머리를 조금 높인 채 침대에 누워 있었다. 방에서는 소독약과 향수 냄새가 났다. 위쪽 창문만 조금 열려 있었다. 맑고, 조금 서늘한 바람이 불어 들어와 방의 공기와 뒤섞였다. 마치 1월이 아니라 4월 같았다.

"열이 있었어, 케이트. 이삼 일 동안. 그러고 나서 푹 잤어. 거의 스물네 시간 동안. 이젠 열도 내리고 모든 게 잘됐어. 기분은 어떻소?"

"피곤해요. 여전히. 하지만 전과는 달라요. 뻣뻣하진 않아요. 통증은 거의 없고요."

"좀 아플지도 몰라요. 그렇게 심하진 않지만. 우리가 돌보아줄 거니까 잘 견딜 거야. 하지만 지금과 똑같진 않을 거요.

당신도 그건 알 테지…….”

그녀는 고개를 끄덕였다. “절개수술을 했죠, 라비크…….”

“그래, 케이트.”

“꼭 그래야만 했어요?”

“응.”

그는 기다렸다. 그녀가 묻도록 내버려 두는 편이 나았다. “얼마나 누워 있어야 해요?”

“이삼 주.”

그녀는 잠시 침묵했다. “저한텐 잘된 것 같네요. 푹 쉴 수 있으니까. 끔찍했어요. 이제 알겠어요. 전 지쳤어요. 인정하고 싶지 않았지만. 그렇게 피곤한 게 이번 수술과 관계 있었나요?”

“물론, 있고말고.”

“가끔 하혈도 있었는데, 그것도요? 월경 때 말고요.”

“그래요. 케이트.”

“그럼 이제 여유가 생겨서 잘됐네요. 어쩔 수 없었군요. 이제 병석에서 일어나 모든 걸 다시 시작한다는 건 내 생각엔 불가능한 것 같아요.”

“그렇지 않아. 그런 건 잊어. 눈앞의 일만 생각해요. 가령 아침 식사 같은 것 말이야.”

“알았어요. 여자는 힘없이 미소 지었다. “그럼, 거울을 이리 줘 보세요.”

그는 침대 곁 탁자에서 손거울을 집어 그녀에게 건네주었다. 그녀는 세심하게 거울 속 자기 모습을 들여다보았다. “저 꽃은 당신이 가져왔어요, 라비크?”

"아니. 병원에서 꽂은 거야."

그녀는 거울을 침대 위에 놓았다. "병원에선 1월에 라일락을 꽂아 주지는 않아요. 과꽃이나 그런 종류면 몰라도요. 그리고 라일락이 내가 제일 좋아하는 꽃이란 걸 병원에서 알 리없죠."

"여기서는 다 알아. 여기선 당신이 여왕이니까, 케이트." 라비크는 일어섰다. "이제 가야 해. 6시쯤 다시 올게요. 당신을보러."

"라비크……."

"응……."

그는 몸을 돌렸다. 이제 시작되겠구나 하고 그는 생각했다. 이번엔 물어보겠지.

그녀는 손을 내밀었다. "고마워요." 하고 그녀가 말했다. "꽃이 고마워요. 그리고 걱정해 주는 것도 고맙고. 당신 곁에 있으면 언제나 안심이 돼요."

"좋아, 케이트, 별것 아냐. 걱정할 건 없어. 잘 수 있으면 자도록 해요. 아프거든 간호사를 부르고. 약을 준비하도록 일러둘 테니까. 오후에 다시 올게."

"베버, 화주는 어디 있지?"

"그렇게 나빴나? 자, 여기 있어. 외제니, 잔을 갖다줘."

외제니는 마지못해 잔을 하나 가져왔다. "그건 골무잖아." 하고 베버가 소리를 쳤다. "제대로 된 유리컵을 가져와. 아니, 기다려. 손을 다칠 수도 있으니, 내가 가져올게."

"영문을 모르겠어요, 베버 선생님." 하고 외제니가 뾰로통해서 말했다. "라비크 씨가 오기만 하면 선생님은 늘……."

"됐어, 됐어." 하고 베버는 그녀의 말을 가로막았다. 그리고 잔에다 코냑을 따랐다. "자, 라비크. 그녀는 어떻게 생각하던가?"

"아무것도 안 물었어. 묻지도 않고, 나만 믿었어."

베버는 그를 흘낏 쳐다보았다. "그것 보게." 하고 그는 의기양양해서 말했다. "내가 그렇게 말하지 않았나."

라비크는 단숨에 잔을 비웠다. "아무것도 해 줄 수 없는데도 환자한테 고맙다는 말을 들은 적 없었나?"

"종종."

"자네를 완전히 믿으면서 말인가?"

"물론이지."

"그땐 어떤 기분이 들던가?"

"마음이 놓이지." 하고 베버가 의아스러워하며 말했다. "정말 안심이 돼."

"나는 구역질 나던데. 사기 친 것처럼 말이야."

베버는 큰소리로 웃었다. 그리고 술병을 다시 치웠다. "구역질 난단 말이야." 하고 라비크가 다시 말했다.

"당신한텐 그런 인간적인 감정이 있다는 걸 처음 알았어요." 하고 외제니가 말했다. "물론 당신 말버릇은 제외하고요."

"당신은 발견자가 아니라 간호사야, 외제니. 당신은 그 사실을 자주 잊어버려." 하고 베버는 타일렀다. "그럼, 그 일은 해결된 셈인가, 라비크?"

"그래, 당분간은."

"좋아. 그녀는 퇴원하면 곧장 이탈리아로 갈 거라고 오늘 아침 간호사한테 말했대. 그럼 우리는 책임을 벗는 거야." 하고 베버는 두 손을 비볐다. "그렇게 되면 그쪽 의사들이 알아서 할 테지. 누구라도 여기서 죽으면 곤란해. 소문이 나빠지니까."

라비크는 뤼시엔의 낙태 수술을 했던 산파 집의 벨을 눌렀다. 꽤나 시간이 지난 후 얼굴이 거무스름한 남자가 문을 열었다. 라비크를 보았는데도 그대로 문을 붙잡고 있었다. "무슨 일이오?" 하고 그자가 으르렁거리며 말했다.

"부쉐 부인을 만나러 왔는데요."

"바쁘신데요."

"괜찮습니다. 기다리지요."

그 사내가 문을 닫으려 했다. "기다리는 게 안 된다면, 십오 분 후 다시 오겠소." 하고 라비크가 말했다. "하지만 그때는 혼자 오지 않을 거요. 어쨌든 마담이 만나야 하는 사람을 데리고 올 테니."

사내는 그를 뚫어지게 쳐다보았다. "무슨 일이오? 원하는 게 뭐요?"

"벌써 말하지 않았소. 부쉐 부인을 만나고 싶다고."

사내는 잠시 궁리를 했다. "기다리시오." 하고 말하고 그는 문을 닫았다.

라비크는 양철 우편함과 에나멜을 칠한 둥그런 문패가 붙어 있고, 갈색 페인트칠이 벗어진 문을 유심히 바라보았다. 수

많은 불행과 불안이 이 문을 지나갔다. 무의미한 법률 몇 줄, 그것이 수많은 생명을 의사가 아니라 돌팔이에게 가도록 했다. 그렇게 해서 아기들은 태어나지 못했다. 아기를 원하지 않는 사람들은, 법률이야 있든 없든 낳지 않는 방법을 발견한다. 유일한 차이는, 해마다 수천 명의 어머니가 그 때문에 파괴된다는 것이다.

문이 다시 열렸다. "경찰서에서 오셨나요?" 하고 면도를 하지 않은 그 사내가 물었다.

"경찰서에서 왔다면 이런 데서 기다리지는 않을 테지요."

"들어오시오."

사내는 어두운 복도를 지나 가구들이 잔뜩 들어찬 방으로 그를 데려갔다. 우단을 씌운 소파, 도금한 의자들, 가짜 오뷔송 양탄자, 호두나무 찬장이 보였다. 그리고 벽에는 목장 풍경을 묘사한 판화들이 걸려 있었다. 창문 앞에는 금속 스탠드가 있었고, 카나리아가 들어 있는 새장도 있었다. 여기저기 공간이 있는 곳엔 도자기와 석고 인물상이 늘어져 있었다.

부쉐 부인이 나타났다. 엄청나게 뚱뚱했고, 펄럭거리는 기모노 같은 걸 입고 있었는데, 옷이 그리 깨끗해 보이지는 않았다. 한마디로 괴물이었다. 하지만 얼굴만은 매끄럽고 귀여운 편이었다. 눈은 불안하게 두리번거렸다. "용건이 뭐죠?" 부인은 사무적인 어투로 묻고는 그대로 서 있었다.

라비크는 일어섰다. "뤼시엔 마르티네 때문에 왔어요. 당신이 낙태 수술한 애 말이오."

"무슨 소리!" 여자는 즉시에 그리고 침착하게 대꾸했다.

"뤼시엔 마르티네란 사람을 난 몰라요. 낙태 같은 건 하지도 않고. 당신이 착각했거나 속은 모양이죠."

부인은 이제 볼일이 끝난 것 아니냐는 듯이 나가려고 했다.

그러나 나가지는 않았다. 라비크는 기다렸다. 부인이 몸을 돌리며 말했다. "다른 일은 없어요?"

"낙태 수술은 실패했어요. 그 여자애는 출혈이 심해 거의 죽은 몸이었죠. 수술을 받아야 했고, 내가 그 수술을 했소."

"거짓말이에요!" 부쉐 부인은 별안간 혀를 찼다. "거짓말! 쥐새끼들! 투덜거리고 다니며 다른 사람을 끌어들이려고 난리치는 거예요. 그런 년은 단단히 가르쳐 줘야겠어요. 쥐새끼들! 내 변호사가 처리할 거예요. 나는 누구나 잘 아는 몸이고, 세금도 꼬박꼬박 낸단 말예요. 두고 봅시다. 여기저기 굴러먹고 다니는 앙큼하고 조그만 계집년이……."

라비크는 못내 감탄하며 쳐다보았다. 그렇게 분통을 터뜨리면서도 얼굴은 조금도 변하지 않았다. 매끄럽고 귀여웠다. 입만 오므리고 기관총처럼 쏘아 댔다.

"그 애가 요구하는 건 별거 아니오." 하고 그는 마담의 말을 가로막았다. "당신한테 지불한 돈을 돌려 달라는 것뿐이오."

부쉐 부인은 큰소리로 웃었다. "돈을? 돌려 달라고? 언제 내가 그 애한테서 돈을 받았단 말이죠? 영수증이라도 있나요?"

"물론 없지요. 당신이 그런 영수증을 주지도 않았을 테니까."

"그런 애는 본 적도 없어요! 그런 애의 말을 누가 믿는단 말예요?"

“있어요. 증인이. 베버 박사의 병원에서 수술을 받았는데, 진찰 결과가 확실했어요. 진료 기록도 있고.”

“기록쯤이야 얼마든지 만들 수 있어요! 내가 손을 댔다는 증거가 어디에 있어요? 병원이라고요! 베버 박사! 우스워 죽겠어! 그런 쥐새끼 같은 년이 그런 고급 병원엘 가다니. 할 말 더 있어요?”

“있어요. 얼마든지. 일단 들어보시오. 그 애는 당신한테 300프랑을 지불했지. 그 애는 당신에게 손해배상 소송을 제기할 수 있단 말입니다…….”

문이 열렸다. 거무스름한 얼굴의 그 사내가 들어왔다. “무슨 일이죠, 아델?”

“아니. 손해배상 소송을 한다고? 소송을 제기하면 오히려 그 계집이 벌을 받을걸요. 우선 그 계집이 벌을 받을 게 확실해요. 낙태 수술을 받았다고 자백해야 하니까 말이에요. 하지만 내가 했다는 건 증거를 대야만 해요. 그 애로서는 어림도 없는 일이에요.”

거무스름한 얼굴의 사내가 염소 소리를 내며 웃었다. “조용히 해, 로제.” 하고 부쉐 부인이 말했다. “나가 있어.”

“브뤼니에가 밖에 있는데요.”

“알았어. 기다리라고 그래. 알잖아…….”

사내는 고개를 끄덕이고 나갔다. 독한 코냑 냄새도 덩달아 사라졌다. 라비크는 코를 킁킁거렸다. “오래 묵은 코냑이군.” 하고 그가 말했다. “적어도 삼사십 년은 됐겠어. 벌건 대낮부터 그런 술을 마시다니 복도 많은 친구로군.”

부쉐 부인은 어이없다는 듯 잠시 그를 노려보았다. 그러고는 천천히 입술을 비죽거렸다. "맞아요. 한잔하시겠어요?"

"나쁠 거야 없지요."

여자는 뚱뚱한 데도 놀랄 만큼 잽싸게 소리도 내지 않고 문쪽으로 갔다. "로제!"

거무스름한 얼굴의 사내가 모습을 드러냈다. "또 고급 코냑을 마셨지! 거짓말 마, 냄새가 진동해! 병을 가져와! 잔소리말고, 냉큼 병을 가져오란 말이야!"

로제가 병을 가져왔다. "브뤼에한테 한잔 줬어요. 나한테도 한잔하라고 억지로 권하기에."

부쉐 부인은 대답하지 않았다. 그녀는 문을 닫고는 호두나무 찬장에서, 둥글게 휜 모양의 잔 하나를 꺼냈다. 라비크는 역겨워하며 그것을 바라보았다. 잔에는 여자 머리 모양이 새겨져 있었다. 부쉐 부인은 한 잔을 따르고, 잔을 그의 앞쪽, 공작무늬로 장식한 책상보 위에 놓았다. "이봐요, 아실 만한 분 같은데요." 하고 그녀가 말했다.

라비크는 그녀에게서 그 어떤 경외감을 느꼈다. 이 여자는 뤼시엔이 말한 것처럼 무쇠 같은 여자는 아니다. 더 사악하다. 고무 같은 여자다. 무쇠라면 부러뜨릴 수 있지만, 고무는 그럴 수 없다. 배상청구에 대한 항변은 옳은 말이었다. "당신의 수술은 실패였어요." 하고 그가 말했다. "결과가 좋지 않았으니, 그것만으로도 돈을 돌려줘야 마땅한 거요."

"당신은 수술한 뒤에 환자가 죽으면, 돈을 돌려주나요?"

"그렇지 않소. 하지만 종종 돈을 받지 않고 수술을 하지요.

가령 뤼시엔 같은 경우에."

마담 부쉐는 그를 물끄러미 쳐다보았다. "그것 봐요. 그런데 그 계집애는 왜 말썽을 일으키지요? 좋아해야 마땅한데."

라비크는 잔을 들어올렸다. "부인." 하고 그가 말했다. "경의를 표합니다. 만만한 분은 아니군요."

여자는 병을 탁자 위로 천천히 내려놓았다. "이봐요. 난 많은 사람을 상대해 봤다고요. 그래도 당신은 다른 자들보단 사리판단이 있는 것 같네요. 당신은 이 장사로 재미를 보거나, 아니면 이익깨나 남는 줄 아시오? 그 300프랑만 하더라도, 100프랑 정도는 경찰한테 빼앗겨요. 안 그러면 장사나 할 수 있는 줄 아시오? 지금도 돈을 달라고 밖에 한 녀석이 죽치고 있어요. 찔러 주고, 또 찔러 줘야 한단 말이죠. 안 그러면 모든 게 꽝이에요. 우리끼리 있어서 하는 말이지만, 당신이 그런 걸 문제 삼는다 하더라도, 난 잡아떼면 그만이라고요. 경찰도 당연히 모르는 체할 거고. 믿어도 돼요."

"알아요."

부쉐 부인은 홀낏 그를 쳐다보았다. 빈말로 그러는 게 아니라는 걸 알아차리고 그녀는 의자 하나를 잡아당겨 앉았다. 마치 깃털 하나를 움직이듯 가볍게 의자를 들었다 놓았다. 그녀의 지방질 속에 엄청난 힘이라도 들어 있는 것 같았다. 그녀는 뇌물용 코냑을 다시 그의 잔에 가득 따랐다. "300프랑이면 큰돈으로 보이지만, 경찰뿐 아니라 다른 데도 돈이 들거든요. 집세는 물론 딴 곳보다 훨씬 비싸고, 세탁비도 있지요. 기구 값은 다른 의사들 경우보다 갑절이나 더 들고요. 중개료도 있고,

뇌물도 먹여야지요. 누구하고나 잘 지내야 하니까. 그리고 술 값에다 새해나 생일엔 관청 직원과 그 마누라들한테도 선물을 해야 하지요. 이거저거 다 떼고 나면, 이봐요! 남는 게 거의 없을 때가 많다고요."

"그럴 테지요."

"그럼 뭐가 문제란 말예요?"

"뤼시엔 같은 경우가 반복된다는 거지요."

"그럼 의사들의 경우엔 그런 일이 절대로 안 일어난단 말인 기요?" 부쉐 부인은 재빨리 물었다. "그렇게 자주 있지는 않아요."

"이봐요!" 그녀는 꼿꼿하게 몸을 세웠다. "난 정직해요. 난 여기를 찾아오는 누구에게나 일이 잘못될 수도 있다고 말해 둬요. 하지만 아무도 되돌아가지 않아요. 제발 해 달라고 졸라 댄단 말예요. 꺼이꺼이 울며 몸부림치는 건 보통이고. 도와주지 않으면 자살이라도 할 태세지요. 온갖 장면들이 다 벌어지거든요. 양탄자 위에서 데굴데굴 뒹굴며 애원하는 거예요. 저기 칠이 벗어진 찬장 귀퉁이 보여요? 어떤 귀부인이 절망 끝에 저지른 짓이지요. 내가 도와주었어요. 한번 보실래요? 그 부인이 어제 10파운드나 되는 사과잼을 보내 줘서 부엌에다 두었지요. 수술 비용을 치렀지만, 진심으로 고마워서 보낸 거지요. 당신한테 말씀드리지만, 이봐요……." 하고 부쉐 부인의 음성은 더 높아졌고, 더 볼륨감 있게 울렸다. "당신이 나를 낙태장이라고 부르건 말건, 다른 사람은 나를 은인이라고, 천사라고 부른다고요."

그녀는 일어나 있었다. 그녀의 기모노는 당당하게 물결쳤다. 새장의 카나리아는 명령이라도 받은 듯 노래 부르기 시작했다. 라비크는 자리에서 일어났다. 그는 싸구려 쇼라는 것을 알아차렸으나, 부쉐 부인의 말이 과장만은 아니라는 것도 알았다. "잘 알겠어요." 하고 그가 말했다. "이제 가겠습니다. 하지만 뤼시엔에게 당신이 꼭 생명의 은인이었던 건 아니오."

"당신이 수술 전에 그 애를 보았더라면 생각이 달랐을 거예요! 도대체 그 애가 뭘 더 바라는 겁니까? 몸은 성하겠다, 애는 없앴겠다, 그게 그 애가 바라던 전부 아니었나요. 게다가 병원에서는 돈을 내지 않아도 된다고 하고."

"그 애는 이제 다시는 아기를 갖지 못해요."

부쉐 부인은 순간 움찔했다. "더 잘됐지요." 그녀는 다시 태연자약하게 말했다. "그렇게 되면 아주 이상적이에요. 어린 매춘부한테는."

라비크는 이제 더 어쩔 도리가 없다는 것을 알았다. "그럼, 갑니다, 부쉐 부인." 하고 그는 말했다. "당신을 만나서 재미있었어요."

그녀는 그의 곁으로 바싹 다가왔다. 라비크는 악수만은 피하고 싶었다. 하지만 그녀는 털끝만큼도 그럴 생각이 없었다. 그녀는 목소리를 낮추고 속셈을 털어놓듯 말했다. "이봐요, 당신은 사리가 밝아요. 대부분의 의사들보다는 나아요. 유감이네요, 당신이……." 그녀는 잠시 망설이더니, 격려하는 듯한 시선으로 그를 바라보았다. "어떤 경우엔 가끔 필요해요……. 사리가 밝은 의사가 있다면 큰 도움이 될 텐데……."

라비크는 반박하지 않았다. 무슨 얘긴지 좀 더 들어 보고 싶
었다. "당신한테 손해는 아닐 거예요." 하고 부쉐 부인이 덧
붙였다. "특별한 경우들에는 말이죠." 그녀는 고양이가 새들
에게 거짓으로 알랑거리는 것 같은 시선으로 그를 살폈다.
"가끔 돈 많은 손님들도 있어요…… 물론 선불이고요, 그리
고……. 경찰은 조금도 걱정할 필요가 없어요, 조금도……. 당
신 정도면 몇백 프랑 정도 부수입을 올리기는 문제없을 것 같
은데……." 그녀는 그의 어깨를 툭툭 두드렸다. "더군다나 당
신같이 잘생긴 남자라면요……."

그녀는 활짝 미소를 지으며 병을 집어 들었다. "자, 어때
요?"

"고맙지만……." 하고 말하며 라비크는 병을 밀었다. "이젠
됐어요. 주량이 별로 많은 편이 아니라서." 좀 괴롭긴 했다. 코
냑이 아주 고급품이기 때문이었다. 병에는 상표가 붙어 있지
않았고, 1급 개인 술 창고에서 나온 것이 분명했다. "그 일은
생각해 보겠어요. 다음에 다시 와서, 당신의 기구들을 구경하
고 싶네요. 그것들이라면 내가 할 말도 있을 테고."

"다시 오시면 기구를 보여 드리지요. 그때는 당신의 신분증
도 보여 주시고요. 신용에는 신용 아니겠어요."

"이미 어느 정도 믿은 게 아니란 말인가요?"

"아니지요, 조금도." 하고 부쉐 부인은 미소를 지었다. "당신
한테 아직 제안밖에 하지 않았어요. 언제든지 철회할 수도 있
고. 당신은 프랑스 사람이 아녜요. 말은 잘하시지만 들어보면
척 알아요. 보기에도 그렇고. 아마도 망명한 분이겠지요." 그녀

는 억지 미소를 지으며 차가운 눈으로 그를 쳐다보았다. "아무도 당신을 신용하지 않을 거예요. 기껏해야 당신이 가지고 있지도 않은 면허장이나 보여 달라고 할 거예요. 바깥 방엔 경관이 앉아 있어요. 원하신다면 나를 고발할 수도 있지만, 그렇게는 안 하실 테지요. 어쨌거나 나의 제안을 한번 생각해 보시구려. 당신 이름하고 주소 정도는 가르쳐 주셔야죠, 안 그래요?"

"싫습니다." 하고 라비크는 기가 죽어 대답했다.

"그럴 줄 알았어요." 부쉐 부인은 이번에는 정말 잔뜩 처먹은, 무시무시한 고양이처럼 보였다. "그럼, 다음에 또 뵙죠! 나의 제안도 잘 생각해 보시고요. 망명한 의사를 데려와야겠다고 벌써 여러 번 생각했었지요."

라비크는 미소를 지었다. 뻔할 뻔 자였다. 망명 의사라면 그녀의 수중에 넣고 마음대로 부려 먹을 수 있었다. 무슨 일이 생기면 의사한테 뒤집어씌우면 되고.

"잘 생각해 보겠소." 하고 그는 말했다. "그럼, 다음에, 부인!"

그는 어두운 복도를 지나갔다. 어떤 문 뒤에서 앓는 소리가 들렸다. 방들은 모두 침대를 갖춘 작은 선실(船室)같이 꾸며진 듯했다. 여자들은 거기서 몇 시간 누워 있다가, 나중에 비틀거리며 집으로 돌아가는 것이었다.

대기실에는 짧은 콧수염에다, 깡마른 올리브색 피부의 사내가 앉아 있었다. 그는 라비크를 유심히 쳐다보았다. 그 옆에는 로제가 앉아 있었다. 탁자 위에는 또 다른 오래 묵은 코냑이 병째 놓여 있었다. 라비크를 보자 그는 부지중에 그것을 감추려 했다. 그러다가는 씽긋 웃으며 손을 내렸다. "안녕하세요, 박사님!" 하고 그는 때가 낀 이를 드러내 보였다. 문 밖에서 대화를 엿들은 모양이었다.

"안녕, 로제." 라비크는 친근한 척하는 게 좋겠다고 생각했다. 쇠심줄같이 질긴 그 여편네가 반시간도 안 되어 불구대천 원수인 그를 거의 공범자로 만들어 버리지 않았던가. 그러니까 토세에게 뻑뻑하게 내하지 않는 게 상책이다. 로제는 그동안의 일에 순응하여 갑자기 놀랄 정도의 인간미를 보여 주었던 것이다.

계단 아래쪽에서 그는 여자애 둘과 마주쳤다. 방문할 곳을 찾아다니는 것 같았다. "저기요." 하고 한 여자애가 작심한 듯 물었다. "부쉐 부인이 이 집에 사시나요?"

라비크는 망설였다. 무슨 말을 한들 애들에게 무슨 소용이 있을까! 아무 도움도 안 될 것이다. 어쨌거나 이 애들은 찾아가고 말 것이다. 그렇다고 다른 방법도 없다. "4층이오. 문패가 붙어 있어요."

시계의 야광 문자판이 어둠 속에서, 빌려 온 작은 태양처럼 빛을 발했다. 아침 5시였다. 조앙은 3시에 올 예정이었다. 올 수도 있고, 아니면 너무 지쳐 곧장 자기 호텔로 돌아갔는지도 몰랐다.

라비크는 잠을 청하려 뒤로 드러누웠다. 하지만 잠이 오지 않았다. 오랫동안 누워 비스듬하게 건너편 지붕 쪽에서 비치는 네온 불빛의 붉은 띠가 규칙적으로 천장을 스치는 것을 바라보았다. 허전했지만 영문을 알 수 없었다. 몸의 따스한 기운이 천천히 피부에서 방울방울 빠져나가 어디론가 사라져 가는 듯했다. 그의 피가, 여기에 없는 그 무엇에 기대고 싶어, 어딘지 모를 부드러운 곳으로 떨어지고 또 떨어지는 듯했다. 그는 두 손을 머리 밑에 괴고 가만히 누워 있었다. 이제야 그는 자기가 기다린다는 것을 알았다. 자기 의식뿐 아니라, 두 손도, 혈관도, 마음속의 이상하고 낯선 부드러움도 조앙 마두를 기다린다는 것을 알았다.

그는 일어나서 가운을 걸치고 창가에 앉았다. 부드러운 털 옷의 따스함이 피부로 전해졌다. 가운은 낡았고, 여러 해 동안 끌고 다닌 것이었다. 도망 다닐 때면 그것을 입은 채로 잤다. 스페인에 있을 때는 추운 밤 피곤에 절어, 야전병원에서 막사로 돌아오면 그것을 입고 몸을 데웠다. 열두 살이었으나, 눈은 여든 먹은 노파 같았던 후아나는, 마드리드의 폭격 받은 병원에서 이 가운을 덮고 죽었다. 죽어 가던 그 애의 유일한 소망은 그렇게 부드러운 털실 옷을 가지고 싶은 것이었으며, 자기 어머니가 강간당하고, 아버지가 짓밟혀 죽던 장면의 기억을 지워 버리고 싶다는 것이었다.

그는 주위를 둘러보았다. 방, 트렁크 두어 개, 물건 두어 개, 그리고 닳아빠진 책 한 줌. 인간이 살기 위해 필요한 건 그리 많지 않다. 생활이 불안정할 때는 많은 물건에 의존하지 않는 것이 좋다. 그런 것들은 거듭해서 버려져야 하거나 빼앗기기 마련이다. 매순간 떠날 준비를 해야 했다. 그가 혼자 살아온 것도 그 때문이었다. 떠돌아다니는 동안엔 자신을 붙드는 것을 지녀선 안 된다. 마음을 뒤흔들어 놓는 것도 가져선 안 된다. 연애, 그러나 그 이상은 금물이다.

그는 침대를 쳐다보았다. 꾸겨지고 창백한 빛깔의 시트. 기다린다는 것은 별게 아니었다. 그는 종종 여자를 기다렸다. 그러나 지금과는 다른 기분이었다. 간단하고 명백하고 동물적인 기다림이었다. 욕정을 분출하려는, 이름 모를 부드러운 감정을 가져 본 적도 있었지만, 오늘 같은 느낌은 오랜 세월 동안 없던 것이었다. 자신도 모르는 사이에, 무언가가 마음속으로 기어 들어온 것이다. 그것이 다시 살아난 건가? 다시 꿈틀거리는 걸까? 얼마 만의 일이었던가? 과거로부터, 푸른 심연으로부터 무언가가 또다시 그를 부르는 것인가? 혹 지나가는 초원의 향기처럼, 페퍼민트 냄새를 가득 풍기는 지평선의 포플러처럼, 4월의 숲 향기처럼 그것은 불어오는가? 이젠 그런 것들은 바라지도 않았다. 갖고 싶지도 않았다. 사로잡히고 싶지 않았다.

그는 떠돌이였다.

그는 일어나서 옷을 갈아입었다. 인간은 독립해 있어야 한다. 사소한 의존에서부터 모든 일이 벌어진다. 멋도 모르고 지내다가, 갑자기 타성의 그물에 걸린 자신을 발견하게 되는 것이다. 타성에는 많은 이름이 붙고, 사랑도 그중 하나다. 어떤 일에도 타성이 붙어 버리면 안 된다. 육체의 경우도 마찬가지다.

그는 문을 잠그지 않았다. 조앙이 오더라도 나를 보지는 못할 것이다. 있고 싶다면 머물러 있을 테지. 쪽지라도 남겨 둘까 하고 그는 잠시 생각했다. 하지만 거짓말을 하고 싶지도 않고, 자기가 가는 곳을 알리고 싶지도 않았다.

그는 아침 8시쯤 돌아왔다. 가로등이 켜진 차가운 새벽길을 걸어와서 그런지 머리는 맑고 긴장감은 해소되었다. 그러나 호텔 앞에 서자, 다시 긴장감을 느꼈다.

조앙은 없었다. 라비크는 아무런 기대도 하지 않는다고 스스로를 달랬다. 하지만 방은 이전보다 썰렁했다. 그는 방 안을 둘러보았고, 그녀가 남긴 흔적이라도 있는지 찾아보았다. 아무것도 없었다.

그는 벨을 눌러 하녀를 불렀다. 잠시 후 여자애가 들어왔다. "아침 식사를 하고 싶은데." 하고 그가 말했다.

하녀는 그를 쳐다보면서 아무 말도 하지 않았다. 그도 하녀에게 아무것도 묻고 싶지 않았다. "커피하고 크루아상을 가져다줘, 에브."

"알겠어요, 라비크 선생님."

그는 침대를 물끄러미 쳐다보았다. 조앙이 왔었다고 하더라도, 이 구겨지고 썰렁한 침대에 누워 있었으리라는 생각이 들지는 않았다. 이상한 일이었다. 따스한 기운이 사라지고 나면 사람의 육체를 받아들였던 모든 것이 이렇게 죽은 것처럼 되어 버리다니. 침대도, 속옷도, 심지어 욕실까지 그렇다. 따스한 기운이 없으면 싫어지고 만다.

담배에 불을 붙였다. 자기가 환자 때문에 불려 간 것으로 여자는 생각했을 것이다. 메모라도 남길 걸 그랬나. 하지만 갑자기 자신이 멍청하다는 생각이 들었다. 독립하고 싶다고 생각해 놓고는, 실은 배려 없는 짓을 하고 만 것이다. 열여덟 살 소년처럼 생각이 모자랐고, 무언가 자신을 내세우고 싶어서 멍청한 짓을 하고 말았다. 잠자코 기다리는 것보다 이렇게 하는 것이 더 의존적인 행동이었다.

여자애가 아침 식사를 가져왔다. "잠자리를 정돈해 놓을까요?"

"왜, 지금?"

"좀 더 주무실까 해서요. 새로 정돈한 침대에서 주무시는 게 낫잖아요."

하녀는 무표정한 눈으로 그를 쳐다보았다. "누가 여기 왔었나?" 하고 그가 물었다.

"모르겠어요. 저는 7시나 돼서 왔으니까요."

"에브." 하고 그가 말했다. "아침마다 모르는 사람들의 침대를 정돈하면, 어떤 생각이 드니?"

"괜찮아요, 라비크 선생님. 남자들이 다른 짓만 안 하면 좋겠어요. 하지만 더 많은 것을 원하는 사람들이 가끔 있어요. 파리에서는 유곽이 싼데도 말예요."

"아침엔 유곽에 갈 수 없잖아, 에브. 그리고 어떤 남자들은 아침이면 특별히 더 기운이 나거든."

"그래요, 특히 노인네들은요." 그 애는 어깨를 으쓱했다. "그런 짓을 안 하면 팁을 못 받아요. 어떤 사람은 나중에 자꾸만 잔소리를 해 대고요. 방이 깨끗하지 않다, 건방을 떤다 하면서요. 물론 화가 치밀어 그럴 테지요. 하지만 아무 대책도 없어요. 사람 사는 게 그런가 봐요."

라비크는 지폐 한 장을 꺼냈다. "오늘은 세상을 좀 편하게 살아 볼까, 에브. 이걸로 모자라도 하나 사, 아니면 털옷이라도."

에브의 눈에 생기가 돌았다. "고맙습니다, 라비크 선생님. 오늘은 개시가 좋네요. 그럼 잠자리는 나중에 정돈할까요?"

"그래."

그 애는 그를 쳐다보며 말했다. "그런데 그 부인은 아주 재미있는 분이에요. 요즘 오시는 부인 말예요."

"한 마디만 더 하면 돈을 도로 빼앗을 거야." 하고 라비크는 에브를 문 밖으로 밀어냈다. "늙은 색광들이 너를 벌써 기다리고 있을 거야. 실망하지 마."

그는 식탁에 앉아 식사를 했다. 아침 식사가 별로 당기지 않았다. 그는 일어나서 선 채로 먹었다. 입맛이 좀 더 나았다.

태양이 지붕들 위로 붉게 떠올랐다. 호텔은 잠에서 깨어났다. 아래층 골드베르크 노인은 아침 음악을 시작했다. 허파가 여섯 개라도 되는 듯이 콜록콜록 기침하고 신음 소리를 냈다. 망명객인 비젠호프는 방문을 열고 휘파람으로 행진곡을 불었다. 위층에서는 쏴 하고 물 내려가는 소리가 들렸다. 여기저기서 문이 여닫히는 소리가 났다. 스페인 사람들이 투숙한 곳만은 조용했다. 라비크는 기지개를 켰다. 밤은 지나갔다. 어둠의 타락은 끝이 났다. 그는 며칠 동안 혼자 있기로 작정했다.

밖에서는 신문 파는 아이들이 아침 뉴스를 소리 높여 외쳤다. 체코슬로바키아 국경에서의 돌발 사건들. 독일군의 주데텐 전선 침공. 위기에 처한 뮌헨 협정.

11

소년은 비명을 지르지 않았다. 의사들을 뚫어지게 쳐다볼 뿐이었다. 너무 놀란 나머지 고통을 느끼지도 못했던 것이다. 라비크는 소년의 뭉개진 다리를 힐끔 쳐다보았다. "몇 살이지요?" 하고 그가 소년의 어머니에게 물었다.

"뭐라고요?" 하고 무슨 말인지 몰라 여자가 되물었다.

"몇 살이냐고요?"

머릿수건을 쓴 여자는 입술을 움직였다. "다리를 다쳤어요!" 하고 여자가 말했다. "다리를요! 트럭이 그랬어요."

라비크는 소년의 심장에 청진기를 댔다. "애가 아픈 적이 있었나요, 이전에?"

"다리를요!" 하고 여자가 말했다.

"그래요, 그 애 다리요!"

라비크는 몸을 일으켰다. 심장은 참새 심장처럼 빨리 뛰었지만, 위험 신호는 들리지 않았다. 쇠약한 데다 구루병 증세가 있어 보여, 마취하는 동안엔 주의를 기울여야 할 것 같았다. 자, 바로 시작하자. 뭉개진 다리에는 거리의 먼지가 잔뜩 묻어 있었다.

"내 다리를 자르나요?" 하고 소년이 물었다.

"아니." 하고 라비크는 말했으나 자신은 없었다.

"뻣뻣하게 굳는 것보다는 차라리 잘라 버리는 게 나아요."

라비크는 조숙한 소년의 얼굴을 유심히 쳐다보았다. 고통의 표시는 아직 없었다. "자, 어디 보자꾸나." 하고 그가 말했다. "우선은 너를 재워야겠다. 아주 간단해. 무서울 건 조금도 없어. 마음 푹 놓고 있어."

"잠깐만요, 선생님. 차 번호는 FO 2019예요. 어머니한테 써 주실 수 없나요?"

"뭐라고? 뭐라고, 자노야?" 어머니는 깜짝 놀라며 물었다.

"번호를 봐 두었다고요. 그 차 번호 말예요. FO 2019예요. 바로 내 앞에 왔을 때 봤어요. 빨간불이 켜져 있었어요. 운전사 책임이에요." 소년은 호흡이 가빠지기 시작했다. "보험회사에서 돈을 받아야 해요. 번호는……."

"내가 적어 뒀다." 하고 라비크가 말했다. "가만. 내가 다 적어 뒀어." 그는 마취를 시작하도록 외제니에게 눈짓을 했다.

"어머니는 경찰에 가야 해요. 보험회사에서 돈을 받아야 돼요." 갑자기 비라도 내린 듯 소년의 얼굴에 땀방울이 송골송골 맺혔다. "다리를 잘라야, 돈을 더 받을 수 있어요……. 굳어…… 버리는 것보다는!"

소년의 두 눈은 피부 위에 생겨난 더러운 연못과도 같은 검푸른 고리 속으로 가라앉았다. 소년은 끙끙거리며 재빨리 무슨 말인가를 또 하려 했다. "어머니는…… 아무것도 몰라요……. 어머니를…… 도와주세요……." 더 이상 말을 할 수 없었다. 소년은 울부짖기 시작했다. 소년의 내부에 고문을 당하는 야수가 웅크리고 있는 듯했다.

"바깥세상은 어때요, 라비크?" 케이트 헤그슈트렘이 물었다.

"그런 건 알아서 뭐하게, 케이트? 좀 더 유쾌한 걸 생각해요."

"여기서 벌써 몇 주나 보낸 것 같은 기분이에요. 다른 일들은 멀리 사리지고, 가라앉아 버린 것 같아요."

"잠시 동안은 가라앉은 채로 내버려 둬요."

"아녜요. 바로 이 방이 최후의 방주 같고, 대홍수가 벌써 창 밑까지 밀려온 것 같아요. 바깥세상에선 무슨 일이 일어났어요, 라비크?"

"새로운 건 아무것도 없어, 케이트. 세상은 자살을 하려고 열심히 준비하고 있어. 그러면서도 자신을 속이려고 야단들이야."

"전쟁이 날까요?"

"누구나 전쟁이 터질 거라고 생각해. 언제일지만 모를 뿐이야. 누구나 기적을 기다려." 라비크는 미소를 지었다. "지금의 프랑스나 영국 정치가들 중에서 그렇게 많은 사람들이 기적을 믿을 줄은 몰랐어. 독일 정치가들은 거의 아무도 기적을 믿지 않는데 말이야.”

그녀는 한동안 잠자코 있다가 말했다. “그런 일이 벌어진다면……”

“그래, 언젠가 그런 일이 일어날 가능성이 없는 것처럼 보여. 하지만 그렇게 불가능하다고 보기 때문에 대비를 안 하는 거야. 아파, 케이트?”

“참을 만해요.” 그녀는 머리 밑 베개를 바로잡았다. “난 이 모든 것에서 도망치고 싶어요, 라비크.”

“그래……” 그는 확신도 없이 대답했다. “누군들 안 그렇겠어?”

“여기서 나가면 이탈리아로 갈래요. 피에졸레로요. 그곳에 정원이 딸린 조용하고 오래된 집이 있거든요. 거기서 한동안 지내고 싶어요. 아직 시원할 거예요. 창백하면서도 밝은 태양이 있고, 대낮이면 해가 드는 남쪽 벽에 도마뱀이 기어 다녀요. 저녁때면 플로렌스에서 종이 울려요. 그리고 밤이면 측백나무 숲 뒤로 달과 별들이 떠올라요. 그 집에는 책도 있고, 커다란 돌 벽난로도 있어요. 나무 벤치들도. 난로 앞에 앉아 불을 쬘 수 있어요. 쇠로 만든 장작 선반은, 그 위에다 잔을 올려놓을 수 있도록 만들었어요. 거기다 적포도주를 데우거든요. 아무도 없고, 집일을 돌보는 늙은 부부뿐이에요.”

그녀는 라비크를 쳐다보았다. “멋진데.” 하고 그가 말했다. “조용하고, 난로도 책도 평화도 있으니 말이야. 예전에는 그런 게 부르주아의 사치라고 여겨졌지만, 이제는 잃어버린 천국의 꿈이야."

그녀는 고개를 끄덕였다. "난 당분간 그곳에 있겠어요. 이삼 주 동안. 아니, 어쩌면 여러 달이 될지도 몰라요. 잘 모르겠어요. 하지만 조용히 있고 싶어요. 그리고 다시 돌아와 미국으로 갈까 해요."

라비크는 복도에서 저녁 식사를 나르는 소리를 들었다. 접시들이 서로 부딪쳐 딜그럭거렸다. "그게 좋겠어, 케이트." 하고 그가 말했다.

그녀는 망설이다 말했다. "내가 그래도 아기를 가질 수 있을까요, 라비크?"

"금방은 아니야. 우선 몸부터 회복하고."

"그 말이 아녜요. 언젠가는 될까요? 이런 수술을 했는데. 혹시……."

"아냐." 하고 라비크가 말했다. "아무것도 잘라 내지 않았어."

그녀는 깊이 숨을 들이쉬었다. "난 그게 알고 싶었어요."

"하지만 좀 걸릴 거야, 케이트. 우선 당신 몸 전체가 바뀌어야 해."

"오래 걸려도 상관없어요." 그녀는 머리를 쓸어 넘겼다. 손에 낀 보석이 어스름 속에서 빛났다. "그런 걸 물으니 우습죠, 안 그래요? 지금 이런 때에."

"아냐, 흔히 있는 일이야. 생각하기보다는 많아."

"나는 갑자기 이런 모든 일이 싫어졌어요. 고향으로 돌아가 결혼하고 싶어요, 그래요, 구식으로 결혼하고, 아기도 갖고 조용하게 살며 하느님을 찬양하고 생활을 사랑하고 싶어요."

라비크는 창밖을 내다보았다. 지붕 위에는 시뻘건 저녁놀이 펼쳐져 있었다. 그 때문에 네온사인이 파묻혀, 핏기 없는 유색(有色)그림자처럼 보였다.

"나를 잘 아는 당신 눈엔 어리석게 보이겠지요." 하고 케이트 헤그슈트렘이 그의 등 뒤에서 말했다.

"아니, 절대로 그렇지 않아요. 천만에, 케이트."

조앙 마두는 새벽 4시에 왔다. 라비크는 문 여는 소리에 잠을 깼다. 그는 자 버렸고, 그녀를 기다리지 않았다. 그런데 그녀가 열린 문 앞에 서 있었던 것이다. 엄청나게 큰 국화꽃 다발을 안고, 문을 힘들게 통과하려는 참이었다. 그녀의 얼굴은 보이지 않았다. 그녀의 실루엣 그리고 크고 환한 꽃다발이 보일 뿐이었다. "어떻게 된 거야?" 하고 그가 물었다. "국화를 산더미로 가져왔군, 도대체 무슨 일이야?"

조앙은 꽃다발을 들고 문으로 들어왔고, 그것을 한 번 휘두른 후 침대 위로 내던졌다. 꽃은 축축하고 차가웠다. 잎들은 가을과 흙냄새를 진하게 풍겼다. "선물이에요." 하고 그녀가 말했다. "당신을 알고 난 후로 처음으로 선물이란 걸 받아 보았어요."

"좀, 치워 줘. 난 아직 안 죽었거든. 꽃에 파묻혀 눕다니. 더군다나 국화꽃에 말이야. 호텔 앙테르나쇼날의 낡고 정든 내 침대가 정말 관처럼 보이겠어."

"아녜요!" 조앙은 거친 몸짓으로 꽃들을 홱 채더니 바닥에 내동댕이쳤다. "그런 말 말아요! 절대로!"

라비크는 여자를 쳐다보았다. 그는 두 사람이 처음에 어떻게 만났던가를 잊고 있었다. "잊어버려!" 하고 그가 말했다. "별다른 뜻으로 말한 건 아니야."

"다시는 그런 말 말아요. 농담이라도. 약속해요."

그녀의 입술이 부르르 떨렸다. "조앙……." 하고 그가 말했다. "그렇게 놀란 거야?"

"그래요. 놀란 것보다 더 심해요. 왜 그런지 모르겠지만."

라비크는 벌떡 일어났다. "두 번 디시 그런 농담은 인 하겠습니다. 자, 이제 됐어?"

그녀는 그의 어깨에 기대어 고개를 끄덕였다. "왜 그런지 모르겠어요. 그냥 참을 수 없어요. 어둠 속에서 불쑥 손이 나와 나를 잡으려는 것 같아요. 무서워요. 그냥 겁이 나요. 어디선지 나를 노리고 있는 것 같아요." 그녀는 그의 몸에 바싹 붙었다. "앞으로는 그러지 말아요."

라비크는 그녀를 꼭 껴안았다. "알았어, 절대로 안 그럴게."

그녀는 다시 고개를 끄덕였다. "꼭 그렇게 해요……."

"그래." 하고 슬픔과 자조로 가득한 목소리로 대답하며 그는 케이트 헤그슈트렘을 떠올렸다. "그럴게, 물론 그럴게……."

그녀는 그의 품안에서 몸을 떨었다. "난 어제 여기 왔었어요……."

라비크는 움직이지 않았다. "왔었다고?"

"그래요."

그는 침묵했다. 무언가가 흩날려 버리는 듯했다! 얼마나 유치했던가! 기다리든 기다리지 않든, 그게 어쨌단 말인가? 장난을 모르는 인간을 상대로 어리석은 장난을 하다니.

"당신이 여기 없었어요……."

"없었어."

"어디에 갔었는지 묻지 않는 게 좋겠죠……."

"그래."

여자는 그의 팔에서 몸을 빼냈다. "목욕하고 싶어요." 그녀는 달라진 목소리로 말했다. "추워요. 목욕해도 괜찮을까요? 호텔 사람들이 잠을 깨지 않을까요?"

라비크는 미소를 지었다. "어떤 일을 하든, 결과를 미리 묻는 건 안 좋아. 그러면 아무것도 못 해."

여자는 그를 쳐다보았다. "사소한 일들은 물어야 해요. 큰일은 절대로 물어선 안 되지만요."

"일리가 있어."

그녀는 욕실로 들어가 욕조에 물을 채웠다. 라비크는 창가에 앉아 담뱃갑을 끄집어냈다. 바깥 지붕들은, 소용돌이치며 소리 없이 눈 내리는 도시 풍경을 불그스레한 빛으로 반사시켰다. 택시 한 대가 굉음을 내며 거리를 질주했다. 국화꽃은 바닥에서 창백한 빛을 발했다. 소파에는 신문이 한 장 놓여 있다. 그가 저녁에 가지고 온 것이다. 체코슬로바키아 국경에서의 전투, 중국에서의 전투, 최후통첩, 내각 붕괴. 그는 신문을 꽃 아래에다 깔았다.

조앙이 욕실에서 나왔다. 몸이 따뜻해진 그녀는 바닥에, 그의 곁에, 꽃들 사이에 쪼그리고 앉았다. "어젯밤엔 어디 가셨던 거예요?" 하고 그녀가 물었다.

그는 여자에게 담배 한 개비를 내밀었다. "정말 알고 싶은 거야?"

"그래요."

그는 망설이다 말했다. "난 여기 있었어. 당신을 기다렸지. 하지만 안 올 것 같아 밖으로 나갔어."

조앙은 가만히 기다렸다. 그녀의 담배가 어둠 속에서 빨갛게 달아올랐다가 다시 꺼졌다.

"그게 전부야."

"술 마시러 갔던 거예요?"

"응......."

조앙은 몸을 돌려 그를 쳐다보았다. "라비크." 하고 그녀가 말했다. "정말 그것 때문에 나간 거예요?"

"그렇다니까."

그녀는 두 팔을 그의 무릎에 얹었다. 가운을 통해 여자의 따스한 체온이 느껴졌다. 여자의 따뜻함과 가운의 따뜻함이 하나가 되었다. 자기 일생의 지난 세월보다 가운이 더욱 친숙하지 않은가. 갑자기 이 둘은 오래전부터 함께 있었던 것 같았고, 조앙은 자기 생애 그 어느 시점에서 다시 돌아온 것 같았다.

"라비크, 난 저녁마다 당신한테로 왔어요. 어제도 내가 온다는 걸 당신은 알고 있었어요. 나를 만나고 싶지 않아 나갔던 건 아녜요?"

"아냐."

"나를 안 보고 싶으면, 염려 말고 말해 주세요."

"그럴게."

"그럼 그렇지 않았다는 거죠?"

"그렇지 않았어. 사실이 아니야."

"그렇다면, 난 행복해요."

라비크가 그녀를 쳐다보았다. "뭐라고 그랬지?"

"난 행복해요." 하고 그녀는 되풀이했다.

그는 잠시 말이 없었다. "당신은 자기가 무슨 말을 하는지 알아?" 이윽고 그가 물었다.

"그럼요."

밖에서 흘러 들어온 희미한 빛이 여자의 두 눈에 반사되었다. "그런 말은 그렇게 함부로 하면 안 돼요."

"함부로 한 말 아녜요."

"행복이라고." 라비크가 말했다. "도대체 그건 어디서 시작하고, 어디서 끝나는 거지?"

그의 발이 국화꽃을 건드렸다. 행복이라니 하고 그는 생각했다. 청춘의 푸르른 지평선. 행복은, 황금빛 찬란한 삶의 균형 아니던가! 맙소사, 행복은 지금 어디에 있단 말인가?

"그건 당신에게서 시작하고 당신에게서 끝나는 거예요." 조앙이 말했다. "아주 간단해요."

라비크는 대꾸하지 않았다. 이 여자가 무슨 말을 하는 거지 하고 그는 생각했다. "당신은 이제 곧 나를 사랑한다고 말하겠지." 이윽고 그가 말했다.

"당신을 사랑해요."

그는 몸을 움직거렸다. "당신은 나라는 인간에 대해 거의 몰라."

"그게 무슨 상관이에요?"

"상관 있고말고! 사랑하는 사람이란, 같이 늙어 갈 사람을 말하는 거야."

"그건 모르겠어요. 사랑하는 사람은, 그 사람 없이는 내가 살 수 없는 그런 사람이에요. 그건 알아요."

"칼바도스는 어디 있지?"

"책상 위에요. 제가 가져올게요. 앉아 계세요."

그녀는 병과 잔 하나를 가져와 꽃들 사이 바닥에 놓았다.

"당신이 나를 사랑하지 않는다는 건 알아요."

"그럼, 당신은 나보다도 더 많이 아는 거야."

그녀는 그를 흘낏 쳐다보았다. "당신도 나를 사랑하게 될 거예요."

"좋아. 그런 의미로 한잔하지."

"잠깐만요." 그녀는 잔을 채워 끝까지 들이켰다. 그리고 다시 잔을 가득 채워 그에게 건네주었다. 그는 잔을 받아 잠시 들고 있었다. 이 모든 것은 진실이 아니야 하고 그는 생각했다. 시들어 가는 밤의 어렴풋한 꿈에 불과해. 어둠 속에서 오고가는 말, 그것이 어떻게 진실이겠는가? 살아 있는 말은 많은 빛을 필요로 하지 않는가. "어떻게 당신은 그 모든 걸 잘 아는 거야?" 하고 그가 물었다.

"당신을 사랑하기 때문이에요."

어떻게 이런 말을 할 수 있을까 하고 라비크는 생각했다. 빈 그릇을 가지고 놀듯 아무 생각도 없이 말하는 것이다. 그리고 무언가를 거기에 담아 놓고는 사랑이라고 부른다. 그 접시엔 벌써 온갖 것이 다 담기지 않았던가! 고독에 대한 공포, 또 다른 자아 앞에서의 흥분, 자기감정의 상승, 희미하게 빛을 발하는 상상력! 하지만 누가 제대로 알 수 있단 말인가? 함께 늙어가는 것이라고 말했지만, 그것이야말로 세상에서 가장 어리석은 게 아닐까? 별생각 없이 내키는 대로 행동하는 이 여자가 훨씬 옳은 게 아닐까? 나는 어쩌자고 전쟁과 전쟁 사이 겨울밤에 이렇게 앉아 선생처럼 꼬치꼬치 따지고 있는가? 주저 없이 뛰어드는 대신에, 어쩌자고 저항하고만 있는가?

"왜 저항하는 거예요?" 하고 조앙이 물었다.

"뭐라고?"

"왜 저항하느냐고요?" 하고 그녀가 되풀이했다.

"나는 저항하지 않아. 내가 무엇에 저항해야 한단 말이야?"

"저는 모르겠어요. 당신 마음속엔 무언가가 닫혀 있어요. 아무것도 그리고 누구도 들어오지 못하게 하고 있어요."

"자." 하고 라비크가 말했다. "마실 걸 좀 더 줘."

"저는 행복해요. 당신도 행복했으면 좋겠어요. 저는 정말 행복해요. 당신과 함께 눈을 뜨고, 당신과 함께 잠들면 그만이에요. 다른 건 몰라요. 우리 두 사람 일을 생각하면, 내 머리는 은(銀)이 되어 버려요. 때로는 바이올린처럼 되어요. 거리는 우리 두 사람으로 가득 차요. 마치 음악으로 가득한 것처럼. 가끔은 다른 사람들이 끼어들어 참견도 해요. 영화에서처럼 장면들은 미끄러져 지나가지만, 음악은 남아요. 영원히 남아요."

불과 이삼 주 전까지만 해도 너는 불행했어 하고 라비크는 생각했다. 나를 알지도 못했고. 너무나 싸구려 행복이야! 그는 칼바도스 잔을 들이켰다. "당신은 가끔 행복한 적이 있었어?" 하고 그가 물었다.

"자주는 아녜요."

"하지만 가끔은 그랬겠지. 마지막으로 당신 머릿속이 은처럼 된 것은 언제였어?"

"그런 건 왜 묻죠?"

"그냥. 별다른 이유는 없어."

"잊었어요. 그런 건 이제 알고 싶지도 않아요. 그땐 지금과 달랐어요."

"언제나 다른 법이야."

그녀는 그에게 미소를 보냈다. 감출 것도 없고, 잎사귀도 몇 개 없는 그런 꽃처럼 환하고 개방적인 얼굴이었다. "이 년 전이었어요." 하고 그녀가 말했다. "오래가지는 않았어요. 밀라노에서였어요."

"혼자 있을 때였나?"

"아뇨. 다른 사람이 있었어요. 그 사람은 아주 불행했고, 질투만 하면서 이해하려고 하지 않았어요."

"물론 그랬겠지."

"선생님이라면 이해하셨을 거예요. 그 사람은 나한테 여러 번 못할 짓을 했어요." 그녀는 자세를 고치고, 소파에서 쿠션

한 개를 집어 허리 뒤쪽에 밀어 넣었다. 그러고는 소파에 몸을 기댔다. "그 사람은 욕을 퍼부었어요. 매춘부라고, 정절도 없고 은혜도 모른다고요. 하지만 사실이 아니에요. 그 사람을 사랑하는 동안 나는 그 사람에게 충실했어요. 내가 자기를 더 이상 사랑하지 않는다는 것을 그 사람은 이해하지 못했던 거예요."

"그런 건 결코 이해할 수 있는 게 아니지."

"그렇지 않아요. 당신이라면 이해할 거예요. 하지만 난 언제까지나 당신을 사랑할 거예요. 당신은 달라요. 그리고 우리는 모든 게 달라요. 그 사람은 나를 죽이려 했어요." 그녀는 큰 소리로 웃었다. "그 사람들은 언제나 죽이려고 했어요. 그리고 이삼 개월 후엔 다른 사람이 나를 죽이려 들었지요. 하지만 그렇게 하지는 못하더군요. 어쨌거나 당신이 나를 죽이려 드는 일은 결코 없을 거예요."

"기껏해야 칼바도스나 죽이겠지." 라비크가 말했다. "병을 이리 주지. 다행스럽게도 이야기가 점점 인간적으로 되어 가는군. 좀 전에는 정말 놀랐거든."

"당신을 사랑한다고 말해서요?"

"그런 말은 다시 안 꺼내는 게 좋겠어. 파티 치마에다 가발을 쓰고 산책하는 꼴이니 말이야. 우리는 어쨌거나 같이 있어. 오래 계속될지 어떨지는 누가 알겠어? 하지만 우리가 함께 있다는 것만으로 충분해. 그런데 왜 라벨 같은 걸 붙이겠어?"

"오래 가느냐 마느냐 하는 말은 싫어요. 그저 해 보는 말이겠죠. 당신은 나를 버리지 않을 거예요. 이것도 물론 말에 지나지 않지만요. 당신도 그건 아시죠?"

"물론 알아. 당신이 사랑했던 사람이 당신을 버린 적은 있었나?"

"있었어요." 그녀가 그를 물끄러미 쳐다보았다. "버리는 일은 다반사예요. 때로는 상대방이 이쪽보다 더 빨리 버리기도 하고요."

"그럴 때 당신은 어떻게 했지?"

"별짓 다 했어요!" 그녀는 그의 손에서 잔을 빼앗아 남은 술을 홀짝 들이켰다. "별짓 다 했어요! 하지만 아무 소용도 없었어요. 난 끔찍하게 불행했어요."

"오랫동안?"

"일주일 정도."

"길지는 않군."

"정말로 불행하면 일주일도 영원이에요. 나를 둘러싼 모든 게 불행했기 때문에, 일주일이 지나면 온통 진이 빠졌어요. 머리카락도 피부도 침대도 심지어 내 옷까지도 불행했어요. 불행으로 가득 찼기 때문에, 다른 건 있을 수도 없었어요. 그리고 다른 게 아무것도 없었기 때문에, 불행은 더 이상 불행이 아니게 되었어요. 불행과 비교할 수 있는 게 아무것도 없었기 때문이죠. 그렇게 완전한 탈진 상태가 되는 거예요. 그리고 그걸로 모든 게 끝나요. 이제 다시 천천히 살아가기 시작하는 거예요."

그녀는 그의 손에 입을 맞췄다. 입술의 느낌은 부드럽고 조심스러웠다. "무슨 생각을 하세요?" 하고 그녀가 물었다.

"아무것도." 하고 그가 대답했다. "아무것도. 다만 당신에겐 야생적인 순진무구함이 있다는 생각을 했어. 완전히 타락했으면서도 전혀 타락하지 않았거든. 세상에서 가장 위험한 거야. 잔을 이리 줘요. 인간 심리의 대가인 내 친구 모로소프를 위해 건배하고 싶어."

"전 모로소프가 싫어요. 다른 걸 위해서 건배할 수는 없을까요?"

"물론 그 친구가 마음에 들지는 않을 거야. 꿰뚫어 보니까. 그럼 당신을 위해 건배하기로 하지."

"저를 위해서요?"

"그래, 당신을 위해서!"

"전 위험한 인간이 아니에요." 하고 조앙이 말했다. "위험에 처한 인간이지, 위험한 인간은 아네요."

"당신이 그렇게 생각한다는 자체가 위험의 증거야. 어쨌거나 당신한테는 아무 일도 일어나지 않을 거야. 건배!"

"건배! 하지만 당신도 저를 이해하지 못하네요."

"대체 어느 누가 이해하고 싶겠어? 바로 거기서 세상 모든 오해가 생겨나는데. 병을 이리 줘."

"너무 많이 마셨어요. 왜 그렇게 많이 마셔요?"

"조앙." 하고 라비크가 말했다. "'이제 신물 나요!' 하고 당신이 말할 날이 올 거야. 내가 너무 많이 마신다고 당신은 말하겠지. 그러면서 내가 잘되기를 바라기 때문에 그런 거라고 당신은 생각할 거야. 하지만 사실은 당신이 감시할 수 없는 세계로 내가 달아나는 것을 막으려는 것뿐이야. 건배! 오늘을 위해서 건배. 우리는 창밖에 위협적으로 떠 있는 구름처럼 엄숙한 기분에서 잘도 빠져나왔어. 구름도 엄숙한 기분도 멋지게 때려잡은 거야. 건배!"

그는 여자가 움찔하는 것을 느꼈다. 여자는 몸을 반쯤 일으켰고 두 손으로 바닥을 짚은 채 그를 쳐다보았다. 두 눈은 크게 뜨고, 목욕 가운은 어깨에서 미끄러져 내렸고, 머리카락은 목덜미까지 흘러내려 있었다. 어둠 속에서 여자는 빛을 발하는 아주 젊은 암사자처럼 보였다. "알아요." 하고 여자가 자분하게 말했다. "당신은 나를 비웃고 있어요. 알아요. 하지만 나는 아무렇지도 않아요. 난 내가 살아 있다는 걸 느껴요. 나의 모든 것으로 그것을 느껴요. 숨 쉬는 게 달라졌어요. 나의 잠은 이제 무의미하지 않아요. 몸 관절들은 다시 뜻을 갖게 되었고, 두 손도 이제 비어 있지 않아요. 당신이 어떻게 생각하든 어떻게 말하든 상관없어요. 아무런 생각도 없이 날아가고 뛰어가고 몸을 내던질 거예요. 난 행복해요. 조심할 것도 겁낼 것도 없이 내가 행복하다는 말을 할 수 있어요. 당신이 비웃고 조롱해도 좋아요……."

라비크는 잠시 입을 다물었다. "당신을 조롱하지 않아." 이윽고 그가 입을 열었다. "나 자신을 조롱하고 있는 거야, 조앙……."

여자는 그에게 몸을 기댔다. "왜 그래요? 당신 머릿속엔 순응하지 않는 그 무언가가 있어요. 왜 그래요?"

"저항하는 건 아무것도 없어. 다만 당신보다 느릴 뿐이야."

여자는 머리를 가로저었다. "그것뿐만은 아녜요. 혼자만 갖고 싶어하는 그 무언가가 있어요. 전 느껴요. 울타리 같은 게 있어요."

"울타리는 아니야. 당신보다 십오 년 더 살았기 때문에 그
럴 뿐이지. 모든 사람들의 삶이라는 걸, 자신의 추억이라는 가
구들로 점점 더 풍성하게 장식해 나가는 집이라고 단정 지을
순 없는 거야. 그중엔 호텔에 사는 사람도 있어. 이 호텔 저 호
텔을 전전하는 사람도 있고. 세월은 호텔 문처럼 이런 사람의
뒤통수에서 쾅 하고 닫혀 버려. 단 하나 남는 것은 약간의 용
기와 후회 없는 마음뿐이지."

여자는 잠시 말문을 닫았다. 그는 여자가 자기 말에 귀를 기
울였는지 아니었는지 알 수 없었다. 그는 창밖을 내다보았다.
온몸의 혈관에서 칼바도스의 뜨거운 기운을 느꼈다. 맥박 뛰
는 소리는 침묵했고, 드넓은 정적으로 번져 나갔다. 그런 정적
속에서 끊임없이 똑딱거리는 시간의 기관총도 침묵했다. 달
이 몽롱하고 붉은 빛으로, 반쯤 구름에 가린 회교사원의 둥근
지붕이 서서히 솟아오르듯 지붕들 위로 떠올랐다. 반면에 대
지는 흩날리는 눈 속으로 가라앉았다.

"알겠어요." 하고 조앙은 두 손을 그의 무릎 위에 얹었고,
두 손으로 턱을 괴고는 말했다. "당신한테 이런 옛날이야기를
하다니 어리석지요. 감추거나 속일 수도 있었어요. 하지만 그
러고 싶진 않았어요. 저의 모든 과거를 당신한테 못 털어놓을
이유가 있을까요? 왜 그것을 심각하게 생각해야 하나요? 아
무것도 아니었다고 생각하고 싶어요. 지금 생각하니 우스꽝
스럽기만 하고, 이해할 수도 없으니까요. 당신은 그런 일을,
그리고 그런 나를 마음껏 비웃어도 좋아요."

라비크는 여자를 물끄러미 쳐다보았다. 여자의 두 무릎은 그가 국화꽃 밑으로 밀어 넣었던 신문지 위의 커다랗고 하얀 꽃들을 짓누르고 있었다. 묘한 밤이군 하고 그는 생각했다. 지금 어디선가 사람들은 총탄 세례를 받고, 내몰리고, 투옥되고, 고문당하고, 학살당하고 있을 거다. 평화로운 세상 어느 한구석이 짓밟히고 있다. 사람들은 그것을 알면서도 어쩔 도리가 없다. 그런데도 환하게 불 밝힌 술집에서는 활기가 넘치고, 아무도 그런 것을 걱정하지 않는다. 사람들은 조용히 자러 간다. 나 역시도 여기서 여자의 함께, 창백한 빛깔의 국화꽃과 칼바도스 병 사이에 앉아 있다. 사랑이라는 환영(幻影)이 부르르 떨며, 낯선 슬픔에 잠겨 나타난다. 그녀 또한 고독한 모습으로 등장한다. 과거의 안전했던 정원들에서 쫓겨난, 수줍고 거칠고 성급한 피난자로서. 아무런 권리도 없이…….

"조앙." 하고 그는 천천히 입을 열었다. 전혀 다른 말을 하고 싶었다. "당신이 여기 있어서 좋아."

여자가 그를 쳐다보았다.

그는 여자의 손을 잡았다. "그게 무슨 의미인지 알겠어? 천 마디 말보다……."

여자는 고개를 끄덕였다. 갑자기 여자의 두 눈에 눈물이 가득 괴었다. "아무 의미도 없겠죠." 하고 여자가 말했다. "알아요."

"그렇지 않아." 라비크가 대꾸했다. 하지만 여자의 말이 옳다는 걸 알았다.

"없어요. 아무 의미도. 하지만 당신은 저를 사랑해 주셔야 해요, 당신은, 그것뿐예요.”

그는 대답하지 않았다.

“당신은 저를 사랑해 주셔야 해요.” 하고 여자가 되풀이했다. “안 그러면 전 끝장이에요.”

끝장이라고…… 하고 그는 생각했다. 이런 말을 이렇게 쉽게 하다니! 정말로 끝장난 사람은 할 말이 없는 법이다.

12

"내 다리를 잘랐어요?" 하고 자노가 물었다. 그의 마른 얼굴은 핏기가 없어 낡은 집 벽처럼 희었다. 주근깨들이 시커멓게 돋아 있어서, 원래부터 얼굴에 있던 게 아니라 페인트로 칠을 한 것처럼 보였다. 절단된 다리는 철사로 엮은 바구니에 들어 있었고, 그 위를 담요가 덮고 있었다.

"아프니?" 라비크가 물었다.

"네. 다리가, 다리가 몹시 아파요. 간호사한테 물어봤지만, 무뚝뚝하게 말해 주지도 않았어요."

"다리를 잘랐단다." 라비크가 말했다.

"무릎 위요, 아니면 아래요?"

"10센티미터 위야. 무릎은 으스러져서 살릴 수 없었어."

"잘됐네요." 자노가 말했다. "그러면 보험회사에서 10퍼센트 정도 더 받을 수 있어요. 아주 잘됐어요. 무릎 위든 아래든 의족인건 마찬가지니까요. 하지만 매달 15퍼센트씩 더 받는다는 건 다행이에요." 소년은 잠시 망설였다. "하지만 어머니한테는 당분간 말씀드리지 말아 주세요. 뭉툭하게 잘린 자리에다 이렇게 앵무새 새장을 씌워 놓았으니 안 보시는 게 나아요."

"어머니한테는 아무 말도 안 할 거야, 자노."

"보험회사는 평생 동안 연금을 지불해야 하죠. 안 그래요?"

"그럴 거야."

치즈 색 얼굴이 찡그린 상이 되었다. "그자들은 놀랄 거야. 내가 겨우 열세 살이라, 오랫동안 지불해야 하니까. 어떤 보험 회산지 아세요?"

"아직 몰라. 하지만 자동차 번호는 안단다. 네가 기억을 해 두었잖아. 경찰이 벌써 다녀갔어. 너한테 묻고 싶어 했어. 하지만 넌 오늘 아침까지 자고 있었어. 경찰은 오늘 저녁에 다시 올 거야."

자노는 곰곰이 생각에 잠겼다. "증인이 문제예요." 이윽고 소년이 말했다. "증인이 중요해요. 증인이 있을까요?"

"네 어머니에게 두 사람 주소가 있는 것 같았어. 손에 쪽지를 들고 있던데."

소년은 조바심을 했다. "어머니는 그걸 잃어버릴 거예요. 안 잃어버렸어야 할 텐데. 노인네들은 다 그래요. 어머니는 지금 어디 계시죠?"

"네 어머니는 밤을 새고 오늘 점심때까지 침대 곁에 계셨어. 돌아가 계시라고 우리가 말씀드렸지. 아마 곧 오실 게다."

"아직 잃어버리시지 않았어야 할 텐데. 경찰은……." 그는 깡마른 손으로 가냘픈 몸짓을 해 보였다. "사기꾼이에요." 하고 소년이 중얼거렸다. "모두 사기꾼이라고요. 보험회사랑 짝짜꿍이에요. 그래도 확실한 증인만 있다면……. 어머니는 언제 돌아오실까요?"

"곧 오시겠지. 어쨌든 그런 것 때문에 흥분하면 안 돼. 모든 게 순조로울 거야."

자노는 입안에서 무언가를 씹기라도 하듯이 입을 움직거렸다. "보험회사는 일시불로 지불할 때도 있어요. 타협을 해서 연금 대신으로요. 그러면 우리는 그걸로 장사를 시작할 수 있어요. 어머니와 내가."

"당분간은 푹 쉬도록 해." 하고 라비크가 말했다. "그런 건 나중에도 얼마든지 생각할 수 있어."

소년은 고개를 가로저었다. "정말이야." 하고 라비크가 되풀이했다. "경찰이 왔을 때 기운을 내야 하잖아."

"그래요. 맞아요. 그럼 어떻게 하면 될까요?"

"자야지."

"하지만 그러면……."

"널 깨워 줄 거야."

"붉은빛, 틀림없이 붉은빛이었어요."

"틀림없어. 그럼, 이제 자도록 해. 필요하면 이 단추를 누르고."

"선생님……."

라비크는 몸을 돌렸다.

"모든 게 잘되면……." 자노는 베개를 베고 누웠다. 미소와 같은 그 어떤 것이 소년의 조숙하고 일그러진 얼굴 위로 스쳐 지나갔다. "가끔 운수가 좋을 때도 있어요. 그렇죠?"

저녁 날씨는 축축하고 따뜻했다. 조각구름들이 도시 위를 낮게 흘러갔다. 푸케 레스토랑 앞에는 둥그런 석탄 난로가 설치되어 있었고, 그 주위에 탁자 두서너 개와 의자가 놓여 있었다. 그중 한 의자에 모로소프가 앉아 있었다. 그가 라비크에게 손짓을 했다. "이리 와, 같이 한잔하세."

라비크는 그의 곁에 앉았다. "우린 너무 방구석에만 틀어박혀 있어." 하고 모로소프가 말했다. "자네 그런 생각 안 들었나?"

"자넨 방구석이 아니지. 늘 셰에라자드 앞의 거리에 서 있잖아."

"이보게, 그런 쓸데없는 말은 집어치워. 나는 밤마다 셰에라자드로 통하는, 두 다리를 가진 문이 되는 거야. 하지만 바깥에서 사는 인간은 아니야. 우리는 지나치게 방 안에만 처박혀 있어. 지나치게 방 안에서만 생각하고, 방 안에서만 살아가고, 방 안에서만 절망한단 말이네. 바깥에서 절망할 수는 없단 말인가?"

"방법이라도 있나!" 라비크가 대꾸했다.

"너무 방구석에만 처박혀 있기 때문에 그렇게 된 거야. 밖에서 사는 게 습관이 되면, 그렇지는 않을 거야. 부엌 딸린 방 두 개 아파트가 아니라, 자연 속에서라면 좀 더 우아하게 절망할 테지. 더욱 안락하게 말이지. 반박은 말게! 반박은 유럽 정신의 편협함을 말해 줄 뿐이야. 그래, 내 주장이 꼭 옳다는 건 아니네. 오늘은 내가 쉬는 날이라 삶을 느끼고 싶은 거야. 어쨌든 우리는 너무 방구석에만 틀어박혀 마시고 있네.”

“너무 방 안에서만 오줌을 누지.”

“비꼬는 건 그만두게. 생이란 실은 단순하고 진부해. 우리 상상력이 비로소 거기에다 생명을 부여하는 걸세. 상상력은 바지랑대로부터 펄럭이는 꿈의 깃대를 만들어 내는 거네. 안 그런가?”

“그렇지 않아.”

“물론 아닐 테지. 나도 옳은 말을 하겠다고 한 건 아니야.”

“자네가 옳아.”

“그건 그렇고, 친구. 우린 또 너무 방 안에서만 자고 있어. 우리는 가구가 되고 말았어. 돌로 만든 집에 살면서 우리는 기가 죽었네. 우리는 걸어 다니는 소파, 화장대, 금고, 임대계약서, 월급쟁이, 냄비, 걸어 다니는 수세식 화장실이 되고 만 거야.”

“맞았어. 걸어 다니는 당헌(黨憲), 걸어 다니는 군수공장, 걸어 다니는 맹아 학교, 걸어 다니는 정신병원이지.”

“자꾸 그렇게 말문을 막을 건가. 술이나 퍼마시고, 입 다물고 살게. 이 메스를 든 살인자야. 우리가 어떤 꼴이 되었는지 잘 보란 말이야! 내가 아는 한, 고대 그리스 사람들에게만 술과 인생의 기쁨을 위한 신들이 있었어. 바쿠스와 디오니소스지. 그 대신 우리에겐 프로이트와 열등의식 그리고 정신분석이 있지. 우리는 사랑의 영역에서는 큰소리를 내는 걸 두려워하지만, 정치 영역에서는 너무도 큰소리를 내고 있네. 슬픈 족

속들이야!" 모로소프는 눈을 끔벅였다.

라비크도 눈을 끔벅였다. "자넨 꿈을 지닌 용감하고 늙은 풍자가야." 하고 그가 말했다.

모로소프는 씽긋이 웃었다. "자넨 환상을 모르는, 지상에서 잠시 동안 라비크라고 불리는 가련한 낭만주의자야."

"아주 짧은 동안이지. 이름으로 말할 것 같으면 지금은 벌써 나의 세 번째 인생일세. 그런데 이건 폴란드 보드카가?"

"에스토니아 산이야. 리가에서 온 최상품이지. 한잔 들게. 그리고 느긋하게 여기 앉아서 세상에서 제일 아름다운 거리를 바라다보며, 이 부드러운 저녁을 찬양하고 절망이란 놈의 낯짝에 침이나 뱉기로 하자고."

석탄 난로의 불이 탁탁 소리를 냈다. 바이올린을 든 사내가 인도 가장자리에 자리를 잡고는 「나의 금발 처녀 곁에서」를 연주하기 시작했다. 행인들이 그와 부딪쳤다. 활은 끽끽거리면 긁는 소리를 냈지만, 사내는 자기 혼자 있기라도 한 듯 연주를 계속했다. 메마르고 공허한 소리였다. 바이올린이 얼어붙은 듯했다. 두 모로코인이, 탁자 사이를 돌아다니면서 빛깔이 현란한 인조견 양탄자를 팔았다.

신문팔이 애들이 가판을 들고 다가왔다. 모로소프는《파리 수아르》와《엥트랑시앙》을 샀다. 그리고 대충 제목만 훑어보고는 옆으로 치워 놓았다. "화폐 위조범이 날뛰는 세상이야." 하고 그는 투덜댔다. "우리가 화폐 위조 시대에 살고 있다는 걸 자넨 생각한 적 있나?"

"그런 적 없어. 난 통조림 시대에 살고 있다고 생각했지."

"통조림이라고? 어째서?"

라비크는 신문을 가리켰다. "우린 더 이상 아무것도 생각할 필요가 없어. 만사가 미리 짜 놓은 거고, 미리 씹어 놓은 거고, 미리 느낀 것뿐이야. 통조림이야. 열기만 하면 되는 거지. 하루에 세 번씩 집으로 배달되니까. 자기가 재배하고 길러서, 질문과 의심과 그리움의 불에 올려놓고 끓이는 일은 이제 없어졌어. 그러니 통조림이지." 그는 씩 웃었다. "우리는 편하게 사는 게 아니야, 보리스. 값싸게 살고 있을 뿐이야."

"우린 화폐 위조범으로 살고 있어." 모로소프는 신문을 치켜들었다. "이것 좀 보라고. 놈들은 무기 공장을 세우면서 평화를 원하기 때문에 그렇게 하는 거고, 강제수용소를 만드는 건, 진리를 사랑하기 때문이라고 말해. 정의는 모든 당파적인 미친 지랄을 덮어 주는 가면이 되어 버렸어. 정치 깡패들은 구세주가 되었고, 자유는 모든 권력 욕구를 변호하는 큰소리가 되고 말았어. 위조지폐! 정신의 위조지폐란 말이야! 사기 선전이고, 조잡한 마키아벨리즘이야. 암흑 세계의 손아귀에서 노는 관념주의란 말이야! 최소한 정직하기라도 했으면……." 그는 신문을 꾸깃꾸깃 뭉쳐서 내던졌다.

"아마도 우리는 방 안에서 신문을 너무 많이 읽는 모양이야." 하고 라비크는 말했다.

모로소프는 큰소리로 웃었다. "그건 그래. 밖에서라면 저런 건 불을 지피는 데 필요할……."

모로소프는 갑자기 말을 멈추었다. 라비크가 그의 곁에 없었던 것이다. 그는 벌떡 일어나 카페 앞 혼잡한 인파를 헤치고 조르주5세 거리 방향으로 내달리고 있었다.

모로소프는 깜짝 놀라 잠시 그대로 앉아 있었다. 그러고는 주머니에서 돈을 꺼내 유리잔들을 받쳐 놓은 사기 접시들 중 하나에다 내던지고 라비크 뒤를 쫓아갔다. 무슨 일이 벌어졌는지 몰랐지만, 필요한 경우에 어쨌든 도와줄 수 있도록 그를 뒤쫓았다. 경찰은 보이지 않았다. 사복형사가 라비크 뒤를 쫓고 있는 것 같지도 않았다. 보도는 사람들로 가득했다. 그에게는 잘된 일이야 하고 그는 생각했다. 경관이 그를 다시 알아본다 하더라도 쉽게 달아날 수 있었다. 조르주5세 거리까지 왔을 때 비로소 라비크의 모습이 보였다. 그 순간 교통신호가 바뀌었고, 막혀 있던 자동차들이 질주하기 시작했다. 라비크는 그럼에도 길을 건너려 했다. 택시 하나가 하마터면 그를 칠 뻔했다. 운전사는 노발대발했다. 모로소프는 등 뒤에서 라비크의 팔을 붙잡고 뒤로 잡아챘다. "자네 미쳤어?" 하고 그는 소리를 질렀다. "자살이라도 할 생각이야! 무슨 일인가?"

라비크는 대꾸하지 않았다. 다만 길 건너편을 노려보기만 했다. 자동차들은 꼬리에 꼬리를 물고 내달렸다. 네 줄이었다. 길을 건넌다는 건 불가능했다. 라비크는 보도 가장자리에 서서 몸을 앞으로 수그린 채 건너편을 뚫어져라 쳐다보았다.

모로소프가 그를 흔들었다. "무슨 일인가? 경찰인가?"

"아니." 라비크는 달려 지나가는 자동차들에서 눈을 떼지 않았다.

"그럼 왜 그래? 무슨 일인가, 라비크?"

"하케였어……."

"뭐라고?" 모로소프의 눈이 실낱같이 오므라졌다. "어떤 꼴을 하고 있던가? 얼른 말하게!"

"회색 외투……."

교통순경의 날카로운 호각 소리가 샹젤리제 한가운데로부터 들려왔다. 라비크는 마지막으로 지나가는 차들 사이를 뚫고 달렸다. 짙은 회색 외투. 그가 아는 것은 그게 전부였다. 그는 조르주5세 거리와 바사노 거리를 건넜다. 갑자기 회색 외투를 입은 사람들이 수십 명이나 보였다. 그는 욕설을 내뱉으며 될 수 있는 대로 빨리 달려갔다. 가빌레 거리에서 교통이 차단되었다. 그는 급히 그곳을 건넜고, 혼잡한 인파를 다짜고짜 뚫으며 샹젤리제를 따라 내달렸다. 프레스브르 거리까지 와서 네거리를 건너고는 갑자기 멈추어 섰다. 그의 앞에 에투알 대광장이 나타났다. 혼잡하고, 차들은 가득하고, 길들은 사방으로 뚫려 있었다. 틀렸어! 이제 찾아낼 도리는 없어.

그는 돌아섰다. 그래도 군중의 얼굴을 천천히 그리고 조심스럽게 살폈다. 흥분은 가라앉았다. 맥이 탁 풀렸다. 또다시 잘못 보았거나, 아니면 하케 놈이 다시 내 손에서 벗어난 것이다. 하지만 두 번씩이나 잘못 볼 턱이 있단 말인가? 두 번이나 땅 위에서 사라질 수 있단 말인가? 그곳에 골목길은 많았다. 하케는 그런 골목길로 들어갔는지도 모른다. 그는 프레스브르 거리를 훑어보았다. 북적이는 자동차와 사람들, 붐비는 저녁 시간이었다. 이런 복잡한 거리에서 더 찾아본다는 건 소용없는 일이었다. 이번에도 너무 늦었다.

"못 찾았어?" 하고 물으며 모로소프가 다가왔다.

라비크는 고개를 흔들었다. "아마 또 허깨비를 본 모양이야."

"그놈을 알아본 거야?"

"그렇다고 생각했어. 아까까지도 말이야. 하지만 지금은…… 뭐가 뭔지 모르겠어."

모로소프가 그를 쳐다보았다. "비슷한 얼굴은 얼마든지 있는 법이야, 라비크."

"그래. 하지만 절대로 잊어버릴 수 없는 얼굴도 있어."

라비크는 제자리에 멈추어 서 있었다. "뭘 하려는 거지?" 모로소프가 물었다.

"모르겠어. 이제 뭘 할 수 있겠나?"

모로소프는 북적거리는 인파를 우두커니 바라보았다. "제기랄! 하필 이런 시간이라니! 퇴근 시간 아닌가. 온통 뒤범벅이라……."

"그래……."

"게다가 어둑어둑해! 자네 그놈을 똑똑히 보긴 했어?"

라비크는 대답하지 않았다.

모로소프가 그의 팔을 잡았다. "이봐." 하고 그가 말했다. "이 골목 저 골목 뛰어다녀 봤자 허사야. 한군데서 찾고 있으면, 다른 곳에 있지 않을까 조바심이 날 뿐이야. 글렀어. 푸케로 돌아가세. 그곳이 적당해. 이리저리 뛰어다니기보다는 거기 앉아서 찾는 게 나을 거야. 놈이 돌아온다면 그곳에서 쉽게 알아볼 수 있어."

그들은 보도 가장자리에 놓인 사방이 환히 보이는 탁자에 앉았다. 시간이 꽤나 흘렀다. "그놈을 만나면 어떻게 할 건가?" 하고 모로소프가 이윽고 물었다. "생각해 보지 않았나?"

라비크가 머리를 가로저었다.

"잘 생각해 보게. 미리 생각해 두는 게 좋아. 갑작스레 만나 멍청한 짓을 한다면 우습게 되는 거야. 특히 자네 경우는 더 그래. 및 년산 심복밀이길 생식는 없을 테니 빌이나."

라비크는 얼굴을 들었지만 아무 대답도 하지 않았다. 모로소프를 뻔히 쳐다보기만 했다.

"난 아무래도 좋아." 모로소프가 말했다. "내 경우에는 말이야. 하지만 자네는 달라. 그놈이 정말 하케였고 자네가 놈을 저쪽 모퉁이에서 붙잡았다면, 자넨 어떻게 할 참이었나?"

"모르겠어, 보리스. 정말 모르겠어."

"몸에 지닌 게 아무것도 없지, 안 그래?"

"그래."

"자네가 다짜고짜 달려들었다면, 사람들은 곧장 둘을 떼어 놓고 말았을 거야. 그러면 자넨 지금쯤 경찰서에 가 있을 거고, 놈은 한두 군데 멍이나 들었겠지, 알겠어?"

"알겠어." 라비크는 길 쪽만 뚫어지게 쳐다보았다.

모로소프는 곰곰이 생각하며 말했다. "기껏해야 네거리에서 놈을 자동차 밑으로 밀어 넣는 정도겠지. 그것도 확실한 방법은 아냐. 한두 군데 생채기나 내겠지."

"자동차 밑으로 밀어 넣지는 않겠네." 라비크는 계속해서 길을 쳐다보며 대꾸했다.

"그래. 나라도 그렇게 하진 않겠어."

모로소프는 잠시 침묵하다 다시 입을 열었다. "라비크, 만일 그놈이 정말 그놈이었고, 자네가 또 놈을 만난다면 무조건 확실하게 해야 해. 알겠어? 기회는 단 한 번뿐이니까."

"응, 알아." 라비크는 여전히 길만 응시했다.

"놈을 보거든 우선 놈의 뒤를 밟아. 딴짓하면 안 돼. 따라가기만 해. 그래서 놈이 사는 데를 알아내는 거야. 절대로 다른 짓은 하지 말게. 다른 모든 건 나중에 생각하고. 여유를 둬야 해. 멍청한 짓 하지 말게, 알겠나?"

"알았어." 라비크는 넋이 빠진 듯 길만 지켜보았다.

유향수(乳香樹) 열매 장사가 탁자 쪽으로 다가왔다. 장난감 쥐를 손에 든 사내아이가 그 뒤를 따라왔다. 꼬마는 대리석 탁자 위에서 쥐를 춤추게 하고, 자기 소매로 기어오르게 했다. 바이올린 켜는 늙은이가 두 번째 나타났다. 이번에는 모자를 쓰고 있었고, 「내게 사랑을 속삭여 다오」를 연주했다. 코가 매독 환자 같은 한 노파는 오랑캐꽃을 사라고 들이밀었다.

모로소프는 시계를 들여다보았다. "벌써 8시군." 하고 그가 말했다. "더 기다려도 소용없어, 라비크. 우린 여기 벌써 두 시간 이상 앉아 있었어. 놈은 이 시각엔 안 돌아올 거야. 프랑스에 사는 인간들은 이 시각엔 모두 저녁을 먹잖아."

"걱정 말고 가 보게, 보리스. 자네가 뭐 때문에 같이 있어야 한단 말인가?"

"말도 안 되는 소리. 난 원하는 만큼 자네하고 여기 앉아 있을 수 있어. 자네가 정신이 나가 엉뚱한 짓을 저지르지 않기를 바라네. 하지만 자네가 몇 시간이고 여기에 앉아 있는 건 무의미해. 어디에 있든 놈을 만날 가능성은 똑같아. 아니, 음식점이나 나이트클럽이나 유곽에서 놈을 만날 가능성이 더 크지."

"알겠어, 보리스."

모로소프는 털이 수북하고 커다란 자기 손을 라비크의 팔에다 얹었다. "라비크." 하고 그가 말했다. "내 말 잘 들어. 자네가 그놈을 만날 운명이라면, 그놈을 꼭 만나게 될 거야. 그렇지 않다면 자넨 몇 년이고 기다려야지. 내 말 알겠어? 어디서나 눈을 크게 뜨고 다니게. 그리고 만일의 사태에 대비해. 그렇지만 한편으론 잘못 본 게 아닌가 하고 살아가도록 하게. 자넨 아마도 그렇게 하고 있을 테지. 자네가 할 수 있는 건 그것뿐이야. 안 그러면 자네는 몸을 버리게 될 거야. 나도 그런 경험을 했으니까. 이십 년 전 이야기지만, 아버지를 죽인 놈들 중 한 놈을 보았다고 늘 생각했어. 하지만 망상이었어." 그는 잔을 비웠다. "빌어먹을 망상이었지. 자, 이제 같이 가세. 어디가서 뭘 좀 먹도록 하지."

"먼저 먹으러 가게, 보리스. 난 나중에 가겠어."

"자네는 계속 여기에 앉아 있을 텐가?"

"조금만 더 있겠네. 그리고 호텔로 갈 거야. 거기서 할 일이 좀 있어."

모로소프는 그를 물끄러미 쳐다보았다. 라비크가 호텔에서 무엇을 하려는지 알았다. 그가 더 이상 말릴 수 없다는 것도 알았다. 이건 라비크 혼자만의 일이다. "좋아." 하고 그가 말했다. "난 메르마리로 갈 거네. 그 후엔 부빌슈키에 있을 거야. 전화하거나 찾아오게." 그는 짙은 눈썹을 치떴다. "위험을 감수하지는 말게. 쓸데없는 영웅이 되어선 안 돼! 빌어먹을 멍청한 짓 하지 마. 확실히 도망칠 수 있을 때만 쏘라고. 어린애 장난도, 갱 영화도 아니니까 말이야."

"알았어, 보리스. 걱정 말게."

라비크는 호텔 앙테르나쇼날에 갔다가 곧 되돌아 나왔다. 도중에 호텔 미랑을 지났다. 시계를 보았다. 8시 30분이었다.

그녀가 그를 보고 놀라 말했다. "라비크, 당신이 어떻게 여길 다 오셨죠?"

"어쩌다가……."

"여기 오신 적은 한 번도 없었어요, 알아요? 저를 데려다준 후로 말예요."

그는 멍하니 미소 지었다. "그랬군, 조앙. 우린 이상하게 살고 있군."

"그래요. 두더지나 박쥐 같아요. 부엉이 같기도 하고. 어두워져야만 만나니 말예요."

그녀는 유연하고 보폭이 넓은 걸음으로 방 안을 왔다 갔다 했다. 짙은 푸른색 가운을 입고 있었는데, 남자 옷처럼 재단된 것으로, 허리띠를 단단히 졸라매고 있었다. 셰에라자드에서 입는 검은 야회복은 침대 위에 있었다. 그녀는 아주 아름다웠고, 아득히 떨어져 있는 것 같았다.

"아직 안 나가도 돼, 조앙?"

"아직 멀었어요. 삼십 분 후에 나가면 돼요. 지금 시간이 저한테는 가장 좋아요. 나가기 전 한 시간 정도요. 제가 뭘 가지고 있는지 보여 드릴게요. 커피와 세상 모든 시간을 가졌거든요. 게다가 당신까지 오셨고, 칼바도스도 있어요."

그녀는 병을 가져왔다. 그는 그것을 받아 마개를 열지 않고 그대로 책상 위에 놓았다. 그리고 조심스럽게 그녀의 두 손을 잡았다. "조앙." 하고 그가 말했다.

여자의 눈에서 빛이 사라졌다. 그녀가 그에게로 바싹 다가섰다. "어서 맘씀하세요. 무슨 일인지……."

"왜 그래? 내가 어쨌다고?"

"무슨 일이 있어요. 당신이 이럴 때면 꼭 무슨 일이 있어요. 그래서 오신 거죠?"

그는 여자가 두 손을 빼내려 한다는 것을 느꼈다. 여자는 미동도 하지 않았다. 두 손도 움직이지 않았다. 다만 그 손 안에 있는 무언가가 자기한테서 빠져나가려는 것 같았다. "오늘 저녁엔 오면 안 돼, 조앙. 오늘, 그리고 아마 내일도, 아니, 이삼 일은 안 돼."

"병원에 있어야 하나요?"

"아니, 좀 다른 일이야. 말할 순 없어. 우리 둘과 관계되는 일은 아니야."

여자는 잠시 꼼짝도 하지 않았다. "좋아요." 하고 여자가 이윽고 말했다.

"이해하겠어?"

"아뇨. 하지만 당신 말이니 정말이겠죠."

"화나지 않아?"

여자가 그를 빤히 쳐다보았다. "세상에, 라비크, 무슨 일이 있다 하더라도, 내가 어떻게 당신한테 화를 내겠어요?"

그는 얼굴을 들었다. 어떤 손이 자신의 심장을 꾹 누르는 것 같았다. 조앙은 아무 뜻 없이 말했지만, 그녀의 어떤 행동도 그 말 이상으로 그의 심장을 때릴 수는 없었을 것이다. 그녀가 밤마다 무슨 소리를 지껄이거나 속삭여도 그는 대부분 기억하지 못했다. 창밖에서 아침이 잿빛으로 동 트기 시작하면 거의 다 잊어버렸던 것이다. 그녀가 자기 옆에 쪼그리고 있거나 누워 있을 때의 황홀감은 그녀 자체에 대한 황홀감이라는 것을 그는 알았다. 그리고 그것을 순간의 도취 그리고 빛을 발하는 고백이라 생각했고, 그 이상으로는 결코 생각하지 않았다. 그런데 이제 처음으로, 빛이 숨바꼭질하고 있는 눈부신 구름들 사이로 갑자기 초록과 갈색으로 빛나는 대지를 내려다본 비행사처럼, 그는 그 이상의 것을 보았던 것이다. 그는 황홀 속에서 헌신을, 도취 속에서 감정을, 요란한 말 속에서 소박한 신뢰를 보았다. 그는 불신과 의문과 몰이해를 예상했으며, 이런 것을 기대하지는 않았다. 사실을 보여 주는 것은 언제나 작은 것들이며, 결코 커다란 것들이 아니다. 커다란 것들은 연극적인 몸짓과 거짓에 대한 유혹과 너무도 가까운 법이다.

공간. 호텔의 한 공간. 트렁크, 침대, 불빛, 창 너머엔 밤과 과거라는 검은색 황무지가 펼쳐져 있다. 그리고 여기에 회색 눈과 높다란 이마와 대담하게 물결치는 머리카락을 가진 밝은 얼굴이 있다. 하나의 생명, 나긋나긋한 생명이, 한 그루 협

죽도가 빛을 향하듯이, 자신을 활짝 연 채 그를 향하고 있다. 바로 여기에, 거기에 서 있었다. 잠자코 기다리며 이렇게 소리쳤다. 저를 받아 주세요! 저를 붙들어 주세요! 아니, 나는 벌써 오래전에, 내가 널 붙들어 주마 하고 말하지 않았던가?

그는 일어섰다. "잘 자요, 조앙."

"안녕히 가세요, 라비크."

그는 카페 푸케 앞에 앉아 있었다. 이전과 같은 탁자였다. 복수에 대한 희망이라는 어렴풋한 별 단 하나만 밝혀 놓은 채, 과거라는 어둠 속에 파묻혀 벌써 몇 시간째 그곳에 앉아 있었다.

그는 1933년 8월에 체포되었다. 그는 게슈타포에 쫓기는 두 친구를 자기 집에 두 주간 숨겨 주었고, 이어서 그들의 탈출을 도와주었던 것이다. 그중 한 친구는 1917년 플랑드르의 빅스코터에서 라비크의 생명을 구해 주었다. 아무도 없는 곳에서 쓰러져 서서히 피를 흘리며 죽어 가던 그를, 기관총 엄호 사격을 받아 업어 왔던 것이다. 두 번째 친구는 여러 해 동안 사귀었던 유대인 작가였다. 라비크는 끌려가 심문을 받았다. 그들은 두 사람이 어떤 방향으로 도망쳤는지, 어떤 증명서를 가지고 있었는지, 도중에 누가 그들을 도울 것인지를 알아 내려 했다. 하케가 그를 심문했다. 첫 번째 인사불성에서 깨어난 순간 그는 하케의 피스톨을 빼앗아 쏘아 죽이거나 때려죽이려 했다. 하지만 그 순간 그는 쾅 소리와 함께 붉은 암흑 속으로 빠져들고 말았다. 무장한 억센 사내 네 명과 맞서는 건 헛일이었다. 사흘간의 실신 상태에서 서서히 깨어나고, 미칠 듯한 고통에서 벗어나자 하케의 차갑게 미소 짓는 얼굴이 떠올랐다. 사흘간 똑같은 질문이 반복되었고, 사흘간 똑같은 그 몸뚱이는 만신창이가 되어 고통마저 거의 느낄 수 없었다. 그렇게 사흘째 되던 날 오후에 여자[11])가 불려왔다. 그녀는 아무것도 몰랐다. 여자가 실토하도록, 그를 여자에게 보였던 것이다. 그녀는 하릴없이 빈둥거리는 생활을 해 온, 사치스럽고 아름다운 여자였다. 그는 그녀가 비명을 지르다 기절하리라 생각했다. 그러나 그녀는 실신하지 않았다. 고문하는 놈들을 향해 덤벼들었고, 생명을 위태롭게 하는 욕설을 퍼부었다. 그녀의 생명을 좌우하는 위험한 말이었다. 그녀도 그것을 알았다. 하케는 더 이상 미소 짓지 않았다. 그는 심문을 중단했다. 다음 날 놈은 라비크에게, 그가 불지 않으면 여자수용소에 있는 그녀에게 무슨 일이 일어날지를 말해 주었다. 라비크는 대답하지 않았다.

라비크는 아무것도 불지 않았다. 불 것이 없었기 때문이다. 그는 하케에게 그 여자는 아무것도 모른다는 것을 설득하려 했다. 그는 여자를 피상적으로밖에 모르고, 여자는 그의 생활에 있어서 아름다운 그림 한 폭에 불과했으며, 자기가 여자의 어떤 점을 믿고 고백하고 말고 할 것이 전혀 없다는 점을 이야기했다. 그 모든 건 사실이었다. 하케는 미소만 지을 따름이었다. 사흘 후 그녀가 죽었다. 여자 강제수용소에서 목을 매었던 것이다. 그다음 날 도망자들 중 한 사람이 붙들려 왔다. 유

---

11) 라비크의 애인, 시빌을 가리킨다.

대인 작가였다. 라비크가 그를 만났지만, 그를 알아볼 수 없었다. 목소리를 들어도 구분할 수 없었다. 하케의 심문은 일주일간 계속되었고, 결국 그 작가는 죽고 말았다. 그러고 나서 라비크는 강제수용소로 옮겨졌다. 그리고 병원에 있게 되었고, 그 병원에서 도망쳐 나왔던 것이다.

달은 개선문 위에 은빛으로 걸려 있었다. 샹젤리제의 가로등이 바람에 흔들거렸다. 가로등의 강렬한 불빛이 탁자 위 유리잔들에 비쳤다. 이 잔도, 저 달도, 거리도, 오늘 밤도 현실처럼 느껴지지 않았다. 또 다른 삶, 또 다른 별에서 언젠가 한번 지나갔기라도 한 것처럼 낯설면서도 친숙해 보이는 이 순간도 마찬가지로 꿈이었다. 이제 사라졌고, 가라앉았으며, 살아 있으면서 동시에 죽어 버린, 하지만 내 머릿속에만은 지금도 인광을 발하며, 말이라는 것으로 석화되어 버린, 지난 여러 해 동안의 기억도 꿈이기는 마찬가지였다. 내 혈관의 어둠 속을 통해, 쉬지도 않고 37.6도를 유지하며, 약간의 소금 맛을 내며 흐르고 또 흐르는 액체, 비밀스러운 피 4리터, 이것도 꿈인 것이다. 기억이라고 불리는 중추신경의 반사작용, 눈에 보이지 않는 허무의 저장고, 연년세세 떠오르는 별과 별, 어떤 것은 밝게 빛나고 어떤 것은 베리 거리 위의 화성처럼 핏빛이다. 어떤 것들은 어슴푸레하게 빛나며 얼룩으로 가득하다. 기억의 하늘, 그 아래에서 현재는 혼돈의 생활을 영위하고 있는 것이다.

복수라는 초록 불빛. 깊은 밤 달빛 그리고 자동차들의 소음

속에서 조용히 유영(遊泳)하는 도시. 줄지어 늘어선 집들, 거리를 따라 끝없이 이어진 창문들의 행렬, 그리고 그 뒤에 갇힌 운명들. 수백만 인간들의 심장 고동, 수백만 대의 모터인 양 중단 없는 심장의 고동. 그것들은 인생의 여정을 따라 천천히 또 천천히 나아간다. 한 번 고동칠 때마다 조금씩 죽음으로 다가간다.

그는 자리에서 일어섰다. 샹젤리제 거리는 거의 텅 비어 있었다. 길모퉁이마다 몇몇 매춘부들이 어슬렁거릴 뿐이었다. 그는 길을 따라 내려갔다. 피에르샤롱 거리, 마루뵈프 거리, 마리니앙 거리를 지나, 롱포앙까지 갔다가, 그곳에서 되돌아서서 개선문으로 나왔다. 그는 쇠사슬 울타리를 넘어서 무명용사의 묘소 앞에서 멈추었다. 어둠 속에서 작고 푸른 불빛이 흔들거렸다. 그 앞에는 시든 화환이 놓여 있었다. 그는 개선문 광장을 가로질러, 그 앞에서 하케를 보았다고 생각했던 술집으로 갔다. 택시 운전사가 몇 명 앉아 있었다. 그는 앞서 앉았던 창가에 자리를 잡고 커피를 마셨다. 밖의 거리에는 인적이 없었다. 운전사들은 히틀러에 대해 이야기하고 있었다. 그들은 히틀러를 가소롭게 보았고, 만일 그놈이 마지노선에 접근한다면 금방 끝장날 거라고 예언했다. 라비크는 길을 응시했다. 나는 뭐 때문에 여기 앉아 있는 걸까? 파리 어디에 앉아 있어도 마찬가지 아닌가. 기회는 어디에서나 똑같다. 그는 시계를 보았다. 3시 조금 전이었다. 너무 늦었다. 하케는, 그놈인게 맞다면, 이 시각에 거리를 돌아다니지는 않을 것이다.

밖에서 매춘부가 어슬렁거리는 것이 보였다. 여자는 창문

안을 들여다보곤 그대로 지나갔다. 저 여자가 되돌아오면 가는 거다 하고 그는 생각했다. 매춘부는 되돌아왔다. 그는 가지 않았다. 다시 돌아오면 틀림없이 간다고 그는 결심했다. 그렇게 되면 하케는 파리에 없는 것이다. 매춘부는 되돌아왔다. 그에게 고갯짓을 하고는 지나갔다. 그는 자리에 그대로 앉아 있었다. 매춘부는 다시 한 번 돌아왔다. 그래도 그는 일어서지 않았다.

웨이터가 의자를 탁자 위에 올려놓았다. 운전사들은 계산을 하고 술집을 나갔다. 웨이터는 키운터 위에 있는 불을 껐다. 실내는 얼룩덜룩한 어둠 속으로 가라앉았다. 라비크는 사방을 둘러보았다. "계산요." 하고 그가 말했다.

밖에서는 바람이 불었고, 더 추워졌다. 구름은 더 높이 더 빨리 지나갔다. 라비크는 조앙의 호텔 앞을 지나치다가 멈추어 섰다. 창들은 다 캄캄했지만, 단 한 군데, 커튼 뒤로 희미하게 불이 켜진 방이 있었다. 조앙의 방이었다. 그는 그녀가 어두운 방에 혼자 들어가기를 싫어한다는 걸 알고 있었다. 오늘은 그에게 가지 않을 테니까 불을 그대로 켜 놓았다. 그는 창을 올려다보다가 갑자기 자신을 이해할 수 없다는 생각이 들었다. 왜 나는 그 여자를 만나려 하지 않는가? 예전 여자에 대한 기억은 사라진 지 오래다. 다만 그 여자의 죽음에 대한 기억만 남아 있을 따름이다.

그리고 또 다른 한 사람은? 그것이 저 여자와 무슨 상관이란 말인가? 그리고 나 자신과도 무슨 관계란 말인가. 환영이

나 뒤쫓는 바보가 아니었던가? 얼기설기 짜인 검은 기억의 반사, 캄캄한 반사작용이나 뒤쫓다니. 우연히 촉발되어 죽어 버린 세월의 찌꺼기를 다시 헤집기 시작하다니. 빌어먹을 정도로 유사하지 않은가. 썩어 문드러진 과거의 한 조각, 겨우 아물어 든 신경쇠약의 연약한 상처를 다시 터뜨리고, 그리하여 내가 마음속에 구축했던 모든 것, 그리고 나와 연결된 모든 동반자 중에서 유일한 한 인간을 위태롭게 하는 것은 어리석지 않은가? 그것과 이것이 무슨 상관이란 말인가? 이런 건 나 자신이 마음속으로 늘 되새기던 일 아닌가? 그렇지 않으면 내가 어떻게 살아남을 수 있었단 말인가? 지금쯤 나는 어떻게 되었겠는가?

사지에서 납덩이가 녹아내리는 것 같았다. 그는 깊이 숨을 쉬었다. 거센 바람이 거리를 휩쓸고 지나갔다. 그는 불 켜진 창을 다시 올려다보았다. 자기한테 의미를 두고, 자기를 중요하게 생각하고, 자기를 보면 얼굴빛이 달라지는 사람이 그곳에 있었다. 그런데 자기는 그 사람을 일그러진 환영 때문에, 빛바랜 복수에 대한 희망 때문에, 성급하고 쌀쌀맞은 교만의 희생양으로 만들려 했던 것이다.

나는 무엇을 할 작정이었던가? 뭐 때문에 스스로를 거역하는가? 뭐 때문에 꽁무니를 빼는가? 자기를 바치겠다는데, 나는 그것을 거부한다. 너무 적어서가 아니라, 너무 많다고 하면서. 과거의 피비린내 나는 폭풍이 우선 지나가지 않으면 이것을 알아볼 수 없다는 말인가? 그는 어깨를 으쓱했다. 마음! 하고 그는 생각했다. 마음! 그 마음은 얼마나 활짝 열렸던가! 얼

마나 요동쳤던가! 한밤에 고독하게 불 켜진 창문, 거침없는 열
정으로 내게 헌신했던 다른 한 생명의 반영, 그것은 그가 또한
마음을 열 때까지 자신을 활짝 연 채 기다리고 있다. 환락의
불꽃, 성(聖) 엘모의 부드러운 불꽃, 번쩍하고 밝게 비치는 피
의 불꽃을 알고 있었고, 모든 것을 너무도 잘 알고 있었기에,
이 부드러운 황금빛 혼란이 두 번 다시 머릿속에서 범람하지
않을 것으로 믿지 않았던가. 그런데도 어느 날 밤 갑자기 그는
삼류 호텔 앞에 서 있었던 것이다. 그것은 아스팔트에서 연기
처럼 솟아올랐다. 지구 맞으편 끝에서, 푸른 쿠쿠넛의 섬에서
온 듯, 열대지방 봄의 온기가 대양과 산호초와 용암과 암흑을
뚫고 나와, 갑자기 파리에서, 낡아 빠진 퐁슬레 거리에서 솟아
올랐다. 복수심과 과거로 가득한 밤에, 저항할 수도 없이 반박
할 수도 없이 수수께끼 같은 감정의 구원이 솟아올랐던 것이
다. 부용(芙蓉)과 함수초 향기와 더불어……

　셰에라자드는 손님들로 붐볐다. 조앙은 몇 사람과 함께 테
이블에 앉아 있었다. 그녀는 라비크를 금방 알아보았다. 라비
크는 출입구에 서 있었던 것이다. 실내는 담배 연기와 음악으
로 자욱했다. 그녀는 동석한 사람들에게 뭐라고 말하더니 그
에게로 급히 걸어왔다. "라비크……"

　"아직 할 일이 남았어?"

　"왜요?"

　"같이 가려고."

　"하지만 당신이 말했잖아요……"

"지나간 일이야. 여기 볼 일이 더 있는 거야?"

"없어요. 저 사람들한테 간다고는 말해야죠."

"빨리 말해. 밖에서 택시를 타고 기다릴 테니."

"알았어요." 여자는 그대로 서 있었다. "라비크……."

그가 여자를 쳐다보았다. "저 때문에 돌아오셨어요?" 하고 여자가 물었다.

그는 잠시 망설였다. "그래." 그는 자기 앞으로 내밀고 있는 여자의 얼굴에다 대고 나직이 말했다. "그래. 조앙. 당신 때문에 왔어. 오로지 당신 때문에!"

그녀는 재빨리 움직였다. "그럼." 하고 그녀가 말했다. "얼른 가요! 저 사람들은 걱정할 필요 없어요."

택시는 리에주 거리를 달렸다. "무슨 일이 있었어요, 라비크?"

"아무 일도 아냐."

"전 불안했어요."

"잊어. 아무 일도 아니니까."

조앙이 그를 쳐다보았다. "난 당신이 다시는 돌아오지 않을 거라고 생각했어요."

그가 여자 쪽으로 몸을 기울였다. 여자가 떨고 있는 것이 느껴졌다. "조앙." 하고 그가 불렀다. "아무것도 생각하지 말고, 아무것도 묻지 마. 저기 가로등 불빛하고, 요란한 네온사인들 보이지? 우리는 죽어 가는 시대에 살고 있어. 이 도시는 생활 때문에 벌벌 떨고 있어. 우리는 모든 것으로부터 절연당했고,

가진 거라고는 우리 마음뿐이야. 난 다른 세상으로 갔다가 다시 돌아왔어. 그런데 당신은 그대로 있어. 당신은 생명이야. 아무것도 묻지 마. 천 가지 질문보다도 당신 머리카락 속에 더 많은 비밀이 들어 있어. 여기, 우리 앞에 밤이 있어. 아침이 창문을 쿵쿵 두드릴 때까지 단 몇 시간만이라도 그것이 영원이야. 인간이 서로 사랑하는 것, 그게 전부야. 기적이면서 또한 이 세상에 있는 가장 자명한 것이지. 그 사실을 나는 꽃피는 덤불 속에서 밤이 녹아들고, 바람이 딸기 냄새를 풍기는 오늘 느꼈어. 사랑이 없으면 인간은 휴가 중에 죽은 사람에 불과하고, 몇 가지 약속 날짜와 우연한 이름일 뿐이야. 그럴 바엔 차라리 죽는 편이 나아⋯⋯."

빙빙 돌아가는 등대 불빛이 선실 어둠 속을 스쳐 지나가듯 가로등 불빛이 택시 창문을 스쳐 지나갔다. 조앙의 두 눈은 창백한 얼굴 가운데서 번갈아 가며 아주 투명하게 보였다가는 다시 아주 어둡게 보였다. "우리는 안 죽어요." 하고 그녀는 라비크의 품에 안겨 속삭였다.

"안 죽어, 우린 안 죽어. 시간만 죽는 거야. 저주받을 시간만 죽는 거야. 시간은 언제나 죽어 가지. 우린 살고 있어. 언제나 살고 있어. 당신이 눈을 뜨면 봄이고, 잠들면 가을이야. 그리고 그동안 천 번의 겨울과 여름이 지나간 거야. 그러니 우리가 깊이 사랑하면 우리는 영원이 되고 불멸이 되는 거야. 심장의 고동, 비와 바람처럼 되는 거지. 이건 굉장한 거야. 우리 연인들은 날마다 승리하는 거야. 우리는 세월이 지나면서 패자가 되어 가지만, 누가 그런 걸 알려 하고, 그 누가 걱정하겠어? 순간이 일생이고, 순간은 영원에 가까워. 당신 눈은 빛나고, 별 똥은 무한한 공간을 통해 하나하나 떨어져 내려. 신들도 늙어 가지. 하지만 당신 입술은 젊고, 수수께끼는 우리 사이에서 부 르르 몸을 떨어. 저녁으로부터, 황혼으로부터, 모든 연인들의 황홀경으로부터, 당신과 나, 부르는 소리와 답하는 소리가 생 겨났어. 아득한 옛날 욕정의 울부짖음에서 황금빛 폭풍우로 압착되고 정화된 거지. 아메바에서 룻이나 에스더, 헬레네와 아스파시아[12]로, 그리고 길가 예배당에 있는 푸른 마돈나들에 게로 이르는 영원한 길이 생겨난 거야. 기어 다니던 동물에서 당신과 내가……."

여자는 꼼짝도 않고 창백한 얼굴로, 거절의 뜻으로 오해받 을 정도로 온몸을 내맡긴 채, 그의 품에 안겨 있었다. 그는 여 자에게 몸을 구부린 채 말하고 또 말했다. 처음엔 누군가가 자 기 어깨 너머로 들여다보는 것 같은 생각이 들었다. 어떤 그 림자가 빙그레 미소 지으며, 함께 말하는 듯했다. 그는 더욱더 몸을 구부렸고, 여자도 그에 응하는 것이 느껴졌다. 그림자는 아직 남아 있었지만, 이윽고 사라져 버렸다.

---

12) 고대 그리스의 여인으로, 페리클레스의 애인이었음.

13

"스캔들이야." 하고 케이트 헤그슈트렘을 마주보고 앉은, 에메랄드를 단 여자가 말했다. "엄청난 스캔들이지! 파리 사람들 전부가 비웃고 있어. 루이가 동성연애자란 거 알고 있었니? 틀림없이 몰랐을 거야. 우린 아무도 몰랐어. 잘도 숨겨 왔어. 리나 드 뉴브르가 그의 애인이라고 사방에 알려져 있었지. 얘, 생각 좀 해 보렴. 루이는 일주일 전에 로마에서 돌아왔어. 그가 약속했던 것보다 사흘이나 빨리 말이야. 그리고 그날 밤 곧장 그 니키의 아파트로 갔다는군. 그자를 깜짝 놀래 줄 작정이었겠지. 그런데 거기서 누굴 만났는지 알아?"

"자기 마누라였지." 하고 라비크가 말했다.

에메랄드를 단 여자가 흘낏 눈을 들어보았다. 그 여자는 갑자기, 당신 남편은 파산입니다 하는 소리를 들은 것 같은 얼굴이었다. "벌써 그 이야기를 들으셨어요?" 하고 그 여자가 물었다.

"듣지는 않았지만, 그럴 것 같네요."

"이상한데요." 하고 여자는 당황해하며 라비크를 쳐다보았다. "정말이지 그런 일은 있기 어려운데."

케이트 헤그슈트렘이 미소를 지었다. "라비크 박사에겐 한 가지 이론이 있단다, 데이지. 우연의 이론이라는 건데, 거기에 따르면 있을 수 없는 일이 언제나 제일 논리적이라는 거야."

"어머, 재밌어." 하고 데이지는 공손하지만, 전혀 개의치 않는다는 표정으로 미소를 지었다. "아무 일도 생기지 않았을 거야." 하고 여자가 계속해서 말했다. "루이가 소동만 벌이지 않았더라면 말이야. 하지만 루이는 완전히 노발대발이었어. 그 사람은 지금 크리용에서 지내. 이혼하자면서 말이야. 각자 이혼 사유를 기다리고 있는 거지." 여자는 기대감에 부풀어 의자에서 몸을 뒤로 쭉 뻗었다. "넌 어떻게 생각하니?"

케이트 헤그슈트렘은 힐끔 라비크 쪽을 쳐다보았다. 그는 책상 위에 놓인 모자 상자와, 포도와 복숭아가 든 과일 바구니 사이의 난초 가지를 보고 있었다. 관능적이고, 꽃술에 붉은 반점이 여기저기 박힌, 흰색 나비 같은 꽃이었다. "믿을 수 없어, 데이지." 하고 그녀가 말했다. "정말 믿기 어려워!"

데이지는 자신의 승리를 즐겼다. "선생님도 미처 모르셨죠?" 하고 여자가 라비크에게 물었다.

그는 난초 가지를 조심스럽게 갸름한 크리스털 화병에 도로 꽂았다.

"몰랐어요. 전혀 몰랐어요."

데이지는 만족해하며 고개를 끄덕이고 나서, 핸드백과 콤팩트와 장갑을 집어 들었다. "가야겠어. 루이스가 5시에 칵테일 파티를 하거든. 그 애 신부님도 온대. 온갖 소문이 다 돌아." 여자가 일어섰다. "그런데 페리하고 마르트는 또 헤어졌어. 마르트는 보석을 그 사람한테 모조리 돌려보냈대. 벌써 세번째야. 그렇게 하면 그 사람은 어쩔 줄을 모른대. 멍청한 작자야. 사랑에 홀딱 빠져 있다고 생각하는 거지. 그 작자는 보나마나 몽땅 돌려줄 거야. 게다가 덤으로 한 개 더 사서 말이야. 언제나처럼. 그는 모르지만, 그 애는 부활절 때 벌써 가지고 싶은 게 어디 있나 알아두었던 거야. 그는 언제나 그 집에서 산대. 루비 브로치래. 커다란 사각 보석인데, 최고급에다비둘기 핏빛이라고 하더라. 약아빠진 거지."

여자는 케이트 헤그슈트렘에게 키스를 했다. "잘 있어. 얘. 이젠 너도 세상 돌아가는 걸 좀 알겠지. 아직도 퇴원이 멀었니?" 하고 여자는 라비크를 쳐다보았다.

그의 눈이 케이트 헤그슈트렘의 눈과 마주쳤다. "아직 멀었어요." 하고 그가 말했다. "안된 일이지만."

그는 데이지의 외투를 입혀 주었다. 깃 없는 검은색 담비였다. 조앙에게 어울리는 외투로군 하고 그는 생각했다. "케이트와 함께 차 마시러 오세요." 하고 데이지가 말했다. "수요일엔 늘 손님이 적으니까, 마음 놓고 떠들 수 있어요. 전 수술에대해서 아주 흥미가 많아요."

"그러지요."

라비크는 여자가 나간 뒤 문을 닫고 돌아왔다. "멋진 에메랄드야." 하고 그가 말했다.

케이트 헤그슈트렘이 웃었다. "예전 내 생활이 저랬어요, 라비크. 이해하시겠죠?"

"그래요. 뭐 어때? 할 수만 있다면 신나는 일이지. 다른 귀찮은 일에 시달리지도 않고."

"난 이제는 이해할 수 없어요." 하고 그녀는 일어서서 조심조심 침대 쪽으로 걸어갔다.

라비크가 그녀를 바라보았다. "어디서 사는가는 별로 문제가 안 돼, 케이트. 좀 더 편할 수야 있겠지만, 그런 건 중요하지 않아. 중요한 건 어떻게 사느냐 하는 거야. 그것도 언제나 제대로 되는 건 아니지만."

여자는 늘씬하고 아름다운 다리를 침대 위로 뻗었다. "모든 게 시시하게 보여요." 하고 그녀가 말했다. "몇 주 동안 침대에 누웠다가 다시 걸을 수 있게 되니까요."

"싫다면 굳이 여기 있을 필요는 없어요. 간호사만 데리고 간다면 랭카스터에서 살아도 돼."

케이트 헤그슈트렘이 머리를 가로저었다. "다시 여행할 수 있을 때까지 여기 있겠어요. 여기 있으면 데이지 같은 귀찮은 애들을 보지 않아도 되니까요."

"그런 사람들이 오면 내쫓아 버려요. 실없는 소리보다 더 거슬리는 건 없으니까."

여자는 침대 위로 조심스럽게 누웠다. "데이지가 저렇게 잔소리꾼이긴 해도, 어머니 노릇만은 정말 잘한다는 게 상상이나 가요? 두 아이를 얼마나 잘 키우는데요."

"그럴 수도 있지, 뭐." 하고 라비크는 시큰둥하게 대답했다.

여자가 담요를 끌어다 덮으며 말했다. "병원이란 데는 수도원 같아요. 가장 단순한 일들이 소중하다는 걸 다시 배워요. 걸어 다니고 숨 쉬고 보는 것 말예요."

"그래. 행복은 주위에 어디든지 널려 있어. 집어 올리기만 하면 되니까."

여자가 라비크를 쳐다보았다.

"제 생각도 정말 그래요, 라비크."

"나도 그래요, 케이트. 단순한 것들만 우리를 절대로 속이지 않아. 행복은 아무리 낮은 곳에서라도 시작할 수 있는 법이야."

자노는 침대에 누워 있었다. 담요 위에는 팸플릿 같은 것들이 한 무더기 흩어져 있었다.

"왜 불을 안 켰어?" 하고 라비크가 물었다.

"아직 잘 보여요. 전 눈이 좋아요."

팸플릿은 의족에 대한 것들이었다. 자노는 가능한 모든 방법으로 그것들을 주워 모았던 것이다. 마지막 몇 가지는 어머니가 갖다주었다. 그는 라비크에게 특별나게 알록달록한 의족을 소개하는 팸플릿을 보여 주었다. 라비크는 불을 켰다. "이게 제일 비싼 거예요." 하고 자노가 말했다.

"제일 좋은 건 아닐지도 몰라." 하고 라비크가 대답했다.

"어쨌거나 이게 제일 비싸요. 보험 회사에 이걸 사야 한다고 말하겠어요. 물론 난 이런 걸 갖고 싶지는 않아요. 다만 보험회사가 돈을 내게 하려고요. 난 나무 의족과 돈만 있으면 돼요."

"보험회사엔 모든 걸 세밀하게 조사하는 전속 의사가 있어, 자노."

소년이 몸을 일으켰다. "그들이 나한테 의족을 안 주려고 한다는 거예요?"

"아냐. 하지만 제일 비싼 걸 주지는 않을 거야. 돈도 주지 않을 거고. 물론 너한테 의족이야 마련해 주겠지만."

"그럼 그걸 받았다가 곧 되팔아야겠네요. 손해를 볼 테죠. 20퍼센트쯤은 손해 보겠죠, 안 그래요? 우선은 10퍼센트로 하자고 할 거예요. 아마도 상인하고 미리 이야기해 놓는 게 좋을 테죠. 내가 의족을 받든 말든 그게 보험회사하고 무슨 상관이 있어요? 보험회사는 돈만 내면 돼요. 다른 일은 아무 상관도 없어요, 그렇죠?"

"물론이지. 그래, 한번 해 보는 거야."

"돈이 꽤 될걸요. 그걸로 작은 밀크홀 카운터와 시설을 마련할 수 있을 거예요." 하고 자노는 능청스럽게 웃었다. "이렇게 관절과 모든 게 갖추어진 의족은 꽤나 비싸요. 정교한 물건이에요. 멋져요."

"보험회사에서 누가 왔었니?"

"아뇨. 의족하고 변상 때문에 온 건 아녜요. 수술하고 병원 일 때문에 왔다 갔어요. 변호사를 써야 할까요? 어떻게 생각하세요? 붉은 신호였어요! 정말 틀림없어요. 경찰은……."

간호사가 저녁 식사를 가지고 들어왔다. 그리고 자노 곁 탁자에다 놓았다. 소년은 간호사가 나갈 때까지 아무 말도 하지 않았다. "여기서는 밥을 많이 줘요." 하고 이윽고 소년이 말했다. "이렇게 잘 먹어 본 적이 없어요. 혼자선 다 못 먹어요. 어머니가 오셔서 나머지를 드세요. 두 사람 몫으로도 넉넉해요. 어머니는 그렇게 해서 절약을 해요. 안 그래도 이 방 값은 아주 비싸요."

"보험회사에서 내잖아. 네가 어디 누워 있든 마찬가지야."

소년의 잿빛 얼굴 위로 살짝 생기가 돌았다. "베버 선생님하고 벌써 이야기를 해 놨어요. 선생님이 저한테 10퍼센트를 도로 주시기로 했어요. 들어간 비용만큼 회사에 청구를 하고, 회사가 계산을 해 주면 10퍼센트를 저한테 현금으로 돌려주신다고 했거든요."

"너, 참 영리하구나, 자노."

"가난하면 영리하기라도 해야죠!"

"옳지. 아프냐?"

"있지도 않은 다리가 아파요."

"아직 신경이 남아 있어서 그렇단다."

"알아요. 그렇지만 웃겨요. 벌써 없어져 버린 데가 아프다니요. 내 다리의 영혼이 아직도 남아 있나 봐요." 자노가 씩 하고 웃었다. 그렇게 농담을 던지고는 저녁 식사 뚜껑을 열었다. "수프, 닭고기, 채소, 푸딩이네요. 이건 어머니 몫이에요. 닭고기를 좋아하시거든요. 집에선 이렇게 자주 먹을 수 없었어요." 그는 편하게 몸을 뒤로 기댔다. "가끔 자다가 밤에 깨어나, 여기 비용을 전부 우리가 치러야 되는구나 하고 생각해요. 밤에 잠을 깨면 그렇듯이 바로 그 순간엔 그런 생각이 들어요. 그러다가 차츰 생각이 나요. 나는 부잣집 자식처럼 여기 누워

있어, 모든 걸 요구할 수 있는 권리도 있고, 벨을 누르면 간호
사도 오고, 그리고 이 모든 걸 다른 사람이 지불해 주는구나
하는 생각이 들어요. 신나죠, 안 그래요?"

"그래." 하고 라비크가 말했다.

"신난다."

그는 오시리스의 검진실에 앉아 있었다. "아직도 남았어?"
하고 그가 물었다.

"네." 하고 레오니가 말했다. "이본이 있어요. 마지막이에
요."

"들여보내. 넌 건강해, 레오니."

이본은 스물다섯 살이었다. 포동포동하고 금발에다 코는
납작하고, 매춘부들이 대부분 그렇듯 손과 발이 짧고 굵었다.
그녀는 우쭐대며 건들건들 들어와서는 걸치고 있던 비단 쪼
가리를 홀러덩 걷어 올렸다.

"저쪽으로." 하고 라비크가 말했다.

"이대로는 안 되나요?"

"왜 그래?"

이본은 대답하는 대신 말없이 휙 돌아서서, 육중한 엉덩이
를 꺼내 보였다. 시퍼렇게 멍이 들어있었다. 누구한테 엄청나
게 두들겨 맞았음이 분명했다.

"그 대가로 손님한테 꽤나 받았겠구나." 하고 라비크가 말
했다. "장난은 아닌데."

이본은 고개를 가로저었다. "땡전 한 푼 안 받았어요, 선생

님. 손님이 아니었어요."

"그렇다면 재미로 그런 거구나. 네가 이런 걸 좋아할 줄은 몰랐어."

이본은 다시 머리를 가로저으며 만족스럽다는 듯 수수께끼 같은 미소를 지었다. 라비크는 여자가 이 상황을 즐긴다는 것을 알아차렸다. 자기가 대단한 인물인 것처럼 느끼는 것이었다. "하지만 저는 마조히스트는 아녜요." 여자는 그런 말을 안다는 것을 자랑스럽게 여겼다.

"그럼 뭐야? 한바탕한 거야?"

이본은 잠시 기다렸다가 말했다. "사랑이에요." 그러고는 통쾌하다는 듯 어깨를 쭉 폈다.

"질투 때문이었나?"

"네." 이본의 얼굴이 환해졌다.

"아주 아플 텐데?"

"이런 건 안 아파요." 그녀가 조심스럽게 자리에 앉았다. "선생님, 아세요? 롤랑드 마담이 처음엔 저한테 일을 안 시키려고 했어요. 하지만 전 한 시간만 일하겠다고 졸랐어요. 한 시간만 시험해 보세요! 그럼 아실 거예요! 하고 졸랐어요. 그런데 이 시퍼런 엉덩이 때문에, 전보다도 훨씬 더 벌었지 뭐예요."

"어떻게?"

"저도 몰라요. 이걸 보고 미쳐 버리는 작자들이 있어요. 흥분되는 모양이에요. 지난 며칠 동안 250프랑이나 더 벌었어요. 이 멍이 얼마나 더 남아 있을까요?"

"적어도 이삼 주는 가겠는걸."

이본은 혀를 찼다. "계속 그대로 간다면 털외투를 살 수도 있을 텐데요. 여우 털, 나무랄 데 없는 번쩍이는 고양이 가죽 말이에요."

"그걸로 충분하지 않다면, 네 애인한테 다시 한 번 왕창 때려 달라면 되잖아."

"그렇겐 안 돼요." 하고 이본은 신이 나서 말했다. "그런 사람이 아네요. 약삭빠른 사람이 아니라고요, 아셨죠! 끓어오를 때만 그런다고요. 넘쳐흐를 때만. 안 그럴 때면 제가 아무리 무릎을 꿇고 빌어도 해 주지 않아요."

"별난 성격이군." 라비크는 눈을 들어 쳐다보았다. "넌 괜찮아, 이본."

그녀는 몸을 일으켰다. "그럼 일을 할 수 있겠네요. 밑에서 늙은이 하나가 기다리고 있어요. 턱수염이 허연 남자예요. 늙은이한테 멍 자국을 보여 주었더니, 글쎄 미쳐 버리지 뭐예요. 집에선 찍 소리도 못해, 자기 할망구를 이렇게 두들겨 주고 싶다고 상상이라도 하는 모양이에요." 그녀는 종소리처럼 맑은 웃음을 터뜨렸다. "선생님, 세상일이란 게 참 우스워요, 안 그래요?" 그렇게 말하고는 우쭐대며 건들건들 걸어 나갔다.

라비크는 손을 씻었다. 그리고 사용했던 기구들을 치우고는 창가로 걸어갔다. 저녁놀이 은회색으로 집들 위에 걸려 있었다. 가지만 앙상한 나무들이 죽은 사람들의 검은 손처럼 아스팔트를 뚫고 나와 서 있었다. 매몰된 참호에서 가끔 볼 수 있는 그런 손들이었다. 그는 창을 열고 밖을 내다보았다. 낮과 밤 사이에서 떠돌고 있는 비현실의 시간. 결혼을 한, 밤이면 근엄하게 가족을 거느리는 사람들이 작은 호텔에서 사랑을 나누는 시간. 롬바르디아 평원의 이탈리아 여자들이 어느새 '행복의 밤'이라고 말하기 시작한 시간, 절망의 시간, 그리고 꿈의 시간.

창문을 닫았다. 방 안이 갑자기 훨씬 더 어두워진 것 같았다. 그림자들이 달려 들어와, 방구석에 쪼그리고 앉은 채 침묵의 수다를 떤다. 롤랑드가 가져다 놓은 코냑 병이, 윤을 낸 황옥같이 책상 위에서 번쩍였다. 라비크는 잠시 서 있다 밑으로 내려갔다.

악기 소리가 들리는 가운데, 넓은 홀은 이미 환하게 밝혀 있었다. 여자애들은 핑크빛 비단 슈미즈를 입은 채 두 줄로 방석에 앉아 있었다. 모두들 가슴을 드러내고 있었다. 손님은 그들이 구입할 여자들을 우선 눈으로 보고 싶어 했다. 벌써 여섯 명쯤 와 있었다. 대개는 중년의 소시민들이었다. 모두들 조심스러운 단골들이어서, 검진이 언제 있는지를 알았고, 임질에 걸릴 위험성이 절대로 없을 때쯤 찾아왔다. 이본은 그 노인과 함께 있었다. 노인은 뒤본네를 앞에 놓고 탁자에 앉아 있었다. 이본은 그 옆에 서서 한쪽 발을 의자 위에 올려놓고는 샴페인을 마셨다. 그녀는 한 병마다 10퍼센트를 받았다. 노인이 그런 식으로 낭비하는 걸 보면 미쳐도 단단히 미친 게 분명했다. 외국인이나 할 짓거리였다. 이본도 그 점을 알고 있었다. 사람 좋은 서커스 조련사 역할을 하고 있는 셈이었다.

"끝났어요, 라비크?" 문간에 서 있던 롤랑드가 물었다.

"그래, 다들 괜찮았어."

"뭘 좀 마실래요?"

"아니, 롤랑드. 호텔로 갈 거야. 여태 일만 했어. 뜨거운 물로 목욕하고, 속옷을 갈아입는 게 지금 내게 필요한 거야."

그는 카운터 옆 휴대품 보관소를 지나서 밖으로 나왔다. 저녁은 문 앞에서 보랏빛 눈빛으로 그를 맞았다. 외롭고 성급하게 비행기 한 대가 윙윙 소리를 내며 푸른 하늘을 가로질러 날아갔다. 새 한 마리가 앙상한 나무들의 가장 높은 가지 위에서 까맣고 조그마하게 쩍쩍거렸다.

눈 없는 잿빛 짐승 같은 것이 몸을 파먹는, 암을 짊어진 여자, 자기 보험금만을 계산하는 불구자, 돈을 버는 엉덩이를 가진 매춘부, 나뭇가지에서 지저귀는 철 이른 지빠귀, 이런 것들이 머릿속을 스쳐 지나가고 또 스쳐 지나갔다. 그리고 지금 그는, 이 모든 것에도 불구하고 천천히 황혼 속을 걸어갔다. 따뜻한 잠자리 냄새를 풍기는 한 여성에게로.

"칼바도스 한 잔 더 할래?" 라비크가 물었다.

조앙이 고개를 끄덕였다. "네, 한 잔 더 주세요."

그가 웨이터를 불렀다. "이것보다 더 오래된 칼바도스는 없나?"

"그건 마음에 안 드십니까?"

"아니. 하지만 술 창고에 혹 다른 게 있나 해서."

"찾아보겠습니다."

웨이터는 여주인이 고양이를 안은 채 졸고 있는 계산대 쪽으로 갔다. 그러고는 우윳빛 유리창이 달린 문을 열고, 주인이 계산서와 함께 상주하는 방으로 들어갔다. 잠시 후 웨이터는 의젓하고 침착한 표정으로 돌아와서는, 라비크는 쳐다보지도 않고 계단을 내려가 술 창고로 갔다.

"마침 운이 좋았어."

웨이터는 갓난애라도 안고 오듯이 팔에다 병을 안고 왔다. 병은 지저분했다. 관광객을 위해 그림으로 장식한 병이 아니라, 오랜 세월 술 창고에 있었기 때문에 아주 더러워진 병이었다. 그는 조심스럽게 병마개를 뽑고, 코르크 냄새를 맡고 나서는 큰 잔 두 개를 가져왔다

"자, 선생님." 하고 그는 라비크에게 말하고는 몇 방울을 따랐다.

라비크는 잔을 들어 향기를 맡고는 들이켰다. 그러고는 몸을 뒤로 기대며 고개를 끄덕였다. 웨이터는 짐짓 자기도 고개를 끄덕이고는 양쪽 잔에다 3분의 1씩 따랐다.

"자, 마셔 봐." 라비크가 조앙에게 권했다.

그녀는 한 모금 마시곤 잔을 도로 내려놓았다. 웨이터는 그녀의 표정을 살폈다. 그녀는 깜짝 놀란 표정으로 라비크를 쳐다보았다. "이런 건 지금까지 한 번도 마셔 보지 못했어요." 그렇게 말하고는 다시 한 모금을 마셨다. "이건 마시는 게 아니라, 그냥 숨만 들이쉬면 되네요."

"그렇습니다, 마담." 하고 웨이터가 만족스러운 듯이 말했다. "제대로 아신 겁니다."

"라비크." 조앙이 계속해서 말했다. "당신은 지금 위험한 짓을 하는 거예요. 이런 칼바도스를 마시고 나면, 다른 건 안

마시고 싶어질 거예요."

"아냐, 그렇지 않아! 다른 것도 마시게 될 거야."

"하지만 언제나 이걸 못 잊을 거예요."

"좋지. 그럼 당신은 낭만주의자가 되는 거야. 칼바도스-낭만주의자."

"그럼 다른 건 이제 맛이 없어지는 거죠."

"정반대야. 다른 술도 실제보다는 더 맛나지는 거지. 다른 칼바도스를 그리워하는 칼바도스가 된단 말이야. 그렇게 되면 칼바도스는 진부하지 않게 되는 거고."

조앙이 큰소리로 웃었다. "말도 안 돼요. 당신도 알면서."

"물론 어리석은 소리지. 하지만 우린 그 어리석음으로 살아가는 거야. 사실이라는 메마른 빵으로 살아가는 건 아니거든. 그렇지 않다면 사랑이란 게 어떻게 있을 수 있겠어?"

"그게 사랑하고 무슨 상관이 있어요?"

"밀접한 관계가 있어. 사랑이 지속되도록 하지. 그렇지 않으면 우리는 단 한 번만 사랑할 거고, 그다음엔 모든 걸 거부할 것 아니겠어. 자기를 버렸거나, 자기가 버린 인간에 대한 일말의 동경이 그다음에 나타나는 인간의 머리를 둘러싸는 후광이 되는 거야. 이전에 누군가를 잃어버렸다는 사실이, 새로운 사람에게 그 어떤 낭만적인 빛을 더하는 거지. 이건 말하자면 오래되고 경건한 환영(幻影)이야."

조앙이 그를 물끄러미 쳐다보았다. "그런 말을 들으니 소름이 끼쳐요."

"나도 그래."

"앞으론 그런 말 말아요. 농담으로도 하지 말아요. 기적을 사기로 만들어 버리는 짓이에요." 라비크는 대꾸하지 않았다.

"그리고 당신이 이제 나한테 싫증이 나서, 저를 버리려고 하는 것처럼 들려요."

라비크는 아득한 연민을 담은 눈길로 그녀를 쳐다보았다. "그런 걸 생각할 필요는 조금도 없어, 조앙. 만일 헤어진다면, 당신이 나를 버리는 걸 거야. 내가 당신을 버리는 게 아니라고. 그건 분명해."

그녀가 잔을 거칠게 내려놓았다. "무슨 어리석은 수리를 하세요! 전 절대로 당신을 떠나지 않아요. 도대체 무슨 설득을 하시려는 거예요?"

저 눈 봐라 하고 라비크는 생각했다. 눈 속에서 번개가 치는 것 같아. 촛불들의 혼란한 빛 속에서 부드럽고 불그스레한 번개가 치는 것 같아. "조앙." 하고 그가 말했다. "당신을 설득할 생각은 조금도 없어. 파도와 바위 얘기를 할 테니 들어 봐. 옛날이야기거든. 우리들보다 더 오래된 이야기야. 옛날에 어디 어디 바다에 바위를 사모하는 파도가 있었어. 카프리만이라고 해 두지. 파도는 바위를 얼싸안고 부글부글 거품을 내고, 밤낮으로 바위에 입을 맞추고, 하얀 팔로 껴안았지. 한숨짓고 울면서 자기한테 오라고 애걸을 했어. 그렇게 파도는 바위를 사모하고 미쳐 날뛰면서, 차츰차츰 바위 밑을 파헤치고 있었던 거야. 그러다 어느 날 바위는 마침내 녹초가 되었고, 완전히 파헤쳐져 파도의 팔에 묻혀 버리고 말았어."

그는 칼바도스를 한 모금 마셨다. "그러고 나서요?" 하고 조앙이 물었다.

"바위는 갑자기 함께 놀고 사랑하고 슬퍼할 수 없는 바위가 된 거야. 이젠 파도 속에 가라앉은, 바다 밑바닥에서 뒹구는 하나의 돌덩이에 불과하게 되었어. 파도는 실망하고, 속았다고 생각하며, 그 뒤론 딴 바위를 찾게 되었지."

"그래서요?" 조앙은 의심쩍은 눈길로 라비크를 쳐다봤다. "그건 무슨 뜻이에요? 바위는 언제까지나 바위로 머물러야죠."

"파도는 늘 그런 식으로 말하지. 하지만 움직이는 것은 굳어 있는 것보다 언제나 강한 법이야. 물은 바위보다 강해."

여자는 초조해하며 몸부림을 쳤다. "그 얘기가 우리와 무슨 상관이 있어요? 아무 의미도 없는 이야기일 뿐이에요. 아니면 당신이 또다시 나를 놀린 거예요. 그런 말을 하시는 걸 보니, 당신은 나를 떠날 생각이군요. 틀림없어요."

라비크가 웃으며 말했다. "당신이 떠날 때면 마지막으로 그런 말을 할 테지. 내가 당신을 버렸다고 말이야. 당신은 그렇게 된 이유를 발견하고, 그것을 믿을 테지. 그리고 당신은 세상에서 가장 오래된 법정, 다시 말해 자연 앞에서 옳은 사람이 되는 거야."

그는 웨이터를 불렀다. "이 칼바도스를 병째로 살 수 있소?"

"가져가시게요?"

"그래요."

"선생님, 그건 저희들 영업 방침에 어긋납니다. 병째로는 팔지 않아요."

"주인에게 한번 물어봐 주겠소?"

웨이터가 신문지 한 장을 들고 돌아왔다. 《파리 수아르》였다. "주인이 특별히 해 드린답니다." 웨이터는 그렇게 말하고 코르크를 단단히 막았다. 그러고는 《파리 수아르》 스포츠 부록을 끄집어내고 접어서 주머니에 쑤셔 넣고는, 나머지 신문지로 병을 둘둘 말았다. "여기 있습니다. 어둡고 서늘한 곳에 보관하십시오. 주인의 할아버지 농장에서 생산된 것입니다."

"고맙소." 하고 라비크는 계산을 했다. 그러고는 병을 집어 들어 쳐다보았다. "무더운 여름과 푸르른 가을 동안, 노르망디의 바람 거세고 역사가 오랜 과수원의 사과들을 내리쬐던 햇빛아, 자, 함께 가자. 우린 네가 필요해. 우주 어느 곳에선가 폭풍우가 몰아친다."

그들은 거리로 나섰다. 비가 내리고 있었다. 조앙이 멈추어 섰다. "라비크! 당신은 나를 사랑해요?"

"그럼, 조앙. 당신이 생각하는 이상으로."

여자가 그에게 몸을 기댔다. "가끔은 그렇지 않아 보여요."

"정반대야. 그렇지 않다면 내가 어찌 그런 이야기를 할 수 있겠어."

"다른 이야기를 해 주시는 게 좋겠어요."

그는 빗속을 쳐다보며 웃었다. "사랑이란 언제나 자신을 비출 수 있는 그런 연못은 아닐 거야, 조앙. 사랑엔 썰물과 밀물이 있어. 난파선과 침몰한 도시, 낙지와 폭풍우, 그리고 황금 상자와 진주도 있는 법이야. 하지만 진주는 깊이 박혀 있어."

"그런 건 몰라요. 사랑은 함께 있는 거라고 생각해요. 영원히."

영원이라고 하고 라비크는 생각했다.

낡은 동화일 뿐이야.

단 일 분도 잡아 둘 수 없는 터에!

조앙이 외투의 단추를 채웠다. "여름이면 좋겠어요." 하고
여자가 말했다. "올해처럼 여름이 그리운 적은 없었어요."

여자가 장롱에서 검은 야회복을 꺼내 침대에 내동댕이쳤
다. "가끔은 이 옷이 싫어요. 언제나 같은 검은 옷! 언제나 같
은 셰에라자드! 언제나 똑같아요! 언제나 똑같아요!"

라비크가 얼굴을 들고 쳐다보았다. 아무 말도 하지 않았다.

"모르겠어요?" 그녀가 물었다.

"아니, 알아……."

"왜 당신은 저를 데리고 가지 않아요, 네?"

"어디로 말인가?"

"어디론가요! 어디론가요!"

라비크는 칼바도스 병을 쌌던 신문지를 풀어내고 마개를
뽑았다. 그리고 잔을 하나 가져와 가득 채웠다. "자, 이걸 마셔
요."

여자가 머리를 가로저었다. "소용없어요. 가끔 술을 마셔도
소용없을 때가 있어요. 가끔은 아무것도 소용없어요. 오늘 저
녁엔 안 가고 싶어요. 그 멍청이들이 있는 데는요."

"그럼 여기 있어."

"그러고는요?"

"전화를 걸어, 아프다고."

"그래도 내일은 가야 하잖아요. 그러면 더 힘들어요."

"며칠간 아프다고 해 봐."

"역시 마찬가지예요." 여자가 그를 쳐다보았다. "왜 이런 걸까요? 난, 왜 이런 걸까요, 네? 비 때문일까요? 축축하고 어둡기 때문일까요? 가끔 관 속에 있는 것 같아요. 이런 잿빛 오후엔 빠져 죽는 것 같아요. 아까는 잊어버렸어요. 그 조그만 식당에서 당신과 함께 있을 땐 행복했어요. 왜 버린다, 버림받는다 하는 그런 이야기를 히 셨지요? 그런 이야기는 일고 싶지도 듣고 싶지도 않아요! 슬퍼져요. 보고 싶지 않은 장면들이 자꾸 떠올라 불안해져요. 그런 뜻이 아니었다는 것을 알아요. 하지만 가슴이 덜컹해요. 가슴이 덜컹해요. 이렇게 비가 오고 어두워요. 당신은 모르실 거예요. 당신은 강하니까요."

"강하다고?" 라비크가 말을 되받았다.

"그래요."

"어째서 그렇다는 거야?"

"당신에겐 두려움이 없어요."

"두려움은 더 이상 없어. 하지만 그것하고 이건 달라, 조앙."

여자는 그의 말을 듣지 않았다. 여자는 방이 비좁은 듯, 성큼성큼 왔다 갔다 했다. 언제나처럼 바람을 거슬러 가는 듯한 걸음이었다. "저는 이 모든 것에서 떠나고 싶어요." 여자가 말을 이었다. "이 호텔에서, 끈끈한 눈길로 쳐다보는 나이트클럽에서 도망가고 싶어요!" 여자가 멈추어 섰다. "라비크, 우린 지금 이대로 살아야 하나요? 우리도 다른 사랑하는 사람들처럼 살아갈 순 없나요? 함께 지내고, 우리 물건을 갖고, 밤엔 안심하고 자면 안 되나요? 이런 트렁크와 공허한 하루하루, 그리고 낯설기만 한 이런 호텔 대신에 말이에요."

라비크의 표정은 무어라 표현할 수 없었다. 마침내 왔군 하고 그는 생각했다. 언젠가는 닥치리라 생각했다. "당신은 그게 우리한테 정말 어울린다고 생각해?"

"왜 안돼요? 다른 사람들도 그렇게 하잖아요! 따스하고, 서로 같이 있고, 한두 개의 방도, 문을 닫으면 불안은 없어지고, 여기처럼 벽을 뚫고 불안이 기어드는 일도 없을 테고요."

"정말 그렇다고 생각하는 거야?" 라비크가 되풀이해서 물었다.

"그래요."

"앙증맞고 소담한 아파트, 앙증맞고 소박한 소시민의 생활. 분화구 언저리에 들러붙어 있는, 앙증맞고 조그만 안전, 그런 걸 정말 원한단 말이지?"

"다르게 말할 수도 있잖아요." 하고 여자는 슬프게 말했다. "그렇게 심하게…… 멸시까지 하다니요. 사랑할 때면 달리 말해도 되잖아요."

"아무래도 마찬가지야, 조앙. 당신은 그게 무언지 정말 알겠어? 우리 두 사람은 그런 스타일이 아니야."

여자가 멈추어 섰다. "전 그런 스타일이에요."

라비크는 싱긋 웃었다. 그 미소 속에는 애정과 반어(反語)와 비애의 그림자가 깃들어 있었다. "조앙." 하고 그가 말했다. "당신은 그렇지 않아. 나보다 더해. 하지만 이유가 그것뿐만은 아냐. 또 다른 이유가 있어."

"그럴 테죠." 여자는 퉁명스럽게 내뱉었다. "알아요."

"모를 거야, 조앙. 당신은 몰라. 내가 말해 줄게. 그게 나아. 당신이 지금 생각하는 그런 생각은, 해서는 안 돼."

여자는 그의 앞에 우두커니 서 있었다. "이런 일은 빨리 해 치우는 게 좋아." 하고 그가 말했다. "캐묻지는 말아 줘."

여자는 아무 대답도 하지 않았다. 얼굴은 무표정했다. 갑자기 예전의 그 얼굴로 돌아가 있었다. 그는 여자의 두 손을 잡았다. "난 프랑스에서 불법으로 살고 있어." 하고 그가 말했다. "증명서라곤 없어. 그게 진짜 이유야. 그래서 아파트를 절대로 빌릴 수 없단 말이야. 그리고 내가 누구를 사랑한다 해도 결혼할 수 없는 거지. 증명서와 비자가 필요한데, 없거든. 일하는 것조차도 허락되어 있지 않아. 그러니까 몰래 일해야 하는 거야. 지금처럼 사는 외엔 다른 도리가 없어."

여자가 그를 뚫어지게 쳐다보았다. "그게 정말이에요?"

그는 어깨를 으쓱했다. "그런 식으로 살고 있는 사람들이 몇천 명은 돼. 당신도 물론 알잖아. 요즘엔 누구나 다 아는 사실이지. 내가 그런 사람들 중 하나야." 그는 미소를 지으며 그녀의 손을 놓았다. "장래가 없는 사람이지. 모로소프의 말처럼."

"그랬군요, 하지만……."

"그래도 나는 아주 좋은 편이야. 일도 하고, 살아가고, 당신도 있고. 그러니 불편한 점이 조금 있다고 해도 뭐 별일이겠어?"

"그럼 경찰은?"

"경찰은 그런 일 때문에 신경을 곤두세우고 있진 않아. 우연히 붙잡힌다 하더라도, 추방될 뿐이야. 그게 전부야. 하지만 그런 일은 거의 없어. 그러니 자, 이제 나이트클럽에 전화를 걸어 못 간다고 해. 오늘밤은 우리만을 위해 지내자고. 밤새도록. 아프다고 해 두면 돼. 진단서가 필요하다면 베버한테서 얻어 줄게."

여자는 꼼짝도 하지 않았다. "추방된다고요." 하고 여자는 한참 후에야 이해가 가는 듯이 말했다. "추방이라고요? 프랑스에서? 그럼 당신은 떠나게 되는군요?"

"잠시 동안이야."

여자는 그의 말을 듣지 않는 같았다. "떠나야 한다고요?"여자는 되풀이했다. "떠나야 한다고요! 그럼 저는 어떻게 해요?"

라비크는 미소를 지었다. "그래. 그럼 당신은 어떻게 할 거야?"

여자는 굳어 버린 듯이 두 손을 괴고 멍하게 앉아 있었다. "조앙." 하고 라비크가 말했다. "난 이 년째 여기서 살고 있지만, 아무 일도 일어나지 않았어."

여자의 얼굴은 그대로였다. "그래도 그런 일이 일어난다면?"

"그러면 나는 곧 다시 돌아와. 한두 주 걸려. 여행 같은 거야. 아무것도 아니야. 자, 이제 셰에라자드에 전화를 걸어요."

여자는 머뭇거리며 몸을 일으켰다. "뭐라고 말하죠?"

"기관지염이라고 그래. 좀 쉰 목소리로 말하라고."

여자는 전화기 쪽으로 갔다가 금방 돌아왔다. "라비크……."

그는 살짝 몸을 뺐다. "자, 어서." 하고 그가 말했다. "잊어. 이런 게 오히려 축복일 수도 있어. 우리가 연금생활자처럼, 열정을 짤끔짤끔 쓰는 걸 막아 주니까 말이야. 우리의 사랑을 순수하게 유지해 주는 거야. 사랑이 언제까지나 불꽃으로 남아 있는 거지. 가족이라는 양배추 잡탕을 끓이는 난로가 되어서는 안 되는 거야. 자, 어서 가서 전화를 걸어."

여자가 전화기를 집어 들었다. 그는 여자가 전화하는 동안 계속 지켜보았다. 여자는 처음에는 건성으로 통화를 했고, 그가 지금 곧 체포라도 될 것처럼 그에게서 눈을 떼지 않았다. 그러다가 차츰차츰 쉽게 그리고 태연하게 거짓말을 하기 시작했다. 필요 이상의 거짓말이었다. 얼굴은 환하게 생기가 돌았지만, 그녀는 가슴의 고통을 실감나게 보여 주었다. 목소리는 피곤해지며, 점점 쉰 목소리가 되었고, 마침내 콜록콜록 하기 시작했다. 이젠 더 이상 라비크 쪽은 쳐다보지 않았다. 앞만 바라보며, 자신의 배역에 완전히 몰두했다. 그는 말없이 여자를 쳐다보고 있다가, 칼바도스를 한 모금 가득 들이켰다. 콤플렉스라곤 조금도 없는 여자야 하고 그는 생각했다. 놀랄 만큼 잘 비치는 거울이야. 하지만 그 무엇도 붙들어 놓지 않아.

조앙은 전화기를 내려놓고 머리카락을 쓸어 넘겼다. "전부 다 믿어 주는군요."

"최고의 연기였어."

"누워 있으라고 그래요. 내일까지 낫지 않을 수도 있으니, 무조건 누워 있으라고 그러네요."

"그것 봐. 이제 내일 일도 해결됐잖아."

"그렇네요." 하고 여자는 일순간 어두운 표정으로 말했다. "그렇게 생각하면 그렇겠죠." 그러고 나서 여자는 그가 있는 쪽으로 돌아왔다. "깜짝 놀랐어요, 라비크. 사실이 아니라고 말해 줘요. 당신은 자주 그런 식으로 말해 버리잖아요. 사실이 아니라고 말해 줘요. 당신이 말한 게 사실이 아니라고요."

"사실이 아니야."

여자는 머리를 그의 어깨에 기댔다. "정말일 수 없어요. 다시는 혼자 있고 싶지 않아요. 당신은 제 옆에 있어야 돼요. 혼자 있게 되면 전 아무것도 못해요. 당신이 없으면 전 끝장이에요, 라비크."

라비크가 여자를 내려다보았다. "조앙." 하고 그가 말했다. "당신은 가끔 문지기의 딸 같고, 또 어떤 때는 숲 속 다이애나 같기도 해. 그리고 어떤 때는 둘 다이기도 하고."

여자는 그의 어깨에 기댄 채 꼼짝도 하지 않았다. "지금은 어느 쪽이에요?" 그가 미소를 지었다. "은빛 화살을 지닌 다이애나야. 상처를 입지 않는 사람이야."

"그런 말은 종종 해 줘요."

라비크는 아무 말도 하지 않았다. 이 여자는 내 말을 알아듣지 못했다. 물론 그럴 필요도 없다. 자기한테 어울리는 것만 자기 좋을 대로 받아들이고, 다른 것은 더 이상 걱정하지도 않는다. 하지만 내가 이 여자에게 끌린 것은 바로 그 때문 아니었던가? 자기와 똑같은 사람한테 누가 끌린단 말인가? 그리고 사랑에서 도덕을 찾는 인간이 어디 있단 말인가? 도덕은 약자들의 발명품이고, 희생자들을 위한 애도가일 뿐이다.

"무슨 생각하세요?"

"아무것도."

"아무것도 생각하지 않았다고요?"

"그게 아니라." 하고 그가 입을 열었다. "며칠 어디 가고 싶은데, 조앙. 태양이 있는 곳 어디로든 말이야. 칸이나 앙티브로. 조바심 같은 건 던져 버리고! 방이 세 개인 아파트의 꿈도, 소시민의 독수리 같은 울부짖음도 악마에게나 줘 버리고! 그런 건 우리한테 맞지 않아. 당신은 부다페스트이고 꽃이 만발한 밤나무 가로수 길의 향기잖아? 밤에, 온 세상이 뜨거워지고, 여름을 탐내고, 달과 함께 잠들 때 말이야? 당신 말이 옳았어! 우리 이 어둠과 추위와 빗속을 빠져나가자고! 단 며칠 만이라도."

여자는 후다닥 몸을 일으키고 그를 쳐다보았다. "정말 그렇게 하실 거예요?"

"물론."

"그렇지만 경찰이……."

"경찰 같은 건 될 대로 될 테지! 거기가 여기보다 더 위험하다곤 할 수 없어. 관광 지역에선 통제가 그렇게 심하지 않을 거야. 특히 고급호텔은 말이야. 그런 곳에 가 본 적 있어?"

"없어요. 단 한 번도. 이탈리아와 아드리아 해안에만 갔었어요. 언제 떠날까요?"

"이삼 주 안에. 그때가 제일 좋아."

"돈은 있어요?"

"조금 있어. 그리고 두 주면 충분히 마련할 수 있어."

"작은 펜션에 묵어도 돼요."

"당신은 작은 펜션에 어울리지 않아. 당신은 여기 같은 판 잣집이나 일류 호텔이 어울려. 앙티브의 카프 호텔에 투숙하는 거야. 그런 호텔은 절대로 아무도 증명서를 요구하지 않을 거야. 난 며칠 내로 어떤 유명인사, 고위 관리의 위를 수술해야 돼. 그자가 우리가 필요한 돈의 나머지를 마련해 줄 거야."

조앙이 벌떡 일어섰다. 얼굴이 반짝였다. "얼른요." 하고 여자가 말했다. "그 칼바도스를 좀 주세요. 정말 꿈의 칼바도스 같아요." 여자는 침대 쪽으로 가서 야회복을 높이 쳐들었다. "어쩌나, 제겐 이런 낡고 시커먼 넝마 두 벌밖엔 없어요."

"어쩌면 마련할 수 있을 거야. 두 주면 무슨 일이든 일어나거든. 상류 계층 맹장이라든가, 아니면 백만장자의 복합 골절이라든가 그런 거 말이야……."

14

앙드레 뒤랑은 잔뜩 화가 나 있었다. "이젠 당신하곤 더 이상 일을 할 수 없겠소." 하고 그가 내뱉었다.

라비크가 어깨를 으쓱했다. 그는 뒤랑이 이 수술로 1만 프랑을 받는다는 것을 베버한테 들어서 알고 있었다. 그가 얼마를 받을지 미리 정해 두지 않으면, 뒤랑은 200프랑만 달랑 보낼 것이다. 저번에도 그렇게 했다.

"수술 삼십 분 전에 당신이 그런 소리를 할 줄은 몰랐소, 닥터 라비크."

"저도 마찬가집니다." 하고 라비크가 대꾸했다.

"당신도 알다시피 난 여태까지 당신에게 늘 후했어요. 그런데 이제 와서 왜 이렇게 장삿속을 밝히는지 까닭을 모르겠어요. 자신의 생명이 우리 손에 달려 있다는 걸 환자가 알고 있는 이런 때에, 돈 이야기를 하다니 딱하군요."

"전 아무렇지도 않아요."

뒤랑이 잠시 그를 쳐다보았다. 허연 염소수염을 기른 주름 살투성이 얼굴엔 위엄과 격분이 서려 있었다. 그는 금테 안경 을 고쳐 썼다. "도대체 얼마를 생각하는 거요?" 하고 그가 못 마땅하게 물었다.

"2000프랑입니다."

"뭐요?" 뒤랑은 총에 맞았으나, 그 사실을 아직 믿지 못하 는 사람 같은 표정을 지었다. "허튼소리." 하고 그가 잘라 말 했다.

"그럼, 좋습니다." 라비크가 대꾸했다. "그럼 다른 사람을 찾아보시지요. 비노한테 시키세요. 그 사람은 뛰어나니까."

그는 자기 외투를 집어 들었고, 뒤랑은 그를 노려보았다. 위 엄 있는 얼굴이 일그러졌다. 라비크가 모자를 집어 들자 그가 말했다. "잠깐 기다려요. 그렇게 나를 간단히 내버려 두고 가 다니! 왜 어제 내게 말을 하지 않았소?"

"어젠 교수님이 시골에 계셨으니 연락할 수 없었지요."

"2000프랑이라! 나도 그렇게 청구할 수 없다는 걸 모른단 말이오? 환자가 내 친구인지라, 실비밖에 청구할 수 없단 말 이오."

앙드레 뒤랑은 어린애들 책에 나오는 친애하는 하느님처 럼 보였다. 나이는 일흔이었고 진단에는 능한 편이었으나, 수 술은 형편없었다. 그의 빛나는 영업 실적은, 대부분 전에 있던 조수 비노 덕분이었는데, 그 비노는 이 년 전에 마침내 독립해 서 병원을 차렸던 것이다. 그 후부터 뒤랑은 어려운 수술엔 라비크를 이용했다. 라비크는 수술 부위를 아주 작게 하고, 흉터도 거의 보이지 않게 할 정도로 실력이 있었다. 뒤랑은 훌륭한 보르도 와인의 전문가였기 때문에, 상류 계급의 우아한 파티에서 인기가 높았다. 그래서 대부분 상류 계급 환자들이 찾아왔던 것이다.

"미리 알았더라면……." 하고 뒤랑이 중얼거렸다.

그러나 그는 언제나 미리 알고 있었다. 그 때문에 큰 수술이 있을 때면, 하루나 이틀 전에 시골집에 가 있었던 것이다. 수술 전에 보수에 대해 언급하는 걸 피하고 싶었기 때문이다. 끝난 뒤엔 보다 간단했다. 다음에는 하고 희망을 갖게 하면 그만이었다. 하지만 다음번에도 역시 마찬가지였다. 그런데 이번엔 놀랍게도 라비크가 수술 직전에 오는 대신에, 약속 시간 삼십 분 전에 와서는 환자한테 마취를 시키기도 전에 기회를 포착했던 것이다. 그래서 마취를 시켰다는 이유로 이야기를 빨리 끝내자고 둘러댈 수 없었다.

간호사가 문 안으로 머리를 내밀었다. "마취를 시작할까요, 교수님?"

뒤랑이 간호사를 쳐다보았다. 그러고는 호소하듯 인간적인 눈길로 라비크를 쳐다보았다. 라비크도 인간적이긴 하지만, 확고한 눈초리로 마주 쳐다보았다.

"어떻게 하지요, 라비크 선생?" 하고 뒤랑이 물었다.

"결정은 당신한테 달렸어요, 선생."

"잠깐 기다려, 간호사. 아직 절차가 분명치 않아." 간호사는 물러갔다. 뒤랑은 라비크 쪽으로 몸을 돌렸다. "그럼 어떻게 할까요?" 하고 그는 비난조로 물었다.

라비크는 두 손을 호주머니에 집어넣은 채 말했다. "수술을 내일로 연기하시거나, 아니면 한 시간 연기하고 비노에게 시키세요."

비노는 이십 년간 뒤랑의 수술을 거의 도맡아 했지만, 아무 보답도 받지 못했다. 뒤랑은 비노가 자립할 수 있는 거의 모든 기회를 계획적으로 좌절시키면서, 언제까지나 좋은 조수 노릇만 시켰기 때문이다. 비노는 뒤랑을 미워했으므로, 적어도 5000프랑을 요구하리란 것을 라비크도 알고 있었다. 뒤랑도 그 점을 알았다.

"닥터 라비크." 하고 그가 입을 열었다. "우리 직업이 그런 상업적인 언쟁으로 빠져드는 건 좋지 않아요."

"동감입니다."

"왜 이 문제의 해결을 내 판단에 맡기지 않는 거요? 당신은 지금까지는 늘 만족했는데."

"만족한 적은 한 번도 없는데요."

"그런 말은 단 한 차례도 안 했소."

"그래 봤자 소용 없을 것 같았지요. 게다가 별로 관심도 없었고요. 그러나 이번에는 좀 다릅니다. 돈이 필요해서요."

간호사가 다시 들어왔다. "환자가 조바심을 내고 있어요, 교수님."

뒤랑이 라비크를 째려보았다. 라비크도 되받아 쳐다보았다. 프랑스인한테서 돈을 받아 내기 어렵다는 것을 그는 알았다. 유대인한테서 받아 내기보다 더욱 어려웠다. 유대인은 홍정을 하지만, 프랑스인은 자기가 내놓아야 할 돈만 생각했다.

"잠깐만 기다려, 간호사." 하고 뒤랑이 소리쳤다. "맥박하고 혈압하고 체온을 재도록 해."

"벌써 끝났어요."

"그럼 마취를 해."

간호사는 나갔다. "그럼, 좋아." 하고 뒤랑이 단호하게 말했다. "1000프랑을 내겠소."

"2000프랑요." 하고 그가 정정했다.

뒤랑은 승낙하지 않고 허연 염소수염을 쓰다듬었다. "이거봐요, 라비크 선생." 하고 그는 따뜻한 목소리로 말했다. "일을 할 수 없는 망명객으로서 말이야……."

"저도 선생 대신 수술을 해선 안 된다는 말씀이지요." 라비크는 침착하게 대꾸했다. 그리고 이제 그가 이 나라에서 사는 것만으로도 고맙게 여겨야 할 거라는 그동안의 설교를 또 듣게 될 거라고 생각했다.

그러나 뒤랑은 단념했다. 더 말해 봤자 소용도 없고, 시간이 촉박했다. "2000프랑." 하고 그 말 한 마디로 목구멍에서 지폐가 펄럭거리며 날아서 나오기라도 하듯이 그는 쓰디쓰게 내뱉었다. "내 주머니에서 낼 수밖에 없게 됐어. 난 그래도 당신이, 내가 당신을 위해 해 준 일을 알아 줄 거라 생각했는데."

그는 잠시 기다렸다. 참 요상한 일도 다 있군 하고 그는 생각했다. 이 흡혈귀가 이런 식으로 도덕을 논하다니. 단춧구멍에 레종 도뇌르 훈장을 단 이 늙은 사기꾼이 부끄러워하기는커녕, 자기를 착취한다고 도리어 나를 나무란다. 그리고 정말 그렇게 믿는다.

"그럼 2000프랑으로 하지." 하고 마침내 뒤랑이 말했다.
"2000프랑." 하고 그는 되뇌었다. 마치 고향이라든지, 사랑하
는 하느님, 푸른 아스파라거스, 어린 메추라기, 유서 깊은 생
테밀리옹이라는 말을 입에 담듯이 말했다. 그리고 그걸로 끝
이었다! "그럼, 시작할까?"

그 사내의 배는 기름지고 불룩했으며 팔다리는 가늘었다.
라비크는 우연히 그의 신분을 알게 되었다. 이름은 르발이었
고, 피난민 관련 사무를 담당하는 관리였다. 베버가 특별한 농
담을 한다면서 그 사실을 말해 주었던 것이다. 르발은 앙테르
나쇼날의 피난민이라면 다 아는 이름이었다.

라비크는 서둘러서 절개를 했다. 피부는 책을 펼치듯 쩍 벌
어졌다. 그는 절개된 피부를 클립으로 단단히 고정하고 나서,
삐져나온 노르스름한 지방층을 보았다. "보너스로 이 지방을
몇 파운드 도려내어 몸무게를 줄여 줍시다. 그럼 다시 마구 먹
어 치우겠지요." 하고 뒤랑에게 말했다.

뒤랑은 대답하지 않았다. 라비크는 근육을 찾기 위해 지방
층을 도려내었다. 저 피난민들의 작은 하느님이 여기 누워 계
시는군 하고 그는 생각했다. 수백 명의 운명을 손아귀에 쥐
고 있는 사내. 지금 죽은 듯이 축 늘어져 있는, 이 희고 포동포
동한 손아귀가 노교수 마이어를 추방한 것이다. 마이어는 다
시 한 번 십자가의 길을 걸어갈 힘이 없어, 추방되기 전날 호
텔 앙테르나쇼날의 자기 방 장롱 속에서 간단히 목을 매고 말

았다. 옷장 속에만 못이 있었기 때문이다. 마이어는 계속된 굶주림으로 가벼웠기 때문에, 옷을 거는 못이 지탱할 수 있었다. 다음 날 아침 일하는 여자애가 발견했을 때에, 그것은 질식한 생명이 담긴 옷 한 움큼에 지나지 않았다. 그때 이 배불뚝이가 동정심을 베풀었다면, 마이어는 아직 살아 있었을 거야. "클립." 하고 그가 말했다. "거즈."

 그는 절개를 계속했다. 날카로운 메스의 정확성. 예리한 절개가 주는 느낌, 복강, 구불구불 허옇게 도사린 창자. 배를 열고 여기 이렇게 누워 있는 이 시내에게도 도덕적인 원칙이 있었을 것이고, 마이어에 대해서 인간적인 동정심을 느꼈을 것이다. 하지만 그가 애국적인 의무라고 부르는 그 어떤 것도 함께 있었던 것이다. 언제나 자신을 숨길 수 있는 장막은 있는 법이다. 상급자에겐 또 다른 상급자가 있다. 명령, 훈령, 의무, 지령, 그리고 마지막으로 머리가 여러 개 달린 괴물인 도덕이 도사리고 있다. 필연성, 가혹한 현실, 책임과 그 밖에 이런저런 이름으로 불리는 장막이 언제나 있고, 그 뒤에 숨어 사람들은 단순한 인간성의 법칙을 에둘러 피해 버리는 것이다.

 담낭이 드러났다. 썩고 병들어 있었다. 얇게 저민 쇠고기, 캉 식(式)으로 만든 내장 요리, 오리 압착 요리, 기름진 소스, 거기에다가 불쾌한 변덕과 고급 보르도 포도주 몇 리터를 끊임없이 먹고 마신 게 이 사내를 이렇게 만들었던 것이다. 늙은 마이어는 적어도 그런 걱정은 하지 않았다. 지금 잘못 자르거나 너무 많이 자르거나 너무 깊이 자르거나 한다면, 일주일 후엔 서류와 좀 냄새가 가득한 그 방에 좀 더 선량한 인간이 앉아 있게 될 것인가? 피난민들이 몸을 떨며 생사의 결정을 기다리고 있는 그 방에 말이다. 좀 더 선량한 인간이거나, 아니면 좀 더 악한 인간이 앉아 있을 것이다. 지금 눈부신 전등 빛을 받으면 수술대 위에 누워 있는, 이 의식 없는 60세의 육체는, 보나마나 자신을 인정 있는 인간으로 알 것이다. 정말이지 그는 정다운 아버지, 선량한 남편일 것이다. 하지만 사무실에 발을 들여놓는 순간, 그는 '그렇게 할 순 없어…….' '일이 도대체 어떻게 돌아가는 거야.' '만일…….' 같은 말 뒤에 자신을 숨기는 폭군으로 돌변하고 마는 것이다. 하지만 마이어가 그 형편없는 식사를 계속하며 살아갔다 하더라도 프랑스는 망하지 않았을 것이다. 과부 로젠탈 부인이 앙테르나쇼날의 하녀들 방에서, 참살된 아들이 돌아오기를 오매불망 기다렸다고 해도 프랑스는 망하지 않았을 것이다. 폐병 환자인 포목상 슈탈만 씨가, 불법입국 죄목으로 육 개월 동안 감옥살이를 하고 겨우 석방되어, 다시 국외로 추방되기 전에 죽어 버리지 않았다고 하더라도, 프랑스는 망하지 않았을 것이다.

양호했다. 절개는 성공이었다. 지나치게 깊지도 지나치게 넓지도 않았다. 봉합실, 매듭, 담낭. 그는 담낭을 뒤랑에게 보였다. 그것은 흰 불빛 아래서 번들거렸다. 그는 그것을 양동이에 집어 던졌다. 자, 계속이다! 프랑스에서는 어째서 르베르댕 같은 걸로 꿰매는 것일까? 클립을 빼자! 연봉 3만 프랑에서 4만 프랑 정도 되는 평균적인 관리의 따스한 배때기. 이 작자는 어떻게 해서 이 수술에 1만 프랑을 지불할 수 있었던 것일까? 나머지 수입은 어디서 온 것일까? 이 배불뚝이도 그 어떤 수

작을 부렸을 것이다. 잘 꿰매어졌다. 한 바늘, 한 바늘. 염소수염은 안 보이지만, 뒤랑의 얼굴에 2000프랑의 흔적만은 역력하다. 두 눈이 그것을 말하고 있다. 눈 한 개에 1000프랑씩인 셈이다. 사랑은 인간의 성격을 망가뜨리는 법이다.[13]

그렇지 않다면 내가 어떻게 이 연금 생활자를 쥐어짜서, 신성한 착취의 질서에 대한 이 영감의 신념을 뒤흔들어 놓을 수 있었을까? 내일이면 이자는 점잔을 빼고, 이 배불뚝이의 침대 곁에 앉아서 수술에 대한 감사의 말을 들을 것이다. 조심, 저기에 클립이 또 하나 있었기! 이 배불뚝이는 조앙과 내게 상티브에서 지낼 일주일을 의미한다. 비 내리는 잿빛 계절에 일주일간의 햇빛을 의미한다. 폭풍우가 닥치기 전 한 조각 푸른 하늘. 자, 이젠 복막을 봉합할 차례다. 2000프랑을 받았으니 특별히 잘해 주자. 마이어를 추념하는 뜻에서 가위라도 하나 넣고 꿰매 버릴까? 하얀 빛 전등이 윙윙거린다. 왜 이렇게 생각이 뒤죽박죽일까? 신문 때문일까? 아니면 라디오 때문일까? 사기꾼들과 겁쟁이들의 끝없는 꽥꽥거림. 말의 눈사태로 인한 산만함. 혼란스러운 두뇌. 온갖 선동적인 배설물에 그대로 노출되어 있는 것이다. 인식의 단단한 빵을 씹는 버릇은 잊은 지 오래다. 이가 없는 두뇌. 멍청함. 자, 이제 이것도 끝났다. 아직까지 피부가 축 늘어져 있다. 하지만 몇 주만 지나면 다시 벌벌 떨고 있는 피난민을 국외로 추방할 수 있을 것이다. 담낭이 없어졌으므로 좀 관대해질까? 죽지 않는다면 말이다.

---

13) 조앙과의 도피 여행 때문에 성격에 맞지 않는 일을 벌였다는 말이다.

하지만 이런 자들일수록 여든은 돼야 죽는 법이다. 존경을 받으며, 스스로 잘난 척하고, 자랑스러워하는 손자들에 둘러싸여 죽을 것이다. 자, 끝났다. 이놈과는 이제 끝이다!

라비크는 두 손에 낀 장갑과 얼굴에 쓴 마스크를 벗었다. 고위직 관리는 소리 나지 않는 바퀴 차에 실려 수술실에서 미끄러져 나갔다. 라비크는 그 뒤를 노려보았다. 르발, 이놈아, 네가 이 사실을 알아야 하는데 하고 그는 생각했다. 네놈의 그정말 합법적인 담낭이, 나 같은 비합법적인 피난민에게, 리비에라에서 아주 비합법적인 며칠을 보내게 해 줬단 말이다!

그는 손을 씻기 시작했다. 옆에서는 뒤랑이 느릿느릿 그리고 꼼꼼하게 손을 씻었다. 고혈압이 있는 노인의 손이었다. 손가락을 공들여 문지르면서, 그는 아래턱을 천천히, 마치 곡식을 깨물어 부수듯 리듬감 있게 움직였다. 문지르는 걸 중단할 때는 씹는 것도 중단했다. 다시 문지르기 시작할 때는 또다시 씹기 시작했다. 이번에는 유별나게 천천히 그리고 오랫동안 씻었다. 몇 분이라도 더 오래 2000프랑을 붙들고 있고 싶은 거야 하고 라비크는 생각했다.

"뭘 기다리고 있는 거요?" 잠시 후 뒤랑이 물었다.

"수표를 기다립니다."

"환자가 지불하는 대로 곧 보내도록 하겠소. 퇴원한 후 이삼 주 지나야겠지."

뒤랑이 수건으로 손을 닦기 시작했다. 그리고 오드콜로뉴 도르세 병을 집어 손을 문질렀다. "그 정도 말은 믿으실 테지, 안 그렇소?" 하고 그가 물었다.

이 사기꾼 하고 라비크는 생각했다. 여전히 사람을 얕잡아 보는구나. "환자는 선생님의 친구라 실비밖에는 내지 않을 거라고 말씀하시지 않았던가요."

"그랬지……." 하고 뒤랑이 무뚝뚝하게 말했다.

"그럼……. 실비는 재료값과 간호사들한테 줄 몇 프랑밖에 안 될 거 아닙니까. 병원은 선생님 것이고, 그것들을 모두 합쳐 100프랑이라고 친다면……. 그것만 빼고 저한테 주시면 되겠네요."

"실비는 말이지, 닥터 리비크." 하고 뒤랑은 따 잘히 말하며 몸을 쭉 폈다. "유감스럽지만 내가 생각했던 것보다 훨씬 비싸게 먹혔어. 당신한테 줄 2000프랑도 거기 포함해야겠어. 그래, 그것도 환자한테 청구할 거야." 그는 킁킁거리며 두 손에 바른 오드콜로뉴의 냄새를 맡았다. "그러니 보다시피……."

그는 슬며시 미소를 지었다. 누런 이가 눈처럼 하얀 수염과 선명한 대조를 이루었다. 눈 속에 오줌을 눈 것 같다고 라비크는 생각했다. 어쨌거나 낼 돈은 내겠지. 베버는 그걸 담보로 돈을 빌려줄 거다. 그러니 지금 좀 지불해 주시죠 하며 머리를 수그려 이런 영감쟁이를 즐겁게 만들어 주고 싶진 않아.

"좋습니다." 하고 그가 말했다. "그렇게 어려우시다면 나중에 보내 주시지요."

"그렇게 어렵진 않지. 하긴 당신 요구가 갑작스러워 놀라긴 했어. 다만 순서를 밟으려고 그러는 거요."

"좋습니다. 그럼 순서를 밟으시지요. 아무래도 마찬가집니다."

"결코, 그렇지 않소."

"결과는 마찬가지란 말입니다. 그럼 실례합니다. 화주나 한 잔하고 싶어서요. 안녕히 계십시오."

"잘 가시오." 뒤랑은 놀라며 말했다.

케이트 헤그슈트렘이 싱긋 미소를 지었다. "왜 저하고 같이 안 가는 거예요, 라비크?" 그 여자는 날씬하고 자신만만하게 긴 다리로, 두 손을 외투 주머니에 넣은 채 그의 앞에 서 있었다. "지금쯤 피에졸레엔 개나리가 활짝 피었을 거예요. 정원 담을 따라 노란 불덩이가 타오를 거예요. 난로가 있고, 책이 있고, 평화가 있고."

바깥에서 트럭 한 대가 우르릉거리며 지나갔다. 병원 작은 응접실에 걸린 그림들을 끼운 유리 테두리가 달그락거렸다. 샤르트르 성당을 찍은 사진들이었다.

"조용한 밤이네요. 잡다한 일들이 멀찌감치 사라졌어요." 케이트 헤그슈트렘이 말했다. "좋지 않아요?"

"물론. 하지만 난 못 견딜 거요."

"왜요?"

"조용한 건, 자신이 조용할 때만 좋은 거요."

"저도 조용하진 못해요."

"당신은 당신이 원하는 걸 잘 알아요. 그건 조용한 거나 마찬가지지요."

"당신은 자기가 원하는 걸 모르나요?"

"난 아무것도 원하지 않아요."

케이트 헤그슈트렘이 천천히 외투의 단추를 끼웠다. "그럼 어느 쪽이에요, 라비크? 행복한 거예요 아니면 절망한 거예요?"

그는 초조하게 억지 미소를 지었다. "아마도, 양쪽 다겠지. 거의 언제나 그렇듯이 양쪽 다야. 그런 건 너무 오래 생각할 필요도 없는 거야."

"그럼 도대체 뭘 하죠?"

"즐겁게 살아야지."

여자가 그를 유심히 쳐다보았다. "그러려면 다른 사람이 없어도 돼요." 하고 여자가 말했다. "즐겁게 지내려면 다른 사람이 필요하기도 해요."

그는 입을 닫았다. 내가 무슨 말을 하는 건가 하고 그는 생각했다. 여행 이야기, 당황스러운 이별 이야기, 목사님의 나지막한 잔소리 아닌가. "전에 당신이 말한, 자그마한 행복을 위해선 필요 없어요." 하고 그가 말했다. "그런 행복은 불타 버린 집 주위에 피는 오랑캐꽃처럼 어디든 피는 법이지. 아무것도 기대하지 않는 인간에게 실망이란 있을 수 없는 거요. 이게 바로 튼튼한 바탕인 셈이지요. 나중에 생기는 모든 것은 그 바탕에 조금씩 더해지는 거고."

"그런 건 아무것도 아니에요." 하고 케이트 헤그슈트렘이 대꾸했다. "자리에 누워서 조심조심 생각하면 그럴 수도 있겠죠. 하지만 걸어 다닐 수 있게 되면 생각이 달라질 거예요. 그런 생각은 잊어버리고, 더 욕심을 낼걸요."

창문으로 햇살이 비스듬히 들어와서 여자의 얼굴에 떨어졌다. 두 눈엔 그림자가 드리우고, 입 부분만 빛을 받아 환해졌다.

"플로렌스에 아는 의사가 있나요?" 하고 라비크가 물었다.

"없어요. 의사가 필요한가요?"

"사소한 일은 언제든 일어날 수 있지요. 그 어떤 일들 말이오. 그곳에 아는 의사가 있다면 나는 더 안심이 될 텐데."

"난 아주 기분이 좋아요. 그리고 무슨 일이라도 일어난다면 즉시 돌아올게요."

"물론. 다만 조심할 필요는 있지. 플로렌스에 좋은 의사가 한 사람 있어요. 피올라 교수라고. 기억해 두지 않겠소? 피올라요."

"아마 잊어버릴 거예요. 중요한 일이 아니니까요, 라비크."

"내가 편지를 해 둘게요. 그 사람이 돌봐 주도록."

"뭐 때문에 그래요? 난 아무렇지도 않은데."

"전문가의 염려지, 케이트. 단지 그 때문이오. 당신한테 전화를 걸라고 그 사람한테 편지를 쓰겠소."

"내 염려는 말아요." 여자는 핸드백을 집어 들었다. "안녕, 라비크. 가 볼게요. 아마도 플로렌스에서 곧장 칸으로 갔다가, 거기서 콩테 디 사보야 호를 타고 뉴욕으로 갈 거예요. 언젠가 당신이 미국을 방문하면, 남편과 아이들, 그리고 말과 개들이 있는 시골집에서 사는 여편네를 만나게 될 거예요. 당신이 알았던 케이트 헤그슈트렘은 여기에 놓아두고 가겠어요. 셰에라자드에 조그만 묘지를 만드는 셈이죠. 그곳에 가거든, 가끔 그 묘지를 보며 술을 들도록 해요."

"좋아요. 보드카를 들겠소."

"네, 보드카로요." 여자는 어둑어둑한 방에서 머뭇거리며 서 있었다. 이제 한 줄기 빛은 여자 등 쪽에 있는 샤르트르 대성당 사진들 중 하나를 비추고 있었다. 십자가가 있는 높은 제단이었다. "이상해요." 하고 여자가 말했다. "기뻐해야 할 텐데, 그렇지 않아요……."

"헤어질 땐 다 그런 거요, 케이트. 절망과 헤어질 때조차도 말이오……."

여자는 그의 앞에 망설이면서, 부드러운 생명으로 충만한 채, 다후하면서두 조금은 슬픈 듯이 서 있었다.

"헤어질 때 가장 간단한 방법은 그냥 떠나는 거요." 하고 라비크가 말했다. "자, 갑시다. 좀 바래다줄 테니."

"네."

공기는 따뜻하면서도 축축했다. 하늘은 지붕과 지붕 사이에 깊숙이, 시뻘겋게 달아오른 쇠처럼 걸려 있었다. "택시를 불러올게요, 케이트."

"됐어요. 저 모퉁이까지 걷고 싶어요. 거기서 택시를 잡을 게요. 내가 다시 외출하는 건 이번이 거의 처음이니까."

"기분이 어때요?"

"포도주 같네요."

"택시를 안 불러도 될까요?"

"괜찮아요. 걸을래요."

여자는 축축하게 젖은 길을 따라 시선을 던졌다. 그러고는 싱긋 웃었다. "어느 구석엔지는 몰라도 걱정이 좀 남아 있는 것 같아요. 그렇겠죠?"

"당연히 그런 거지."

"안녕, 라비크."

"안녕, 케이트."

여자는 무언가 할 말이 있는 듯 잠시 서 있었다. 그러고는 조심스러운 걸음걸이로 계단을 내려갔다. 가냘프면서도 나긋나긋한 걸음걸이였다. 오랑캐꽃 빛깔 저녁놀 속으로, 자신의 파멸 속으로 걸어갔다. 다시는 돌아보지 않았다.

라비크는 되돌아왔다. 케이트 헤그슈트렘이 누워 있었던 방 앞을 지나려니 음악이 들려왔다. 그는 깜짝 놀라 멈추어 섰다. 그 방에 다른 환자가 아직 들어오지 않았다는 것을 알고 있었기 때문이다.

가만히 문을 열고 들여다보니, 간호사가 전축 앞에 무릎을 꿇고 있었다. 간호사는 인기척을 느끼고 놀라서 벌떡 일어섰다. 전축에서는 「최후의 원무곡」이란 옛날 음반이 돌아가고 있었다.

간호사가 옷을 매만졌다. "헤그슈트렘 씨가 이 전축을 저한테 선물로 주셨어요." 하고 그녀가 말했다. "미제거든요. 여기선 살 수 없어요. 파리엔 어디에도 없어요. 이것 하나뿐이에요. 방금 시험을 해 보는 중이었어요. 한 번에 다섯 장을 계속 틀 수 있어요."

여자애는 자부심으로 얼굴이 빛났다. "적어도 3000프랑은 될 거예요. 그리고 레코드들도 잔뜩 있어요. 56장이나 돼요. 게다가 라디오까지 들어 있고요. 이런 걸 행운이라고들 하나

봐요."

행운이라 하고 라비크는 생각했다. 또 그 말을 들었군. 여기선 전축이 행복이군. 그는 선 채 음악을 들었다. 바이올린 소리가 흐느끼듯 감상적으로 오케스트라를 누비며 비둘기처럼 날아올랐다. 그것은 때로는 쇼팽의 어떤 야상곡보다도 더욱 사람의 마음을 파고드는, 감상적인 곡들 중 하나였다. 라비크는 방을 둘러보았다. 침대보는 걷어 치웠고, 매트리스는 세워져 있었다. 문 옆에는 세탁물이 한 무더기 쌓여 있었다. 창문은 열려 있었다. 저녁이 빈정대듯 방 안을 들여다보고 있었다.

흩어진 향수 냄새, 끝나 가는 왈츠의 선율을 남긴 채 케이트 헤그슈트렘은 떠난 것이다.

"이걸 한꺼번에 다 가져갈 순 없어요." 하고 간호사가 말했다. "너무 무거워요. 우선 전축을 가져가고, 다음에 레코드를 두 번에 나누어서 가져가야겠어요. 아마 세 번쯤 와야 될지도 모르겠어요. 정말 신나요. 이것들로 카페도 차릴 수 있을 거예요."

"그거 좋은 생각이야." 하고 라비크가 말했다. "망가뜨리지 않게 조심해."

15

라비크는 아주 천천히 잠에서 깨어났다. 한동안 꿈과 현실의 이상한 혼돈 속에 누워 있었다. 꿈은 점차 흐릿해지고 조각조각 났지만 여전히 계속되었다. 그와 동시에 그는 자신이 지금 꿈을 꾸고 있다는 것을 알았다. 그는 독일 국경과 가까운 슈바르츠발트의 조그마한 역에 있었다. 가까운 곳에서 폭포 소리가 요란하게 들려왔다. 산에서는 전나무 향기가 퍼져 나왔다. 여름이었다. 골짜기는 송진과 풀 냄새로 가득했다. 철도 선로는 저녁놀에 붉게 빛났다. 그 위로 기차가 뚝뚝 피를 흘리며 지나간 것 같았다. 내가 여기서 무얼 하고 있는 건가? 하고 라비크는 생각했다. 여기 독일에서? 나는 프랑스에 있지 않은가. 나는 파리에 있다. 그는 부드럽고 눈부신 파도를 타고 미끄러졌다. 그리고 그 파도가 그에게 점점 더 잠을 퍼부었다……. 그러더니 그것은 어느새 녹아 안개가 되더니 끝내 가라앉고 말았다. 그는 파리가 아니라 독일에 있었다. 무엇 때문에 다시 독일로 돌아왔단 말인가?

그는 조그마한 정거장 안을 거닐었다. 신문 가판대 옆에 역무원이 서 있었다. 그는 《민중의 관찰자》를 읽고 있었다. 중년 사내로 얼굴은 통통했고, 눈썹은 진한 블론드색이었다. "다음 기차는 몇 시지요?" 하고 라비크가 물었다.

역무원은 느릿한 동작으로 그를 쳐다보았다. "어디로 가시는데요?"

라비크는 갑자기 뜨거운 공포가 몰려오는 것을 느꼈다. 나는 지금 어디 있는 건가? 이곳 지명은? 역명은? 프라이부르크로 간다고 해야 될까? 젠장, 어쩌자고 자기가 갈 곳을 모르는가? 그는 플랫폼을 따라 눈길을 보냈다. 역명 표지가 없다. 그는 싱긋 웃으며 말했다. "지금은 휴가 중이지요."

"어디로 가시는데요?" 하고 역무원이 물었다.

"그냥 이렇게 타고 돌아다녀요. 어쩌다가 그냥 내렸어요. 창에서 내다본 경치가 맘에 들어서. 그런데 벌써 싫어졌어요. 나는 폭포를 싫어하거든요. 이젠 떠나려고 합니다."

"어디로 가시는데요? 어디로 갈지는 알고 있을 것 아닙니까."

"모레는 프라이부르크에 있어야 해요. 그때까지는 시간 여유가 있고요. 이렇게 목적지도 없이 타고 돌아다니니 재미있는데요."

"이 노선은 프라이부르크론 안 가요." 역무원은 이렇게 말하며 그를 쳐다보았다.

너무도 멍청하지 않은가? 하고 라비크는 생각했다. 도대체 뭣 때문에 물어보는 걸까? 왜 그냥 기다리고 있지 않은가? 어쩌다가 여기까지 왔던가? "알고 있어요." 하고 그가 말했다. "시간은 충분해요. 여기 어디 키르쉬를 파는 데는 없나요? 슈바르츠발트의 진짜 키르쉬 술이 있을까요?"

"저기 구내식당에서 팝니다." 역무원은 이렇게 말하며 여전히 그를 쳐다보았다.

라비크는 승강장을 천천히 걸어갔다. 발소리가 지붕 없는 승강장의 시멘트 바닥을 쿵쿵 울렸다. 일등석과 이등석 대합실에 두 남자가 앉아 있는 것이 보였다. 등 뒤로 두 사람의 눈길이 느껴졌다. 정거장 지붕 밑으로 제비 몇 마리가 획획 날아다녔다. 그는 그것들을 바라보는 척하면서 흘낏 그 역무원을 살폈다. 역무원은 신문을 접고 라비크의 뒤를 따라왔다. 라비크는 식당으로 들어갔다. 맥주 냄새가 났고, 아무도 없었다. 그는 다시 술집 밖으로 나왔다. 역무원은 밖에 서 있었다. 그는 라비크가 나오는 것을 보고는 대합실로 들어갔다. 라비크는 걸음을 빨리 했다. 자신이 의심받고 있다는 것을 순간적으로 느꼈다. 건물 모퉁이에서 그는 뒤를 돌아보았다. 승강장에는 아무도 없었다. 그는 수화물 발송소와 텅 빈 수화물 창구 사이를 급히 지났다. 그리고 우유 통 몇 개가 놓인 화물 전용 승강장 밑을 수그려 지나갔고, 안에서 전신기가 찰칵 찰칵 소리를 내고 있는 창 밑을 기다시피 하여 건물 반대편으로 나섰다. 조심스럽게 뒤를 한 번 돌아보고는 재빨리 철로를 건넜고, 꽃이 핀 풀밭을 가로질러 전나무 숲 쪽으로 뛰어갔다. 그가 풀밭 위를 뛰어가는 동안에, 민들레 화관(花冠)들이 먼지처럼 날아올랐다. 전나무 숲까지 와서 보니, 역무원과 두 사내가 승강장에 서 있었다. 역무원이 그를 가리키자 두 사내가 뛰어오기 시작했다. 라비크는 뒤로 펄쩍 뛰었다가 숲 속을 마구 헤치며 달아났다. 뾰족한 가지들이 그의 얼굴을 때렸다. 그는 커다랗게 빙 돌며 뛰어갔다가, 있는 곳을 들키지 않으려고 제자리에 멈추어 섰다. 두 사내가 전나무를 헤치고 오는 소리가 들렸고, 그도 다시 뛰었다. 그는 계속해서 귀를 기울였다. 때로는 아무 소리도 들리지 않았고, 그런 때는 잠시 기다릴 수밖에 없었다. 이윽고 다시 나뭇가지가 꺾이는 소리가 들렸다. 그러면 그는 되도록 소리를 내지 않으려고 땅에 엎드려 기었다. 귀를 기울일 때는, 두 손을 꽉 움켜쥐고 숨을 멈추었다. 벌떡 일어나 뛰고 싶은 충동이 경련처럼 일었지만, 그러면 자기가 있는 장소를 들키고 말았을 것이다. 그는 상대편이 움직일 때에만 움직일 수밖에 없었다. 그는 푸른 노루귀 사이 무성한 덤불에 엎드렸다. 헤파티카 트리볼라 하고 그는 생각했다. 노루귀, 즉 헤파티카 트리볼라였다. 숲은 끝도 없는 것 같았다. 이번에는 사방에서 나뭇가지가 부러지는 소리가 났다. 자신의 몸이 비를 내리기라도 하듯, 온몸의 땀구멍에서 땀이 쏟아지는 것을 느꼈다. 그리고 갑자기 맥이 풀린 듯 무릎으로 털썩 주저앉았다. 일어나려고 허우적거렸지만, 더욱더 가라앉았다. 땅바닥이 마치 수렁 같았다. 그는 아래를 내려다보았다. 땅은 단단했다. 다리가 문제였다. 두 다리가 마치 고무 같았다. 추격자들의 소리가 바로 가까이에서 들렸다. 그들은 곧장 그를 향해 달려왔

다. 그는 벌떡 일어섰으나, 고무 무릎이 그를 주저앉히고 말았
다. 그는 다리를 질질 끌었고, 허우적거리며 한 발 한 발 앞으
로 걸어갔다. 나뭇가지 꺾이는 소리가 점점 더 가까이에서 들
렸다. 그러다가 갑자기 가지들 사이로 푸른 하늘이 조금 보였
다. 숲 속의 빈터였다. 여기를 재빨리 지나가지 않으면 끝장이
었다. 그는 다리를 질질 끌며 앞으로 걸어갔고, 그러다가 뒤를
돌아보았더니, 바로 등 뒤에서 하나의 얼굴이 나타났다. 음흉
하게 미소 짓는 하케의 얼굴이었다. 그는 막을 힘도 없이 무력
하게 점점 깊숙이 가라앉았다. 숨이 막혔다. 꺼져 들어가는 가
슴을 두 손으로 쥐어뜯었다. 그리고 끙끙 앓았다…….

내가 신음을 했던가? 내가 어디에 있었던가? 그는 자신의
두 손으로 목을 죄고 있는 것을 느꼈다. 두 손이 축축했다. 목
도 축축했다. 가슴도 땀에 젖었다. 얼굴도 축축했다. 그는 눈
을 떴다. 자신이 어디에 있는지 여전히 확실치 않았다. 전나무
숲 속 수렁인지, 아니면 다른 곳인지 알 수 없었다. 파리에 있
다는 건 까맣게 몰랐다. 희끄무레한 달이 낯선 세계 위 십자가
에 걸려 있었다. 창백한 달빛이 살해된 순교자의 후광처럼 어
두운 십자가 뒤에 걸려 있었다. 희끄무레하게 죽어 있는 달빛
은 파리한 강철 색과도 같은 하늘에서 소리도 없이 울부짖었
다. 보름달이 파리의 호텔 앙테르나쇼날의 방, 격자 모양 창살
에 걸려 있었다. 라비크는 몸을 일으켰다. 무슨 일이 일어났던
가? 피투성이 기차가 피를 뚝뚝 흘리며 여름날 저녁에 피 묻
은 선로 위를 미친 듯 달려간다. 다시 독일로 돌아가, 살인을

정당화한 잔학한 제도의 형리들에 둘러싸여 고문당하고 쫓긴다. 이런 꿈을 벌써 백번이나 꾸지 않았던가. 너무도 자주! 그는 남에게서 빌려온 빛[14]으로 온 세상의 빛을 모조리 빨아들이는 달빛을 노려보았다. 강제수용소의 공포로 가득한 꿈, 학살당한 친구들의 굳은 얼굴로 가득한 꿈, 살아남은 사람들의 눈물 없는 화석처럼 마비된 고통으로 가득한 꿈, 모든 비탄을 넘어선 참담한 이별과 고독으로 가득한 꿈이었다. 낮 동안에는 자신의 눈보다도 높은 담을, 장벽을 쌓아 올릴 수 있었다. 오랜 세월에 걸쳐 천천히 힘겹게 쌓아 올렸던 것이다. 소망들은 냉소로 목을 죄어 죽여 없앴고, 추억은 냉정하게 파묻어 짓밟아 버렸으며, 모든 것을, 심지어 이름까지 잡아채 없애 버렸고, 감정은 시멘트로 덮어 버렸던 것이다. 그런데도 이따금 무심결에 과거의 창백한 얼굴이 달콤하게 망령과 같이 나타나 자신을 부를 때면, 실성할 때까지 술을 마셔 잊곤 했다. 낮 동안에는 그럴 수 있었다. 하지만 밤이 되면 다시 꿈에 내맡겨졌다. 고된 단련으로 얻은 브레이크는 풀려 버렸고, 수레는 미끄러져 구르기 시작했다. 의식의 지평선 너머에서 과거는 다시 고개를 쳐들고, 무덤을 파헤치고 나타나는 것이다. 얼어붙었던 발작은 다시 시작되고, 망령들은 돌아오고, 피는 다시 끓어올랐다. 상처들은 피를 뚝뚝 흘렸고, 암흑의 폭풍은 모든 방벽과 바리케이드를 휩쓸어 버린다! 망각, 그것은 의지의 가로등이 세상을 비추는 동안에는 쉬운 일이다. 하지만 가로등이

---

14) 태양을 가리키는 것으로 보인다.

꺼지고, 벌레들의 시끄러운 소리가 들리고, 파괴된 세계가 가라앉았던 비네타처럼 밀물과 함께 다시 살아나면, 사정은 달라졌다. 그런 모든 것을 잊으려고 저녁마다 납덩이처럼 곤드레만드레 취할 수도 있었다. 밤을 낮으로 만들고, 낮을 밤으로 만들 수도 있었다. 낮에는 다른 꿈을 꾼다. 밤처럼 모든 것으로부터 내쫓기지 않아도 된다. 그런 짓을 얼마나 많이 해 보았던가? 새벽 잿빛이 거리로 기어들기 시작할 무렵에 호텔로 돌아왔던 일이 얼마나 많았던가? 대작할 사람이 있기라도 하면, 누구하고라도 '지하묘지'에서 술을 마시며 모로소프가 셰에라자드에서 돌아오기를 얼마나 자주 기다렸던가? 그리하여 모로소프가 돌아오면, 모조 종려나무 아래에서 그와 함께 계속해서 퍼마셨던 것이다. 창도 없는 그 방에서는 다만 벽시계만이 바깥세상이 얼마나 밝았는지 말해 줄 뿐이었다. 마치 잠수함 속에서 퍼마시는 꼴이었다.

머리를 가로저으며 더 이성적이 되어야 한다고 생각하기란 간단한 일이다. 하지만 제기랄, 그게 쉽지 않았다! 생명은 생명이었다. 아무 가치도 없는 것 같지만, 그러면서도 그 모든 것이었다. 내던져 버릴 수도 있었고, 그건 간단한 일이었다. 하지만 그렇다면 복수까지 함께 내던지는 꼴이 되지 않았을까? 조롱당하고 남들이 뱉는 침을 뒤집어쓰고, 날이면 날마다 멸시당하면서도, 그 어떤 인간성이라든지 인류애 같은 것에 대한 믿음마저 내던져 버리는 꼴이 되지는 않았을까? 허무한 생명이지만, 비어 버린 탄창처럼 내던질 수는 없다! 때가 오면, 필요하게 되면, 다시 싸우기 위해 여전히 필요한 것이었다. 사적인 이유에서 그런 것은 아니다. 복수 때문에 그런 것은 더욱 아니다. 뼈에 사무치는 복수라고 해도 말이다. 이기주의 때문에, 또는 이타주의 때문에 그런 것도 아니다. 그 이타주의가 이 세상을 수레바퀴 한 번 도는 만큼 피와 잿더미에서 건져 내는 데 아무리 중요하다 할지라도 말이다. 결론적으로 말해 우리가 생명을 내던지지 않는 것은, 결국 인간은 싸우고 또 싸우며, 숨을 쉬는 한 싸울 기회를 기다린다는 바로 그 이유 때문이다. 그러나 기다림은 마음을 좀먹는 것이며, 절망적인 것일 수도 있다. 게다가 막상 그때가 온다고 해도, 벌써 지나치게 문드러지고, 좀먹고, 각자의 방에서 기다리다 지쳐 이제 함께 행진할 수 없는 지경이 되어 버릴지도 모른다는 비밀스러운 공포가 생길 수도 있다! 그 때문에 신경을 갉아먹는 모든 것을 망각 속으로 짓밟아 넣어 버리지 않았던가? 냉소와 반어로 심지어는 모든 감상을 거부하며 냉혹하게 다른 사람 속으로, 타인의 자아 속으로 힘껏 달아나곤 했던 것도 그러한 공포에서 벗어나기 위해서가 아니었던가? 그렇게 도망치지 않았더라면, 잠에 내던져지고 망령들에게 사로잡히는 잔인한 무기력 상태가 거듭해서 다시 나타났을 것 아닌가.

달은 창문 격자 밑으로 보란 듯이 기어 들어왔다. 이젠 십자가에 못 박힌 순교자 뒤를 비추는 후광이 아니었다. 다른 사람의 방 안과 침대를 몰래 들여다보는 번지르르하고 음탕한 변태성욕자였다. 라비크는 이제 완전히 깨어났다. 비교적 해롭지 않은 그런 꿈이었다. 더 심한 흉몽을 꾼 적도 종종 있었다. 곰곰이 생각해 보니, 꿈을 꾼 것도 오랜만이었다. 혼자 자지 않게 된 후부터는 거의 꿈을 꾸지 않았던 것이다.

그는 침대 곁을 더듬었다. 술병이 없었다. 병은 얼마 전부터 거기 있지 않고, 방구석 탁자 위에 있었다. 잠시 망설였다. 꼭 마시고 싶지는 않았다. 그는 일어나서 맨발로 탁자 쪽으로 걸어갔다. 잔을 찾았고, 병마개를 빼고 술을 들이켰다. 이전에 마시다가 남겨 둔 오래 묵은 칼바도스였다. 그는 잔을 창 쪽으로 치켜들고 비춰 보았다. 달빛은 잔을 오팔 색으로 만들었다. 브랜디는 빛 속에 두면 안 돼 하고 그는 생각했다. 태양빛에도 달빛에도 마찬가지다. 부상병이 밤중에 보름달 아래 바깥에 누워 있으면, 다른 날 밤보다 더 쇠약해지는 법이다. 그는 머리를 가로저으며 술을 죽 들이켰다. 그리고 또 한 잔을 따랐다. 흘낏 쳐다보니, 조앙이 눈을 뜨고 이쪽을 보고 있었다. 그는 멈칫했다. 그녀가 정말 깨어서 자기를 쳐다보고 있는지 알 수 없었다.

"라비크." 하고 여자가 그를 불렀다.

"응……."

여자는 지금 막 일어난 듯이 몸을 움찔했다. "라비크." 하고 이번에는 달라진 목소리로 불렀다. "라비크, 거기서 뭐 해요?"

"뭐 좀 마시고 있어."

"아니, 왜요……." 여자가 몸을 일으켰다. "무슨 일이에요?" 여자는 어리둥절해하며 물었다. "무슨 일이 있었나요?"

"아무것도 아냐."

여자는 머리를 뒤로 쓸어 넘기며 말했다. "아니, 깜짝 놀랐잖아요!"

"그럴 생각은 아니었어. 계속해서 잘 줄 알았어."

"갑자기 그런 곳에 서 있으니 말예요, 구석에, 엉뚱하게 말예요."

"미안해, 조앙. 당신이 깰 줄 몰랐어."

"당신이 옆에 없다는 걸 느꼈어요. 추웠어요. 바람이 분 것 같기도 했고. 섬뜩하면서 놀랐다고요. 그런데 당신이 느닷없이 거기에 서 있잖아요. 무슨 일이 있었나요?"

"아냐, 아무 일도. 전혀 없었어, 조앙. 잠이 깨서 뭘 좀 마시려고 했던 거야."

"저도 한 모금 주실래요."

라비크는 잔을 채워 침대 쪽으로 갔다. "지금 보니 꼭 어린애 같아." 하고 그가 말했다.

여자는 두 손으로 잔을 받아 마셨다. 천천히 마시며 잔 너머로 그를 쳐다보았다. "왜 잠을 깼어요?" 하고 여자가 물었다.

"모르겠어. 달 때문인 것 같아."

"나는 달이 싫어요."

"앙티브에 가서 보면 싫어하지 않을 거야."

여자가 잔을 내려놓았다. "우리 정말 떠나는 거예요?"

"그래, 떠나는 거야."

"이곳의 안개와 비를 피하는 거예요?"

"그래, 이 빌어먹을 안개와 비로부터 도망치는 거다."

"한 잔 더 줘요."

"더 자야지?"

"아뇨. 그냥 자기엔 아까워요. 사람들은 자느라고 인생을

너무 많이 놓쳐 버려요. 한 잔 더 주세요. 그 고급술인가요? 그
것도 가져가죠."

"아무것도 가져갈 필요 없어."

여자가 그를 쳐다보았다. "절대로요?"

"절대로." 라비크는 창가로 가 커튼을 쳤다. 커튼은 반만 달
혔다. 달빛이 채광 구멍을 통해 들어오는 것처럼 그 사이로 비
쳐 들어와, 방을 밝기가 서로 다른 두 쪽으로 갈라 놓았다. "왜
침대로 안 와요?" 하고 조앙이 물었다.

라비크는 달빛 건너편에 놓인 소파 옆에 서 있었다. 침대에
있는 조앙이 흐릿하게 보였다. 목덜미를 덮은 그녀의 머리카
락은 희미하게 빛났다. 그녀는 벌거벗고 있었다. 그녀와 그 사
이로, 어두운 골짜기에서 마주 보고 있는 것 같은 두 사람 사
이로, 차가운 달빛이 어딘가를 향해 흘러가는 것이 아니라, 다
만 자신 속으로 흘러왔다. 공기도 없는 칠흑의 에테르를 뚫고
무한한 길을 지나, 잠의 따스한 냄새로 가득한 네모진 방으로
흘러 들어온 것이다. 아득히 먼 곳의 사멸한 별에 부딪혀, 마
술과도 같이 뜨거운 태양 광선에서 납덩이같이 차가운 흐름
으로 변해 버린 광선의 파편, 그것은 흐르고 또 흘렀다. 그대
로 조용히 머무르면서도, 결코 방 안을 채우지는 않았다.

"왜 이리로 오지 않아요?" 조앙이 또 물었다.

라비크는 어둠과 빛을 지나, 그리고 다시 어둠을 통해 방을
가로질러 갔다. 몇 걸음에 지나지 않았지만, 그에게는 아득한
거리처럼 느껴졌다.

"술병은 가지고 오셨죠?"

"응."

"잔을 드릴까요? 몇 시나 됐죠?"

라비크는 야광 시계의 조그마한 문자판을 보았다. "5시쯤 된 것 같아."

"5시요. 3시면 어때요. 7시면 또 어떻고. 밤엔 시간이 그대로 멈춰 있는 것 같아요. 시계만 움직이는 거죠."

"응. 그렇지만 모든 일은 밤에 일어나거든. 아니면 밤이기 때문에 모든 일이 일어나는 건지도 모르고."

"뭐가요?"

"낮이면 눈에 드러나는 것들 말이야."

"겁주지 말아요. 그렇다면, 모든 일이 자는 동안에 미리 일어난다는 말이잖아요?"

"맞아."

여자는 그의 손에서 잔을 가져와 마셨다. 무척이나 아름다운 여자였다. 그는 자기가 여자한테 빠져 있다는 것을 느꼈다. 조각이나 그림 같은 아름다움은 아니었다. 바람이 그 위를 불어가는 목장과 같은 아름다움이었다. 그 여자의 안에서 맥박치고 있는 것, 두 세포가 만나서 비밀스럽게 그 여자를 만들어 낸 것, 즉 자궁 안의 무(無)로부터 지금의 그 여자를 만들어 낸 것, 그것은 생명이었다. 작디작은 씨앗 한 알 속에 벌써 다 자란 나무가 들어 있는 것과 같은 불가해한 수수께끼였다. 그 씨앗 한 알은 웅크리고 있고, 극미한 상태로 존재하다 어느새 우듬지가 되고, 열매가 되고, 그 모든 4월에 소나기처럼 한꺼번에 꽃을 피우지 않는가. 그리고 또한 하룻밤의 사랑과 약간의 점액과 점액이 서로 만나 얼굴이 생기고, 어깨와 눈이 생기고, 바로 이런 눈과 어깨가 생기게 되는 것도 마찬가지로 불가해한 수수께끼 아닌가. 그렇게 태어난 이 여자가 세상 그 어느 곳에 수백 만 인간들 사이에 섞여 있다가, 11월 어느 날 밤, 파리의 알마 다리 위에 서 있게 되었고, 마침내 그들이 하나가 된 것도 마찬가지로 불가해한 수수께끼였다…….

"왜 밤에 그렇게 된다는 거예요?" 하고 조앙이 물었다.

"이리 가까이로 와요." 하고 라비크가 대답했다. "나의 여자가 잠의 심연에서 다시 돌아왔고, 우연이라는 달빛 비치는 풀밭에서 되돌아왔기 때문이야. 말하자면 밤과 잠은 서로에게 배반자인 거지. 알겠어? 우리가 오늘밤 얼마나 가까이 서로 붙어서 잠이 들었는지 말이야. 우리는 인간들이 더 이상 서로 다가갈 수 없을 만큼 꼭 붙어 있었어. 우리 이마, 우리 피부, 우리 생각, 우리 호흡은 서로 문지르며 서로 섞였어. 그러고 나서 천천히 잠이 우리 사이로 스며들었던 거야, 빛깔도 없는 잿빛 잠이. 처음엔 얼룩 몇 개에 지나지 않았지만, 점점 수가 많아져 우리들의 상념에 딱지처럼 떨어지고 핏속으로 들어가, 무의식의 세계로부터 맹목적인 것을 우리 속으로 방울방울 쏟아 넣게 되는 거야. 그러면 갑자기 우리는 각자 홀로 되어, 외롭게 어두운 운하를 따라 그 어딘가로 흘러 내려가게 돼. 미지의 힘과 형상을 알 수 없는 온갖 공포에 사로잡힌 채 말이야. 내가 잠에서 깨어났을 때, 당신을 보았어. 당신은 자고 있었어. 당신은 여전히 먼 곳에 있었던 거야. 내게서 완전히 빠져나간 채로 말이야. 당신은 나를 알지 못했고, 당신은 내가 따라갈 수 없는 그 어딘가에 가 있었던 거야." 그는 여자의 손에 입을 맞췄다.

"밤에 잠이 들 때마다 당신을 잃어버린다고 하면, 그런 사랑을 어떻게 완전하다고 하겠어?"

"전 당신 곁에 꼭 붙어 있었어요. 당신 곁에, 당신 팔에."

"당신은 미지의 나라에 가 있었어. 내 곁에 있긴 했지만, 시리우스 별보다 더 먼 곳에 있었어. 낮 동안 당신이 어디에 있다 해도, 그건 아무 문제도 아니야. 낮 동안엔 내가 모든 걸 알잖아, 하지만 밤에 누가 알겠어?"

"전 당신 곁에 있었어요."

"당신은 나하고 같이 있지 않았어. 그저 내 옆에 누워 있었을 뿐이야. 제 맘대로 할 수도 없는 그런 나라에서 돌아올 수 있다는 걸 누가 알겠어? 알지도 못하는 사이에 변해 버릴 수도 있는데."

"당신도 마찬가지예요."

"물론, 나도 그래." 하고 라비크가 말했다. "그 잔 좀 돌려주지. 내가 멍청한 소리를 하는 동안 당신 혼자서만 마시잖아."

여자가 잔을 넘겨주었다. "당신이 잠을 깨서 좋아요, 라비크. 달한테 감사해야겠어요. 달이 없었다면 우린 계속 잠든 채로 서로에 대해 아무것도 몰랐겠죠. 아니면 무방비 상태에서 우리들 중 한 사람의 마음에 이별의 씨앗이 뿌려졌을지도 모르죠. 그러면 눈에는 보이진 않지만 천천히 자라나, 결국은 터져 나왔을 테죠."

여자가 조용히 미소를 띠었다. 라비크가 여자를 쳐다보았다. "당신은 별로 심각하게 받아들이지 않는 거지, 안 그래?"

"별로요. 당신은?"

"심각하지 않아. 하지만 거기엔 무언가가 있어. 그래서 우리는 그걸 심각하게 여기지 않는 거야. 그 점에서 인간은 위대해."

여자가 다시 웃었다. "그런 건 하나도 안 무서워요. 나는 우리 몸을 믿어요. 몸은 밤 동안 우리 머릿속에서 어지럽게 출몰하는 허깨비들보다 자신이 원하는 걸 더 잘 알거든요."

라비크가 잔을 쭉 들이켰다. "좋아." 하고 그가 말했다. "당신 말도 옳아."

"오늘 밤은 그만 자는 게 어때요?"

라비크는 달의 은빛 띠를 향해 병을 쳐들었다. 아직 3분의 1은 남아 있었다. "많이 남진 않았지만, 그렇게 해 보지."

그는 병을 침대 옆 탁자에다 놓았다. 그러고는 조앙을 돌아보았다. "당신은 남자가 원하는 걸 모두 갖추고 있어. 게다가 남자가 모르는 것도 하나 더 가지고 있는 것 같아."

"좋아요." 하고 여자가 말했다. "우리 매일 밤중에 일어나기로 해요, 라비크. 밤이면 당신은 낮과는 딴판이에요."

"좋아진단 말인가?"

"달라져요. 밤이면 당신은 사람을 깜짝 놀라게 해요. 당신은 아무도 모르는 그 어디에선가 와요."

"낮 동안엔 그렇지 않고?"

"늘 그렇지는 않아요, 가끔."

"귀여운 고백이야." 하고 라비크가 말했다. "몇 주 전이었으면, 내게 그런 이야기를 하진 않았을걸."

"그랬겠죠. 그땐 당신을 잘 알지 못했으니까요."

그는 눈을 들어 쳐다보았다. 여자의 얼굴에 이중적인 그림자는 조금도 없었다. 단순하게 생각하고, 아주 자연스럽게 말하고 있는 것이다. 그의 마음을 상하게 하려는 것도, 무언가 유별난 것을 말하려는 것도 아니었다. "그거 잘됐군." 하고 그가 말했다.

"무슨 말이에요?"

"몇 주만 지니면 당신은 나를 더 잘 알게 될 거야. 그러면 나는 무덤덤한 존재가 될 거야."

"꼭 나처럼 말이에요." 하고 조앙이 웃었다.

"당신은 그렇지 않아."

"왜 그렇지 않죠?"

"5만 년 동안의 생물학적 근거가 있는 거야. 사랑은 여자의 눈을 날카롭게 하고, 남자를 혼란스럽게 하지."

"당신은 나를 사랑하세요?"

"물론."

"너무 쉽게 말씀하시네요." 여자는 몸을 쭉 폈다. 배부른 고양이 같다고 라비크는 생각했다. 자신의 제물을 손아귀에 넣고 있다고 확신하는 배부른 고양이.

"가끔 나는 당신을 창밖으로 내던지고 싶어." 하고 그가 말했다.

"왜 그렇게 하지 않죠?"

그가 여자를 쳐다보았다.

"그렇게 할 수 있을 것 같아요?" 하고 여자가 물었다.

그는 대답하지 않았다. 여자는 베개를 베고 뒤로 누웠다. "사랑하기 때문에 없애 버리는 건가요? 너무 사랑하기 때문에 죽이는 거예요?"

라비크가 병 쪽으로 손을 뻗었다. "이런." 하고 그가 말했다. "내가 뭘 잘못해 이런 봉변이람? 밤중에 잠을 깨어 이런 이야기를 들어야 하다니!"

"그럼, 사실이 아니에요?"

"아니고말고. 그런 건 삼류 시인이나 여자 들이나 입에 담을 말이야."

"실제로 그렇게 하는 사람들에게도 마찬가지예요."

"그럴 수도 있겠지."

"당신은 그럴 수 있을 것 같아요?"

"조앙." 하고 라비크가 말했다. "그런 잡담은 그만. 난 그런 복잡한 생각은 못 하는 사람이야. 지금까지도 너무 많은 사람을 죽였어. 아마추어로서도 그랬고, 전문가로서도 그랬어. 병정으로서, 의사로서도 그랬어. 그 때문에 생명에 대해 경멸과 무관심과 존경심을 품게 된 거야. 죽인다고 해서 일이 끝나는 건 아니야. 여러 차례 살인을 한 사람은 사랑 때문에 사람을 죽이지는 않아. 살인하지 않음으로써 죽음을 가소롭게 보고, 보잘것없게 만드는 거라고. 하지만 죽음이란 보잘것없는 것도 아니고, 가소로운 것도 아니야. 죽음은 여자하고는 아무 상관도 없어. 남자들 사이의 문제지."

그는 잠시 침묵했다.

"우리가 도대체 무슨 말을 하는 거야?" 그렇게 말하고 그는 여자 위로 몸을 구부렸다. "당신은 나의 뿌리 없는 행복 아닌가? 나의 구름 속 행복, 탐조등 같은 행복 아닌가? 자, 키스나해 줘! 생명이 오늘처럼 소중했던 적은 결코 없었어. 생명이 조금도 가치 없는 오늘날이긴 해도."

16

빛. 언제나 빛은 새로웠다. 햇빛은 바다의 짙은 청색과 하늘의 연푸른 색 사이로 하얀 거품처럼 수평선 저편에서 날아 들어왔다. 숨 쉬지 않으면서, 동시에 깊디깊게 숨을 쉬고, 빛남과 동시에 반사하면서, 이렇게 밝고 이렇게 번쩍이는 단순한 태고의 행복으로, 그 어디에도 매이지 않고 떠돌다 날아 들어왔던 것이다.

이 여자의 머리 뒤쪽이 환히 빛나는구나 하고 라비크는 생각했다. 색채 없는 후광(後光)! 전망도 없는 드넓은 공간. 빛은 어깨 저 너머로 아득히 흘러간다! 가나안의 우유이고, 광선으로 짠 비단이 아닌가! 이런 햇빛 속에서는 누구도 벌거벗지 못한다. 살갗은 햇빛을 반사한다. 저 바다의 바위들처럼. 빛의 거품, 투명한 혼란, 밝디밝은 안개로 짠 엷디엷은 옷.

"여기 온 지 며칠 됐어요?" 하고 조앙이 물었다.

"팔 일째야."

"팔 년은 된 것 같아요, 안 그래요?"

"아니." 하고 라비크가 대답했다. "여덟 시간밖에 안 돼. 여덟 시간과 삼천 년. 당신이 서 있는 바로 그곳엔 삼천 년 전에 젊은 에트루리아 여인이 서 있었어. 바람도 오늘처럼 아프리카 쪽에서 불어와, 빛을 몰고 바다를 건넜을 거야."

조앙은 바위 위, 그의 곁에 쪼그리고 앉았다. "언제 파리로 다시 돌아가야 해요?"

"오늘 밤 카지노에서 알게 되겠지."

"우리가 땄잖아요?"

"충분하진 못해."

"노름을 늘 했던 것처럼 잘하시던데요. 아마 그랬던 모양이죠. 당신이란 사람을 잘 모르겠어요. 그 크루피에[15]가 당신한테 돈 많은 군수품 공장 사장이나 되는 것처럼 인사를 하던데, 어떻게 된 일이에요?"

"나를 군수품 공장 사장으로 착각한 거지."

"그렇지 않아요. 당신도 그 사람을 알아보던데요."

"그렇게 아는 체하는 게 더 공손한 거야."

"지난번에 온 게 언제죠?"

"기억이 안 나. 언젠가 오래전에 한 번 왔었어. 당신은 벌써 갈색으로 탔군! 늘 갈색이면 좋겠어."

"그럼 저는 늘 여기서 살아야겠네요."

---

15) 도박장에서 룰렛을 돌리거나 칩을 나누어 주는 사람.

"살기 싫은가?"

"여기서만 사는 건 싫어요. 하지만 여기서 사는 것처럼 늘 살고 싶어요."

여자는 머리를 어깨 뒤로 젖히며 말했다. "당신은 이러는 제가 아주 가볍다고 생각하겠죠, 안 그래요?"

"안 그래." 하고 라비크가 대답했다.

여자는 미소를 짓고는 그에게로 몸을 돌렸다. "제가 가볍다는 건 알아요. 하지만 맙소사, 우리들의 저주받은 인생에서는 가벼운 일이 너무도 적었어요! 전쟁이나 굶주림이나 뒤집히는 일은 끔찍하게 많았지만요. 혁명이니 인플레이션이니 하면서 말이에요. 하지만 약간의 안정이나 가벼움, 평화라든지 여유는 결코 없었어요. 그런데 당신은 또다시 전쟁이 일어날 거라고 말하잖아요. 정말이지 우리 부모님들이 우리보다 훨씬 더 소박하게 산 것 같아요, 라비크."

"맞는 말이야."

"인생은 짧고 단 한 번뿐이에요. 그런데 그게 그냥 지나가 버리잖아요……." 여자는 두 손을 따뜻한 바위 위에 놓았다. "저는 하잘것없는 여자예요, 라비크. 제가 역사적인 시대에 살고 있다고 으스대고 싶지도 않아요. 그냥 행복하게 살고 싶어요. 그리고 세상만사가 이렇게 무겁고 어렵지 않았으면 좋겠어요. 그것뿐이에요."

"누가 그러지 않기를 바라겠어, 조앙?"

"당신도요?"

"물론."

저 푸른빛 하고 라비크는 생각했다. 하늘이 바다와 맞닿은 수평선의 무색에 가까운 저 푸른빛. 그리고 바다를 지나 중천으로 올라가며 점점 더 짙어지는 저 폭풍우는, 파리에 있을 때보다 여기서 더욱 푸른 두 눈으로 몰려오지 않는가.

"그렇게 살 수만 있다면 좋겠어요." 하고 조앙이 말했다.

"지금 우리는 그렇게 살고 있어. 지금 이 순간에는."

"그래요, 지금 이 순간. 며칠 동안은. 하지만 우린 다시 파리로 돌아가야 해요. 아무 변화도 없는 그 나이트클럽으로, 그 더러운 호텔 생활로 말이에요……."

"너무 과장했어. 당신 호텔은 더럽지 않아. 내가 있는 호텔이 좀 더럽기는 하지만. 내 방은 빼고."

여자는 두 팔을 무릎에 괴었다. 바람이 여자의 머리를 스쳐 지나갔다. "모로소프의 말이, 당신은 굉장한 의사래요. 당신이 그런 환경이라 안됐어요. 그렇지 않으면 돈도 많이 벌 텐데. 더구나 의사니까요. 뒤랑 교수는……."

"그 사람은 어떻게 알아?"

"가끔 셰에라자드에 오거든요. 급사장인 르네의 말로는 그 사람은 1만 프랑 이하로는 손가락 하나 까딱 안 한다고 그러던데요."

"르네 녀석, 잘도 알고 있군."

"그리고 종종 하루에 두세 건씩 수술을 한다잖아요. 근사한 저택이 있고, 패커드[16]도 한 대 있고……."

---

16) 패커드 형제가 창립한 미국 자동차 브랜드. 20세기 초반에 고급 자동차

이상한 일이야 하고 라비크는 생각했다. 이 여자는 안색도 변하지 않는다. 수천 년이나 된, 여자들의 멍청한 이야기를 지껄일 때가 다른 때보다 더욱 매혹적이니 말이다. 생식 본능을 가진 채 은행가의 이상을 설교하는 이 여자는, 눈이 바다와 같은 아마존 여인처럼 보인다. 어쨌거나 이 여자의 말이 옳지 않을까? 이토록 아름다운 것은 언제나 옳은 것이 아닐까? 어떤 일을 해도 세상의 용서를 받아 마땅하지 않을까?

모터보트 한 척이 파도 거품을 일으키며 다가오는 것이 보였다. 그는 움직이지 않았다. 보트가 오는 이유를 그는 알고 있었다. "당신 친구들이 오는군." 하고 그가 말했다.

"왜 그러세요?" 조앙은 벌써 그 보트를 보고 있었다. "어째서 제 친구라고 하세요?" 하고 여자가 물었다. "저 사람들은 당신 친구들이에요. 저 사람들은 저보다 당신을 먼저 알았잖아요."

"십 분 먼전데, 뭘."

"어쨌든 먼저예요."

라비크가 웃었다. "알았어, 조앙."

"전 갈 필요 없어요. 아주 간단해요. 안 갈래요."

"물론 안 가겠지."

라비크는 바위 위에 쭉 뻗고 누워 눈을 감았다. 태양은 이내 따뜻한 황금 담요가 되었다. 어떤 일이 벌어질지 그는 알았다.

"우리가 좀 실례를 하는 거예요." 잠시 후에 조앙이 말했다.

로 명성을 날렸다.

"애인들 사이에선 실례란 없는 법이지."

"저 두 사람은 우리 때문에 온 거예요. 우리를 데리러 왔다고요. 보트를 타고 싶지 않다면, 적어도 내려가서 이야기는 해야죠."

"알았어." 하고 라비크는 눈을 반쯤 떴다. "간단히 하기로 하지. 당신이 내려가서 나는 일을 해야 한다고 말해. 그리고 당신은 같이 가. 어제처럼 말이야."

"일을 한다고요? 그건 이상하게 들릴 거예요. 누가 이런 데서 일을 해요? 왜 함께 타지 않아요? 저 두 사람은 당신을 아주 좋아해요. 어제도 당신이 안 왔다고 실망했는걸요."

"맙소사." 라비크는 눈을 완전히 떴다. "어째서 여자들은 이렇게 멍청한 이야기를 좋아할까? 당신은 보트를 타고 싶고, 나는 보트가 없고, 인생은 짧고 우리는 여기 며칠밖에 있지 않아. 뭣 때문에 내가 당신에게 관대한 척해야 돼? 안 그래도 당신은 그렇게 할 텐데 하라고 강요할 필요가 뭐 있겠어? 단지 당신 기분을 좀 더 좋게 하려고 말이야."

"당신이 강요할 필요는 없어요. 나 혼자서 할 수 있어요." 하고 여자가 그를 쳐다보았다. 여자의 두 눈에서 마찬가지로 격렬한 빛이 쏟아졌다. 다만 입은 일순간 일그러졌다. 여자의 얼굴을 슬쩍 스치고 지나간 표정이었지만, 라비크는 자기가 잘못 보았을 수도 있다고 믿었다. 하지만 그의 생각이 틀리지 않았다는 것을 그는 알았다.

파도는 상륙용 잔교(棧橋) 옆 바위들을 철썩거리며 두드렸다. 물거품이 높이 솟아올랐고, 바람이 번쩍거리는 파도를 흘날리게 했다. 그 순간 파도는 라비크의 피부를 오싹하게 했다. "당신이 말했던 파도예요." 하고 조앙이 말했다. "당신이 파리에서 제게 들려준 이야기 속 파도 말예요."

"그 얘기를 기억해?"

"그럼요. 하지만 당신은 바위가 아녜요. 당신은 콘크리트 덩어리예요."

여자는 보트 착륙장 쪽으로 내려갔다. 여자의 아름다운 어깨 위로 온 하늘이 펼쳐져 있었다. 마치 여자가 하늘을 짊어지고 있는 것처럼 보였다. 여자에겐 그럴듯한 변명이 있었다. 여자는 흰 보트 안에 앉을 것이다. 머리카락을 바람에 휘날리며. 내가 그 친구들하고 같이 가지 않다니, 나도 멍청한 놈이야 하고 라비크는 생각했다. 하지만 나는 그런 연극을 할 인물이 못돼. 이건 옛 시절의 어리석은 오만 아니던가. 돈키호테 같은 인물 아닌가? 하지만 이것을 뺀다면 우리에게 무엇이 남아 있단 말인가? 달 밝은 밤에 꽃을 피우는 무화과나무, 세네카와 소크라테스의 철학, 슈만의 바이올린 협주곡, 그리고 다른 사람보다도 손실을 더 빨리 계산하는 것.

아래쪽에서 조앙의 목소리가 들려왔다. 그리고 모터의 둔중한 발동 소리가 났다. 그는 몸을 일으켰다. 그녀는 선미(船尾)에 앉아 있을 것이다. 바다 저쪽 어딘가에 수도원이 있는 섬이 있다. 이따금 거기서 닭 우는 소리가 들려오기도 했다. 눈꺼풀을 통해 들어오는 태양은 시뻘겋게 달아올랐다! 기대에 찬 피의 꽃들로 붉게 물든 유년 시절의 부드러운 목장. 바다가 들려주는 태고의 자장가. 비네타의 종소리. 무사념(無思

念)의 마술 같은 행복. 그는 곧 잠이 들었다.

오후에 그는 차고에서 차를 꺼내왔다. 파리에서 모로소프가 그를 위해 렌트해 준 '탈보'였다. 그 차를 몰고 조앙하고 여기까지 온 것이었다.

라비크는 해안을 따라 차를 몰았다. 날은 청명하고 눈이 부셨다. 중부 코르니쉬를 지나 니스와 몬테카를로, 그리고 빌프랑쉬로 달렸다. 이 오랜 조그마한 항구가 마음에 들어, 한동안 부둣가 술집 앞에 앉아 있었다. 몬테카를로의 카지노 앞에 있는 공원, 그리고 바다를 저 밑으로 내다보는 자살자들의 공동묘지를 서성거렸다. 어떤 묘지 하나를 찾아서 오랫동안 그 앞에 서 있으면서 미소를 지었다. 구(舊) 니스의 비좁은 거리들을 지나고, 신도시의 기념탑들이 서 있는 광장들을 지나 차를 달렸다. 그러고는 칸으로 갔고, 칸을 지나 바위들이 붉은색이 되고 성서에서 이름을 딴 어촌들에 도착했다.

그는 조앙을 잊었다. 자기 자신도 잊었다. 맑은 날씨에, 태양과 바다와 육지의 이 세 화음에 그대로 몸을 내맡겼다. 해변을 따라 꽃은 만발했고, 그 위 산길에는 아직 눈이 잔뜩 깔려 있었다. 프랑스엔 비가 내렸고, 폭풍우는 유럽을 몰아쳤다. 하지만 이 좁다란 해변만은 그런 것에 아랑곳하지 않았다. 완전히 잊힌 듯했다. 여기서 생명은 다른 식으로 맥박 쳤다. 등 뒤에서 나라가 고난과 홍조와 위험의 안개로 벌써 잿빛이 되고 말았는데도, 여기서는 태양이 빛났다. 그 환한 빛 아래서 죽어가는 세계의 마지막 거품이 모여들었다.

마지막 불빛을 둘러싸고 나방과 모기 떼들이 추는 일순간의 춤. 그것은 모든 모기들의 춤과 마찬가지로 소용없으며, 카페에서 흘러나오는 경음악처럼 어리석다. 자그마한 여름의 심장에 벌써 서리를 품고 있는 10월의 나비처럼, 쓸모없게 되어 버린 세상. 그래서 세상은 사신(死神)의 커다란 낫과 커다란 바람이 닥치기 전에, 얼마 안 되는 시간을 춤추고, 지껄이고, 희롱하고, 사랑하고, 속이고, 현혹하는 것이다.

라비크는 생라파엘로 차를 돌렸다. 작고 네모진 항구는 범선과 모터보트로 가득했다. 부둣가 카페들은 현란한 비치파라솔을 세워 놓았다. 갈색으로 탄 여자들이 탁자에 앉아 있었다. 변함없이 그대로군 하고 라비크는 생각했다. 경쾌하고 부드러운 삶의 풍경. 명랑한 유혹, 해방의 자유로움, 유희. 오래전 일이긴 했지만, 다시 떠올랐다. 한때 자신도 이런 나비의 생활을 했고, 그것으로 충분하다고 생각했다. 차는 모퉁이를 돌아 거리로, 타오르는 저녁놀 속으로 달렸다.

호텔에 돌아오자 조앙으로부터 전화 연락이 와 있었다. 저녁 식사에 오지 못한다는 전언이었다. 그는 에덴 로크로 내려갔다. 저녁 식사를 하는 손님은 거의 없었다. 대개는 주앙레팡이나 칸으로 가고 없었다. 그는 배의 갑판처럼 바위 위에 세운 테라스 난간 옆에 자리를 잡았다. 아래쪽에서는 바위에 부딪힌 파도가 흰 거품을 내고 있었다. 파도는 저녁놀 속에서 자홍색과 녹청색으로 다가오더니, 이내 더 밝은 황적색과 오렌지색으로 변했고, 마침내 날씬한 등허리에 황혼을 지고선 바위에 부딪히며 오색찬란한 거품으로 부서졌다.

라비크는 하염없이 테라스에 앉아 있었다. 서늘하고 깊은 고독. 그는 어떤 일이 닥칠지 아무 감정도 없이 명료하게 알았다. 당분간은 어느 정도 막을 수 있다는 것도 알았다. 눈속임과 술책을 부릴 수도 있었다. 하지만 그럴 생각은 없었다. 그러기엔 너무 늦었던 것이다. 술책이란 자잘한 사건에만 통하는 법이다. 남은 건 단 하나, 그냥 참는 것이었다. 자신을 속이거나 억누르지도 않으면서 그대로 견디는 것이었다.

라비크는 맑고 연한 프로방스 포두주가 든 잔을 들어 밝은 곳에 비추어 보았다. 싸늘한 밤, 피도 소리에 들리씌인 데리스, 이별을 고하는 태양의 웃음과 아득한 별들의 종소리로 가득한 하늘, 그리고 나의 마음속에서 서치라이트는 하고 그는 생각했다. 써늘하게 미래의 말없는 세월 속으로 뛰어들어 휙 비추고는 어둠 속에 내버려 둔 채 가 버릴 것이다. 나는 잘 알고 있지 않은가. 아직까지는 아무 고통도 없지만, 앞으로 고통이 없지 않으리라는 것도 잘 안다. 그리하여 나의 생활은 다시 한 번 내 손에 쥐어진 잔처럼 될 것이다. 거기에 투명하고 낯선 술이 가득 들어 있지만, 언제까지나 남아 있지는 않을 것이다. 김이 빠진, 썩은 쾌락의 식초가 되어 버리고 말 테니까.

이대로 계속될 리는 없었다. 오래 계속되기엔 이 다른 생활 속에 너무 많은 요소들이 개입하고 말았다. 식물이 빛을 향하듯이, 좀 더 가벼운 생활에 대한 유혹과 다채로운 것들에 대한 욕망 속으로 순진무구하고 아무 생각도 없이 빠져들고 말았던 것이다. 미래를 원하긴 했지만, 그에게 주어진 것은 보잘것없는 현재라는 한 조각뿐이었다. 아직은 아무 일도 일어나지 않았다. 일어날 필요도 없었다. 모든 일은 훨씬 이전에 결정되고 만다. 대개는 그것을 알지 못하다가, 유별나게 눈에 띄는 결과만을 보고 그것을 결정적인 것으로 여기는 것이다. 사실 그 결정은 이미 몇 달 전에 소리도 없이 내려졌는데 말이다.

라비크는 잔을 비웠다. 연한 포도주는 아까와는 다른 맛이 나는 것 같았다. 그는 다시 잔을 채워 마셨다. 포도주는 다시 전과 같이 오래되고, 솜털같이 부드러운 향기를 풍겼다.

그는 일어나서 칸의 카지노로 차를 몰았다.

그는 차분하게 조금씩 돈을 걸었다. 아직도 마음속에서 서늘함을 느꼈고, 이런 상태가 계속되면 딸 수 있다는 것을 알았다. 그는 마지막 12번, 그리고 27과 27의 스퀘어에 걸었다. 한 시간 후에 그는 3000프랑을 땄다. 스퀘어의 판돈을 배로 했고, 또 4번에도 걸었다.

조앙이 들어오는 것이 보였다. 조앙은 옷을 갈아입고 있었다. 그가 호텔을 나온 뒤에 곧바로 돌아온 것 같았다. 모터보트로 그녀를 데리러 왔던 두 남자와 함께였다. 그가 아는 사람들로, 한 사람은 벨기에 사람인 르 클레르, 다른 한 사람은 미국인 뉴전트였다. 조앙은 매우 아름답게 보였다. 커다란 회색 꽃무늬가 들어간 흰 야회복을 걸치고 있었다. 출발하기 전날 그가 사 준 것이었다. 여자는 그 옷을 보고는 환호성을 지르며 달려들었던 것이다. 그러고는 물었다. "야회복에 대해 어쩌면 이렇게 잘 아세요! 내 것보다 훨씬 나아요." 그리고 다시 쳐다보며 말했다. "더 비싸기고 하고." 당신은 새야 하고 그는 생각했다. 아직은 나의 가지에 앉아 있지만, 날개는 이미 날아갈 만반의 준비를 하고 있어.

크루피어가 칩 몇 개를 그에게로 밀었다. 그 스퀘어에 건 게 들어맞았던 것이다. 그는 딴 돈은 집어넣고 판돈은 그대로 두었다. 조앙은 바카라[17] 테이블 쪽으로 갔다. 조앙이 자기를 보았는지 그는 몰랐다. 게임을 하지 않는 몇 사람이 조앙의 뒷모습을 바라보았다. 그녀는 마치 가벼운 바람을 향해 가는 것처럼, 어디로 가려는지 모르는 것처럼 걸어갔다. 여자는 머리를 돌려 뷰진드에게 무슨 밀인가를 했다. 라비크는 갑자기 두 손으로 칩을 밀어 버리고, 자기 자신도 그 초록색 테이블에서 떨치고 일어나 조앙을 데리고 사람들 사이를 재빨리 뚫고 문을 나가 그 어떤 섬으로, 앙티브의 수평선에 있는 섬으로 달아나, 이 모든 것으로부터 그녀를 떼어 놓고, 자기 것으로 지키고 싶은 충동을 느꼈다.

그는 다시 판돈을 걸었다. 7번이 나왔다. 섬으로 간다 해도 떼어 놓을 수는 없을 것이다. 마음의 불안에는 한계가 없는 것이다. 자기 팔에 안고 있는 것을 가장 잃기 쉬운 법이다. 내버린 것을 잃는 법은 결코 없다. 공은 천천히 굴렀다. 12번이었다.

그는 다시 판돈을 걸었다.

눈을 들어 보니, 바로 조앙의 눈과 마주쳤다. 여자는 테이블 맞은편에 서서 그를 쳐다보고 있었다. 그는 고개를 끄덕이고는 싱긋 웃었다. 여자는 눈을 크게 뜨고 그를 쳐다보았다. 그

---

17) 프랑스의 카드놀이.

는 룰렛 판을 가리키며 어깨를 으쓱했다. 19번이 나왔다.

그는 판돈을 걸고 다시 눈을 쳐들었다. 조앙은 이미 없었다. 그는 조바심을 내며 억지로 앉아 있었다. 옆에 놓인 담뱃갑에서 담배 한 개비를 뽑았다. 웨이터 중 하나가 불을 붙여 주었다. 배가 불룩한 대머리 사내로, 유니폼을 입고 있었다. "세상이 달라졌어요." 하고 사내가 말했다.

"그렇지요." 하고 라비크가 말했다. 모르는 사내였다.

"1929년경은 달랐지요……."

"그렇지요……."

라비크는 그가 1929년에 칸에 왔었는지, 아니면 그 사내가 그저 되는대로 말을 하는지 알 수 없었다. 보지도 못한 사이에 4가 나와 있었다. 그는 좀 더 집중하려고 했다. 그러나 며칠 더 있으려고 푼돈을 걸고 있다는 게 어리석다는 생각이 갑자기 들었다. 뭣 때문에 이따위 짓을 하는 건가? 뭣 때문에 여기에 왔단 말인가? 제기랄, 마음이 약한 탓이야. 다른 이유는 없어. 천천히 소리도 없이 잠식당하다가, 이제 정신을 차려야지 하고 생각하면 그때 뚝 하고 부러져 버리는 거다. 모로소프의 말이 옳았다. 여자를 잃어버리는 가장 좋은 방법은 하루 이틀밖에 지탱할 수 없는 생활을 여자에게 보여 주는 것이다. 그러면 여자는 그런 생활을 다시 찾으려 하지만, 이제는 그런 생활을 지속하게 해 줄 수 있는 다른 남자를 찾기 마련이다. 이제 헤어지자고 말해야겠다라고 그는 생각했다. 파리에서 그녀와 헤어져야겠다. 너무 늦기 전에.

그는 다른 테이블에서 더 계속할까 하고 생각했다. 하지만 갑자기 내키지 않았다. 한번 크게 해 본 일을 소규모로 할 수는 없는 법이다. 주위를 둘러보았다. 조앙은 보이지 않았다. 그는 곧장 바로 가서 코냑 한 잔을 마셨다. 그러고는 차를 타고 한 시간쯤 돌아다닐 생각으로 광장으로 나갔다.

차에 시동을 걸자, 조앙이 오는 것이 보였다. 그는 차에서 내렸다. 여자는 빠른 걸음으로 다가왔다. "절 버려두고 돌아가려 했어요?" 하고 여자가 물었다.

"한 시간쯤 산 쪽으로 드라이브나 하다 돌아오려고 했어."

"거짓말! 안 돌아올 생각이었어요! 나를 그 멍청이들과 내버려 두고 갈 생각이었죠!"

"조앙." 하고 라비크가 말했다. "당신이 그 멍청이들과 같이 있었던 걸 내 탓이라고 몰아세울 참이군."

"바로 당신 탓이에요! 난 화가 나서 보트로 갔던 거예요! 그 때문에 제가 돌아왔을 때 당신은 호텔에 안 계셨던 거죠?"

"당신은 그 멍청이들 하고 저녁 약속을 했을 텐데."

여자는 순간 움찔했다. "제가 돌아왔을 때 당신이 없어서 그렇게 했던 거예요."

"됐어, 조앙." 하고 라비크가 말했다. "그 이야기는 그만두기로 해. 그래, 재미는 있었어?"

"아뇨."

여자는 부드러운 밤의 푸른 어둠 속에서 헐떡이고 흥분하고 초조해하며 그의 앞에 서 있었다. 달빛이 여자의 머릿속까지 파고들었다. 얼굴은 창백하면서도 대담했고, 입술은 새빨갛다

못해 거의 검은색이었다. 지금은 1939년 2월이다. 파리로 돌아
가면 피할 수 없는 일이 시작될 것이다. 천천히, 슬금슬금 사소
한 거짓말과 굴욕과 말다툼이 시작될 것이다. 그런 일이 벌어
지기 전에 그는 이 여자를 떠나려고 했다. 그런데도 그들은 아
직 여기 함께 있는 것이다. 이제 남은 건 며칠이었다.

"어디로 가시려고 했어요?" 여자가 물었다.

"정한 덴 없었어! 그냥 돌아다니려고 그랬어."

"저도 같이 갈래요."

"당신의 그 멍청이들이 뭐라고 생각할까?"

"상관없어요. 벌써 작별인사를 했어요. 당신이 날 기다린다
고 말했어요."

"나쁘진 않군." 하고 라비크가 대꾸했다. "당신은 머리가
좀 돌아가는 어린애군. 차 지붕을 덮을 테니 좀 기다려."

"그냥 열어 두세요! 외투가 있으니 따뜻할 거예요. 차를 천
천히 몰아요. 할 일도 없이 시시덕거리며 수다만 떠는 사람들
이 앉아 있는 카페 앞을, 전부 지나가도록 해요."

여자는 옆자리로 미끄러져 들어와 그에게 키스를 했다. "리
비에라에 온 건 처음이란 말예요, 라비크." 하고 여자가 말했
다. "절 좀 불쌍하게 봐 줘요. 당신과 제대로 함께 지내는 것도
처음이잖아요. 밤도 이젠 안 춥고, 난 행복해요."

그는 붐비는 길을 빠져나왔고, 호텔 칼튼 앞을 지나 주앙
레팡 쪽으로 달렸다. "처음이에요." 하고 여자가 되풀이했다.
"처음이란 말예요, 라비크. 당신이 대답하지 않아도 난 다 알
아요. 엉뚱한 생각은 말아요." 여자는 그에게 기대었고, 머리

를 그의 어깨 위에 얹었다. "오늘 있었던 일은 잊어요! 다시는 생각하지 말아요! 방금도 당신 운전 솜씨가 기가 막혔어요, 알아요? 그 멍청이들도 그렇게 말했어요. 어제 당신이 차를 모는 걸 보았대요. 당신은 으스스한 사람이에요. 과거가 없잖아요. 사람들은 당신에 대해 아무것도 몰라요. 저만 해도 벌써 당신 생활보다는 그 멍청이들의 생활을 백배나 잘 알아요. 어디서 칼바도스를 마시는 건 어때요? 오늘밤처럼 흥분한 뒤엔 칼바도스가 필요해요. 당신과 지내는 건 힘들어요."

차는 낮게 날아가는 새처럼 길 위를 달렸다. "너무 빠른가?" 하고 라비크가 물었다.

"아녜요. 더 빨리 달려요! 바람이 나무들을 뚫고 지나가게요. 밤바람이 쏴쏴 소리를 내도록 해요. 제 가슴은 사랑 때문에 구멍이 뚫렸어요. 사랑으로 가득한 내 속이 환히 들여다보여요. 당신을 너무도 사랑하기 때문에 제 마음은 활짝 열렸어요. 옥수수 밭에서 자기를 바라보는 남자 앞의 여자처럼 말예요. 제 마음은 땅에서 뒹굴고 싶어 해요. 풀밭에서도요. 누운 채로 훨훨 날고 싶어요. 미친 것 같아요. 차를 모는 당신이 사랑스러워요. 파리로 절대로 돌아가지 말아요. 보석이 든 트렁크를 훔치거나 은행을 털어요. 그리고 이 차를 타고 다시는 돌아오지 말아요."

라비크는 작은 바 앞에서 차를 멈추었다. 엔진의 윙윙거리는 소리가 그치자 갑자기 저 멀리서 깊은 바다의 숨소리가 부드럽게 들려왔다. "자, 내리지." 하고 그가 말했다. "당신의 칼바도스가 여기 있어. 벌써 꽤나 마셨지?"

"너무 많이요. 당신 때문에요. 게다가 그 멍청이들이 지껄이는 소리를 더 이상 들을 수 없었어요."

"그럼 왜 내게로 오지 않았어?"

"이렇게 왔잖아요."

"그래. 내가 돌아갈까 봐 온 거지. 뭘 좀 먹었어?"

"별로요. 배가 고파요. 돈은 좀 땄어요?"

"땄어."

"그럼 최고급 식당으로 가서, 캐비아를 먹고 샴페인을 마셔요. 이 따위 전쟁이라곤 없었던 그 옛날 우리 부모님들처럼 지내요. 근심 없이 감상에 젖고, 마음 편히 굴레에서 벗어나 천박한 취미를 즐겨요. 눈물도 흘리고 달도 보고 협죽도도 감상하고, 바이올린을 켜고 바다도 사랑도 즐기는 거예요! 난 믿어요. 우린 아이를 낳을 거예요. 정원도 집도 가질 거예요. 당신은 여권도 가지게 되고 앞날도 보장될 거예요. 당신 때문에 내 출세는 포기해야죠. 그리고 이십 년 후에도 서로 사랑하고 질투한단 말예요. 당신은 여전히 나를 아름답다고 생각하고, 나는 당신이 하룻밤이라도 집에 없으면 잠을 못 자고……."

그는 여자의 얼굴에서 눈물이 흐르는 걸 보았다. 여자가 싱긋 웃었다. "이런 것 모두가 거기에 속해요. 내가 말한 천박한 취미의 일부라고요."

"그럼." 하고 그가 말했다. "샤토마드리드로 가자. 산속으로 가는 거야. 거기 가면 러시아인 집시들이 있고, 당신이 좋아하는 건 뭐든 있어."

이른 아침. 저 아래로 바다는 잿빛이었고 파도는 잠잠했다. 하늘은 구름 한 점 없는 무채색이었다. 수평선에는 가느다란 한 줄기 은색 빛이 비치고 있었다. 너무도 조용해서 서로의 숨소리가 들릴 정도였다. 그들이 마지막 손님이었다. 그들에 앞서 집시들은 낡은 포드 차에 몸을 싣고 꼬불꼬불한 산길을 내려갔다. 웨이터들은 시트로앵을 몰고 내려갔고, 요리사는 1929년형 6인승 들라이예를 타고 물건을 구입하러 갔다.

"벌써 날이 밝았어." 하고 라비크가 말했다. "지구 반대편은 아직도 밤이야. 언젠가는 밤을 쫓아갈 수 있는 비행기가 나오겠지. 지구가 도는 것과 같은 빠르기로 나는 비행기 말이야. 그렇게 되어 당신이 새벽 4시에 나를 사랑한다면, 그 순간은 영원히 4시로 남아 있는 거야. 우리는 시간과 더불어 지구 주위를 돌기만 하면 돼. 그러면 시간은 움직이지 않고 멈추어 있는 거지."

조앙이 그에게 몸을 기댔다. "생각만 해도 멋져요! 가슴이 설레요. 당신은 멋져요……."

"물론, 멋지지, 조앙."

여자가 그를 쳐다보았다. "그런데 당신이 말하는 비행기는 어디 있어요? 그런 비행기가 발명될 때쯤이면 우린 늙어 버려요. 난 늙고 싶지 않아요. 당신은요?"

"늙고 싶어."

"정말로요?"

"가능하면 빨리 늙고 싶어."

"왜요?"

"이 지구가 어떻게 되는지 보고 싶어."

"전 안 늙고 싶어요."

"당신은 늙지 않을 거야. 삶은 당신 얼굴 위를 스쳐 지나가고 말 거야. 그뿐이야. 당신 얼굴은 점점 더 아름다워질테지. 더 이상 느끼지 못할 때 늙는 법이니까."

"그렇지 않아요. 사랑하지 않게 될 때 늙는 거예요."

라비크는 대꾸하지 않았다. 떠나야 해 하고 그는 생각했다. 당신을 떠나야 해! 불과 몇 시간 전에 칸에서 내가 무슨 생각을 했던가?

여자는 그의 품속에서 꿈틀거렸다. "축제는 끝났어요. 이제 당신과 집으로 돌아가 함께 자는 거예요. 얼마나 아름다워요! 사람이 자신의 한 부분이 아니라, 전부를 걸면서 산다는 게 얼마나 아름다워요! 가장자리까지 꽉 차 더 이상 아무것도 집어넣을 수 없을 정도로 안정된다는 게 얼마나 아름다워요. 얼른 집으로 가요. 우리가 빌려 놓은 집으로요. 정원 딸린 별장처럼 보이는 하얀 호텔로요."

차는 거의 시동을 끈 채 꼬불꼬불한 길을 미끄러져 내려갔다. 날은 점점 밝아졌다. 땅은 이슬 냄새를 풍겼다. 라비크는 헤드라이트를 껐다. 코르니쉬를 지날 때 야채와 꽃을 실은 짐마차와 마주쳤다. 그들은 니스로 향했다. 도중에 북아프리카 토인 출신의 기병대를 앞질렀다. 윙윙거리는 모터 소리 사이로 기마대 말발굽 소리가 들렸다. 자갈 포장도로 위에서 맑게 울리는 말발굽 소리는 거의 인공적으로 들렸다. 기병들의 얼굴은 외투 두건 아래로 검게 보였다.

라비크는 조앙을 쳐다보았다. 여자가 생긋 미소를 지었다. 그 얼굴은 창백하고 피곤에 절어, 전보다 더 연약해 보였다. 부드러운 피로감에 젖은 여자의 얼굴은 그에게 그 어느 때보다도 더 아름답게 보였다. 어제라는 날은 아득히 가라앉아 버렸고, 이제 막 마술과도 같이 어둡고 조용한 아침이 막 시작되려는 참이었다. 두려움도 의심도 품지 않은 아침은 표류하며 시간을 초월해 있었다.

앙티브 만(灣)이 커다란 원을 그리며 그들 앞에 나타났다. 날은 점점 더 환해졌다. 밝아 오는 새벽녘 빛에 구축한 세 척과 순양함 한 척으로 이루어진 네 척 군함들의 잿빛 강철의 윤곽이 뚜렷하게 떠올랐다. 밤중에 입항한 듯했다. 낮은 자세로 위협하듯 말없이 그것들은 점차 물러가는 하늘을 배경으로 정박해 있었다. 라비크는 조앙을 쳐다보았다. 여자는 그의 어깨에 기댄 채 잠들어 있었다.

17

라비크는 병원으로 가는 중이었다. 리비에라에서 돌아온 지도 벌써 일주일째였다. 갑자기 그는 멈추어 섰다. 어린애들 장난 같은 일이 벌어졌던 것이다. 새로 짓는 빌딩은, 견본으로 지어 놓은 것처럼 햇빛을 받아 반짝였다. 맑게 갠 하늘을 배경으로 발판은 은빛 철사로 엮은 세공품처럼 뚜렷하게 보였다. 그런데 발판들 중 한 개가 빠져나왔고, 한 사람이 달라붙은 들보 한 개가 천천히 기울기 시작했는데, 마치 파리 한 마리가 달라붙은 성냥개비 한 개가 떨어지는 것처럼 보였다. 그것은 떨어지고 떨어져 끝없이 떨어지는 듯했다. 이윽고 사람 모습이 거기에서 분리되었는데, 작은 인형이 두 팔을 활짝 벌리고 어설프게 공중을 헤엄치는 것 같았다. 그 순간 세상은 얼어붙은 듯, 죽어 정지해 버린 듯했다. 아무것도 움직이지 않았다. 바람도 호흡도 없고 소리도 들리지 않았다. 다만 작은 모습과 단단한 들보 토막만이 떨어지고 떨어졌다…….

그러다 갑자기 모든 것이 떠들썩하게 돌아가기 시작했다. 라비크는 자신이 숨을 죽이고 있었다는 사실을 깨달았다. 그는 뛰어갔다.

사고를 당한 사람은 길 위에 누워 있었다. 일 초 전만 해도 거리에 인적이 거의 드물었다. 그런데 이제는 사람들이 득실거렸다. 비상벨이라도 울린 듯 사방에서 사람들이 몰려들었다. 라비크는 사람들 사이로 뚫고 들어갔다. 그는 두 노동자가 희생자를 들어 일으키려는 것을 보았다. "일으키면 안 돼! 그대로 눕혀 둬요!" 그는 소리를 질렀다.

그의 주위에 있던 사람들과, 앞에 있던 사람들이 비켜났다. 두 노동자는 희생자를 반쯤 일으키다 말았다. "가만히 내려놔요! 조심! 천천히!"

"당신은 뭐요?" 노동자들 중 한 사람이 물었다. "의사요?"

"그렇소."

"잘됐네요."

노동자들이 희생자를 길바닥에 뉘었다. 라비크는 그 옆에 꿇어앉아 귀를 기울였다. 땀에 젖은 작업복을 조심스럽게 풀어헤치고 몸을 더듬었다. 그러고는 일어섰다. "어떻게 됐어요?" 아까 말을 걸었던 노동자가 물었다. "기절했지요, 그렇지요?"

라비크가 머리를 가로저었다. "뭐라고요?" 하고 노동자가 다시 물었다.

"죽었소." 하고 라비크가 대답했다.

"죽었다고요?"

"그렇소."

"하지만." 하고 그 사내는 어처구니없다는 듯이 말했다. "우린 지금 막 같이 점심을 먹었어요."

"거기 의사가 있소?" 빙 둘러서서 얼어붙어 있는 사람들 뒤편에서 누군가가 외쳤다.

"왜 그러시오?" 라비크가 대답했다.

"거기 의사가 있어요? 급해요!"

"무슨 일이오?"

"저 여자가……."

"어떤 여자 말이오?"

"들보에 맞아 피를 흘리고 있어요."

라비크는 사람들 사이를 헤치고 나갔다. 커다랗고 푸른 앞치마를 두른 덩치 작은 여자가, 석회갱(坑) 옆 모래더미에 쓰러져 있었다. 얼굴은 주름이 잡혔고, 새파랗게 질려 있었으며, 두 눈은 그 안에 석탄이라도 든 것처럼 움직이지 않았다. 목덜미 아래쪽에서 선혈이 작은 분수처럼 솟구쳤다. 콸콸 쏟아지며 비스듬히 흘러내렸는데, 그것이 이상할 정도로 너저분한 인상을 주었다. 머리 밑으로 시커먼 웅덩이를 이루며 재빨리 모래 속으로 스며들었다.

라비크는 손가락으로 동맥을 눌렀다. 그리고 언제나 가지고 다니는 조그만 구급용 주머니에서 붕대를 끄집어냈다. "이걸 좀 잡아 주시오!" 그는 자기 옆에 있는 사람에게 말했다.

손 네 개가 동시에 주머니를 잡으려고 했다. 주머니는 모래

위에 떨어져 벌어졌다. 그는 가위와 가로대를 꺼내고 붕대를 찢었다.

여자는 아무 말도 없었다. 눈도 깜박이지 않았다. 뻣뻣하게 굳어 전신의 근육이 팽팽했다. "괜찮아요, 부인." 하고 라비크가 말했다. "괜찮다고요."

들보는 여자의 어깨와 목덜미를 쳤고, 어깨는 으스러졌다. 쇄골은 부러졌고 관절도 깨졌다. 앞으로 뻣뻣하게 굳어 있을 게 뻔했다. "왼쪽 팔이군." 그렇게 말하며 라비크는 천천히 목덜미를 더듬었다. 피부는 찢어졌지만 다른 부분은 멀쩡했다. 발은 뒤틀려 있었다. 그는 다리와 정강이를 만져 보았다. 회색 양말은 군데군데 기웠지만 신을 만했고, 검은 밴드로 무릎 아래를 매고 있었다. 늘 볼 수 있는 꼼꼼한 맵시였다! 검은 단화를 신고 있었는데, 그것에도 기운 흔적이 있었다. 구두끈은 이중으로 매듭을 지었고, 구두코는 수선이 되어 있었다.

"누가 구급차를 오라고 전화했습니까?" 하고 그가 물었다.

아무 대답도 없었다. "아마 경관이 걸었을걸요." 하고 잠시 후 누군가가 대답했다.

라비크가 얼굴을 들었다. "경관? 어디 있죠?"

"저기요, 다른 경관과 함께……."

라비크는 몸을 일으켰다. "그럼 잘됐군."

그는 자리를 뜨려고 했다. 그 순간 경관이 사람들을 헤치고 앞으로 나왔다. 손에 수첩을 든 젊은 경관이었다. 흥분한 상태로 짧고 뭉툭한 연필을 입으로 빨았다.

"잠깐만요." 하고 그는 무언가를 쓰기 시작했다.

"잘 처리해 놨으니 됐어요." 하고 라비크가 말했다.

"잠깐만 기다려 주시오!"

"너무 바빠요. 긴급한 일로 가야만 해요."

"잠깐만요, 선생은 의사십니까?"

"동맥을 잡아맸소. 그것뿐이오. 이제 구급차를 기다리기만 하면 돼요."

"잠깐 기다려요, 선생! 당신 이름을 적어 둬야겠어요. 당신은 증인이라 중요합니다. 저 여자가 죽을 수도 있으니까."

"안 죽을 거요."

"그건 아무도 모르지요. 그리고 배상 문제도 있어요."

"구급차는 불렀소?"

"그건 제 동료가 합니다. 자, 방해 마시지요. 더 오래 걸리기만 합니다."

"목숨이 오락가락하는데, 당신은 가려고만 하는 거요?" 노동자들 중 하나가 심하게 책망하며 말했다.

"내가 없었더라면 여자는 죽었을 거요."

"그러게 말이오." 하고 노동자는 앞뒤도 재지 않고 말했다. "어쨌거나 당신은 있어야 해요."

찰칵 사진 찍는 소리가 났다. 모자를 쓴 사내가 정면으로 나서며 미소를 지었다. "붕대 감는 장면을 한 번 더 해 주지 않겠습니까?" 하고 그가 라비크에게 물었다.

"싫소."

"신문에 내려고요." 하고 사내가 말했다. "선생 사진과 주소를 함께 내겠어요. 선생이 저 여자의 생명을 구했다는 타이

틀로 말이오. 좋은 광고가 될 텐데요. 미안하지만 자, 이렇게.
그래야 빛을 더 잘 받지요."

"썩 꺼져!" 하고 라비크가 말했다. "이 여자한테 구급차가
급히 필요하단 말이오. 붕대로는 그리 오래 견디지 못해요. 구
급차나 빨리 오도록 해 주시오."

"차근차근 풀어 나가야지요, 선생님!" 하고 경관이 다짐하
듯 밀했다. "우선 조서를 꾸며야 합니다."

"죽은 사람이 당신한테 이름을 말해 주었나요?" 하고 어떤
미성년자가 물었다.

"입 다물어!" 하고 경관이 젊은 애의 발 앞에다 침을 퉤 하
고 뱉었다.

"이쪽에서 다시 사진을 찍어 주시겠어요?" 하고 누군가가
사진사를 보고 말했다.

"왜 그러는 거요?"

"저 여자가 통행금지 구역에 들어갔다는 걸 보여 주게 말입
니다. 이 길은 차단되어 있었어요. 저기를 보세요……." 그는
비스듬히 서 있는 '주의! 위험!'이라고 쓰인 팻말을 가리켰다.
"저게 보이도록 찍어 주세요. 우리한테 필요해요. 여기서 손
해배상은 문제 되지 않아요."

"난 신문사 사진 기자요." 하고 모자를 쓴 사내가 거절했다.
"난 흥미로운 것만 찍는단 말입니다."

"이런 게 흥밋거리지! 뭐가 흥밋거리란 말이오? 배경에 팻
말이 있잖아요."

"팻말 같은 건 관심 없어요. 액션이 있어야 흥미로운 거죠."

"그럼, 당신이 조서에 기록해 주시오." 그 사내가 경관의 어깨를 두드렸다.

"당신은 누구요?" 하고 경관이 화가 나 물었다.

"건축회사 대표요."

"알았습니다." 하고 경관이 말했다. "당신도 여기 좀 있어 주시오. 이름이 뭐죠? 이름쯤은 말할 수 있을 테죠?" 하고 그가 여자에게 물었다.

여자가 입술을 움직거렸다. 눈꺼풀이 파르르 떨리기 시작했다. 죽도록 지친 나비나 잿빛 나방 같군 하고 라비크는 생각했다. 그리고 마찬가지로 나도 멍청이야! 빨리 피해야 하는데!

"제기랄!" 하고 경관이 말했다. "미친 모양이야. 이거 귀찮게 됐어. 오늘 근무는 3시에 끝나는데."

"마르셀." 하고 여자가 말했다.

"뭐라고? 잠깐만, 뭐라고요!" 경관이 다시 몸을 구부렸다.

여자는 잠잠했다. "뭐라고 했소?" 경관은 기다렸다. "한 번 더! 한 번 더 말해 봐요!"

여자는 잠잠했다. "당신이 실없이 떠드는 바람에." 하고 경관은 건축회사 대표에게 쏘아붙였다. "조서나 제대로 꾸미겠소?"

그 순간 다시 찰칵하고 카메라 셔터 소리가 났다. "고맙습니다." 하고 사진사가 말했다. "아주 생생해요."

"우리 팻말도 함께 나온 거요?" 하고 건축회사 대표는 경관의 말을 듣지도 않고 물었다. "당장 여섯 장을 주문하고 싶은데."

"그만두시오." 하고 사진사가 단호하게 말했다. "난 사회주의자요. 보험금이나 얼른 지불하구려. 백만장자의 가련한 사냥개 양반!"

사이렌 소리가 요란하게 울렸다. 구급차였다. 이때다 하고 라비크는 생각했다. 그는 조심스럽게 한 발을 내디뎠다. 그러나 경관이 그를 꽉 붙들었다. "경찰서까지 동행하셔야겠습니다."

이제 다른 경관도 그의 옆에 서 있었다. 도리가 없었다. 별일 없을 테지 하고 생각하며 라비크는 그들을 따라갔다.

경찰서의 담당 직원은, 경관 한 명과 조서를 새로 꾸민 경관의 이야기를 잠자코 들었다. 그러고는 라비크 쪽으로 몸을 돌렸다. "당신은 프랑스 사람이 아니오." 하고 그가 말했다. 묻는 게 아니라 사실을 확인했다.

"아닙니다." 하고 라비크가 대꾸했다.

"국적이 어디요?"

"체콥니다."

"여기서 의사 일을 하다니, 어찌된 거요? 외국인으로서 귀화하기 전엔 개업할 수 없지 않나요?"

라비크가 싱긋 웃었다. "개업하지 않았어요. 관광객으로 놀러 온 거요."

"여권은 가지고 있소?"

"그럴 필요가 있나, 페르낭?" 하고 다른 직원이 물었다. "이분은 그 여자의 생명을 구해 주었어. 주소도 알고. 그러면 충분하잖아. 게다가 증인도 많은데."

"관심이 가는데. 여권을 가지고 있소? 아니면 신분증명서라도?"

"물론 없소." 하고 라비크가 말했다. "누가 여권을 늘 가지고 다닙니까?"

"그럼, 어디에 있소?"

"영사관에요. 일주일 전에 제출했어요. 기간을 연장하려고요."

라비크는 여권이 호텔에 있다고 하면 경관을 호텔로 보내 금방 탄로 난다는 것을 알았다. 게다가 조심하느라 호텔 주소도 거짓으로 댔던 것이다. 영사관이라고 둘러대는 게 나았다.

"어떤 영사관이오?" 하고 페르낭이 물었다.

"체코 영사관요. 아니면 어디겠소?"

"전화를 걸어서 물어보면 돼지." 하고 페르낭은 라비크를 쳐다보았다.

"물론이오."

페르낭은 잠시 기다렸다가 "좋아요." 하고 내뱉었다. "어디 한번 알아봅시다."

그는 일어나서 옆방으로 들어갔다. 다른 직원은 아주 난처해했다. "미안합니다, 선생님." 하고 그가 라비크에게 말했다. "정말 그럴 필요 없는데요. 곧 해명되겠지요! 도와주셔서 정말 감사합니다."

해명될 거라고 하고 라비크는 생각했다. 그는 담배 한 개비를 꺼내면서 태연히 주위를 둘러보았다. 문 옆에 그 경관이 서 있었다. 우연이었다.

아무도 그를 심각하게 의심하는 사람은 없었다.

그 경관을 밀치고 나갈 수도 있었다. 하지만 건축 회사의 그 친구하고 노동자 두 사람이 더 있었다. 그는 단념했다. 빠져나가긴 너무 어려웠다. 그리고 문 밖에도 늘 경관이 두세 명 서 있었다.

페르낭이 돌아왔다. "영사관에 당신 이름으로 된 여권은 없소."

"그럴 수도 있겠지요." 하고 라비크가 말했다.

"그럴 수도 있다니요?"

"직원이 전화를 받고 그 자리에서 모든 걸 알 수는 없을 거요. 이런 일을 다루는 직원은 여러 명이니까요."

"그 직원은 잘 알고 있었소."

라비크는 대꾸하지 않았다. "당신은 체코인이 아니오." 하고 페르낭이 말했다.

"이봐, 페르낭." 하고 다른 직원이 무언가를 말하려 했다.

"당신 말은 체코인 억양이 아니오."

"아닐지도 모르지요."

"당신은 독일인이오." 하고 페르낭은 자신만만하게 단언했다. "그런데 당신에겐 여권이 없소."

"아니오." 하고 라비크가 대꾸했다. "난 모로코 사람이고, 이 세상의 프랑스 여권을 모조리 갖고 있소."

"이봐요!" 하고 페르낭이 으르렁거리며 말했다. "감히 그런 말을? 당신은 프랑스의 식민지 제국을 모욕하고 있는 거요."

"빌어먹을!" 하고 노동자들 중 하나가 말했다. 건축회사 대표는 경례라도 할 듯한 얼굴이었다.

"페르낭, 이제 그만해……."

"당신은 거짓말하고 있어! 당신은 체코인이 아니라고! 여권이 있는 거요, 없는 거요? 대답하시오!"

사람 탈을 쓴 쥐새끼로군 하고 라비크는 생각했다. 절대로 물에 빠져 죽지 않을, 사람 탈을 쓴 쥐새끼야. 내가 여권을 가졌거나 말거나 이 멍청이한테 무슨 상관이란 말인가? 하지만 이 쥐새끼가 무슨 냄새를 맡고 쥐구멍에서 기어 나왔군.

"대답하시오!" 페르낭은 소리를 버럭 질렀다.

종잇조각 한 장! 그걸 가지고 있느냐 없느냐. 내가 그 쪼가리를 가지고 있다면, 놈은 용서를 빌며 굽실거릴 테지. 내가 일가족을 살해했거나 은행을 털었거나 상관없이 놈은 나한테 절을 할 테지. 하지만 여권이 없다면 그리스도라도 오늘날 감옥에서 죽어야 되는 거야. 그렇지 않더라도 그는 33세가 되기 한참 전에 살해당했겠지만.

"당신은 사태가 밝혀질 때까지 여기 있어야겠어." 하고 페르낭이 말했다. "내가 조사를 하겠어."

"좋소." 하고 라비크가 대꾸했다.

페르낭은 꽈당 하고 발을 구르며 나갔다. 다른 직원은 서류를 뒤적이며 말했다. "죄송합니다. 저 친구는 이런 일이면 괜히 열을 올리거든요."

"괜찮아요."

"우린 끝났나요?" 하고 노동자들 중 하나가 물었다.

"그렇습니다."

"됐군요." 하고 노동자는 라비크 쪽으로 몸을 돌렸다. "세계 혁명이 일어나면 여권 같은 건 필요 없을 거요."

"양해해 주십시오." 하고 직원이 말했다. "페르낭의 부친이 세계 대전 중에 전사했어요. 그래서 그 친구는 독일인을 미워해요. 그 때문에 이 난리를 치는 겁니다." 그는 라비크를 잠시 당황한 눈길로 쳐다보았다. 일이 어떻게 돌아가는지 이제 짐작이 가는 모양이었다. "정말 미안합니다. 저 혼자였더라면……."

"괜찮아요." 라비크는 주위를 둘러보았다. "페르낭이 돌아오기 전에 전화를 좀 할 수 있을까요?"

"물론입니다. 저기 책상에. 빨리 거시죠."

라비크는 모로소프에게 전화를 했다. 무슨 일이 벌어졌는지 독일어로 말했다. 그리고 베버한테 알려 달라고 부탁했다.

"조앙한테도?" 하고 모로소프가 물었다.

라비크는 망설였다. "아니, 됐어. 지금 억류되어 있지만 이삼 일 내로 잘 풀릴 거라고 말해 주게. 그동안 좀 돌보아 주고."

"알았어." 하고 모로소프는 다소 기죽은 목소리로 대꾸했다. "알았네. 보체크."

페르낭이 들어오자 라비크는 수화기를 내려놓았다. "방금 무슨 말로 한 거요?" 하고 그가 씩 웃으며 물었다. "체코 말이오?"

"에스페란토." 하고 라비크가 대답했다.

베버는 다음 날 오전에 왔다. "재수 없는 곳이군." 하고 그는 주위를 둘러보았다.

"프랑스 감옥은 아직도 진짜 감옥이군." 하고 라비크가 대꾸했다. "허울 좋은 인도주의로 썩어 빠지지는 않았어. 악취가 풀풀 나는 진짜배기 18세기 감옥이야."

"역겨워." 하고 베버가 말했다. "자네가 이런 데 갇히다니, 정말 역겨워."

"착한 일은 하지 말아야 해. 금방 이렇게 보답을 받잖아. 그 여자가 피를 흘리도록 내버려 두었어야 하는 건데. 우린 무쇠같이 차가운 시대에 살고 있어, 베버."

"무쇠의 시대지. 저 친구들은 자네가 불법 체류자라는 걸 알아냈나?"

"물론."

"주소도?"

"물론 아니지. 앙테르나쇼날이란 이름이야 댈 수 없지. 호텔 여주인이 신분 확인이 안 된 손님을 받았다고 처벌받을 테니 말이야. 그리고 일제단속을 나가면 피난민이 열 명쯤 체포될 테고. 이번에는 랑카스터 호텔 주소를 댔어. 비싸고, 깨끗하고, 더 작은 호텔로 말이야. 예전에 거기서 지낸 적이 있었거든."

"그러면 자네의 새 이름은 보체크인가?"

"블라디미르 보체크." 라비크가 씩 웃었다. "나의 네 번째 이름이지."

"젠장." 하고 베버가 말했다. "무슨 수가 없을까, 라비크?"

"별 수 없어. 무엇보다도 내가 벌써 몇 번째라는 걸 저 친구들이 몰라야 해. 안 그러면 육 개월을 감방에서 살아야 해."

"젠장."

"그래, 세상은 날마다 인간적이 되지만, 살기는 더 위험해졌다고, 니체가 말했지. 피난민들에게 꼭 해당되는 말이야. 본의 아니게 말이야."

"그 사실을 밝혀내지 못한다면?"

"두 주야, 내 생각에. 그리고 나선 알다시피 추방되는 거고."

"그러고 나서는?"

"다시 돌아오는 거지."

"다시 체포될 때까지."

"바로 그거야. 이번엔 좀 오래 걸렸지. 이 년이나 걸렸으니."

"무슨 수라도 써야지. 마냥 이렇게 있을 순 없어."

"맞는 말이야. 자네가 무슨 수라도 써 주겠나?"

베버는 곰곰이 생각하다 갑자기 말했다. "뒤랑이면 될 거야. 됐어! 뒤랑은 아는 사람도 많고 영향력이 있어……." 그리고 잠시 멈추었다가 다시 말했다. "그래, 자넨 거물들 중 한 사람을 수술해 줬잖아! 그 담낭 환자 말일세!"

"내가 한 게 아니야. 뒤랑이……."

베버가 큰소리로 웃었다. "물론 내가 그런 말을 그 늙은이한테 할 순 없어. 하지만 그가 무언가를 할 수는 있어. 내가 간곡하게 부탁해 보지."

"별로 소용없을걸. 얼마 전에 2000프랑을 빼먹었으니까 말이야. 그런 타입은 그런 일을 좀처럼 잊지 않아."

"잊을 거야." 하고 베버는 꽤나 자신 있다는 듯이 말했다. "그자는 자네가 그런 대리 수술에 대해 발설하지나 않을까 하고 겁먹을 거란 말이야. 자넨 그자 대신 환자를 열 명 이상 수술하지 않았나. 무엇보다도 그자는 자네를 필요로 해."

"다른 사람을 쉽게 찾아낼 건데 뭘. 비노라든지 다른 피난민 의사를 말이야. 얼마든지 있거든."

베버는 수염을 쓰다듬었다. "자네같이 솜씨 좋은 사람은 없어. 어쨌든 시도해 보기로 하지. 오늘 당장 해 볼 거야. 내가 자네한테 해 줄 일은 없나? 식사는 어때?"

"끔찍해. 하지만 내가 뭘 좀 구할 수도 있어."

"담배는?"

"충분해. 나한테 필요한 건 자네도 해 줄 수 없는 거네. 목욕 말이야."

라비크는 그곳에서 유대인 배관공, 반(半)유대인 작가, 그리고 폴란드인 한 사람과 함께 두 주를 지냈다. 배관공은 베를린에 대해 향수를 느끼고 있었고, 작가는 베를린을 증오했다. 폴란드 사람에겐 그 모든 것이 아무래도 좋았다. 라비크는 담배를 나누어 주었다. 작가는 유대인들의 재담을 지껄였다. 배관공은 냄새 없애는 전문가로서 없어서는 안 될 존재였다.

두 주 후 라비크가 불려 나갔다. 우선 경위 앞으로 끌려갔고, 경위는 그에게 가진 돈이 있는지를 물었다.

"있습니다만."

"좋아. 그럼 택시를 타세요."

직원 하나가 그와 동행했다. 거리는 아주 맑고 햇볕이 내리쬐었다. 다시 밖으로 나와 기분이 좋았다. 한 늙은이가 문 앞에서 풍선을 팔고 있었다. 무엇 때문에 형무소 바로 앞에서 그런 걸 팔고 있는지 알 수 없었다. 직원이 손짓으로 택시를 불렀다.

"어디로 가는 거죠?" 하고 라비크가 물었다.

"수장한테요."

라비크는 어떤 소장인지 알 수 없었다. 하지만 독일 강제수용소 소장이 아니라면, 어떤 수장이라두 상관없었다. 세상에서 실제로 경악스러운 건 단 하나. 아무런 도리도 없이 잔학한 테러의 수중에 떨어지는 것이다. 그것에 비하면 이런 것쯤은 아무것도 아니다.

택시에 라디오가 달려 있었다. 라비크가 스위치를 켰다. 채소 시장 뉴스가 나오더니 정치 뉴스가 이어졌다. 직원은 하품을 했다. 라비크는 다이얼을 돌렸다. 음악이 나왔다. 유행가였다. 직원의 얼굴이 밝아졌다. "샤를 트레네로군." 하고 그가 말했다. "메닐 몽탕, 일류지."

택시가 섰다. 라비크가 돈을 치렀다. 그는 대기실로 끌려갔다. 세계 어느 곳의 대기실이 모두 다 그렇듯이 이곳도 기다림과 땀과 먼지 냄새를 풍겼다.

그는 반 시간쯤 앉아서 기다리며, 어떤 방문객이 두고 간 낡은 《파리 생활》이란 잡지를 읽었다. 책을 못 읽은 지 두 주나 되어 그런지 그 책이 무슨 고전 같다는 생각이 들었다. 이윽고 소장이란 사람 앞으로 안내되었다.

잠시 후에야 그는 땅딸한 사내가 누군지 알 수 있었다. 보통 수술을 할 때면 그는 얼굴 같은 건 거들떠보지도 않았다. 얼굴은 그저 번호와 같은 것이어서 관심이 가지 않았다. 환부만이 관심거리였다. 하지만 이 얼굴만은 호기심을 품고 쳐다보았던 것이다. 그런데 바로 그 사내가 건강한 채로, 담낭을 도려내고 난 후 어느새 뚱뚱해진 배를 내밀고 앉아 있는 것이었다. 르발이었다.

라비크는 베버가 뒤랑을 움직여 보겠다고 한 것을 까맣게 잊었던 것이다. 게다가 르발 바로 앞으로 끌려올 줄은 생각하지도 못했다.

르발은 아래위로 그를 훑어보았다. 그렇게 하면서 여유를 부렸다. 그러고는 시비조로 말했다. "물론 당신 이름이 보체크는 아니겠지."

"아닙니다."

"진짜 이름이 뭐지?"

"노이만입니다." 라비크는 베버와 그렇게 하도록 약속해 두었고, 베버도 뒤랑한테 그렇게 이야기했던 것이다. 보체크란 이름은 너무 이상했다.

"당신 독일 사람이지, 안 그래?"

"그렇습니다."

"피난민?"

"그렇습니다."

"모를 일이군. 그렇게 보이진 않는데."

"피난민이라고 해서 전부 유대인은 아니지요." 하고 라비크가 말했다.

"왜 거짓말을 한 거요? 왜 이름을 속인 거요?"

라비크가 어깨를 으쓱했다. "어쩔 도리가 없지 않습니까? 될 수 있는 한 우리는 거짓말을 안 합니다. 어쩔 수 없어 그런 거지요. 재미 삼아 거짓말하는 건 아닙니다."

르발은 거만하게 몸을 뒤로 젖혔다. "우리가 재미 삼아 당신들을 못살게 군다고 생각하는 긴가?"

잿빛 머리로군 하고 라비크는 생각했다. 그때는 머리가 희끄무레한 잿빛이었고, 눈물주머니는 지저분한 푸른색이었고, 입은 반쯤 열려 있었어. 그때는 아무 말도 하지 않았지. 이놈은 썩어 가는 담낭을 속에 담고 있는 물컹물컹한 고깃덩어리에 지나지 않았어.

"사는 곳이 어디요? 주소도 거짓이었을 텐데."

"아무 데서나 살았어요. 여기저기."

"얼마나 됐소?"

"석 주 됐습니다. 석 주 전에 스위스에서 왔어요. 거기서 국경 밖으로 내몰렸지요. 우린 신분증이 없는 불법체류자로, 어디에서도 살 권리가 없고, 대부분이 자살할 결심을 못 해 살고 있다는 걸 아시겠지요. 우리가 당신들을 번거롭게 만드는 건 그 때문입니다."

"독일에 그냥 있었으면 좋았지." 하고 르발이 짜증을 냈다. "그곳이라고 해서 그렇게 심하지는 않단 말이오. 너무 과장을 해서 그렇지."

조금만 다르게 잘라 버렸더라면, 넌 이런 멍청한 말을 할 수도 없었을 거야 하고 라비크는 생각했다. 버러지들 같으면 여권 없이도 너희들의 국경선을 넘었을 테지. 넌 한줌 재가 되어 멋대가리 없는 유골 단지에 들어가 있을지도 모르고.

"여기선 어디서 살았소?" 하고 르발이 물었다.

다른 친구들을 잡아들이려고 수를 쓰는군 하고 라비크는 생각했다. "일류 호텔로 돌아다녔지요." 하고 그가 말했다. "늘 다른 이름으로, 며칠밖에 있지 않았어요."

"거짓말."

"잘 아신다면 왜 캐묻는 겁니까?" 라비크는 점점 짜증이 나서 말했다.

르발은 화가 치밀어 손바닥으로 책상을 두드렸다. "뻔뻔한 소리!" 하고는 곧장 자기 손을 자세히 들여다보았다.

"가위를 두드리셨군요." 하고 라비크가 말했다.

르발은 그 손을 주머니에 넣었다. "당신은 상당히 건방지다고 생각하지 않소?" 하고 그는 갑자기 침착한 태도를 보이며 말했다. 상대가 완전히 자기 손아귀에 있다는 걸 알기 때문에 여유를 부리는 그런 사내의 태도였다.

"건방지다고요?" 라비크는 놀란 눈길로 그를 쳐다보았다. "당신은 그런 걸 건방지다고 말씀하시나요? 우리는 지금 학교에 와 있는 것도 아니고, 잘못을 반성하는 범죄자들을 위한 감화원에 들어온 것도 아니란 말입니다! 나는 다만 최소한의 방어를 하고 있는 것뿐이오. 당신은 나한테, 관대한 선고를 내려 달라고 애원하는 사기꾼처럼 느끼라고 하는 겁니까? 내가 나치가 아니고, 그래서 여권이 없다는 이유만으로 말입니다. 우리는 그저 목숨이나 부지하려고, 이런저런 감옥과 경찰과 온갖 굴욕을 경험했지만, 그렇다고 해서 자신을 범죄자라고 여기지는 않습니다. 그것만이 우리가 버텨 나가는 유일한 힘인데, 그것을 모르신단 말입니까? 신은 아실 테지만 건방진 것과는 전혀 다른 겁니다.”

르발은 그 말에 대꾸하지 않았다. “여기서 개업하고 있었소?” 하고 그가 물었다.

“아닙니다.”

흉터가 지금은 더 작아졌을 테지 하고 라비크는 생각했다. 그때는 정말 잘 꿰맸어. 온통 비계덩이여서 정말 힘들었는데. 그러고 나서 이 작자는 마구 처먹어 또 이렇게 살이 쪘군. 처먹고 퍼마시고 했겠지.

“그게 가장 위험하단 말이오.” 르발은 단정적으로 말했다. “시험도 안 치르고 단속도 안 받고 마음대로 돌아다녔으니! 얼마나 오랫동안 그래 왔는지 누가 알겠어! 당신이 석 주라고 한 말을 내가 믿는다고 생각진 마시오. 당신이 어디에서 여태까지 무슨 일을 해 왔는지, 나쁜 짓들을 얼마나 했는지 누가 알겠어.”

네놈 배 속에서 동맥은 경화되고 간은 부어오르고, 담낭은 곪아 있었지 하고 라비크는 생각했다. 내가 손대지 않았더라면 네놈 친구인 뒤랑은 네놈을 인간답게 그리고 멍청한 방법으로 죽였을 거고, 그렇게 했으면서도 그는 외과의사로서 더 유명해지고, 수가도 올렸을 테지.

“그게 가장 위험하단 말이오.” 하고 르발은 다시 말했다.

"당신은 시술을 하면 안 된단 말이야. 당신은 닥치는 대로 아무 일이나 맡을 건 뻔한 일이지. 거기에 대해 우리 권위자 중한 분과 이야기도 해 봤는데, 나하고 완전히 같은 의견이었어. 당신이 의학에 대해 조금이라도 소양이 있다면 그분 이름 정도는 알 거야……."

설마, 아닐 거야 하고 생각했다. 그럴 리 없어. 설마 뒤랑이라는 이름을 꺼내지는 않을 테지. 세상에 그런 농담은 있을 수 없어.

"뒤랑 교수 말이오." 하고 르발은 거드름을 부리며 말했다. "그분이 말하길, 치료사나 의대 졸업생, 마사지사, 조수 따위들이 여기 프랑스에 오면 모두 독일에서 잘나가던 의사였던 체한다는 거야. 누가 그들을 단속할 수 있겠소? 산파와 함께 불법으로 수술하고 낙태하며 한패를 이루고, 엉터리 치료에다 그밖에 무슨 일을 저지르고 있는지 알 수 없지! 아무리 엄하게 다루어도 안 된단 말이야!"

뒤랑이군 하고 라비크는 생각했다. 이건 2000프랑에 대한 복수야. 그건 그렇고, 지금은 누가 그 작자의 수술을 맡아 하고 있을까? 아마도 비노일 거다. 그 둘은 다시 예전대로 해 나가고 있을 테지.

그는 자기가 르발의 이야기에 귀를 기울이고 있지 않다는 것을 알아차렸다. 베버의 이름이 나오자, 다시 주의를 기울이게 되었던 것이다. "베버란 의사가 당신 일을 부탁해 왔어. 그 사람을 아나?"

"네, 조금 아는 사이입니다."

“그 사람이 여길 왔었어.” 르발은 잠시 뚫어지게 쳐다보았다. 그리고 한바탕 재채기를 했다. 손수건을 끄집어내어 코를 마음껏 풀었고, 그것을 들여다보다가 접어 호주머니에 도로 집어넣었다. “하지만 당신을 위해서 아무것도 해 줄 수 없어. 우리는 엄격해야 하니까. 당신은 추방이야.”

“압니다.”

“전에도 프랑스에 왔던 일이 있나?”

“없습니다.”

“다시 돌아오면 유 개월 징역이야, 아시겠나?”

“압니다.”

“가능한 빨리 추방되도록 해 주겠소. 내가 할 수 있는 건 그것뿐이오. 돈은 있나?”

“있습니다.”

“그럼 됐어. 국경까지 따라갈 경관과, 당신 여비는 당신이 지불해야 해.” 하고 그는 고개를 끄덕였다. “가도 좋소.”

“돌아갈 시간이 정해져 있나요?” 하고 라비크는 동반한 경관에게 물었다.

“정해지지는 않았어요. 사정에 따라서지. 그런데 왜 그러시죠?”

“아페리티프를 한 잔 마시고 싶어서요.”

직원이 그를 쳐다보았다. “달아나지 않을 거요.” 하고 라비크가 말했다. 그리고 20프랑 지폐 한 장을 꺼내 만지작거렸다.

“좋아요. 이삼 분 정도야 아무것도 아니니까.”

그들은 다음 술집에서 택시를 멈추도록 했다. 바깥에는 탁자가 몇 개 이미 마련되어 있었다. 시원하긴 했으나 볕은 쨍쨍했다.

"뭘 드시겠어요?" 하고 라비크가 물었다.

"아메르 피콩으로. 이 시각에 다른 건 할 수가 없지."

"내겐 코냑 큰 걸로 한 잔 주시오. 물은 타지 말고."

라비크는 편하게 앉아 숨을 깊이 쉬었다. 공기, 이 얼마나 고마운 것인가! 보도에 늘어선 나무의 가지들에는 갈색으로 빛나는 새싹들이 돋아 있었다. 갓 구운 빵과 새 포도주 냄새가 났다.

웨이터가 잔 두 개를 가져왔다.

"전화는 어디 있죠?" 하고 라비크가 물었다.

"안에 있어요, 오른쪽, 오른쪽 화장실 옆입니다."

"그렇지만……." 하고 경관이 말했다.

라비크는 20프랑 지폐를 경관 손에 꾸겨 넣었다. "내가 누구한테 전화하려는지 짐작하시겠지요. 도망은 안 갑니다. 함께 가도 상관없어요. 자, 갑시다."

경관은 오래 머뭇거리지 않았다. "알았어요." 하면서 자리에서 일어났다. "사람 사는 게 다 그렇지 뭐."

"조앙……."

"라비크! 맙소사! 어디 있어요? 석방됐어요? 어디 있는지 말해 줘요……."

"술집이야……."

374

"그만두세요. 정말 어디 있는지 말해요!"

"술집이래도."

"어디? 이젠 유치장에 있는 게 아닌가요? 그동안 내내 어디 있었어요? 모로소프는……."

"그 친구는 무슨 일이 있었는지 당신한테 그대로 말했을 텐데."

"그 사람은 당신이 어디로 끌려갔는지조차도 말해 주지 않았어요. 알았으면 곧장 뛰어갔을 텐데……."

"그래서 말하지 않은 거야, 조앙. 그렇게 하는 편이 더 좋았어."

"그런데 왜 술집에서 전화하는 거예요? 왜 이리로 못 와요?"

"갈 수 없어. 몇 분밖에 시간이 없어. 경관한테 부탁해서 이곳에서 잠시 쉬고 있는 거야. 조앙, 난 며칠 내로 스위스로 추방될 거야. 그러면……." 라비크는 창밖을 잠시 살폈다. 경관은 카운터에 기대어 이야기를 하고 있었다. "난 곧 돌아올 거야." 그는 잠시 망설이다 말했다. "조앙."

"갈게요. 금방 갈게요. 어디예요?"

"올 수 없어. 삼십 분쯤 떨어진 곳이야. 몇 분밖에 시간이 없어."

"경관을 꼭 잡아 두세요! 돈을 주세요! 돈을 가져갈게요!"

"조앙." 하고 라비크가 말했다. "그래 봤자 소용없어. 이게 나아."

그는 여자의 숨소리를 들었다. "나를 만나지 않으려는 거예요?" 이윽고 여자가 말했다.

곤란한 상황이었다. 전화를 걸지 말걸 하고 그가 생각했다. 얼굴을 마주 보지 않고 어떻게 설명해 줄 수 있단 말인가? "당신이 너무도 보고 싶어, 조앙."

"그럼 오세요! 그 사람도 함께 데리고요!"

"그렇게는 안 돼. 전화도 끊어야 해. 지금 당신이 뭘 하고 있는지나 말해 줘."

"뭐라고요? 무슨 말이에요?"

"어떤 옷을 입고 있는 거야? 어디 있는 거야?"

"제 방이에요. 침대에. 어젯밤에 늦게 돌아왔어요. 일 분 안에 챙겨입고 금방 갈게요."

늦었다고, 어젯밤엔. 그럴 테지! 내가 갇혀 있건 말건 모든 건 별일 없을 테지. 그런 건 까마득하게 잊었겠지. 침대에서 반쯤 잠이 깬 상태로, 베개 위로는 머리털이 물결치고, 의자엔 양말과 내의와 야회복이 어지럽게 내동댕이쳐져 있다. 모든 것이 요동을 쳤다. 자신의 입김으로 흐릿해진, 무더운 전화박스의 유리창, 아득히 먼 곳에서 경관의 머리가 마치 수족관 속에서 헤엄치는 듯 흔들거린다. 그는 마음을 다잡았다.

"이제 끊어야 돼, 조앙."

여자의 당황한 목소리가 들려왔다. "말도 안 돼요! 그렇게 가 버릴 순 없어요. 난 아무것도 몰라요. 어디로 가는지도, 그리고……." 벌떡 일어나 베개를 밀어 버리고 전화기를 무기처럼, 원수처럼 손에 잡고 있는 모습, 두 어깨, 흥분한 나머지 깊고 어두워진 두 눈…….

"전쟁터로 가는 게 아니라고. 그냥 스위스로 한번 여행을 떠나는 거야. 곧 돌아올 거야. 나를 국제연맹에 기관총을 팔러 가는 사업가라고 생각해."

"당신이 돌아온다 해도 마찬가지예요. 난 겁이 나서 살 수가 없어요."

"방금 말한 걸 다시 말해 봐."

"정말이에요!" 여자의 목소리는 노기를 띠고 있었다. "나한텐 제일 마지막에 말해 주는군요! 베버는 당신을 방문할 수 있고, 나는 그렇지 못해요! 당신은 모로소프한테는 전화 했기만 나한텐 하지 않았어요! 그런데 이제 떠나는군요……."

"제발." 하고 라비크가 말했다. "말싸움은 그만두기로 해, 조앙."

"싸우는 게 아니라, 사실을 그대로 말하는 거예요."

"알았어. 이제 끊어야 해. 잘 있어, 조앙."

"라비크." 하고 여자가 소리쳤다. "라비크!"

"그래……."

"돌아와요! 꼭 돌아와요! 당신 없으면 난 못 살아요."

"다시 돌아올 거야!"

"그래요. 그래요……."

"잘 있어, 조앙. 곧 돌아올 거야."

그는 잠시 안개 서린 무더운 전화박스 속에 서 있었다. 이윽고 그는 자기가 수화기를 놓지 않고 있다는 사실을 알아차렸다. 문을 열었다. 경관이 힐끔 쳐다보며 사람 좋게 미소를 지었다. "끝났어요?"

"네."

두 사람은 밖으로 나와 탁자로 돌아왔다. 라비크는 술잔을 비웠다. 전화를 걸지 말걸 그랬어 하고 라비크는 생각했다. 전화를 걸기 전까지는 마음이 안정돼 있었다. 그런데 지금은 뒤죽박죽 아닌가. 전화해 봤자 아무 소용도 없다는 걸 애초에 알았어야 했다. 내게도 조앙에게도 아무 소용없는 일이었다. 그는 다시 전화박스로 돌아가 전화를 걸어, 하고 싶었던 모든 말을 하고 싶다는 생각이 들었다. 그녀를 만날 수 없었던 이유도 말하고 싶었다. 너절한 모습으로 갇혀 있는 자기 모습을 그녀에게 보이고 싶지 않았다는 말도 하고 싶었다. 하지만 그렇게 하고 전화박스 밖으로 나온다 해도, 사정은 여전히 마찬가지일 것이다.

"이젠 출발해야지요." 하고 경관이 말했다.

"그럽시다……."

라비크가 웨이터를 불렀다. "코냑 작은 걸로 두 병, 신문은 모조리 주고, 카포랄은 열두 갑 주시오. 그리고 계산서도." 하며 그는 경관을 바라보았다. "괜찮겠죠?"

"사람 사는 게 다 그렇지 뭐." 하고 경관이 말했다.

웨이터가 술병과 담배를 가져왔다. "마개 좀 따 주게." 하고 라비크는 담뱃갑을 조심스럽게 여기저기 호주머니에 나누어 넣으면서 말했다. 그리고 오프너가 없어도 다시 쉽게 열 수 있도록 병마개를 다시 닫아 술병을 외투 안주머니에 넣었다.

"솜씨가 좋구려." 하고 경관이 말했다.

"연습 덕분이지요. 유감스럽게도, 어린 시절엔 늙어서까지 이런 인디언 놀이를 할 줄은 미처 상상도 못 했지요."

폴란드 친구와 작가는 코냑을 보자 광분했다. 배관공은 독한 술은 마시지 않았다. 그는 맥주 애호가였고, 베를린의 맥주가 얼마나 맛이 좋은가를 늘어놓았다. 라비크는 야전용 침대에 누워 신문을 읽었다. 폴란드 친구는 읽지 않았다. 그는 프랑스 말을 몰랐다. 담배를 피우고는 행복해했다. 밤이 되자 배관공은 훌쩍이기 시작했다. 라비크는 깨어 있었다. 그는 숨죽여 흐느끼는 소리를 들으며, 작은 창 너머로 희끄무레한 하늘을 내다보았다. 잠을 이룰 수 없었다. 나중에 배관공이 조용해졌을 때에도, 잠은 오지 않았다. 그동안 너무 잘 살았어 하고 그는 생각했다. 너무 많이 가지고 있었던 거야. 없어지면 괴롭기만 한 것을.

(2권에서 계속)

세계문학전집 331

개선문 1

1판 1쇄 펴냄 2015년 2월 16일
1판 9쇄 펴냄 2024년 1월 15일

지은이 에리히 마리아 레마르크
옮긴이 장희창
발행인 박근섭, 박상준
펴낸곳 (주)민음사

출판등록 1966. 5. 19. (제 16-490호)
서울특별시 강남구 도산대로1길 62(신사동) 강남출판문화센터 5층 (우편번호 06027)
대표전화 02-515-2000 팩시밀리 02-515-2007
www.minumsa.com

한국어 판 ⓒ (주)민음사, 2015. Printed in Seoul, Korea

ISBN 978-89-374-6331-0 04800
ISBN 978-89-374-6000-5 (세트)

세계문학전집 목록

1·2 변신 이야기 오비디우스 · 이윤기 옮김 서울대 권장도서 100선

3 햄릿 셰익스피어 · 최종철 옮김 서울대 권장도서 100선 | 미국대학위원회 선정 SAT 추천도서

4 변신 · 시골의사 카프카 · 전영애 옮김 서울대 권장도서 100선

5 동물농장 오웰 · 도정일 옮김 미국대학위원회 선정 SAT 추천도서 | 《타임》 선정 현대 100대 영문소설

6 허클베리 핀의 모험 트웨인 · 김욱동 옮김 《뉴스위크》 선정 100대 명저

7 암흑의 핵심 콘래드 · 이상옥 옮김 미국대학위원회 선정 SAT 추천도서 | 《뉴스위크》 선정 10대 명저

8 토니오 크뢰거 · 트리스탄 · 베네치아에서의 죽음 토마스 만 · 안삼환 외 옮김 노벨 문학상 수상 작가

9 문학이란 무엇인가 사르트르 · 정명환 옮김

10 한국단편문학선 1 김동인 외 · 이남호 엮음 국립중앙도서관 선정 청소년 권장도서

11·12 인간의 굴레에서 서머싯 몸 · 송무 옮김

13 이반 데니소비치, 수용소의 하루 솔제니친 · 이영의 옮김 노벨 문학상 수상 작가

14 너새니얼 호손 단편선 호손 · 천승걸 옮김

15 나의 미카엘 오즈 · 최창모 옮김

16·17 중국신회진널 위앤커 · 민힌초, 팀신사 옮김

18 고리오 영감 발자크 · 박영근 옮김

19 파리대왕 골딩 · 유종호 옮김 노벨 문학상 수상 작가 | 《타임》 선정 현대 100대 영문소설

20 한국단편문학선 2 김동리 외 · 이남호 엮음

21·22 파우스트 괴테 · 정서웅 옮김 서울대 권장도서 100선 | 미국대학위원회 선정 SAT 추천도서

23·24 빌헬름 마이스터의 수업시대 괴테 · 안삼환 옮김

25 젊은 베르테르의 슬픔 괴테 · 박찬기 옮김 논술 및 수능에 출제된 책(1998~2005)

26 이피게니에 · 스텔라 괴테 · 박찬기 외 옮김

27 다섯째 아이 레싱 · 정덕애 옮김 노벨 문학상 수상 작가

28 삶의 한가운데 린저 · 박찬일 옮김

29 농담 쿤데라 · 방미경 옮김

30 야성의 부름 런던 · 권택영 옮김

31 아메리칸 제임스 · 최경도 옮김

32·33 양철북 그라스 · 장희창 옮김 노벨 문학상 수상 작가 | 서울대 권장도서 100선

34·35 백년의 고독 마르케스 · 조구호 옮김 노벨 문학상 수상 작가 | 서울대 권장도서 100선

36 마담 보바리 플로베르 · 김화영 옮김 서울대 권장도서 100선

37 거미여인의 키스 푸익 · 송병선 옮김

38 달과 6펜스 서머싯 몸 · 송무 옮김

39 폴란드의 풍차 지오노 · 박인철 옮김

40·41 독일어 시간 렌츠 · 정서웅 옮김

42 말테의 수기 릴케 · 문현미 옮김

43 고도를 기다리며 베케트 · 오증자 옮김 노벨 문학상 수상 작가 | 서울대 권장도서 100선

44 데미안 헤세 · 전영애 옮김 노벨 문학상 수상 작가

45 젊은 예술가의 초상 조이스 · 이상옥 옮김 서울대 권장도서 100선

46 카탈로니아 찬가 오웰 · 정영목 옮김

47 호밀밭의 파수꾼 샐린저 · 정영목 옮김 《타임》 선정 현대 100대 영문소설 | 미국대학위원회 선정 SAT 추천도서 | 《뉴스위크》 선정 100대 명저 | BBC 선정 꼭 읽어야 할 책

48·49 파르마의 수도원 스탕달 · 원윤수, 임미경 옮김

50 수레바퀴 아래서 헤세 · 김이섭 옮김 노벨 문학상 수상 작가 | 국립중앙도서관 선정 청소년 권장도서

51·52 내 이름은 빨강 파묵·이난아 옮김 노벨 문학상 수상 작가

53 오셀로 셰익스피어·최종철 옮김 서울대 권장도서 100선

54 조서 르 클레지오·김윤진 옮김 노벨 문학상 수상 작가

55 모래의 여자 아베 코보·김난주 옮김

56·57 부덴브로크 가의 사람들 토마스 만·홍성광 옮김 노벨 문학상 수상 작가

58 싯다르타 헤세·박병덕 옮김 노벨 문학상 수상 작가

59·60 아들과 연인 로렌스·정상준 옮김 《뉴스위크》 선정 100대 명저

61 설국 가와바타 야스나리·유숙자 옮김 노벨 문학상 수상 작가 | 서울대 권장도서 100선

62 벨킨 이야기·스페이드 여왕 푸슈킨·최선 옮김

63·64 넙치 그라스·김재혁 옮김 노벨 문학상 수상 작가

65 소망 없는 불행 한트케·윤용호 옮김 노벨 문학상 수상 작가

66 나르치스와 골드문트 헤세·임홍배 옮김 노벨 문학상 수상 작가

67 황야의 이리 헤세·김누리 옮김 노벨 문학상 수상 작가

68 페테르부르크 이야기 고골·조주관 옮김

69 밤으로의 긴 여로 오닐·민승남 옮김 노벨 문학상 수상 작가 | 미국대학위원회 선정 SAT 추천도서

70 체호프 단편선 체호프·박현섭 옮김

71 버스 정류장 가오싱젠·오수경 옮김 노벨 문학상 수상 작가

72 구운몽 김만중·송성욱 옮김 서울대 권장도서 100선 | 국립중앙도서관 선정 청소년 권장도서

73 대머리 여가수 이오네스코·오세곤 옮김

74 이솝 우화집 이솝·유종호 옮김 논술 및 수능에 출제된 책(1998~2005)

75 위대한 개츠비 피츠제럴드·김욱동 옮김 《타임》 선정 현대 100대 영문소설

76 푸른 꽃 노발리스·김재혁 옮김

77 1984 오웰·정회성 옮김 《타임》 선정 현대 100대 영문소설 | 《뉴스위크》 선정 100대 명저

78·79 영혼의 집 아옌데·권미선 옮김

80 첫사랑 투르게네프·이항재 옮김

81 내가 죽어 누워 있을 때 포크너·김명주 옮김 노벨 문학상 수상 작가

82 런던 스케치 레싱·서숙 옮김 노벨 문학상 수상 작가

83 팡세 파스칼·이환 옮김

84 질투 로브그리예·박이문, 박희원 옮김

85·86 채털리 부인의 연인 로렌스·이인규 옮김

87 그 후 나쓰메 소세키·윤상인 옮김

88 오만과 편견 오스틴·윤지관, 전승희 옮김 미국대학위원회 선정 SAT 추천도서

89·90 부활 톨스토이·연진희 옮김 논술 및 수능에 출제된 책(1998~2005)

91 방드르디, 태평양의 끝 투르니에·김화영 옮김

92 미겔 스트리트 나이폴·이상옥 옮김 노벨 문학상 수상 작가

93 페드로 파라모 룰포·정창 옮김

94 차라투스트라는 이렇게 말했다 니체·장희창 옮김 국립중앙도서관 선정 청소년 권장도서

95·96 적과 흑 스탕달·이동렬 옮김 국립중앙도서관 선정 청소년 권장도서

97·98 콜레라 시대의 사랑 마르케스·송병선 옮김 노벨 문학상 수상 작가 | BBC 선정 꼭 읽어야 할 책

99 맥베스 셰익스피어·최종철 옮김 서울대 권장도서 100선 | 미국대학위원회 선정 SAT 추천도서

100 춘향전 작자 미상·송성욱 풀어 옮김 서울대 권장도서 100선

101 페르디두르케 곰브로비치·윤진 옮김

102 포르노그라피아 곰브로비치·임미경 옮김

103 인간 실격 다자이 오사무·김춘미 옮김

104 네루다의 우편배달부 스카르메타·우석균 옮김

105·106 이탈리아 기행 괴테·박찬기 외 옮김

107 나무 위의 남작 칼비노·이현경 옮김

108 달콤 쌉싸름한 초콜릿 에스키벨·권미선 옮김

109·110 제인 에어 C. 브론테·유종호 옮김 BBC 선정 꼭 읽어야 할 책

111 크눌프 헤세·이노은 옮김 노벨 문학상 수상 작가

112 시계태엽 오렌지 버지스·박시영 옮김 《타임》 선정 현대 100대 영문소설 | 《뉴스위크》 선정 100대 명저

113·114 파리의 노트르담 위고·정기수 옮김 미국대학위원회 선정 SAT 추천도서

115 새로운 인생 단테·박우수 옮김

116·117 로드 짐 콘래드·이상옥 옮김 《뉴스위크》 선정 100대 명저

118 폭풍의 언덕 E. 브론테·김종길 옮김 미국대학위원회 선정 SAT 추천도서

119 텔크테에서의 만남 그라스·안삼환 옮김 노벨 문학상 수상 작가

120 검찰관 고골·조주관 옮김

121 안개 우나무노·조민현 옮김

122 나사의 회전 제임스·최경도 옮김 미국대학위원회 선정 SAT 추천도서

123 피츠제럴드 단편선 1 피츠제럴드·김욱동 옮김

124 목화밭의 고독 속에서 콜테스·임수현 옮김

125 돼지꿈 황석영

126 라셀라스 존슨·이인규 옮김

127 리어 왕 셰익스피어·최종철 옮김 서울대 권장도서 100선 | 《뉴스위크》 선정 100대 명저

128·129 쿠오 바디스 시엔키에비츠·최성은 옮김 노벨 문학상 수상 작가

130 자기만의 방·3기니 울프·이미애 옮김

131 시르트의 바닷가 그라크·송진석 옮김

132 이성과 감성 오스틴·윤지관 옮김

133 바덴바덴에서의 여름 치프킨·이장욱 옮김

134 새로운 인생 파묵·이난아 옮김 노벨 문학상 수상 작가

135·136 무지개 로렌스·김정매 옮김

137 인생의 베일 서머싯 몸·황소연 옮김

138 보이지 않는 도시들 칼비노·이현경 옮김

139·140·141 연초 도매상 바스·이운경 옮김 《타임》 선정 현대 100대 영문소설

142·143 플로스 강의 물방앗간 엘리엇·한애경, 이봉지 옮김 미국대학위원회 선정 SAT 추천도서

144 연인 뒤라스·김인환 옮김

145·146 이름 없는 주드 하디·정종화 옮김

147 제49호 품목의 경매 핀천·김성곤 옮김 《타임》 선정 현대 100대 영문소설

148 성역 포크너·이진준 옮김 노벨 문학상 수상 작가 | 퓰리처상 수상 작가

149 무진기행 김승옥

150·151·152 신곡(지옥편·연옥편·천국편) 단테·박상진 옮김 《뉴스위크》 선정 100대 명저

153 구덩이 플라토노프·정보라 옮김

154·155·156 카라마조프가의 형제들 도스토옙스키·김연경 옮김

157 지상의 양식 지드·김화영 옮김 노벨 문학상 수상 작가

158 밤의 군대들 메일러·권택영 옮김 퓰리처상 수상 작가

159 주홍 글자 호손·김욱동 옮김 서울대 권장도서 100선 | 미국대학위원회 선정 SAT 추천도서

160 깊은 강 엔도 슈사쿠·유숙자 옮김

161 욕망이라는 이름의 전차 윌리엄스·김소임 옮김

162 마사 퀘스트 레싱·나영균 옮김 노벨 문학상 수상 작가

163·164 운명의 딸 아옌데·권미선 옮김

165 모렐의 발명 비오이 카사레스 · 송병선 옮김

166 삼국유사 일연 · 김원중 옮김 서울대 권장도서 100선

167 풀잎은 노래한다 레싱 · 이태동 옮김 노벨 문학상 수상 작가

168 파리의 우울 보들레르 · 윤영애 옮김

169 포스트맨은 벨을 두 번 울린다 케인 · 이만식 옮김

170 썩은 잎 마르케스 · 송병선 옮김 노벨 문학상 수상 작가

171 모든 것이 산산이 부서지다 아체베 · 조규형 옮김 《타임》 선정 현대 100대 영문소설

172 한여름 밤의 꿈 셰익스피어 · 최종철 옮김 미국대학위원회 선정 SAT 추천도서

173 로미오와 줄리엣 셰익스피어 · 최종철 옮김 미국대학위원회 선정 SAT 추천도서

174·175 분노의 포도 스타인벡 · 김승욱 옮김 노벨 문학상 수상 작가 | 《타임》 선정 현대 100대 영문소설

176·177 괴테와의 대화 에커만 · 장희창 옮김

178 그물을 헤치고 머독 · 유종호 옮김 《타임》 선정 현대 100대 영문소설

179 브람스를 좋아하세요... 사강 · 김남주 옮김

180 카타리나 블룸의 잃어버린 명예 하인리히 뵐 · 김연수 옮김 노벨 문학상 수상 작가

181·182 에덴의 동쪽 스타인벡 · 정회성 옮김 노벨 문학상 수상 작가

183 순수의 시대 워튼 · 송은주 옮김 《뉴스위크》 선정 100대 명저 | 퓰리처상 수상작

184 도둑 일기 주네 · 박형섭 옮김

185 나자 브르통 · 오생근 옮김

186·187 캐치-22 헬러 · 안정효 옮김 《타임》 선정 현대 100대 영문소설

188 솔로호프 단편선 솔로호프 · 이항재 옮김 노벨 문학상 수상 작가

189 말 사르트르 · 정명환 옮김

190·191 보이지 않는 인간 엘리슨 · 조영환 옮김 《타임》 선정 현대 100대 영문소설

192 왑샷 가문 연대기 치버 · 김승욱 옮김 퓰리처상 수상 작가

193 왑샷 가문 몰락기 치버 · 김승욱 옮김 퓰리처상 수상 작가

194 필립과 다른 사람들 노터봄 · 지명숙 옮김

195·196 하드리아누스 황제의 회상록 유르스나르 · 곽광수 옮김

197·198 소피의 선택 스타이런 · 한정아 옮김 퓰리처상 수상 작가

199 피츠제럴드 단편선 2 피츠제럴드 · 한은경 옮김

200 홍길동전 허균 · 김탁환 옮김

201 요술 부지깽이 쿠버 · 양윤희 옮김

202 북호텔 다비 · 원윤수 옮김

203 톰 소여의 모험 트웨인 · 김욱동 옮김

204 금오신화 김시습 · 이지하 옮김

205·206 테스 하디 · 정종화 옮김 미국대학위원회 선정 SAT 추천도서 | BBC 선정 꼭 읽어야 할 책

207 브루스터플레이스의 여자들 네일러 · 이소영 옮김

208 더 이상 평안은 없다 아체베 · 이소영 옮김

209 그레인지 코플랜드의 세 번째 인생 워커 · 김시현 옮김 퓰리처상 수상 작가

210 어느 시골 신부의 일기 베르나노스 · 정영란 옮김

211 타라스 불바 고골 · 조주관 옮김

212·213 위대한 유산 디킨스 · 이인규 옮김 서울대 권장도서 100선 | BBC 선정 꼭 읽어야 할 책

214 면도날 서머싯 몸 · 안진환 옮김

215·216 성채 크로닌 · 이은정 옮김

217 오이디푸스 왕 소포클레스 · 강대진 옮김 서울대 권장도서 100선

218 세일즈맨의 죽음 밀러 · 강유나 옮김

219·220·221 안나 카레니나 톨스토이 · 연진희 옮김 서울대 권장도서 100선

222 오스카 와일드 작품선 와일드·정영목 옮김

223 벨아미 모파상·송덕호 옮김

224 파스쿠알 두아르테 가족 호세 셀라·정동섭 옮김 노벨 문학상 수상 작가

225 시칠리아에서의 대화 비토리니·김운찬 옮김

226·227 길 위에서 케루악·이만식 옮김 《타임》 선정 현대 100대 영문소설 | 《뉴스위크》 선정 100대 명저

228 우리 시대의 영웅 레르몬토프·오정미 옮김

229 아우라 푸엔테스·송상기 옮김

230 클링조어의 마지막 여름 헤세·황승환 옮김 노벨 문학상 수상 작가

231 리스본의 겨울 무뇨스 몰리나·나송주 옮김

232 뻐꾸기 둥지 위로 날아간 새 키지·정회성 옮김 《타임》 선정 현대 100대 영문소설

233 페널티킥 앞에 선 골키퍼의 불안 한트케·윤용호 옮김 노벨 문학상 수상 작가

234 참을 수 없는 존재의 가벼움 쿤데라·이재룡 옮김

235·236 바다여, 바다여 머독·최옥영 옮김

237 한 줌의 민지 에빌린 워·힌친환 옮김 《타임》 선정 현대 100대 영분소설

238 뜨거운 양철 지붕 위의 고양이·유리 동물원 윌리엄스·김소임 옮김 퓰리처상 수상작

239 지하로부터의 수기 도스토옙스키·김연경 옮김

240 키메라 바스·이운경 옮김

241 반쪼가리 자작 칼비노·이현경 옮김

242 벌집 호세 셀라·남진희 옮김 노벨 문학상 수상 작가

243 불멸 쿤데라·김병욱 옮김

244·245 파우스트 박사 토마스 만·임홍배, 박병덕 옮김 노벨 문학상 수상 작가

246 사랑할 때와 죽을 때 레마르크·장희창 옮김

247 누가 버지니아 울프를 두려워하랴? 올비·강유나 옮김

248 인형의 집 입센·안미란 옮김

249 위페범들 지드·원윤수 옮김 노벨 문학상 수상 작가

250 무정 이광수·정영훈 책임 편집 서울대 권장도서 100선

251·252 의지와 운명 푸엔테스·김현철 옮김

253 폭력적인 삶 파솔리니·이승수 옮김

254 거장과 마르가리타 불가코프·정보라 옮김

255·256 경이로운 도시 멘도사·김현철 옮김

257 야콥을 둘러싼 추측들 욘존·손대영 옮김

258 왕자와 거지 트웨인·김욱동 옮김

259 존재하지 않는 기사 칼비노·이현경 옮김

260·261 눈먼 암살자 애트우드·차은정 옮김 《타임》 선정 현대 100대 영문소설

262 베니스의 상인 셰익스피어·최종철 옮김

263 말리나 바흐만·남정애 옮김

264 사볼타 사건의 진실 멘도사·권미선 옮김

265 뒤렌마트 희곡선 뒤렌마트·김혜숙 옮김

266 이방인 카뮈·김화영 옮김 노벨 문학상 수상 작가 | 미국대학위원회 선정 SAT 추천도서

267 페스트 카뮈·김화영 옮김 노벨 문학상 수상 작가 | 국립중앙도서관 선정 청소년 권장도서

268 검은 튤립 뒤마·송진석 옮김

269·270 베를린 알렉산더 광장 되블린·김재혁 옮김

271 하얀 성 파묵·이난아 옮김 노벨 문학상 수상 작가

272 푸슈킨 선집 푸슈킨·최선 옮김

273·274 유리알 유희 헤세·이영임 옮김 노벨 문학상 수상 작가

275 픽션들 보르헤스·송병선 옮김 서울대 권장도서 100선

276 신의 화살 아체베·이소영 옮김

277 빌헬름 텔·간계와 사랑 실러·홍성광 옮김

278 노인과 바다 헤밍웨이·김욱동 옮김 노벨 문학상 수상 작가 | 퓰리처상 수상작

279 무기여 잘 있어라 헤밍웨이·김욱동 옮김 미국대학위원회 선정 SAT 추천도서

280 태양은 다시 떠오른다 헤밍웨이·김욱동 옮김 《타임》 선정 현대 100대 영문 소설

281 알레프 보르헤스·송병선 옮김

282 일곱 박공의 집 호손·정소영 옮김

283 에마 오스틴·윤지관, 김영희 옮김

284·285 죄와 벌 도스토옙스키·김연경 옮김 미국대학위원회 선정 SAT 추천도서

286 시련 밀러·최영 옮김

287 모두가 나의 아들 밀러·최영 옮김

288·289 누구를 위하여 종은 울리나 헤밍웨이·김욱동 옮김 노벨 문학상 수상 작가

290 구르브 연락 없다 멘도사·정창 옮김

291·292·293 데카메론 보카치오·박상진 옮김

294 나누어진 하늘 볼프·전영애 옮김

295·296 제브데트 씨와 아들들 파묵·이난아 옮김 노벨 문학상 수상 작가

297·298 여인의 초상 제임스·최경도 옮김 미국대학위원회 선정 SAT 추천도서

299 압살롬, 압살롬! 포크너·이태동 옮김 노벨 문학상 수상 작가

300 이상 소설 전집 이상·권영민 책임 편집

301·302·303·304·305 레 미제라블 위고·정기수 옮김

306 관객모독 한트케·윤용호 옮김 노벨 문학상 수상 작가

307 더블린 사람들 조이스·이종일 옮김

308 에드거 앨런 포 단편선 앨런 포·전승희 옮김 미국대학위원회 선정 SAT 추천도서

309 보이체크·당통의 죽음 뷔히너·홍성광 옮김

310 노르웨이의 숲 무라카미 하루키·양억관 옮김

311 운명론자 자크와 그의 주인 디드로·김희영 옮김

312·313 헤밍웨이 단편선 헤밍웨이·김욱동 옮김 노벨 문학상 수상 작가

314 피라미드 골딩·안지현 옮김 노벨 문학상 수상 작가

315 닫힌 방·악마와 선한 신 사르트르·지영래 옮김

316 등대로 울프·이미애 옮김 《타임》 선정 현대 100대 영문소설 | 《뉴스위크》 선정 100대 명저

317·318 한국 희곡선 송영 외·양승국 엮음

319 여자의 일생 모파상·이동렬 옮김

320 의식 노터봄·김영중 옮김

321 육체의 악마 라디게·원윤수 옮김

322·323 감정 교육 플로베르·지영화 옮김

324 불타는 평원 룰포·정창 옮김

325 위대한 몬느 알랭푸르니에·박영근 옮김

326 라쇼몬 아쿠타가와 류노스케·서은혜 옮김

327 반바지 당나귀 보스코·정영란 옮김

328 정복자들 말로·최윤주 옮김

329·330 우리 동네 아이들 마흐푸즈·배혜경 옮김 노벨 문학상 수상 작가

331·332 개선문 레마르크·장희창 옮김

333 사바나의 개미 언덕 아체베·이소영 옮김

334 게걸음으로 그라스·장희창 옮김 노벨 문학상 수상 작가

335 코스모스 곰브로비치·최성은 옮김

336 좁은 문·전원교향곡·배덕자 지드·동성식 옮김 노벨 문학상 수상 작가

337·338 암 병동 솔제니친·이영의 옮김 노벨 문학상 수상 작가

339 피의 꽃잎들 응구기 와 시옹오·왕은철 옮김

340 운명 케르테스·유진일 옮김 노벨 문학상 수상 작가

341·342 벌거벗은 자와 죽은 자 메일러·이운경 옮김 퓰리처상 수상 작가

343 시지프 신화 카뮈·김화영 옮김 노벨 문학상 수상 작가

344 뇌우 차오위·오수경 옮김

345 모옌 중단편선 모옌·심규호, 유소영 옮김 노벨 문학상 수상 작가

346 일야서 한사오궁·심규호, 유소영 옮김

347 상속자들 골딩·안지현 옮김 노벨 문학상 수상 작가

348 설득 오스틴·전승희 옮김

349 히로시마 내 사랑 뒤라스·방미경 옮김

350 오 헨리 단편선 오 헨리·김희용 옮김

351·352 올리버 트위스트 디킨스·이인규 옮김

353·354·355·356 전쟁과 평화 톨스토이·연진희 옮김

357 다시 찾은 브라이즈헤드 에빌린 워·백지민 옮김

358 아무도 대령에게 편지하지 않다 마르케스·송병선 옮김

359 사양 다자이 오사무·유숙자 옮김

360 좌절 케르테스·한경민 옮김 노벨 문학상 수상 작가

361·362 닥터 지바고 파스테르나크·김연경 옮김 노벨 문학상 수상 작가

363 노생거 사원 오스틴·윤지관 옮김

364 개구리 모옌·심규호, 유소영 옮김 노벨 문학상 수상 작가

365 마왕 투르니에·이원복 옮김 공쿠르상 수상 작가

366 맨스필드 파크 오스틴·김영희 옮김

367 이선 프롬 이디스 워튼·김욱동 옮김 퓰리처상 수상 작가

368 여름 이디스 워튼·김욱동 옮김 퓰리처상 수상 작가

369·370·371 나는 고백한다 자우메 카브레·권가람 옮김

372·373·374 태엽 감는 새 연대기 무라카미 하루키·김난주 옮김

375·376 대사들 제임스·정소영 옮김

377 족장의 가을 마르케스·송병선 옮김 노벨 문학상 수상 작가

378 핏빛 자오선 매카시·김시현 옮김

379 모두 다 예쁜 말들 매카시·김시현 옮김

380 국경을 넘어 매카시·김시현 옮김

381 평원의 도시들 매카시·김시현 옮김

382 만년 다자이 오사무·유숙자 옮김

383 반항하는 인간 카뮈·김화영 옮김 노벨 문학상 수상 작가

384·385·386 악령 도스토옙스키·김연경 옮김

387 태평양을 막는 제방 뒤라스·윤진 옮김

388 남아 있는 나날 가즈오 이시구로·송은경 옮김

389 앙리 브륄라르의 생애 스탕달·원윤수 옮김

390 찻집 라오서·오수경 옮김

391 태어나지 않은 아이를 위한 기도 케르테스·이상동 옮김 노벨 문학상 수상 작가

392·393 서머싯 몸 단편선 서머싯 몸·황소연 옮김

394 케이크와 맥주 서머싯 몸·황소연 옮김

395 월든 소로·정회성 옮김

396 모래 사나이 E. T. A. 호프만·신동화 옮김

397·398 검은 책 오르한 파묵·이난아 옮김 노벨 문학상 수상 작가

399 방랑자들 올가 토카르추크·최성은 옮김 노벨 문학상 수상 작가

400 시여, 침을 뱉어라 김수영·이영준 엮음

401·402 환락의 집 이디스 워튼·전승희 옮김

403 달려라 메로스 다자이 오사무·유숙자 옮김

404 아버지와 자식 투르게네프·연진희 옮김

405 청부 살인자의 성모 바예호·송병선 옮김

406 세피아빛 초상 아옌데·조영실 옮김

407·408·409·410 사기 열전 사마천·김원중 옮김 서울대 권장도서 100선

411 이상 시 전집 이상·권영민 책임 편집

412 어둠 속의 사건 발자크·이동렬 옮김

413 태평천하 채만식·권영민 책임 편집

414·415 노스트로모 콘래드·이미애 옮김

416·417 제르미날 졸라·강충권 옮김

418 명인 가와바타 야스나리·유숙자 옮김 노벨 문학상 수상 작가

419 핀처 마틴 골딩·백지민 옮김 노벨 문학상 수상 작가

420 사라진·샤베르 대령 발자크·선영아 옮김

421 빅 서 케루악·김재성 옮김

422 코뿔소 이오네스코·박형섭 옮김

423 블랙박스 오즈·윤성덕, 김영화 옮김

424·425 고양이 눈 애트우드·차은정 옮김

426·427 도둑 신부 애트우드·이은선 옮김

428 슈니츨러 작품선 슈니츨러·신동화 옮김

429·430 세계의 끝과 하드보일드 원더랜드 무라카미 하루키·김난주 옮김

431 멜랑콜리아 I-II 욘 포세·손화수 옮김 노벨 문학상 수상 작가

432 도적들 실러·홍성광 옮김

433 예브게니 오네긴·대위의 딸 푸시킨·최선 옮김

434·435 초대받은 여자 보부아르·강초롱 옮김

436·437 미들마치 엘리엇·이미애 옮김

438 이반 일리치의 죽음 톨스토이·김연경 옮김

439·440 캔터베리 이야기 제프리 초서·이동일, 이동춘 옮김

세계문학전집은 계속 간행됩니다.